Cyriel Buysse
Arme Leute. Geschichten aus Flandern

SEVERUS Verlag

ISBN: 978-3-95801-587-6
Druck: SEVERUS Verlag, 2016

Der SEVERUS Verlag ist ein Imprint der Diplomica Verlag GmbH.
Bibliografische Information der Deutschen Nationalbibliothek:
Die Deutsche Nationalbibliothek verzeichnet diese Publikation in der
Deutschen Nationalbibliografie; detaillierte bibliografische Daten
sind im Internet über http://dnb.d-nb.de abrufbar.

© SEVERUS Verlag, 2016
http://www.severus-verlag.de
Printed in Germany
Alle Rechte vorbehalten.
Der SEVERUS Verlag übernimmt keine juristische Verantwortung
oder irgendeine Haftung für evtl. fehlerhafte Angaben und deren
Folgen.

Cyriel Buysse

Arme Leute. Geschichten aus Flandern

Inhalt

Das Bildchen

Sie hieß Philomene, aber man nannte sie nur das Bildchen. Nicht weil sie so schön gewesen wäre, im Gegenteil: weil sie so dünn und mager war, so klein und nichtig von Gestalt, mit einem sanften und zugleich ein wenig schmerzlichen Zug auf ihrem gefurchten Gesicht, das so an ein geschnitztes Heiligenbildchen erinnerte.

Sie war die Frau des Gärtners auf dem großen Schlossgut. Sie hatten drei Kinder: zwei Mädchen und ein Bübchen. Sie bewohnten im Park ein wenig seitwärts von dem großen eisernen Eingangstor mit vergoldeten Stäben ein sauberes und nettes Häuschen in der Nähe der Pferdeställe, halbversteckt hinter massigen Buchen und Rhododendronsträuchern

Ihr Mann hatte Tag für Tag im Gemüsegarten im Park und in den Treibhäusern zu tun. Sie hatte nur für den kleinen Haushalt zu sorgen. Die beiden Mädchen gingen täglich nach dem ziemlich weit entlegenen Dorfe zur Schule. das noch sehr junge Brüderchen blieb bei ihr zu Hause.

Hier lebten sie glücklich. Zwar musste Teofil sehr hart arbeiten, zwar hätte man auf dem großen Schlossgut sehr gut noch einen zweiten Gärtner gebrauchen können, aber der Herr Baron wollte nun einmal davon nichts hören, und durch die starke, unermüdliche Anstrengung aller seiner Kräfte gelang es dem Gärtner auch, sein schweres Amt zur Zufriedenheit seines Herrn auszufüllen. Sonst hatten sie über ihr Schicksal nicht zu klagen. Sie mussten keine Hausmiete bezahlen, und Teofil, der von Haus aus doch nur ein gewöhnlicher Taglöhner war, verdiente ja mehr, als ein solcher. Sie hatten für sich selbst ein kleines Gärtchen, in dem sie Gemüse und auch einige Blumen zogen, und sie hatten außerdem noch ein Stückchen Ackerland, auf dem sie Kartoffeln und Rüben bauten, hinreichend für ihren eigenen Bedarf und zur Unterhaltung ihrer zwei Ziegen und zahlreichen Kaninchen. Außerdem hielten sie sich auch Hühner und Tauben, die sich in ihren bunten Farben mit lustigem Gekirr und Gegacker auf dem sonnigen Grasplätzchen vor der Türe tummelten.

Die einzige düstere Schattenseite ihres Lebens war das Gefühl nicht genügender Unabhängigkeit und Freiheit. Ein Gefühl, das keines von ihnen ausdrücken konnte, das aber zuweilen schwer auf ihrem bescheidenen Dasein zu lasten schien, unsichtbar herabsteigend von jenen grauen Türmen des Schlosses, aus jenen stattlichen, düsteren Baummassen des Parks. Das Schloss und seine vornehme Umgebung flößten ihnen immer einen ehrfürchtigen, beinahe ängstlichen Respekt ein" Neben ihm fühlten sie ihr Häuschen so klein und nichtig, wie sie sich selbst auch so klein und nichtig fühlten neben den reichen, vornehmen Bewohnern des alten Schlosses.

Namentlich im Sommer, wenn alles voll Leben und Bewegung war, wenn die prunkvollen Wagen über die knirschenden Kieswege daherfuhren, wenn unter der Veranda und auf der großen Freitreppe ein buntes Gewimmel von hell gekleideten, lustig plaudernden und lachenden Damen und Herren herrschte, wenn zweimal täglich die große Gartenglocke erscholl, einmal für den Lunch und einmal für das Diner, wenn Kinder sich tummelten und Lakaien und Bonnen hin und her liefen, dann ward es ihnen beklommen und ängstlich zumute.

Dann war der Mann vom frühen Morgen bis zum späten

Abend unsichtbar im Gemüsegarten und in den Treibhäusern tätig, während das Bildchen sich keinen Schritt weiter wagte, als auf das Plätzchen vor ihrer Tür, wo sie, durch die hohen Bäume gegen eindringende Blicke vom Schloss her geschützt, ihre Kinder ermahnte, keine geräuschvollen Spiele zu beginnen, und schon sehr früh ihre Hennen in den Käfig trieb, damit ihr Gegacker so wenig als möglich störende Aufmerksamkeit errege.

Nur im Winter atmeten sie freier auf und es zog Ruhe und Friede in ihre Gemüter ein. Dann blieb das Schloss verschlossen, und sie waren Alleinherrscher auf der großen Domäne. Dann hatte der Mann nicht ununterbrochen zu arbeiten und zu schaffen, dann sah man das Bildchen zuweilen in dem einsamen Park spazieren gehen, so klein und so mager auf den breiten Kieswegen und mit dem dichten düsteren Hintergrund der kahlen Riesenbäume. Sie starrte nachdenklich nach dem großen Schloss, in das sie niemals den Fuß zu setzen wagte.

Sie träumte von einem unbekannten, gewaltigen Luxus unter jenen hohen Kuppeltürmen, hinter jenen festverschlossenen Läden an den alten, von Efeu übersponnenen Mauern. Oh, sie hätte es so gerne einmal von innen sehen mögen, um zu erfahren, was eigentlich dahinter sei, und um etwas weniger furchtsam zu sein vor der geheimnisvollen Macht und Pracht, die sie dort vermutete. Aber das durfte nicht sein. das Verbot war streng und unerbittlich. weder sie noch ihr Mann durften jemals einen Fuß dahin setzen. Sie waren die Gärtnersleute mit dem Schloss selbst hatten sie nichts zu tun.

Das Schloss lebte abgesondert von ihnen sein eigenes Leben, fröhlich und lachend im Sommer, steif und kalt in seinem undurchdringlichen Geheimnis zur Winterszeit. Seine unbekannte Allmacht beherrschte und bedrückte sie immerfort, einmal ein wenig schwerer, dann wieder leichter, aber immerfort, ohne Unterlass. Es war, als sei dort das Geheimnis ihres eigenen Lebens eingeschlossen. als könnte von dort jeden Augenblick der Befehl kommen, der unwiderruflich über ihr Schicksal entscheiden würde.

Und an den langen Winterabenden, wenn die Kinder schlafen gegangen waren, wenn sie am klackernden Herdfeuer traulich beisammen saßen, er mit dem Pfeifchen im Munde, sie mit über dem Knie gefalteten Händen, beide nachdenklich in die rötliche Glut starrend, beide dem Sausen des Windes lauschend, der draußen durch die Wipfel der hohen Bäume ·fuhr, da plauderten sie manchmal lang und breit über das Schloss, über seine zahlreichen Sommergäste, über feine winterliche Verlassenheit und Öde und über ihr eigenes einsames, bescheidenes, fleißiges und ruhiges Dasein. Sie äußerten sich nicht in klaren Worten über jenes instinktive, beängstigende Gefühl, unter dem sie so oft litten, aber sie ahnten es gegenseitig aus den trägen, kargen Worten, mit denen sie einander aufzurichten suchten. Ohne sich auf irgendwelche Einzelheiten einzulassen, meinte er, dass ein Mensch im Leben doch nichts Besseres tun könne, als nur immer in allem seine Pflicht zu erfüllen. und das Bildchen nickte zustimmend leise mit dem Kopfe und fügte hinzu, dass auch sie vor allen Dingen ihre Hoffnung und ihr Vertrauen auf Gottes Güte und Gnade gründe.

„Ich tue alles, was mein Herr mir befiehlt, und selbst, wenn er mir nichts befiehlt, arbeite und sorge ich für ihn, soviel ich nur kann", sprach er und das Bildchen antwortete:

„Ich tue mein Bestes, damit niemand durch meine Schuld behindert wird, und hoffe, dass der liebe Gott meinen guten Willen dadurch belohnen wird, dass er uns und unsere Kinder in Frieden leben lässt, bis der Augenblick des Scheidens kommt.“

Wunderliches Geheimnis …Es war, als ob beide in ihrer einfachen, nüchternen Naturseele das Unvermeidliche kommen fühlten, dem sie sich in fruchtlosen Bemühungen zu entwinden versuchten …

Es war eines Abends Ende März, nach einem abscheulichen Tag mit eiskaltem Wind und anhaltendem Regen, einem Tag, an dem Teofil trotzdem unermüdlich weiter gearbeitet hatte, düngend, säend, pflanzend, ganz verzweifelt bei dem Gedanken, dass er in diesem Jahr nach einem so langen strengen Winter mit seinen Frühgemüsen und Früchten noch so weit im Rückstand war.

Er kam erschöpft vor Anstrengung und fiebernd vor Kälte nach Hause. Es war, als sei er plötzlich alt geworden, als sei sein Körper auf einmal verbraucht, er kam mit gebeugtem Rücken, seine ausgehöhlten Wangen waren grau und fahl, in seinen dumpfen, traurigen, tief in ihren dunklen Höhlen liegenden Augen lag ein Ausdruck scheuer Furcht. Er wies das angebotene Essen zurück, er wollte nichts anderes als heißen Süßholztee, von dem er reichlich trank, fünf, sechs große Tassen voll nacheinander. fröstelnd kroch er neben das Feuer, während das erschreckte Bildchen ihm eiligst mit einem Krug heißen Wassers das Bett wärmte.

Sie sprach ihm Mut und Trost zu, indem sie aufgeregt zwischen der Küche und der Schlafkammer hin und her ging. Es werde nichts sein, nur ein bisschen Erkältung, beinahe unvermeidlich bei solchem Hundewetter.

Er müsse nur einige Tage ruhig und warm im Bette liegen bleiben, viel heißen Süßholztee trinken, damit er tüchtig schwitzen könne, dann werde alles wieder in Ordnung sein. Aber schon am zweiten Tag stellten sich statt der erhofften Besserung qualvolle Schmerzen in der Kehle und in der Seite ein, und plötzlich wurde sein Zustand so ernst, dass man in aller Eile nach einem Arzt und einem Geistlichen laufen musste.

Der Geistliche kam eben noch zur rechten Zeit, um ihn mit den Sterbesakramenten versehen zu können, als aber der Arzt erschien, war es schon zu spät. Nach einem kurzen heftigen Fiebern war er tot, lag er tot in ihren Armen, nachdem er plötzlich wild im Bette aufgefahren war und mit beiden Händen an seine Kehle gegriffen hatte, als wollte er eine würgende Klaue wegreißen. Ein rauer Schrei, eine krampfhafte Gesichtsverzerrung, ein Ausschlagen der Arme, und während er mit dem Kopf dröhnend auf den Bettrand aufschlug, war er leblos ins Bett zurückgestürzt. Ein Schlag, ein Blitz … und alles war vorüber.

Der gewaltige Schmerz des Bildchens äußerte sich anfänglich durch nichts anderes als verzweifelte Regungslosigkeit und dumpfes Vorsichhinbrüten. Tot sein …

So mit einem Male, plötzlich tot sein, nachdem er im Augenblick vorher noch gesprochen hatte, nein, nein, sie begriff es nicht, sie glaubte es nicht. Er war nicht tot, er ruhte nur, er schlief, der Doktor irrte sich, der Doktor wusste nicht, dass er zuvor noch gesprochen, noch ein Tässchen Tee getrunken hatte. Sie lief hinaus, ohne Grund, ohne Ziel. Sie kehrte zurück, sah nach dem Herd, ob das Feuer noch richtig brenne, ob der Tee nicht kalt werde. Denn er war nicht tot, er schlief nur ein wenig, gleich würde er vielleicht wieder aufstehen und zu trinken verlangen. Und es mutete sie seltsam an, die Kinder verzweifelt heulen und schluchzen zu hören, den Arzt mit betrübter Miene auf sie zukommen zu sehen, um ihr banale Trostworte zu sagen, denn er war doch gar nicht tot, ihr Mann, man starb doch nicht so plötzlich, das dauerte länger, viel länger, man schrie, man litt, man kämpfte Tag für Tag gegen den Tod.

Sterben … Nein, nein, Sterben war etwas anderes, etwas ganz anderes.

„Ach ja, Mütterchen, es ist sehr traurig, sehr traurig, und Ihr tut mir sehr leid, aber es ist nun einmal nichts mehr dran zu machen, und Ihr müsst Euch Mühe geben, es mutig zu tragen", hörte sie den Doktor sagen. und langsam kam ihr das Bewusstsein der grausamen Wirklichkeit. „Ich geh nun wieder, Mütterchen, ich hab hier nichts mehr zu tun. Kann ich Euch vielleicht einen Dienst im Dorf leisten, soll ich's dem Pfarrer und dem Gemeindesekretär melden!"

Ein gewaltiges Zittern schüttelte plötzlich ihren armseligen kleinen Körper. Sie blickte verstört zu den heulenden Kindern hin, sah in das betrübte Gesicht des Arztes, und plötzlich begriff sie es, begriff sie, dass er tot war.

Tränen und immer wieder Tränen, verzweifeltes Stöhnen und Händeringen, stundenlanges regungsloses Vorsichhinstarren, wie zermalmt unter der Wucht des fürchterlichen Unheils und dann doch wieder die nüchterne Wirklichkeit: arbeiten, essen, trinken, schlafen, in unerbittlicher Fortsetzung des gewöhnlichen Lebens …

Das Bildchen hatte einen verheirateten Bruder, und ihr verstorbener Mann hatte eine Schwester, die schon Witwe war, beide wohnten auf weit entfernten Dörfern.

Reinhildeke, das jüngste Töchterchen, schrieb an Onkel und Tante die traurige Nachricht:

„Lieber Onkel und liebe Tante!

Ich ergreife die Feder, um Euch die traurige Mitteilung zu machen, dass der Vater gestern plötzlich gestorben ist. Er war schon einige Tage krank, aber wir hofften, dass es sich doch noch bessern werde, als ihm plötzlich der Atem verging und er kein Wort mehr sprechen konnte. Der Herr Pfarrer ist gerade noch recht gekommen, um ihm die letzte Ölung zu geben, aber als der Herr Doktor kam, war der Vater schon tot. Wir sind sehr bekümmert, lieber Onkel und liebe Tante, und wir hoffen, dass Ihr zum Begräbnis kommen werdet, das übermorgen um halb zehn Uhr stattfinden.

Im Namen der Mutter Eure anhängliche Nichte

Reinhildeke Van Dalen."

Auch an den Schlossherrn wurde geschrieben:

„Herr Baron!

Ich ergreife die Feder, um Ihnen von der Mutter Komplimente zu machen und mitzuteilen, dass der Vater gestern plötzlich gestorben ist. Wir sind sehr betrübt und die Mutter hofft, dass sie den Herrn Baron bald sehen wird, um zu erfahren, was sie nun in ihrer traurigen Lage zu erwarten hat. Das Begräbnis unseres Vaters wird übermorgen um halb zehn Uhr in der Pfarrkirche mit einer gesungenen Messe stattfinden.

Ihre untertänige Reinhildeke Van Dalen

Im Namen der Mutter."

Am Morgen des Begräbnistages kamen des Bildchens Bruder und ihre Schwägerin zusammen mit dem ersten Zuge an. Die Frau war tiefbetrübt und weinte, der Mann, mehr überrascht als betrübt, erkundigte sich mit lästiger Ausdauer nach allerlei Einzelheiten: wie denn das Unglück so plötzlich gekommen sei, warum man so und nicht anders gehandelt, warum man ihn nicht früher benachrichtigt habe. Dann wollte er den Sarg sehen, in den der Gärtner schon gebettet war, und da er selbst von Beruf Schreiner war, betrachtete er kritisierend die Qualität des Holzes und die Machart, wobei er ständig tadelte und vollends laut seine Entrüstung äußerte, als das Bildchen ihm schluchzend sagte, was sie dafür hatte bezahlen müssen.

„Was! Sechsunddreißig Franken für so 'nen Trog von einem Sarg! Schämt man sich nicht, so was zu verlangen! Verdammt nochmal! Bekäm' nur ich solche Särge zu machen für sechsunddreißig Franken! Man könnt' sie mich das ganze Jahr machen lassen, vom ersten Januar bis zum einunddreißigsten Dezember-, für sechsunddreißig Franken das Stück! Puh ...“

Und verächtlich trat er auf das rot gefärbte Holz.

Dann kam eine andere, wichtigere Sache zur Erörterung. Was sie nun als auf sich selbst angewiesene Witwe mit drei Kindern beginnen solle.

Ihr Bruder erkundigte sich, ob sie etwas zurück gelegt hätten.

„Etwas schon, 's is aber nur wenig“, seufzte das Bildchen.

„Hier wirste doch auf keinen Fall bleiben dürfen“, meinte der Bruder.

Die Schwägerin war entgegengesetzter Meinung.

Teofil hatte doch so manche Jahre treulich seine Arbeit getan. sollte denn der Baron kein Mitleid haben mit der armen Witwe und ihren Kindern.

„Mitleid mehr als genug“, antwortete der pessimistisch gestimmte Bruder, „aber das Schlimmste is, dass man sich von solchem Mitleid kein Butterbrot kaufen kann. Alles, was der Baron für sie tun wird, hängt nur von seiner Güte ab.“

Dem konnte die Schwägerin nicht widersprechen. Und das arme, unglückselige, auf ihrem Stuhl zusammengesunkene Bildchen fühlte schwerer als je die gewaltige Macht des Schlosses, die schon das Leben ihres Mannes als Opfer gefordert hatte, auch auf ihre Zukunft Und auf die ihrer Kinder drücken.

Während sie so redeten und der Ankunft der Träger harrten, die des Vaters Leiche zum Kirchhofverbringen sollten, hörten sie draußen auf dem Kieswege das Knirschen von Wagenrädern, und im nächsten Augenblick hielt ein prunkvolles Kupee vor dem Gärtnerhäuschen. Ein Lakai sprang vom Bock und öffnete den Kutschenschlag, um dem Herrn Baron die Hand zu reichen und beim Aussteigen behilflich zu sein. Nur mit Anstrengung kam der große und beleibte Herr mit dem dunkelroten Gesicht, dem grauen Backenbart und den vorstehenden, wasserblauen Augen heraus. Er stöhnte laut, als er endlich auf dem Plätzchen vor dem Hause stand, und rief dem Kutscher einige französische Worte zu, der, mit der Peitsche salutierend, sein Gespann wieder nach dem Schloss zu lenkte. Dann kam er, auf einen schweren Stock mit silberner Krücke gestützt langsam und schwerfällig auf das Gärtnerhäuschen zu, wo des Bildchens Bruder schon ehrerbietig die Tür geöffnet hatte.

Sie standen alle drei mitten in der niedrigen, ein wenig dunklen, kleinen Küche, das Bildchen und ihre Schwägerin nervös schluchzend, der Bruder mit einer niedergeschlagenen Gelegenheitsmiene, alle durch diesen vornehmen Besuch sehr geehrt.

„Ich wünsche allen einen Gutenmorgen", sprach der Baron mit fetter, schwerer Stimme. Er konnte sich nur mühsam auf flämisch ausdrücken. Und als alle drei mit einem „Gu'n Morgen, Herr Baron", geantwortet hatten, stammelte er einige leere Trostworte, bei denen die beiden stauen noch heftiger schluchzten, und kam dann sofort auf den Zweck seines Besuches zu sprechen.

Er fragte das Bildchen, was sie nun zu tun gedenke.

Aber das unglückliche Weiblein war nicht fähig, darauf eine Antwort zu geben, und daher übernahm dies der Bruder für sie, indem er demütig meinte, sie hätten schon darüber gesprochen, aber zu keinem richtigen Schluss kommen können, da sie nicht wüssten, was der Herr Baron selbst mit ihr anzufangen beabsichtige.

Der Baron, der nicht lange stehen konnte, ließ sich stöhnend auf einen Stuhl nieder, den der Bruder ihm anbot, und sagte:

„Ich habe mit der Gnädigen darüber gesprochen, und wir haben folgendes beschlossen: Die Frau Teofils darf auf dem Schloss bleiben, wenn sie will, aber nicht in diesem Haus, weil ich einen anderen Gärtner anstellen muss. Wenn sie bleiben will, muss sie in das kleine Häuschen an der anderen Seite des Parks ziehen, wo seinerzeit der alte Forsthüter gewohnt hat. Sie braucht keine Miete zu bezahlen, aber sie muss im Hof oder auf dem Schloss arbeiten, wenn wir sie brauchen.“

Die beiden Frauen blieben unbeweglich und schweigend stehen, aber der Bruder nickte wiederholt und billigend mit dem Kopfe.

„Sehr gut, Herr Baron, sehr gut. Wir sind Ihnen sehr dankbar, Herr Baron. Hörste, Filemiene, was der Herr Baron sagt?“

Das Bildchen richtete ihr verweintes Gesicht ein wenig auf und dankte dem Herrn Baron mit einem beinahe unhörbaren Gestotter. Und auch die Schwägerin dankte und schnäuzte sich geräuschvoll die Nase, was dem Ausbruch ihrer Betrübnis ein Ende zu machen schien.

„Jawohl, es bleibt also dabei, nicht wahr“, schloss der

Baron, der sich sagte, dass sein Besuch nun lang genug gedauert habe, und sich mühsam wieder erhob.

„Guten Tag alle zusammen!"

„Ja, Herr Baron, es bleibt dabei, Herr Baron, und nochmals besten Dank für Ihre Güte, Herr Baron", sprachen sie der Reihe nach, während der Bruder dem Edelmann bis vor die Tür das Geleite gab.

Als er wieder ins Häuschen zurückkehrte, wiederholte er noch einmal, dass er die Handlungsweise des Barons schön und edel fände und dass man ohne Aufschub Verfügungen treffen müsse über Filemienes weiteres Leben. Was hatte sie fortan zu tun, um durchzukommen Sie bekam, wie bisher, freie Wohnung, und das war sehr schön, sehr viel, aber im Übrigen würde ihr Einkommen derart beschränkt sein, dass es ihr nahezu unmöglich sein würde, für sich und ihre drei Kinder zu sorgen. Daher schlug der Bruder vor, dass er und die Schwägerin je eines der Kinder zu sich nehmen sollten. Filemiene brauchte keinen Pfennig dafür zu bezahlen. Die Kinder würden sich nützlich machen, wo sie könnten, und auf diese Art ihren Unterhalt verdienen.

Die Schwägerin stimmte sogleich zu, aber das Bildchen erschrak bei des Bruders Worten. Ach Gott, ihre Kinder-, ihre armen Kinder! Sie hatte nicht einmal daran gedacht, dass es ihr fortan unmöglich sein könnte, alle ihre drei Kinder bei sich zu behalten. Aber nun wurde sie sich mit einem Male bewusst, nun fühlte auch sie plötzlich, dass es nicht anders sein könne, und geduldig beugte sie das Haupt unter diesem neuen unerwarteten Schlag, in ihrer Verzweiflung derart niedergedrückt, dass sie nicht einmal Worte des Dankes finden konnte für das Anerbieten des Bruders und der Schwägerin. Noch immer forderte das große Schloss Opfer von ihr, das stattliche, allmächtige Schloss, gegen das sie sich nicht wehren konnte, vor dem sie so schrecklich bange war, das alle schwachen Kräfte ihres traurigen kleinen Daseins an sich zog.

„Nimm du 's zweite, ich werd's Älteste nehmen, das Bübchen wollen wir ihr lassen“, sprach der Bruder zu der Schwägerin, ohne das Bildchen selber zu Rate zu ziehen. Und erst nachdem die Schwägerin dieser Verfügung zugestimmt, fragte sie nebenhin, nur der Form halber, das arme Bildchen, ob es ihr so recht sei.

Jetzt näherte sich das Geräusch halb unterdrückter Stimmen und scharrender Fußtritte dem Häuschen, und auf dem fernen Kirchturm begann die Totenglocke zu brummen. Es waren die Nachbarn und Freunde des Verstorbenen, die mit einer Bahre und einem Bahrtuch kamen, um die Leiche abzuholen. Es waren ihrer acht, die abwechselnd den Sarg tragen sollten. Sie klopften an und traten still herein, alle sonntägig gekleidet, mit frisch rasierten, rot und braun gebrannten, furchigen Gesichtern. Einer von ihnen stellte die gebräuchliche Frage: „Fraule, is es Euch recht, dass die Leiche aus'm Haus kommt!“

Und als das vor Schmerz sich krümmende Bildchen „Ja“ genickt, führte der Bruder sie in die Schlafkammer, wo sie sogleich den Sarg aufhoben und hinaus auf die Bahre trugen. Das verschossene, grünlich schimmernde samtene Bahrtuch für Armenleichen, mit verblasstem Gold kreuz und goldenen Fransen, wurde darüber gebreitet, und vier Männer hoben die Last auf ihre Schultern und schritten damit über den knirschenden Kiespfad nach dem Parkausgang, gefolgt von dem Bruder und der Schwägerin und den vier anderen Männern, die unterwegs die ersten ablösen sollten. Auch einige Nachbarfrauen folgten, in lange, schwere Kapuzenmäntel gehüllt, das schwarze Gebetbuch mit dem Messingschloss in ihren gefalteten Händen, dem Leichenzug. Die Kinder, die man für diesen Tag bei einem

Nachbar in Obhut gegeben, waren nicht zu sehen. Als der träge sich fortbewegende Zug unter den hohen Buchen, die das Gärtnerhäuschen überschatteten, hervorkam und sich dem Schloss näherte, stand der Herr Baron auf der Treppe unter der Veranda, eben bereit, sich ins Innere des stattlichen Gebäudes zu begeben.

Er kehrte sich um und lüftete gewohnheitsmäßig vor dem Sarg leicht seinen Hut. Aber die Bauern meinten, er habe sie gegrüßt, und zogen alle tief ihre Mützen, wobei sie scheue seitliche Blicke nach dem Schloss warfen.

Der Baron bemerkte es nicht einmal. Mit plumpen Schritten ging er durch die Glastür hinein, während der träge Zug an dem monumentalen Eingangstor vorüberkam und wie ein armseliges, schwarzes, trauerndes Menschenhäuflein unter den hohen, majestätischen Buchen der zur Auffahrt führenden Allee verschwand.

Nun galt es für das Bildchen, die letzten traurigen Entschlüsse zu fassen.

Sie war ausgewandert in das armselige, baufällige, jahrelang unbewohnt gewesene Hüttchen des Waldhüters am äußersten Ende des Parks, und nun mussten auch ihre beiden Mädchen von ihr gehen: Reinhildeke zu ihrem Bruder, Leontientje zu ihrer Schwägerin.

Die Kinder, die von ihrem Schicksal schon unterrichtet waren, hatten nur geringe Schwierigkeiten gemacht.

Sie hatten noch kein Verständnis für ihr trauriges Los! Sie wussten noch nicht, was es heißt, der Mutter Haus zu verlassen. Und sanft und willig gingen sie eines Morgens mit dem Bildchen, nachdem sie unter reichen Liebkosungen und Küssen von ihrem Brüderchen Basielken, der für diesen Tag bei einem Nachbar untergebracht war, Abschied genommen hatten.

Von des Bildchens Bruder und dessen Frau wurden sie

sehr freundlich aufgenommen. Freilich war es eine sehr unruhige Familie mit vielen lärmenden Kindern und drei Gesellen in der Werkstatt, und sogleich bekam das Bildchen den Eindruck, dass Reinhildeke viel werde arbeiten müssen, was ihr übrigens von dem Bruder schon ein wenig angedeutet worden war, aber dennoch fühlte sie sich dankbar, dass ihr Bruder ihr diese Hilfe angeboten hatte, und ohne zu reichliche Tränen nahm sie, nachdem sie alle zusammen in der Küche Kaffee getrunken, Abschied von Reinhildeke, um noch Leontientje der Obhut der Schwägerin zu übergeben.

War es bei ihrem Bruder unruhig und lebhaft, so schien dagegen bei ihrer Schwägerin überall Friede und Ruhe zu herrschen. Sie war Büglerin, und ihr ganzes Hüttchen sah lachend nett und fröhlich aus in der reinen, wohlduftenden Weiße all des frisch gewaschenen und geplätteten Zeugs, das die kleinen Stübchen füllte. In ihres Bruders Haus lag es wie etwas Schwerfälliges, mit dem Reinhildekes mageres, ein wenig steifes Gesichtchen sehr im Einklang war, und hier fühlte das Bildchen eine leise Übereinstimmung zwischen diesem lieblichen Weiß und Leontientjes sonnigem Lächeln und strahlenden hellblauen Augen. Auch hier nahm sie ohne zu reichliche Tränen Abschied von ihrem zweiten Mädchen und kehrte in der goldenen Abenddämmerung einsam nach dem ärmlichen Hüttchen am Rande der Wälder zurück, wo sie fortan mit Basielken ganz allein leben sollte.

Anfänglich konnte sie sich nur schwer daran gewöhnen. Sie fürchtete sich so sehr in diesem einsamen, am äußersten Rande des Parks gelegenen Hüttchen, wenn an den stürmischen Frühjahrsabenden und -nächten der Wind durch die düsteren, hin und her wiegenden Kronen der Fichten heulte. Das waren wirkliche Räubernächte! Wenn man sie mal ermordete! Sobald es zu dunkeln begann, wagte sie sich nicht mehr aus dem Hause, und ängstlich starrte sie hinter der verriegelten Tür mit Basielken durch das kleine Fenster über die wogenden Baumwipfel hinweg zu dem weißen Mond hinauf, den die jagenden Wolken bald verdeckten, bald wieder freiließen. Dann dachte sie ständig an ihren im kühlen Grabe ruhenden Mann, dann dachte sie an ihren eigenen Kummer und an den Tod. Erst nach einer langen Zeit der Verzweiflung söhnte sie sich wieder mit dem Leben aus und fügte sich in das Unvermeidliche.

Der Frühling war gekommen, und mit ihm die erquickende Lebensfrische und der Gesang der Vögel und die ganze Üppigkeit des ersten Knospens und Blühens. Und das Bildchen ging selbst mit Spaten und Haue zur Arbeit auf dem Fleckchen Ackerland, das zwischen dem Häuschen und den Wäldern lag, unterstützt von Basielken, der ihr Liebling und ihres Lebens Sonnenstrahl war.

Sie hatte ihn so lieb, so lieb! Es war etwas in ihr, das sie nun zum ersten Male so innig fühlte, das sie nicht mit Worten ausdrücken konnte. Sie tat mit ihm, was sie nie mit ihren anderen Kindern getan und was Leute ihres Standes auch mit ihren Kindern nicht taten, sie küsste und koste ihn manchmal leidenschaftlich, mit

Tränen der Zärtlichkeit in den Augen, als wollte sie ihn schützen gegen irgendein unheilvolles Ereignis, gegen irgendeine Gefahr, die ihn und damit auch sie bedrohen könnte. Und sie dankte dem Himmel, dass jetzt doch kein Unheil mehr über sie kommen konnte, dass das Schloss, das große mächtige Schloss wenigstens ihn ihr nicht genommen hatte.

Die größte Sorge war jetzt ihre materielle Lage. Zwar wohnte sie umsonst und hatte dazu ein Stückchen Land, auf dem sie Kartoffeln und Gemüse bauen konnte, im Übrigen aber hatte sie so gut wie kein Einkommen mehr.

Ab und zu nur einen geringen Taglohn als Jäterin bei dem neuen Schlossgärtner oder bei dem Pächter der Schlossmeierei, aber auf die Dauer zu wenig, um sich und Basielken zu ernähren. Sie war daher sehr zufrieden, als der Pächter des Meierhofes sie eines Morgens fragte, ob sie ihm Basielken nicht als Hirtenbuben überlassen wolle. Das kam ihr sehr zustatten. Das Bübchen würde monatlich acht Franken verdienen und dennoch bei ihr bleiben. Allerdings musste sie ihn dabei von der Schule wegnehmen, doch dies erschien ihr als eine geringere Schwierigkeit, umso mehr, als man ja doch vor dem Sommer stand. Sie willigte sogleich ein, und schon am nächsten Morgen ging Basielken mit drei schönen buntgefleckten Kühen am Grasrand hinter dem Tannenwald.

Gerührt, dabei auch ein bisschen ängstlich, kam das Bildchen, um nach ihm zu sehen. „Haste keine Bange, Buhl?", fragte sie halb lachend, aber doch mit Tränen der Rührung in den Augen.

„Aber gewiss nich, Mutter!" antwortete das Bürschlein freudestrahlend und freimütig, mit vor Vergnügen leuchtenden Augen. Und mitten zwischen den ruhig grasenden Kühen, deren Leitseile er in der linken Hand hielt, klein wie ein Zwerg zwischen Riesinnen ließ er hoch über den bunten Rücken der Tiere seine Peitsche knallen und sang übermütig das Hirtenbubenlied, das weithallende „Alahu! Alahu! Alahu!", das sogleich, wie von einem Echo, von anderen Hirtenbuben aus der Ferne erwidert wurde.

Das Bildchen lächelte befriedigt und beinahe stolz.

Er war so geschickt und so flink, ihr Junge, als hätte er dieses Amt schon jahrelang versehen. Und sie ging noch ein Weilchen mit ihm am sonnigen Waldrand entlang, in dem durchdringenden Milch- und Moschusduft der friedlichen großen Tiere, die unentwegt weiter grasten in einem sanften, eintönigen Rauschen, die feuchte, stumpfe Schnauze am Boden, die gutmütigen, halb geschlossenen Augen von langen weißen Wimpern beschattet, mit der langen rauen Zunge fortgesetzt mit der rhythmischen Bewegung einer mähenden Sense die runden, flaumigen wilden Kleeblätter, die kurzen, frischbetauten Grashälmchen, die leuchtend weißen Maßliebchen und die glänzend gelben Butterblumen abnagend. Nur von Zeit zu Zeit blickte die eine oder die andere mit einem sanften Blöken flüchtig auf, ohne das Kauen einzustellen, mit der Spitze ihrer aufwärts gebogenen Zunge die feuchte Nase beleckend oder mit einem trägen Schwung ihrer langen Schwanzquaste die Fliegen von ihren Flanken jagend. Zartes, sonniges Grün lag weit und breit über den Feldern mit den langen goldenen Streifen der blühenden Kohlsaat, die sich scharf von dem dunklen Hintergrund der Wälder abhoben. Hellblau war der reine Himmel, und leuchtendweiß waren die hochtreibenden lichten Wölkchen und es duftete so süß von zarten Frühlingsblumen bei dem schmetternden Gesang der Lerchen...

Nun war das Schloss auch wieder bewohnt. Die zahlreichen Familienmitglieder mit den vielen Kindern waren wieder da und auch andere Verwandte und Freunde und zahlreiche Gäste, die täglich in prächtigen Wagen kamen und gingen. Jeden Augenblick hörte man die Gartenglocke läuten, und es herrschte ein unaufhörliches Hin- und Hergehen von galonierten Dienern und livrierten Kutschern und Zimmermädchen in schwarzen Kleidern mit weißen Schürzen.

Das Bildchen, das jetzt viel weiter vom Schloss weg wohnte, merkte nicht mehr viel von all diesem bunten Treiben, aber dennoch fühlte sie, wie im vorigen Sommer, wieder eine unbestimmte, drückende Empfindung über sich kommen. Sie war noch immer bange vor der geheimnisvollen Macht des Schlosses, sie hatte noch immer das gleiche

Gefühl, nicht mehr frei atmen und leben zu können, sobald das Schloss bewohnt sei. Und seltsam mischten sich in ihr Angst und Neugier, wenn sie daran dachte, dass sie jetzt wohl etwas mehr vom Schloss kennen lernen würde, dass man sie vielleicht bald entbieten werde, um, wie mit dem Baron verabredet war, bei der Arbeit zu helfen.

Es wurde auch bald nötig. Eines Morgens, als das Bildchen, mit den Knien auf der fetten Erde hockend, damit beschäftigt war, ihr Kartoffelland von Unkraut zu säubern, sah sie eines der Zimmermädchen vom Schloss auf dem Fußpfad am Waldrand daherkommen.

„Filemiene!" rief das Mädchen, als sie nahe genug war, um verstanden zu werden. Und indem sie am Rande des Kartoffelfeldes haltmachte, um ihre feinen Pantöffelchen nicht schmutzig zu machen, wiederholte sie: „Filemiene!" und fuhr fort, als das Bildchen aufblickte: „Ein Kompliment von der gnädigen Frau, und du sollst heut im Schloss aushelfen. Es is 'n großes Diner, und da sollst du beim Spülen helfen!"

„Im Schloss!" rief das Bildchen, das bei der Kunde beinahe erschrak. .

„Natürlich!", lachte das Mädchen. „Sie dinieren doch nich im Pferdestall. Wirste kommen?"

„Ja", entgegnete das Bildchen sich erhebend.

Schon war das Mädchen wieder fort. sie war flink in ihren Bewegungen, elegant und hübsch wie eine junge Dame mit ihrem sorgfältig frisierten blonden Haar und in ihrem schwarzen Kleid, auf dem sich das Weiß der Schürze leuchtend abhob.

Das Bildchen ging sogleich nach Hause, um andere Kleider anzuziehen. Dann verschloss sie ihr Hüttchen und begab sich nach dem Schloss. Aber ehe sie so weit war, hatte sie noch einen gewaltigen Schrecken: hinter einem Rhododendronbusche gewahrte sie plötzlich die ganze glänzende Schar der Familienmitglieder und Gäste, die im Park einen Spaziergang machten. Mit scheuem Gruße hielt sie sich in respektvoller Entfernung und schlug verwirrt und mit glühenden Backen, einen verschlungenen Seitenpfad ein. Durch den überwältigenden Anblick der farbenprächtigen Toiletten war sie in ihrer Armseligkeit ganz verschüchtert und niedergedrückt. Auf einem großen Umweg erreichte sie die Rückseite des Schlosses, aufgerichtet durch den Gedanken, dass sie jetzt nicht sogleich vor die Augen ihrer Herrin zu treten brauchte.

„Schau, schau, da biste ja schon!" rief ihr die dicke Köchin von der Kuchenschwelle aus entgegen. „Na, du triffst es grade richtig, wir geh'n essen. Komm nur rein."

Schüchtern trat das Bildchen ein. Oh, diese schöne, geräumige Küche! Und wie lecker roch es hier nach Saucen und Speisen! Welcher Überfluss an Geräten aller Art. Welch prächtiger großer Ofen! Und dann all diese unzähligen, wie Gold und Silber glänzenden Töpfe Und Pfannen, die sie nie gesehen und deren Zweck sie nur ahnen konnte! Vor Bewunderung und Ehrfurcht schlug sie die Hände zusammen.

„Das is hier 'n schöner Plunder, was?", rief die Köchin. „Na, setz dich nur mal erst und nimm 'n Gläschen Port, das macht Appetit."

„Ach nein, nein, ich trau mich nich, das macht mich ja betrunken", antwortete das Bildchen mit einer gewissen Angst das Glas zurückschiebend, das die Köchin für sie füllte.

„Papperlapapp, du darfst dich hier nich so genieren", drängte die Köchin weiter in sie. Und sie stellte das volle Glas neben das Bildchen auf die Ecke einer großen weißen Tafel.

„Oh, ich wer' mich gewiss betrinken", jammerte das Bildchen, das nur ein bisschen davon genippt hatte. „Ich spür's schon, es steigt mir schon in den Kopf."

Die Magd lief zum Ofen und schürte das Feuer heftig auf, während jetzt lachend und scherzend, mit geräuschvollem Füßetrampeln, der Kutscher und der Tafeldiener eintraten.

„Noch nich fertig, Marie", rief der erste. „Wir haben Hunger." Dann sahen sie das Bildchen und begrüßten sie:

„Ah, 'n Tag, Filemiene. Wie geht's? Du willst wohl hier 'n bisschen aushelfen!" Und ohne auf die Antwort zu warten, ging der Kutscher zu dem Schrank, in dem die Portflasche stand, und schenkte sich nacheinander zwei große Gläser voll ein.

„Oho, sei nur 'n bisschen vernünftig, hörste!" kehrte sich die Köchin drohend nach ihm um.

„Was, soll man nich mal 'n Gläschen zu sich nehmen" scherzte der Kutscher. Und die Flasche dem Tafeldiener reichend, der sich ebenfalls zwei große Gläser davon einschenkte, lief er auf die Köchin zu, umschlang sie bei den Hüften und gab ihr einen herzhaften Kuss.

Aber wütend schleuderte sie ihn von sich, riss mit Gewalt die Flasche aus den Händen des Tafeldieners und verschloss sie im Schrank.

„Ihr sollt 'n bisschen vernünftig sein, sag ich euch, oder ihr kriegt gar keinen mehr. Jetzt marsch, zu Tisch, wir wollen essen. Saperlot! Muss ich schon wieder nach diesen dummen Mädchen von oben klingeln? He, Franz, läut mal hinauf, sie können niemals pünktlich kommen, diese faulen Trinen!"

Das Bildchen machte furchtsame, verwunderte Augen. Wie konnten sie sich doch so rau, so respektlos betragen in diesem herrlichen Schloss, wo alles auf sie einen so gewaltigen Eindruck machte! Und plötzlich dachte sie wieder mit großer Traurigkeit an ihren verstorbenen Mann, der auch sein Leben lang so große Ehrfurcht vor dem Schloss gehabt hatte.

Die Mädchen von oben traten ein, und alles ließ sich zum Essen nieder. Und immer mehr wurde das Bildchen betroffen durch den rohen Ton der Unterhaltung und durch all das Unschöne, das hier gesagt wurde. Vor allem die Köchin war scharf und bissig gegen das schöne blonde Mädchen, das heute früh zu dem Bildchen gekommen war und dem jetzt Charles, der Kutscher, ein wenig den Hof zu machen schien. Wie sie das nur wagen konnte, dachte das schüchterne Bildchen. Und ihr Befremden verwandelte sich in Schrecken, als sie die Leute da über die Herrschaft und die Gäste reden hörte.

Sie errötete heftig, konnte beinahe nicht mehr essen, wie herrlich es auch schmeckte, und blickte beständig ängstlich zur Tür, als ob sie jeden Augenblick erwartete, den Baron oder die Gnädige wütend eintreten zu sehen.

„Du hast wohl Angst bei“, fragte sie der Kutscher.

„Ich habe Angst, dass der Baron oder die gnädige Frau plötzlich eintreten könnten“, sagte das Bildchen mit glühenden Wangen.

Die ganze Gesellschaft brach in lautes Gelächter aus.

„Ach, das möcht’ ich wahrhaftig sehn“, kicherte die Köchin, die Hände in die Hüften stemmend.

„Die Gnädige kommt niemals in die Küche“, klärte das blonde Mädchen das Bildchen tröstend auf.

Aber das Bildchen war nicht zu besänftigen. Sie konnte nicht begreifen, dass eine Gnädige niemals in ihre Küche kommen sollte.

Sie waren mit dem Essen fertig-und erhoben sich vom

Tische. Jedes ging an seine Arbeit, und auch das Bildchen ward sogleich in die schöne, weite Spülküche geführt.

Bald läutete die Glocke zum Diner der Herrschaft, und in der Küche gab es ein ständiges Hin- und Her-gehen von Dienern und Mädchen. Das Bildchen hörte den wirren Lärm eines geschäftigen Treibens: das Klirren von Tellern und Gläsern, das Scharren eiliger süße auf dem Flur, das glucksende Entkorken von Flaschen, lautes plaudern und Lachen, dazwischen immer rohere Anspielungen auf die Herrschaft und auf die Gäste, von Zeit zu Zeit auch einen heiseren Schrei, einen groben Fluch der Köchin. Das Bild-chen stand zitternd vor ihrer Spülbank, ihre Wangen glühten von dem Tröpfchen Wein, das sie getrunken, und von den warmen Wasserdämpfen, die sie wie eine Nebelwolke einhüllten, sie war durch Schrecken und Aufregung derart verstört, dass sie hätte laut aufheulen mögen.

„Die Ferkel verstehn das Essen, he! Ich kann nur nich verstehn, warum sie dabei nich platzen!", schrie die Köchin, ihr einen neuen Stapel Teller zum Spülen dringend. Und plötzlich zupfte sie das Bildchen am Ärmel.

„Komm mit, du musst dir die Bande mal ansehn. Sie sitzen beinah nackt am Tisch!"

„Oh, was denkste! Ich trau mich nich, ich trau mich nich!", wehrte sich das Bildchen.

„Papperlapapp, du musst, du musst. Du kannst sie sehn, ohne dass sie dich selber sehn!"

Und fast mit Gewalt zerrte sie das Bildchen mit sich durch einen breiten, mit weißem Marmor verkleideten Gang in das große, mit Blumen und Pflanzen gefüllte Ves-tibül, wo man durch eine Glastür unbemerkt in den Spei-sesaal sehen konnte.

Und in dieser prächtigen Umgebung sich ganz zusam-menduckend, sah das zitternde Bildchen in jenem herrlichen, hohen und weiten Speisesaal die lange, lebhaft plaudernde und lachende bunte Reihe der Gäste um die zauberhaft geschmückte Tafel sitzen: die Herren alle in schwarzem Frack und hohem weißem Kragen, die Damen strahlend von Juwelen und von Blumen in ihrem blonden oder dunklen, zierlich wogenden Haar, aber nackt, nackt, nackt, bis zur Hälfte des Oberkörpers nackt, mit bloßen Schultern und bloßem Rücken, alles bloß, rosig-nackt, als hätten sie mitten im Ankleiden aufgehört.

„Ach Gott, ach Gott, sie haben ja gar kein Hemd an!", kreischte das Bildchen mit vor Entsetzen zusammengeschlagenen Händen.

Und während die Köchin in ein freches Gelächter ausbrach, lief sie plötzlich nervös schluchzend davon.

Sie hatte keinen Respekt mehr vor dem Schloss. Nun sie endlich wusste, was hinter diesen stattlichen Mauern und Türmen vorging, war sie von einer schrecklichen Enttäuschung befangen, gemischt mit einem Gefühl bitteren Grolls und tiefen Bedauerns, dass sie dies alles nicht viel früher erfahren hatte. Oh, wenn sie jetzt daran dachte, dass darum ihr geliebter Mann gestorben war, gestorben durch sein Schuften im rauen Wetter, gestorben für diese schamlosen halbnackten Weiber und für diese rot aufgedunsenen dicken Herren, indem er sie mit feinen Gemüsen und Früchten versah. wenn sie nun daran dachte, dass darum auch ihre Kinder von ihr genommen worden waren und sie selber aus ihrem Häuschen vertrieben worden war, dann empfand sie das alles so grausam, so nutzlos, so ungerecht. Sie waren die Opfer ihrer Ehrfurcht und Ehrlichkeit gewesen, so waren sie unverdient für ihre Ehrlichkeit und Rechtschaffenheit gestraft worden, während all die anderen Diener und Mägde, die so zynisch über ihre Herrschaft spotteten, sie hinter ihrem Rücken beschimpften und bestahlen, in Wohlleben und Glück auf dem Schloss weilen durften. Diese hatten niemals Ehrfurcht und Achtung vor dem Schloss empfunden, sie beherrschten das Schloss .durch ihren Hass und ihre geheime Verachtung, durch ihre ständige, versteckte Feindseligkeit. Und das arme schwache Bildchen beneidete sie um ihren frechen Zynismus, ohne dass sie es wagte, ihnen nachzuahmen, weil sie, auch ohne Ehrfurcht, noch immer von einem rätselhaften Angstgefühl bedrückt war, von der unbestimmten Furcht, dass das mächtige Schloss ihr noch viel Leid und Unheil zufügen werde.

Eines Morgens hatte Basielken, wie jeden Tag bei günstigem Wetter, seine Kühe auf die sonnigen Grashalden in der Umgebung des Schlosses zur Weide geführt. Es war nun völlig Sommer geworden. ein Reichtum von Grün und Blumen hatte sich über Felder und Wiesen ergossen, in den hohen Baumkronen sangen die Vögel und über den süßduftenden Kleefeldern schwebten buntfarbige Schmetterling weithin dehnten sich die Kornfelder aus bis zu den dunklen Linien der stattlichen Wälder in der Ferne. wie eine wogende See bewegten sich die schwanken, unter der Last der Ähren gebeugten, blonden Halme im Winde. Es war so herrlich, das Wetter noch nicht zu heiß, alles war so frisch und erquickend, und Basielken schmetterte seine Lebensfreude in frohen Tönen hinaus. Er ging barfuß und bloßköpfig, sein Gesichtchen war braun gebrannt, das blonde Haar beinahe weiß gebleicht, das grauschmutzige Hemd auf der Brust geöffnet. So schlenderte er langsam weiter mit seinen in der warmen Sonne stark moschusduftenden Kühen, die sich friedlich grasend weiter bewegten, wie übergroße, buntgefleckte, langsam dahinschwebende Blumen. Schon war er es überdrüssig, das „Alahu!" der Hirtenbuben zu singen, das immer wieder von anderen weit im Grün versteckten Hütejungen wie durch ein Waldecho wiederholt wurde. Er ahmte jetzt andere Töne nach. Den schmetternden Gesang der Lerchen, das Girren der Turteltauben, das Wetzen einer Sense, das Krähen des Hahns, das Bellen des Hundes.

Namentlich das letzte belustigte ihn, denn jedes Mal bellte ein Hund, der schon näher zu kommen schien, zurück. Bald konnte er ihn zwischen den Zweigen der Erlenbüsche gewahren. Es war Picky, einer von den Schlosshunden, ein rot und weiß gefleckter Terrier, der mit Fräulein Isabella, dem nervenkranken Enkeltöchterchen des Barons, und ihrer Gouvernante spazieren ging.

Basielken sann sich einen Spaß aus. Er sah sie jenseits des Grasrandes hinter den dichten Erlenbüschen auf ihn zukommen, hockte sich still und unsichtbar unter den herabhängenden Zweigen nieder, und als das Hündchen mit dem Mädchen und der Gouvernante dicht vor ihm angelangt war, sprang er plötzlich, bellend und wie ein gereiztes Hündchen auf Händen und Füßen daherwippend, hervor.

Das Mädchen und die Gouvernante fuhren mit einem Schreckensschrei auf die Seite, während der Terrier mit wütendem Gebell gegen ihn losging. Und es war, als ob das Kind plötzlich wahnsinnig geworden sei: es flüchtete schreiend nach dem Schloss zurück, gefolgt von der Gouvernante, die es nicht mehr einholen konnte und die lief und schrie, als seien Mörder hinter ihr her.

Der Terrier rannte ihnen nach, und stumm vor Angst, mit Tränen in den Augen stand Basielken allein am Grasrand neben den Kühen, die immer noch friedlich weitergrasten und bei dem ganzen Vorfall kaum aufgeguckt hatten.

Das Bildchen war auf dem Stückchen Ackerland an der Arbeit im milden Sonnenschein und bei dem lustigen Gesang der Vögel, als sie, mechanisch aufschauend, den Baron auf sich zukommen sah. Sie schrak instinktiv zusammen, denn niemals ließ er sich auf dieser Seite blicken. und bei dem flüchtigen schüchternen Blick, den sie von weitem auf ihn zu richten wagte, war sie sogleich betroffen, als sie bemerkte, wie rot und wütend er aussah. Er ging so schnell, als ihm dies möglich war, bei jedem Schritt den Spazierstock, auf den er sich stützte, in den Boden stoßend, und als das entsetzte Bildchen sich fragte, ob sie es auch wirklich sei, gegen die er so heftig anrückte, hörte sie plötzlich seine raue Stimme: „Heda, komm mal her, du!" und sie sah ihn mit einem Male unbeweglich am Grasrand stehen und sie mit seinem Stock gebieterisch zu sich winken.

Sie fuhr auf, schüttelte hastig die klebrige Erde von ihren Händen und Kleidern und lief mit feuerrotem Gesicht zu ihm hin.

„Was belieben der Herr Baron!"

„Du hast hier die Wahl!", schrie er ihr zitternd entgegen. „Entweder tust du augenblicklich deinen abscheulichen Schlingel fort, oder du gehst selbst deiner Wege!"

Bei diesen rauen Worten blieb sie wie vor Schrecken an den Boden genagelt stehen, die Farbe wich von ihren mageren Wangen, ihre Augen starrten entsetzt geradeaus, und sie war nicht imstande, ein Wort hervorzubringen.

„Dieser Lump! Dieser gemeine schmierige Lump! Er hat Fräulein Isabella beinahe einen Todesschrecken eingejagt! Ich geb dir zwei Stunden Zeit, um ihn fortzuschaffen. Hast du mich verstanden? Wenn er nicht binnen zwei Stunden für immer fort ist, jag ich dich selber hinaus!"

„Es is gut, Herr Baron, ich wer' ihn forttun", antwortete das Bildchen mechanisch mit beinahe unhörbarer Stimme, an ihrem ganzen armseligen Körperchen bebend und mit dicken Tränen in ihren Augen. „Aber was hat er denn getan, Herr Baron! Ich kann gar nich verstehn, was vorgekommen sein soll!"

„Er hat Fräulein Isabella erschreckt, sag ich dir, indem er sich hinter einem Erlenstrauch versteckte und dann mit einem mal bellend wie ein Hund hervorsprang, als eben das Fräulein mit der Gouvernante vorüberging. Das Kind ist beinahe närrisch geworden vor Schrecken. wir fürchten, dass sie noch die Krämpfe bekommen wird. Oh, dieser Lump, dieser hässliche Lump! Es ist sein Glück, dass er mir nicht unter die Hände gekommen ist. Ich hätt' ihn mit meinem Stock totgeschlagen!"

„Ach Gott, ach Gott, sind das Dinge!" jammerte das Bildchen weinend und die Hände ringend, während der Baron wütend und drohend um sich blickte, als suchte er nach dem Schuldigen.

Noch einmal wiederholte er seinen unerbittlichen Befehlt „binnen zwei Stunden mit dem Jungen fort oder selber hinaus und ohne Gruß ging er, auf seinen Stock gestützt, nach dem Schloss zurück. Seine mageren Beine zitterten vor Anstrengung, s eine Schultern waren in die Höhe gezogen, sein dicker Nacken glänzte hochrot unter dem Rand des gelben Strohhuts, während das Bildchen noch eine Weile wie versteinert am Rain stehen blieb und dann schluchzend die Richtung gegen den Meierhof einschlug, um nun auch ihren letzten Trost, ihren einzigen geliebten Jungen, von dort wegzuholen.

Sie fürchtete gewaltige Szenen, sie fürchtete besonders ihre eigene Schwäche und Bewegung, und daher strengte sie alle ihre Kräfte an, um ruhig zu bleiben, und beschloss, ihm keinen Vorwurf zu machen.

„Basielken", sprach sie, als sie ihren Buben, der mit den Kühen schon zurückgekehrt war, auf dem großen Bauern-

hofe sah, „du musst nach dem Essen mit mir nach Vanne-
loare gehn, um Reinhildeke Guten Tag zu sagen.“

Der Ernst der Umstände hatte ihr plötzlich einen muti-
gen und starken Entschluss eingegeben. Fort musste er,
daran war nichts mehr zu ändern. Sie selbst konnte nicht
ausziehen. Ausziehen war für sie gleichbedeutend mit Betteln gehen. Sie würde ihn zu ihrem Bruder bringen, wo
auch schon ihr ältestes Mädchen war. sie würde ihren Bruder bitten, auch Basielken zu sich zu nehmen, sei es auch
nur für einige Zeit, bis man etwas anderes für ihn gefunden
haben werde.

„Komm“, sagte sie, indem sie den kleinen, sonst so
munteren, jetzt stillen und niedergeschlagenen und offenbar von dem Plan gar nicht erbauten Buben bei der Hand
nahm. Und sie begab sich mit ihm ins Bauernhaus, wo sie
die Erlaubnis erbat und auch bekam, ihn nachmittags mit
fortzunehmen. Abends nach ihrer Rückkehr, so dachte sie,
würde sie dem Bauer alles erzählen.

Sie hatte ihm sein Sonntagsgewand angezogen und ein
Päckchen unter den Arm genommen, in dem sich .seine
Alltagskleider befanden. Sie hielt ihn an der linken Hand
und suchte das Päckchen seinen Blicken möglichst zu ent-
ziehen. „Sie gingen schweigend und eilig über verschlun-
gene Sandwege, bald von den hohen Kronen rauschender
Pappeln beschattet, bald in der warmen Sonne zwischen
hohen Kornfeldern, in denen rote, violette und blaue Blumen leuchteten. Es ward ihnen heiß in der Sommerwärme,
wobei auch der auf ihren Gemütern lastende unausgespro-
chene Druck ein wenig mithalf. In ihrem Schweigen lag
eine stumme Angst, und unwillkürlich lief das Bildchen
so rasch, dass Basielken ab und zu einen Trab anschlagen
musste, um mit ihr gleichen Schritt zu halten. Der Knabe
fühlte sehr wohl, dass es sich nicht um einen zum Vergnü-

gen unternommenen Spaziergang handelte. Er fühlte instinktiv, dass das aufgeregte Laufen mit s einem

Verbrechen von heute Morgen in Beziehungstand. er fühlte dies immer drückender, wenn auch seine Mutter kein einziges Wort darüber fallen ließ. Und er verlangte auch keine Erklärungen, in der beklemmenden Vorahnung, dass ihm etwas Unheilvolles drohe, hielt er, wie in einer schweigenden Bitte um Schutz, die Finger der Mutter mit seiner kleinen Hand um klammert.

So erreichten sie das weit entfernte Dörflein. Und das Bildchen das sich bis jetzt durch Anspannung aller Nerven gut und wacker gehalten hatte, wurde nun plötzlich von einer großen Erregung ergriffen. Der Gedanke an die nahe Trennung durchbohrte plötzlich ihr Herz, eine ungestüme Zärtlichkeit für ihr hübsches und liebes Bübchen wallte in ihr auf, und zitternd presste sie sein Händchen stärker, während ihre Augen sich mit Tränen füllten. Ach nein, es konnte nicht sein, es konnte nicht sein! Sie wollte lieber betteln gehen, sie wollte lieber im Elend sterben! Ein Schluchzen schnürte ihr die Kehle zu, ihr Gang wurde wankend und unsicher und schon machte sie eine Bewegung, als wollte sie umkehren als dicht hinter ihrem Rücken eine Tür aufgerissen wurde und eine schrille Stimme ihr nachrief:

„He, Filemiene, wo kommst denn du her?“

Sie fuhr zusammen und erkannte ihren Bruder, der dort in einem Hause bei der Arbeit war und sie hatte vorübergehen sehen. Sie war einer Ohnmacht nahe und verlor den Mut, zu entfliehen.

„Ei, ei, was hast denn du hier zu schassen!“ antwortete sie mechanisch. Und sie verhüllte den Zweck ihres Besuches.

„Wir wollten nur mal sehn, wie es mit Reinhildeken steht…“

„Oh, ganz gut, weißte! Sie is sehr zufrieden, verstehste!“, prahlte der Bruder eifrig. „Und was macht denn das Bürschlein da“, lachte er, Basielken unter dem Kinn streichelnd. „Wartet mal ’n bisschen, ich geh mit euch…“

Er lief in das Haus zurück, wo er zu arbeiten hatte, gab seinem Gesellen, der allein dort bleiben sollte, einige Befehle, kam dann sogleich wieder heraus und begleitete das Bildchen und Basielken unter lebhaftem Schwatzen nach seiner Wohnung.

Als sie drinnen waren, sahen sie Reinhildeken hinter dem Ladentisch stehen und einen Kunden bedienen.

„Ach du meine Güte, die Mutter und Basielken? Wie kommt denn ihr daher!“ rief das Mädchen, indem es dunkelrot wurde.

Und sogleich kam auch des Bildchens Schwägerin aus der Küche nebenan mit gerungenen Händen und verwunderten Ausrufen:

„Aber so was, Filemiene und Basielken? Wie geht denn das zu, dass ihr hier seid! Nu macht, kommt rein und setzt euch, trinkt einen Kaffee…“

Sie drängte sie eine kleine Treppe hinab in die dämmerige Küche neben dem Laden und begann sofort geschäftig hin und her zu gehen, das Feuer aufschürend, Butterbrote streichend, Kaffee mahlend, dies alles unter ständigem Schwarzen und Fragen, während ihr Mann zufrieden schmunzelnd und mitvergnüglichem Schmatzen sein Pfeifchen anzündete.

Und sie tranken Kaffee, aber ohne Vergnügen. Basielken blieb das Brot in der Kehle stecken, und das Bildchen, das fortwährend mit dem Gedanken beschäftigt war, wie es sein Anliegen vorbringen sollte, konnte gar nichts essen, nichts, nicht einmal ein Küchlein, trotz eifrigen Drängens von Bruder und Schwägerin. Ab und zu kam Reinhildeke auf ein Weilchen herein, nur ganz vorübergehend, ohne

Gelegenheit, ruhig etwas zu sich zu nehmen oder mit der Mutter zu plaudern, denn immer wieder ging das Glöcklein der Ladentür. und auch die Söhne des Hauses kamen herein, zwei ungeschlachte, große, fünfzehnjährige Lümmel, die sehr stark nach der Mutter geschlagen waren mit ihrem schwarzen Haar und ihrer gelben Gesichtsfarbe, dem großen hässlichen Mund und den großen hässlichen Augen, alle beide mit großen grauleinenen Schürzen und grauleinenen Ärmelwesten angetan, wie sie die Zimmerleute tragen. Sie begrüßten mit einem plumpen Lächeln die Tante und den kleinen Vetter und machten sich sogleich ans Essen. ohne ein Wort zu reden, stopften sie fortwährend große Brocken Brot in den Mund, dass ihnen die Backen aufquollen, und schlürften dazu mit lautem Lippenschmatzen heißen Kaffee aus riesigen Tassen. Des Bildchens Bruder und dessen Frau sahen ihnen wohlgefällig zu, stolz auf ihre Stärke und Tüchtigkeit, und als sie mit ihrem unmäßigen Hineinschlingen fertig waren, klopfte der Onkel Basielken lächelnd auf die Schulter und meinte, er müsse einmal mit seinen Vettern in die Schreinerwerkstatt gehen, um zu sehen, was sie da machten.

Aber Basielken ward es sehr schwül zumute, und er fasste wieder nach des Bildchens Hand, die er auf eine Weile losgelassen hatte.

„Nee, nee … nich allein … ich hab Angst … die Mutter muss mitgehn …“

Der Onkel lachte ihn aus, und auch die Vetternlachten, indem sie ihre groben, riesigen Mäuler weit aufsperrten. „Was! Angst, in die Werkstatt zu gehn! Haha! Was für ’n Küken is das!“ Und sie wollten ihn mit Gewalt fortzerren, aber Basielken fing an zu heulen. Selbst das Drängen seiner Mutter konnte ihn nicht dazu bewegen, allein mit den beiden Burschen zu gehen.

Er ließ sich nach einigem weiteren Widerstand dazu erst überreden, als er merkte, dass die Mutter nachfolgte.

Sobald sie in der Werkstatt waren, die Jungen einige Schritte voraus, sammelte das Bildchen seinen ganzen Mut und kam mit dem wirklichen Zweck des Besuches zum Vorschein.

„Ach Gott, Sies und Urzela, ich muss euch schnell was sagen, da wir grad allein sind …" und mit ängstlicher, unterdrückter Stimme erzählte sie das traurige Ereignis.

„Saperlot! Saperlot!" fiel ihr der Bruder ein paar Male unter bedenklichem Kopfschütteln in die Rede.

„Und was wirste nun mit ihm anfangen?", fragte er, als der Bericht zu Ende war.

„Ha, ich hab halt gemeint, dass ihr ihn vielleicht auf 'ne kurze Zeit zu euch nehmen könnt", antwortete bescheiden das Bildchen, und ein Schluchzen schnürte ihr die Kehle zu.

Der Mann begann sich plötzlich gewaltig den Kopf zu kratzen und das Gesicht schief zu verziehen, und die Frau äußerte, wie im Schrecken, ein: „Ach du meine Güte!"

„Es is nich möglich, es is nich möglich, wir haben nich Platz genug!" sagte er endlich. „Unser Häuschen is zu klein, es is voll bis oben hinauf."

„Ich könnt' ja Reinhildeke wieder mit mir nehmen", warf das zitternde Bildchen schüchtern ein.

Aber die beiden Eheleute wehrten diesen Vorschlag entschieden ab. „Oh, wo denkste hin! Sie is hier sehr gut aufgehoben und sehr zufrieden! Später kann sie vielleicht mal selber einen Laden unterhalten!"

Und dem armen Bildchen war es plötzlich sehr klar, dass ihnen daran lag, Reinhildeke zu behalten, weil sie ihnen gute Dienste leistete, und nicht Basielken, weil er mehr Last als Vorteil versprach.

„Geh doch zu Mie-Threse die hat Platz im Überfluss“, riet ihr zuletzt der Bruder. Und das Bildchen, für das es auch keine andere Wahl mehr gab, entschloss sich, mit Basielken nach Sint-Maria Arpoele zu gehen, wo die Schwester ihres verstorbenen Mannes wohnte.

Sie kehrte mit Basielken in die Küche zurück, schlug abermals das angebotene Essen aus, trotz des Drängens des Bruders und der Schwägerin, die sie dadurch für ihre Weigerung zu entschädigen suchten, und nach einem kurzen, eiligen Abschied von Reinhildeke, die in dem kleinen Laden schon wieder von Kunden umringt war, zogen sie weiter.

Nach einstündigem Marsch in der heißen Sonne zwischen hohen Kornfeldern und über eine baumlose Fläche, kamen sie in dem laubumkränzten malerischen Dörflein an. Mie-Threses Häuschen stand dort am Eingang, ganz allein an einer Wegbiegung, niedrig und weißgetüncht, mit altmodischen gemalten Blumen an der vorderen Giebelseite, grünweißen Fensterläden und grellrotem Ziegeldach. Es stand im Schatten von vier prächtigen alten Linden, die sich zu beiden Seiten des gewölbten Eingangs erhoben. Die Fenster waren der Hitze wegen weit geöffnet, und schon von weitem sahen die Mutter und Basielken Leontientje mit roten Backen am Bügeltisch, einer langen weißen Tafel, in der Mitte eines geräumigen Zimmers, das ganz mit aufgehängtem Leinenzeug behangen war, über das die sanft im Winde wiegenden Lindenzweige grünliche Licht- und Schattenspiele warfen.

Leontientje sah auf, als sie am offenen Fenster vorbeigingen, ließ mit einem Freudenruf das Bügeleisen fahren und flog hinaus. Auch Tante Mie-Threse tauchte alsbald auf. sie kam mit einer großen runden Tasse voll Kaffee aus dem Hinterhause, und es war ein allgemeiner Jubel über den unerwarteten Besuch. Basielken, jetzt weniger scheu und misstrauisch, ließ sich durch das entzückt lachende Leontientje mit hinaus unter die frischen Linden nehmen, und das Bildchen nahm hastig die Gelegenheit wahr, um auch ihrer zweiten Schwägerin die traurige Geschichte mitzuteilen.

„Mannsleut' kann ich nich hier im Haus brauchen, das is unmöglich, er würd' uns das weiße Zeug beschmutzen", antwortete Mie-Threse mit einem langsamen Kopfschütteln und einem sehr bestimmten Ausdruck in ihren großen blauen Augen, „aber ich weiß zufällig 'nen guten Posten für ihn. Bauer Walle, für den wir alles waschen und bügeln, sucht einen Hirtenbuben. Noch keine zehn Minuten is es her, dass er hier war, und es würd' mich wundern, wenn er nich noch hier im ,Fuchs' säße. Komm, wir wollen mal sehn."

„Ach Gott, sind das Sachen! Soll ich ihn wirklich zu fremden Leuten geben!" seufzte das Bildchen, dem plötzlich wieder die Tränen kamen.

„Was willste denn sonst anfangen!", antwortete Mie-Threse. „Ich hab für euch getan, was ich konnte, indem ich Leontientje nahm, aber Mannsleut' kann ich hier nich gebrauchen, wie ich dir schon gesagt hab.

Schnell, komm mit, wir wer'n ihn vielleicht noch antreffen."

Und sie zog das Bildchen mit sich fort durch das Gärtchen, dessen Pförtchen auf den Hof des Wirtshauses es hinausführte. Basielken, der sich mit Leontientje vor dem Hause tummelte, hatte ihren schnellen Abzug gar nicht bemerkt.

Und wie beim Bruder, begriff das Bildchen auch hier sehr gut, dass man zwar Leontientje sehr gern behielt, weil sie sich nützlich machen konnte, nicht aber Basielken, weil er mehr Last als Vorteil verursachte.

„Er is noch da, ich hör ihn schon", sprach Mie-Threse, während sie das Pförtchen öffnete. Sie kamen durch eine Hintertür und einen schmalen Gang in das Gastzimmer, und sogleich fiel des Bildchens Auge auf einen riesigen Kerl mit blauem Kittel und langer Peitscheder vor dem Schenktisch stand und in lebhafter Unterhaltung mit einer Frau begriffen war, die ihn bediente.

Als die beiden Frauen eintraten, kehrte er sich um und kam lächelnd auf sie zu, mit einem überfließenden Glas Genever in der Hand, so aufgedunsen rot und groß und dick und fett, mit hervorquellenden wässerigen Augen und tabaktriefendem Mund, dass das Bildchen beinahe vor ihm zurückschreckte.

„Haha, willst wohl auch 'n Tröppelchen nehmen", schrie er Mie-Threse entgegen. „Mit was darf ich dich traktieren?"

„Ich will dir 'nen Hirtenbuben bringen", rief Mie-Threse mit so laut schmetternder Stimme, als hätte sie einen Tauben vor sich.

„Wen denn? Wohl das Weibchen da?", lachte der Bauer, auf das Bildchen deutend.

„Ihren Buben."

„Wer, sagste?", fragte der Bauer wieder, indem er seine fette, blau angelaufene Hand wie einen Trichter ans Ohr hielt.

„Ihren Buben, mein' ich!" schrie Mie-Threse.

„Ha ... is er nich 'n Dieb" fragte der Bauer plötzlich ernst und mit gewichtiger Miene.

„Bist wohl nich recht gescheit! Es is der Junge von meiner Schwägerin!" rief Mie-Threse entrüstet. Und sie teilte dem erschrockenen Bildchen hastig mit, dass der frühere Hütbube wegen Diebstahls entlassen wurde.

„'s is gut, er soll nur kommen", entschied der Bauer.

„Willste ihn sehn? Er is hie", sagte Mie-Threse.

Das Bildchen rang entsetzt die Hände und jammerte, dass der Junge noch nicht unterrichtet sei. Aber das kümmerte den Bauer nicht im Geringsten. er trank sein Glas aus und bestellte ein zweites, indem er schreiend meinte, der Junge solle morgen früh nur kommen, dann werde er ihn schon sehen. Und sie müssten ihm das Vergnügen machen, von ihm einen Schnaps anzunehmen, Anis oder Pfefferminz, wie sie wollten, und sie sollten sich gegenseitig Gesundheit zutrinken, schrie er.

„Ach, sag's ihm nich gleich, wart noch 'n bisschen, ich wer's ihm sagen", flehte das Bildchen, während sie durch das Gärtchen wieder nach Hause gingen.

„Ja, aber einmal muss er's doch erfahren", erwiderte Mie-Threse.

„Ja freilich", seufzte das Bildchen, „aber wart doch nur noch 'n bisschen. Lass mich's ihm sagen. Ach Gott, er wird sich zu Tode greinen, wenn er's hört!"

Sie kamen wieder in das Häuschen, in die sonnige, grünweiße Stube, wo sich inzwischen auch die Kinder wieder eingefunden hatten. Leontientje hatte sich wieder ans Bügeln gemacht, Basielken war neuerdings erregt und warf ängstlich-misstrauische Blicke nach der offenstehenden Tür des Hinterhauses. Als er seine Mutter sah, lief er auf sie zu und fasste ihre Hand.

Sie ließen sich nieder, und wieder mussten sie Kaffee trinken, obwohl das Bildchen versicherte, dass sie schon bei seinem Bruder tüchtig getrunken hätten. Eine Ecke des großen Tisches wurde abgeräumt, und dort nahmen sie zu vieren Platz um einen hohen Stapel dicker Weizenbutterbrote, jedes mit einem mächtigen Humpen Kaffee vor sich. Das Bildchen aß nichts, sie konnte nicht, ihre Kehle war ihr wie zugeschnürt vor Jammer. Aber Basielken, der hungrig und müde war, aß jetzt mit großer Gier, ohne der Mutter Hand loszulassen. Und als sie nach einer Weile über dies und jenes ins Schwatzen geraten waren, bemerkte das Bildchen plötzlich, dass Basielken auf seinem Stuhl eingeschlafen war.

Ach, das war ein Ausweg! Sie gab der Schwägerin einen Wink und flüsterte:

„Er schläft! Willste ihn bis morgen hier behalte? Ich wer' jetzt weggehn!"

Mie-Threse machte erst eine Bewegung, als wollte sie sich weigern.

„Ach, bitte, tu's doch!", flehte seufzend das Bildchen. „Behalt ihn nur für eine einzige Nacht und bring ihn morgen zu dem Bauer. Das is alles, was ich von dir verlange!"

Nun nickte Mie-Threse, dass sie so tun wolle. Leontientje, die von der ganzen Sache noch nichts wusste, riss ihre großen, ernsten Augen verwundert aus.

Sachte zog das Bildchen die Hand zurück. Aber er erwachte halb und hielt ihren Zeigefinger in seiner kleinen sauft fest. Sie verhielten sich alle drei menschenstille mit starr auf ihn gerichteten Blicken. Sein Kopf sank seitwärts auf die linke Schulter, sein Mund öffnete sich halb, er schlief wieder fest. Von ferne hörte man das Rasseln eines näherkommenden Karrens. Schade, dass dieser Karten gerade jetzt kommen musste und dass sie die Fenster nicht schließen durften in der Furcht, noch mehr Lärm zu machen. Aber der Karten ratterte vorbei, und Basielken wurde nicht wach. Dann zerrte das Bildchen auch den Finger aus seinem Fäustchen, das halb geöffnet auf sein Knie hinabsank. Sie erhob sich und trat langsam zurück, den traurigen Blick auf ihr Büblein gerichtet. Regungslos blieben Mie-Threse und Leontientje sitzen.

„Aus später, und schreib mir recht bald, wie das alles

abgegangen is", flüsterte das Bildchen mit schluchzender Stimme.

Mie-Threse nickte ruhig, aber Leontientje wurde feuerrot und große dicke Tränen traten in ihre sonnigen blauen Augen.

„Pst!" ermahnte streng Tante Mie-Threse. Mit Anstrengung hielt Leontientje an sich.

Das arme Bildchen war an der Tür. Auch ihre abgezehrten Wangen waren jetzt feuerrot, und in ihren schwermütigen, dumpfen Augen funkelten die Tränen.

Sie sah ihn noch ein Weilchen an, wie er dort regungslos auf seinem Stühlchen saß, in schiefer Haltung, mit den grünlichen Licht- und Schattenspielen der Lindenzweige auf seinen Bäcklein und sie hatte plötzlich den Eindruck, als ob er tot dort säße mitten in der Fülle von Weiß, wie auf einem weit ausgebreiteten Leichentuch, das ihn bald ganz bedecken würde.

Sie biss sich die Lippen blutig und lief davon. Von der Straße aus sah sie noch ein letztes Mal durch eines der offenen Fenster hinein. Er hatte sich nicht gerührt. er schlief so ruhig und friedlich. Die Tante sah ihn unverwandt an, den Zeigefinger vor dem geschlossenen Mund, und Leontientjes hübsches Gesichtchen badete sich in stillen Tränen. Durch die grünen Lindenblätter spielten Licht und Schatten wie wiegendes Spitzenwerk auf dem blanken Linnen.

Sie winkte mit der Hand noch ein Lebewohl und entfloh…

Es war spät, als sie wieder bei dem Schloss anlangte.

Die hohen Kuppeltürme, die dichten Laubmassen des Parks zeichneten sich scharf und düster vom Horizont ab, der im Westen noch purpurn leuchtete.

Wohin nun? Was tun? Ihr einsames Hüttchen flößte ihr

jetzt Abscheu ein. Sie trat hinein, lief aber sofort wieder heraus, wie gewaltsam daraus vertrieben ...

Es war nun Nacht geworden, eine herrliche, stillfeierliche und klare Sommernacht. Die spitzigen Tannenwipfel ragten hoch und düster zum dunkelblauen Firmament empor, an dem die Sterne funkelten, die Nachtigallen flöteten in den Büschen, die Grillen zirpten träumerisch im Grafe, und tief über dem Horizont, über der fernen Weite der düsteren Wälder, stieg die schiefstehende Mondsichel empor, dumpf-rot und nebelig glänzend, wie ein von warmem Blut gerötetes Schwert.

Oh, wohin denn, was tun?

Ziellos irrte sie in der Dunkelheit umher, ziellos weiterschlendernd kam sie wieder vor das Schloss, wo Azaleen- und Jasminbüsche balsamischen Duft verbreiteten.

Da stand sie nun vor dem Feinde, der ihr alles genommen, ihren Mann, ihre Kinder, ihren einstigen Wohlstand. Da stand der mächtige Spuk, vor dem sie sich ihr Leben lang gefürchtet, dieses Ungeheuer mit seinen mächtigen Türmen und Kuppeln, und sie daneben wie eine nichtige Ameise, ohnmächtig in ihrem Leid und in ihrem Hass.

Oh, wie fühlte sie ihn plötzlich so gewaltig und stark, diesen Hass, in ihrem kleinen, schwachen, unbeholfenen Körperchen. Wie wild und stürmisch brauste er in ihr auf, nun sie an das letzte schwere Opfer dachte, nun sie überlegte, dass jetzt alles für sie verloren sei, weil ein Mann dort herrschte, mächtiger als alles Recht und alle Liebe, mächtig wie ein Tyrann und von erbarmungsloser Unerbittlichkeit. Sie stöhnte laut auf und ballte machtlos ihre schwachen kleinen sauste gegen das riesige Schloss. Oh, wenn sie nur könnte, wenn sie nur könnte! Denn jetzt, nachdem sie alles auf der Welt verloren hatte, war sie auch nicht mehr bang vor dem Schloss. Nun würde auch sie es wagen, es verächtlich anzuschauen, es zu beschimpfen und herauszufordern, wie die Köchin, der Tafeldiener und der Kutscher es wagten. Aber die waren stark, und sie war schwach.

Das Schloss konnte ohne sie nicht sein, wohl aber konnte es sein ohne das armselige Bildchen. Das Schloss gehorchte allen ihren Launen, das Schloss wurde klein und bescheiden vor ihnen. Für sie aber blieb es ein Riese.

Auf sie, die es nicht brauchte, sah es von oben herab nieder wie auf eine winzige Ameise.

Und über ihre Ohnmacht seufzend, wendete sie sich wieder ab. sie fühlte sich wieder elend und schwach, wie gelähmt und erschöpft nach diesem starken Aufbrausen der Wut wiederum völlig zermalmt und besiegt, taumelte sie traurig nach ihrem öden einsamen Hüttchen am Waldrand zurück, das sie noch als eine große Wohltat ihres Herrn betrachten musste und in dem sie morgen wieder – jetzt ganz allein – den rauen Kampf ums Dasein fortsetzen würde …

Die milchweiße Kuh

Unter einer Gruppe hoher pappelbäume am Kreuzungs-
punkt der vier gelben Sandwege, mitten in den weiten
Ährenfeldern, stand klein und niedrig Cleves Hüttchen mit
den gelblichweiß getünchten Mauern, den grünen Fensterläden und dem roten Ziegeldach ...

Es lag da wie eine kleine Insel im weiten Meere.

Ein gleichmäßiges, zartgrünes, spiegelglattes Meer im
Frühjahr ein graugrünes, stürmisch bewegtes Meer, wenn
der Juniwind über die hohen Halme fuhr. und eine leise
brandende gelbe See, wenn vom blauen Juli- und August-
himmel die Sonne den reifen Reichtum beschien. Wie
ferne, steile Küsten erhoben sich die dunklen, baumbe-
standenen Höhenzüge rings am Horizont.

In heller Sonnenglut reifte das goldene Korn mit der
ganzen letzten Farbenpracht seiner roten und blauen und
violetten Blumen dem Tode entgegen. Hoch in der klaren
Luft ließen die Lerchen ihr letztes Jubellied über ihm ertö-
nen, und dann kamen die Männer und stauen mit Sicheln
und Sensen, und ächzend sank das goldene Korn auf die
gelbe Erde nieder.

Dann wurde das seid wie ein riesenhaft großer Kirchhof.
Wo monatelang das wachsende Korn gelebt und gezittert
hatte, erhoben sich ringsum die unbeweglichen Garben-
schober. Sie glichen zahllosen graugelben Grabmälern, die
auf einem großen Schlachtfelde zerstreut sind, auf dem viel
Schmerz und Trübsal erduldet wurde. Und etwas von die-

ser Traurigkeit schien in diesen totenstillen Garbenhäuf-
chen zurückgeblieben zu sein.

Keine Ähre rauschte mehr, und auf dem kahlen Stop-
pelfeid war jetzt in der dunstig blauen Atmosphäre kein
anderes Geräusch zu vernehmen, als der leise melancholische Gesang der Grillen, und keine andere Bewegung zu
sehen als von Zeit zu Zeit das taumelnde Hin- und Herflat-
tern eines dumpf braunen oder gläsern-weißen einsamen
Schmetterlings ...

Einige Tage standen die Schober trauernd da. Dann
kam wieder sanfte Bewegung und wunderliches Leben
über sie. Die einen sanken hintenüber, wie mannhafte
Kämpfer in stolzem Zorn, andere sielen kreuz und quer
durcheinander wie Schlachtopfer in qualvollen Stellun-
gen. Die einen schienen zu kämpfen, andere einen wilden
Rundtanz auszuführen, wie enggeschnürte Frauengestalten mit weit sich aufbauschenden Röcken Da und dort lag
eine platt am Boden, wie ein tief gedemütigtes Wesen, das
mit gefalteten Händen und mit bis zur Erde geneigtem
Antlitz und Gnade fleht. Und über all diesen erstarrten
Figuren eines wunderlich-phantastischen Lebens senkte
sich die Dämmerung mit ihrer schweren, beklemmenden Stimmung herab, als ob weit da drüben am tiefen
Horizont eine große stille Hand alle diese leuchtenden
Abendfarben: Rot, Blau, Grün, Purpur und Orange zu
einem trüben, dumpf glänzenden Grau durcheinanderge-
wischt hätte. Dann wurden sie alle weggenommen, zum
Teil mit.

Gabeln auf Wagen geschleudert und wie Leichen fortge-
schafft in die entfernten Scheunen. Andere wurden an Ort
und Stelle zu großen Haufen aufgeschichtet und nahmen
sich aus wie ganze Dörfer von grauen Hüttchen mit spitzen
Strohdächern. Und das ganze Feld ringsumher verwandelte

sich in eine trostlose Fläche von brauner, fetter, umgewühlter Erde, bis die Herbstgewächse, Rüben und Möhren, es von neuem mit zartem Grün färbten und endlich der Schnee seine große weiße Decke darüber breitete...

Und Cleves ärmliches Hüttchen im Feld, unter der Gruppe hoher Pappeln, lebte dieses ganze stille Leben mit.

Wie mit leibhaftigen Augen schien es durch die zahlreichen kleinen Scheiben seiner Fensterchen die weite Ebene zu überschauen. Altmodische Blumen: braune und gelbe Levkojen, rote Kressen und ein sehr schöner Strauch leuchtend roter Moosrosen an dem wettergeschwärzten Gitter des gelben Hausgiebels. und dicht neben der gewölbten Türöffnung rankte sich ein Weinstock empor, der den ganzen oberen Rand des Häuschens wie mit Girlanden von Trauben und Blättern umgab und bis auf das rote Ziegeldach hinauskletterte, wo er aus dem kleinen Schornstein eine Vase mit herabhängendem Grün gemacht hatte. Hinter dem Haus stand ein kleiner Stall aus roten Ziegelsteinen nebst einer winzigen baufälligen Holzremise, in der der kleine Karten stand und die Zughunde lagen, und ein wenig weiter, beschattet von den hohen Wipfeln der ewig rauschenden Pappeln, war noch ein Holzstoß und ein kleines Backhaus, in dem wöchentlich einmal Brot gebacken wurde.

Still lebte das Häuschen mit dem Leben seiner Umgebung...

Im Sonnenschein des ersten Frühlings lachte und strahlte es frisch aus dem grünen Feld. Licht und Freude blinkten den ganzen Tag aus allen seinen kleinen, in Blei gefassten Fensterscheiben. Und am Abend Schloss es friedlich seine grünen Fensterläden wie treue, müde Augenlider, und in klaren Mondnächten schlief und träumte es, so eigenartig hell und beinahe durchsichtig mit s einer gelbweißen

Farbe, als ob der Widerschein des Mondes selbst wäre, der von seinen stillen Mauern strahlte.

So reckte es sich eine ganze Weile kräftig vom Boden auf, wie im stolzen Bewusstsein seiner Kraft die ganze Umgebung beherrschend. Aber allmählich erhoben sich die umgebenden Pflanzen immer höher und höher, und dann schien das Häuslein immer niedriger und kleiner zu werden, seine Mauern schwanden immer mehr zusammen, die Fensterrahmen wurden immer dichter überwuchert, bis es zuletzt nur noch die spitze Haube seines roten Ziegeldachs zeigte, die sich zwischen dem wogenden Grün der Ährenfelder und dem zitternden Blau des Himmels wie ein Feuerfunke ausnahm.

Dann schien es klein und schwach geworden, wie etwas, das bald völlig verschwinden wird. Die gelben Ährenwogen erhoben sich immer drohender zu seiner Vernichtung, und selbst die hohen Pappeln, die es sonst behüteten und schirmten, schienen es jetzt ebenfalls mit den wuchtigen Massen ihrer dunklen Kronen zu erdrücken. Aber wenn die Halme fielen, erhob es sich leicht und triumphierend wieder vom Boden, und von diesem Augenblick an schien es beständig zu wachsen und zu steigen, bis es wieder ganz allein auf kahlem Felde stand, nur von kleinen und bescheidenen Gewächsen umgeben, und der stolze Schmuck der sonst so majestätisch zum blauen Himmel aufragenden Pappelkronen war wie eine goldene Prunkdecke ringsumher ausgebreitet. Hier wohnten sie zu fünft. Cleve, seine Frau und drei Kinder. „Dreieinhalb", sagte Cleve seit einiger Zeit, wenn er zum Scherzen aufgelegt war, denn das vierte würde jetzt auch bald kommen.

Cleve war Fellscherer und handelte mit Kaninchenfellen. Er besuchte zahllose Häuschen und Bauernhöfe und fuhr oft stundenweit. Wenn er dann erst am folgenden

Abend zurückkehrte, war sein Hundekarren vollauf beladen mit Weidenkörben, in denen sich die lebenden Kaninchen befanden. Diese wurden noch am gleichen Tage, meistens bei Licht, geschlachtet und des

Felles entledigt. Das Fleisch wanderte zu einem Großhändler im nächstgelegenen Dorfe, die auf Stangen ausgespannten Felle wurden in die Sonne zum Trocknen gebracht und später, wenn ihrer viele, sehr viele hunderte oder tausende, beisammen waren, in der Stadt an eine Pelzwarenfabrik verkauft. Die Frau führte unterdessen den Haushalt und versorgte die Kinder.

Irma, das zwölfjährige Mädchen, war eine Zeitlang in die Schule gegangen, blieb aber jetzt endgültig zu Hause, um der Mutter zu helfen. Sie musste auf Pierken, ihr jüngeres Brüderchen, und auf Seelevie, ihr Schwesterchen, passen, und wenn es schönes Wetter war, lagen die dreie ganze Tage auf dem Gras unter den hohen Bäumen oder mitten auf dem Kreuzweg vor dem Häuschen und spielten.

Und auch sie lebten in ihrem ganzen Tun und Spiel das ganze stille Leben ihrer Umgebung mit. Das eine Mal waren sie feucht und grau wie Schlamm, das andere Mal weißlich grau und gelb wie Sand. Bald waren sie mit Kränzen und Girlanden aus weißen, bald mit solchen aus roten oder blauen oder gelben oder violetten Blumen geschmückt, je nachdem eben weiße, rote, blaue, gelbe oder violette Blumen in den umgebenden Feldern blühten. Es kam eine Zeit, da ihre Gesichter und ihre Hände beschmutzt waren mit dem schwarzroten Saft der reifen Weinkirschen und es kam eine Zeit, da sie eine grünliche Blässe zeigten durch den übermäßigen Genuss unreifer Äpfel und Birnen. Und es kam auch eine Zeit, da sie befiederten oder behaarten Ungetümen glichen, indem sie ihre Gesichter und ihre Hände mit den massenhaft aus den hohen Pappelwipfeln herabschwebenden Flaumflocken beklebten. Maikäfer, deren Beine sie mit dünnen Zwirnsfäden festbanden, Schmetterlinge, deren abgegriffene Fittiche ein glasiges Aussehen hatten, und junge Vögelchen, die kaum flügge waren, hatten sie im Überfluss. Sobald das Korn abgemäht war, liefen sie mit ihren flatternden Papierdrachen über das kahle Feld, und im Herbst stiegen sie oft zu den tiefer gelegenen Wiesen hinab, um Frösche totzuschlagen, deren Schenkel sie mit ausgegrabenen Kartoffeln in heißer Asche brieten und munter verspeisten. Es waren Racker, alle drei.

Cleve war ein Mann von fünfundvierzig Jahren von kleiner Figur, mit einem mattgelben, von Pockennarben verunstalteten Gesicht, dessen große, helle, graublaue Augen einen sanftmütigen Ausdruck hatten. Sein Beruf, den er von seinem Vater übernommen, gefiel ihm durchaus nicht. Seine sanftmütige Natur hätte lieber etwas anderes gewählt, als beständig diese hilflosen Tiere hinzuschlachten. Seine große Illusion war, einmal so viel zu besitzen, dass er ein kleines Gütchen beziehen könnte, wo er eine – und wäre es auch nur eine einzige - Kuh halten würde.

Da drüben, ein halbes Stündchen von seiner einsamen Hütte entfernt, in den tieferen, fruchtbaren Gründen lagen, von herrlichen Baumgärten und Alleen umgeben, all die schönen, großen, reichen Bauernhöfe, an denen er beinahe jeden Tag vorüberkam. Die weißen, die roten, die blauen Häuschen, die hohen Scheuern und Stallungen mit ihren grauen spitzigen Strohdächern, die alten, rauen, knorrigen Obstbäume deren Laubdach auf dem sonnigen, von Butterblumen und Maßliebchen gemischten Grase einen Schatten wie feines, durchbrochenes Spitzenwerk abzeichnete. All diese Fruchtbarkeit und Schönheit lag dort üppig um ihn ausgebreitet, und jedes Mal dachte Cleve bei dem wehmütigen Vergleich mit seinem eigenen bescheidenen Hüttchen und seinem armseligen Baumgärtchen.

„Oh, wie schön ist doch hier alles, und wie glücklich sind sie, die reichen Bauern, die hier leben können!"

Er fühlte weder Neid noch Missgunst, nur die unbewusste Empfindung einer innigen Poesie, die bei dem Anblick so vieler Schönheit tief in ihm aufwallte, ohne dass er es jemals anders ausdrücken konnte, als durch bewundernde Blicke und durch ein halblautes, bei sich selbst gemurmeltes: „Oh, wie ist es doch hier so schön!" Und dieses Wort war es auch stets, das er an diese reichen, behäbigen, gutgelaunten und gesunden Bauern richtete, wenn er auf ihren Höfen erschien, um Kaninchen zu kaufen:

„Oh, wie schön ist's hier! Ihr wohnt hier aber schön!"

Die dicken reichen Bauern mussten darüber lachen und neckten ihn öfters spöttisch:

„Warum kaufst du dir denn auch so 'n Höfchen, Cleve, für all das Geld, das du mit den Kaninchen verdienst!"

Aber Cleve konnte nicht mitlachen. Er antwortete ernst und mit einem hellen Blick aus seinen gütigen, ehrlichen, graublauen Augen, dass er gerade nur das tägliche Brot für Frau und Kinder verdiene und dass seine einzige Hoffnung sei, vielleicht einmal in einem besonders guten Jahr ein kleines Stimmchen zu erübrigen, um dafür eine junge Kuh zu kaufen.

„Na", rief ihm einmal der Bauer Trooster, einer der reichsten und lustigsten, zu, „willste die Färse kaufen?"

Und damit zeigte er auf eine junge weiße Kuh, die hopsend und mit dem Schwanz wedelnd durch den sonnigen Baumgarten rannte.

„Wenn ich nur könnt'! Wenn ich nur die Pinke dazu hätte!", seufzte Cleve. „Du kannst ja borgen", lachte Trooster, der besonders gut gelaunt war.

Aber Cleve schüttelte den Kopf und seufzte von neuem. Der Winter war nicht übel gewesen, und er hatte schon ein hübsches Stimmchen beiseitegelegt, aber es reichte noch nicht, und dann…das Kleine, das wieder im Anzuge war! Ach nein, es konnte nicht sein, er durfte noch nicht dran denken, es war grausam von Trooster, ihn so zum Besten zu halten. Und von Bedauern und Verlangen erfüllt, betrachtete er die junge Kuh, die jetzt wieder ruhig graste. Es war ein sehr schönes Tier, am ganzen Körper weiß, weiß wie Milch, mit orangefarbigen Wellenringen um die Augen und orangefarbigen Wellenlinien zwischen den Hinterschenkeln. Es sah so frisch und gesund aus, und der durchdringende Milch- und Moschusgeruch, den es aus" dünstete, ließ Cleve vor Gier das Wasser im Munde zusammenlaufen. Er streichelte ihm sanft den Rücken und befühlte als Kenner die Schultern und die Lenden.

„Na", lachte Trooster, „gefällt sie dir?"

„Ja, sehr", erwiderte Cleve mit einer gewissen Andacht.

„Na, so kauf sie, sag ich dir, und züchte von ihr. Sie wird dir zwanzig Liter Milch den Tag geben."

„Wie viel soll sie kosten?", sagte Tiere, mehr aus Neugier, als aus wirklicher Kauflust.

„Fünfhundert Franken, sieferoni[1], weil du's bist, und sechs Monate Frist zur Bezahlung", sagte der Bauer rundweg.

Cleve dachte ein Weilchen nach. Das französische Wort, das der Bauer in seine Rede einflocht, verstand er nicht, aber er nahm an, dass es heißen solltet nichts mehr anzubieten. Es war auch nicht zu viel für solch ein schönes Tierchen: es war nur für ihn zu viel.

---

1   Sieferon, von dem französischen „Chiffre rond" = runde Summe

„Ich kann nich, ich darf nich“, seufzte er, indem er sich nur mühsam von der verführerischen Kuh losriss.

Und in einer Art Scham, um den Bauer nicht merken zu lassen, wie schwer es ihm ankam, von der Kuh zu lassen, warf er beim Abschied heiter hin:

„Ich hab zu Haus auch ’ne Kuh, die bald wieder Milch geben wird!“

Und flink schritt er weiter, während der reiche Bauer mitten in seinem Baumgarten stand und sich den Bauch hielt vor Lachen über den guten Spaß.

Diese schöne milchweiße Kuh des Bauers Trooster ließ, Cleve keine Ruhe mehr. Er sah sie immer wieder in jeder weißen Kuh, die ihm auf seinen vielen Wegen begegnete, und nachts träumte er von ihr.

Er redete mit s einer Frau darüber. Regungslos, mit einem Verlangen, das so mächtig wie das seine war, hörte sie seine Worte an. Sie hatte ein knochiges, mageres Gesicht voll Sommersprossen, auf dem die glänzende Haut so straff gespannt schien, dass die großen Augen und der weite Mund großen Rissen und Höhlen ähnelten. Dies verlieh ihrem Gesicht einen stehenden Ausdruck der Verstörtheit und der Angst, als sähe sie beständig schreckliche Bilder. Ihre Brust war eingefallen, ihre Knöchel kamen dünn wie Stecken unter den kurzen Röcken hervor. nur ihr Bauch war übertrieben rund und schwer, als hätten Kraft und Stoff ihres ganzen Körpers sich dort zusammengefunden.

„Ja, ja, wenn wir nur ’s Geld hätten! Wenn wir nur ’s Geld hätten!“ wiederholte sie immer wieder in der Antwort auf seine verlockenden Schilderungen. Aber ach! es konnte nicht sein und es durfte nicht sein. Ihr schwerer, der Mutterschaft entgegenreifender Leib bezeugte unwiderleglich und tyrannisch, dass es nicht sein durfte. und im Gegensatz zu den meisten Menschen, die viele Schwierigkeiten hinwegzuphilosophieren verstehen, um einen sehnlichen Wunsch trotz alledem verwirklicht zu sehen, blieben sie ruhig und klug genug, um ihr illusionsvolles Begehren dem Zwange der Wirklichkeit zu opfern.

„Reden wir nicht mehr davon und warten wir unsere Zeit ab", schloss er weise mit einem entsagungsvollen Kopfschütteln.

Inzwischen ging der Sommer zu Ende, und die Zeit der Kirmessen kam heran. Die Ernte lag sicher geborgen in den Scheuern oder in den großen Mieten auf freiem Felde, und wieder erhob sich Tieres Hüttchen mit seinen hohen Pappelbäumen über die gelben Stoppelfelder und über die braunen, umgewühlten Äcker, wie ein einsames Inselchen aus weitem Meere.

Drunten in den tiefen fetten Gründen standen die schönen Meierhöfe mit ihren großen grauen Schuppen und ihren farbenreichen, rosigen, weißen und grünen Häusern, mitten in dem Gold und Purpur ihrer langen Alleen und reisenden Obstgärten und lachten in der herrlichen Septembersonne. Es schien, als hätten sie alle frisch Toilette gemacht, um sich an dem fröhlichen Kirmestreiben zu beteiligen und mit zu belustigen und die reichen Bauern gingen schon am Kirmesmorgen in aller Frühe in ihren weißen Hemdsärmeln, wie eine bunte, ausgelassene Viehherde auf dem sonnenbeglänzten Rasen unter dem Licht- und Schattenspiel der Bäume auf und ab, während die Bäuerinnen in ihren mit flatternden Bändern geschmückten Hauben an die vielfarbigen Schmetterlinge erinnerten, die über den üppig blühenden und honigduftenden Kleefeldern flatterten und ästen.

Auf der Ebene zwischen dem Dorfe und den großen Meierhöfen sollte dieses Jahr ein Wettrennen mit Bauernpferden stattfinden. Das war etwas Neues, ein Plan des Bauers Trooster, der unlängst zum Bürgermeister ernannt worden war. Er wollte jetzt auch einmal die Dörfler nach seinem Gehöft locken, wohin sie sonst zur Belustigung wenig kamen, und schon am frühen Nachmittag waren die sonst so stillen und einsamen Sandwege dicht mit Spaziergängern und Zuschauern besetzt.

Cleve war entzückt. Die Pferde mussten an seinem Häuschen vorbeirennen, und er hatte alsbald die gute Gelegenheit benützt, unter dem frischen Schatten der hohen Pappelbäume einige Tische und Stühle und Bänke aufzustellen, eine Art Laubenschenke, wo er Bier und Genever verkaufte. Es war zwar gegen die Ordnung, denn er hatte keine Schankkonzession, aber wer würde sich darum bekümmern! Eine konkurrierende Schenke gab es in der Nähe nicht, und Trooster würde sicherlich auch nichts dagegen sagen. Nur der Feldwächter hatte flüchtig eine bärbeißige Miene gemacht, aber Cleve hatte ihn schnell mit ein paar „Tröppelken" bewirtet, und nun stand der Hüter der öffentlichen Ordnung mit glühender Nase am Eingang der Laubenschenke und hielt Wache, damit alles ordnungsgemäß vor sich gehe. Das konnte ein guter Tag werden für Cleve? Wer weiß, ob er nicht genug einnahm, um nun endlich doch Troosters milchweiße Kuh zu kaufen! Er stand hinter dem ersten Tisch, während des Einschenkens und Bedienens lebhaft schwatzend und Scherzreden mit den Gästen austauschend, und seine Frau, von Eratje unterstützt, stand am zweiten Tische. Pierken musste auf Seelevie aufpassen und vor allem darauf achten, dass keines von beiden unter die Hufe der Pferde geriet.

Ein erstes Wettrennen war schon vorbeigestürmt: feuerrote, keuchende, schreiende und schwitzende Bauern auf dicken, schäumenden Pferden in Wolken von Staub.

Aufgeregt vor Entzücken über das gute Gelingen seines
Festes, erschien Trooster mit einer ganzen Schar reicher
Bauern und Bäuerinnen bei Cleve im Schatten der Pappeln,
um zu trinken und jedermann zu bewirten. Er merkte, wie
Cleves Geschäft ging, und rief ihm von weitem mit schal-
lender Stimme lachend zu:

„Nun! Geht's noch nich bald? Kommst du morgen um
die Färse? Gestern hat man mir sechshundert Franken für
sie geboten, aber du kannst sie noch immer um fünfhundert rund haben. Ein Mann, ein Wort!"

Cleve zitterte. Es ging, es ging. Er hatte schon ziemlich
eingenommen, seine Frau nicht minder. Wenn es nur noch
ein paar Stunden so weiter ginge! Ja, dann vielleicht morgen, wer weiß…

„Ich hab nichts zu fressen für sie", rief er dem Bauer
scherzhaft zu, indem er sich mit dem Ärmel den Schweiß
vom Gesicht wischte.

„Das macht nichts. Du kannst sie auf meinen Rainen
grasen lassen!", rief Trooster, durch die Gegenwart all dieser Bauern und Bäuerinnen in seinem dünkelhaften Bau-
ernstolz angespornt und zur Freigebigkeit ermuntert.

Das war gar zu schön. Cleve in seinem Glückstau-
mel schob plötzlich alle Bedenken von sich und war im
Begriff, den so ausnehmend gut gelaunten Bauer sogleich
beim Wort zu nehmen. Er ließ seine Kunden einen Augenblick stehen und wollte auf Trooster zugehen, als draußen plötzlich lautes Geschrei erscholl. „Sie sind da! Sie
kommen!", wobei alle in die Höhe fuhren und zur Straße
hinüber rannten. Cleve selbst rannte mit, um wenigstens
von diesem Wettlauf, der der schönste war, auch etwas zu
sehen.

In zwei dichten, langen, bunten Reihen standen zu beiden Seiten des schmalen Sandweges die Zuschauer wie

zwei lebende Menschenhecken, mit schräg emporgereckten Hälsen in die Ferne schauend. Da und dort lagen Kinder platt auf dem Erdboden, mit den Köpfen zwischen den Beinen der Großen. Und weit da drüben kam etwas heran, eine dicke gelbe Staubwolke, über die ab und zu schwingende Arme mit knallenden Peitschen hoch emporschossen, während der weiche Boden dröhnte wie unter dem dumpfen anhaltenden Getrappel hunderter von Menschenfüßen. In großer Schnelligkeit kam das Ding näher, und mit einem Male wurden die Pferde und Reiter immer mehr sichtbar, während die doppelte Menschenhecke wie dahingemäht rückwärts wogte. Zwei Pferde stoben rechts und links vom Sandweg voran. Einer von den Reitern hatte seine Mütze verloren, und seine Haare flogen ihm, sich sträubend, und die schweißbedeckte Stirne. Dann stürmte plötzlich aus der Staubwolke ein dritter neben sie, ein großer, schwerer Schimmel, der die beiden anderen noch mehr zur Seite drängte. Es wurde mit einem Male gefährlich, und schreiend flüchtete die Menge eine Strecke weit in den umgewühlten Acker. Und als eines von den Pferden mit den Flanken raschelnd an dem Zaun vor Cleves Häuschen anscheuerte, hörte man plötzlich das Geklapper gegeneinander schlagender Hufe und einen kurzen Schrei.

Die Menge strömte hinter den Pferden zusammen, stob aber sogleich unter lautem Geschrei wieder auseinander vor einem in tollem Lauf nachkommenden Ross und erst, als dieses vorbei war, sah man in dem weichen Sande vor Cleves Häuschen ein blutbedecktes Knäblein liegen.

Zwanzig Männer zugleich eilten hinzu und hoben den Kleinen auf, aber er gab kein Lebenszeichen mehr von sich. Das ganze Köpfchen war von dem Hufschlag zerschmettert.

„Wem gehört er? Wem gehört er?", rief man ängstlich von allen Seiten.

Bleich und stöhnend, die Beute einer entsetzlichen Vorahnung, eilte Cleve durch die zusammengepresste Menschenmasse herbei.

Und mit einem Schrei des Schmerzes und der Verzweiflung erkannte er in dem toten Kinde sein Pierken.

Diese Nacht stand Cleves einsames Hüttchen auf der kahlen Ebene unter den hohen Bäumen wie in tiefem Leid. Die Fensterläden waren nicht geschlossen, und hinter den Scheiben zuckten und irrten Lichter hin und her. Und jedes Mal bei diesen schnell aufblitzenden und ebenso schnell wieder verschwindenden Lichtpunkten schien es, als ob das arme Häuslein feurige Tränen weinte oder gemarterte Seelen verzweifelt umherirrten auf der Suche nach einem Ausweg, der nicht mehr zu finden war. Die ganze Kirmeslust war plötzlich von dem Haufe des Unheils geflohen, und wer noch eben vorüberkam, der hörte, wie in einem schlimmen Traum, fremde und beängstigende Laute, dazwischen Pausen unheimlicher, tödlicher Stille. Die Leute hatten Furcht vor dem Häuschen, Furcht vor dem grausamen Unheil, das dort das blühende Glück geknickt und getötet hatte, und sie betrachteten es in der Nacht aus weiter Ferne, als harrten sie in abergläubischer Furcht und voll Grauen auf ein noch größeres Unheil, das es nun vollends vernichten würde.

Erst am frühen Morgen, bei dem nüchternen klaren Tageslicht, wagten sie wieder hinzugehen. Und sie fanden dort Tiere, bleich und müde, mit dumpfen Augen, leise sprechend und von Zeit zu Zeit ängstlich aufstehend und in Strümpfen durch das totenstille Häuslein schleichend.

Er schien sinnlos und verwirrt und erzählte schnell und leise den Leuten, die ihn teilnahmsvoll umstanden, dass Pierken tot s ei, von den Hufen der Pferde zertreten, und dass ein anderes Kindchen, auch ein Büblein, in der Nacht geboren worden sei. Dann begann er plötzlich laut zu schluchzen und jammerte, es sei ihm zumute, als hätte er Pierken niemals gekannt und ihn erst jetzt, nachdem er tot war, in seiner ganzen Lieblichkeit kennen gelernt.

„Oh, Pierken, mein Pierken, mein süßes braves Büblein, und dass ich dich so wenig gekannt hab, und dass du nun für immer tot bist!"

Immer und immer wieder brachte er schluchzend dieselben Jammerklagen vor, schmerzlich die Hände ringend und hin und her gehend, und einen Augenblick später sank er wieder dumpf und still auf einem Stuhl zusammen, gleichsam von seiner Verzweiflung erdrückt.

Der Doktor kam, um an dem toten Kinde die Leichenschau vorzunehmen.

„Das arme Würmlein is tot, nich wahr, Herr Doktor?", fragte schluchzend Cleve, als ob noch irgendein Zweifel möglich sei. Und vor der kleinen Leiche bekam er plötzlich wieder eine. wilde Krisis, er heulte und stöhnte, so hoffnungslos und unglückselig, dass die Leute, die anwesend waren, ebenfalls zu weinen und zu schluchzen begannen.

Der Doktor suchte ihn durch praktische Erwägungen zu trösten.

„Wisst Ihr auch, Cleve, dass Ihr nach dem Gesetz Anspruch auf Schadenersatz für dieses Unglück hab?"

„Schadenersatz? Von wem soll ich den verlangen? Wir wissen ja noch nicht einmal, von wessen Pferd er überritten worden ist?", seufzte Cleve, in seinem praktischen Geschäftssinn trotzdem ein wenig zur Verteidigung seiner Rechte ermuntert.

„Das ist gleich, die Veranstalter solcher Rennen und vor allem der Bürgermeister sind verantwortlich. Ihr müsst Euch einen Advokaten nehmen, und Ihr werdet viel Geld kriegen", versicherte der Doktor.

Ganz niedergedrückt von seiner Trauer, stand Cleve unbeweglich da und sann.

Trooster war also verantwortlich! Trooster müsste ihn laut Gesetz entschädigen. Der Gedanke, dass er vielleicht Geld genug bekäme, um die Kuh zu kaufen, zuckte plötzlich wie ein Wetterleuchten durch seine betrübte, gefolterte Seele. Aber wenn er einen Advokaten annahm, dann würde Trooster unwirsch werden und ihm die Kuh nicht verkaufen wollen. Und auch er empfand einen inneren Widerwillen, den Bauer derart zu zwingen. Trooster war so gut gewesen, ihn draußen f ein kleines Zelt aufschlagen zu lassen, wodurch er einen schönen Batzen Geld verdient hatte. durfte er dann Trooster die Schuld beimessen, wenn Pierken durch seine eigene Unvorsichtigkeit unter den Hufen der Pferde zerschmettert worden war. Enttäuscht und traurig schüttelte er den Kopf.

Kaum war der Doktor fort, als der Dorffeldwächter eintrat. Er käme im Auftrag Troosters, sagte er.

Cleve ließ ihn ausreden.

Trooster, sagte der Feldwächter, bedauerte das Unglück sehr und wollte Cleve dafür entschädigen. Er schlug vor, ihm einer tüchtige junge Färse zu gehen, die gut ihre siebenhundert Franken wert sei, falls Cleve von allen etwaigen weiteren gesetzlichen Schritten Abstand nähme.

Cleve zitterte. Trooster musste sich also doch völlig verantwortlich fühlen, weil er selbst mit einem solchen Vorschlage kam.

„Die Färse ist fünfhundert Franken wert, aber keine siebenhundert", sprach er endlich. „Trooster hat sie mir um fünfhundert verkaufen wollen."

„Ich weiß", sagte der Feldwächter, „aber sie ist trotzdem siebenhundert wert. Erst heut Morgen hat ihm ein Viehhändler aus Rouksel siebenhundert dafür geboten."

Cleve zauderte. Was sollte er tun? Vielleicht würde er auf gerichtlichem Wege dennoch mehr bekommen.

Aber dann die unvermeidliche Feindschaft mit Trooster, und die reizende milchweiße Kuh, die ihm ohne jeden Zweifel entgehen würde. Er sah im Geiste das schöne Tierchen mit seiner glänzenden Haut und seinen eigenartigen orangefarbigen Ringen um die Augen und konnte sich nicht davon trennen. Er vergaß dabei einen Augenblick fein Pierken. Die Kuh war so schön, dass er bestimmt auch siebenhundert Franken dafür gegeben hatte, wenn er diese Summe nur besessen hätte.

„Und dann, beinah hätt' ich die Hauptsache vergessen. Ihr könnt sie bis Ostern auf Troosters Wiese weiden lassen!", beeilte sich der Feldwächter noch beizufügen.

Immer größer wurde die Versuchung.

„Wartet", sagte Cleve, „ich will mit meinem Weib drüber reden."

Er ließ den Feldwächter einen Augenblick allein.

Nach einigen Minuten kam er zurück.

„Das Weib sagt, dass wir uns noch nicht entscheiden können, dass wir noch ein paar Tage warten müssen", berichtete er.

„Ihr habt Unrecht", sagte der Feldwächter missbilligend. „Ihr müsstet Euch mit viel weniger zufrieden gehen, und Ihr würdet Zwist und Feindschaft säen."

„Wartet bis übermorgen", entschied Cleve niedergeschlagen, indem er plötzlich wieder an Pierken dachte.

„Übermorgen, nach dem Begräbnis, werden wir das Nötige sagen."

Zwei Tage später, zu der bestimmten Stunde, kam der Feldwächter wieder. Cleve saß nachdenklich in gedrückter Stimmung da und starrte durch das Küchenfensterchen. Pierken war begraben, er lag nun dort für immer in der kleinen Grube unter dem weißlich grauen Kirchtürmchen.

Es war etwas von seinem eigenen Leib und Leben, das dort begraben lag, und unfehlbar würden nun nach und nach auch alle anderen folgen. er, seine Frau, seine anderen Kinder, das eine früher, das andere später, bis sie alle dort waren.

„Nun! Habt Ihr Euch die Sache überlegt?“, fragte der Feldwächter leise.

Ja, Cleve hatte sich's überlegt, sich krank dabei gemacht. Der Doktor hatte ihm noch einmal sehr dringend angeraten, Troosters Vorschlag abzuweisen und einen Advokaten mit der Angelegenheit zu betrauen.

Auch andere hatten ihm dies angeraten, aber es widerstrebte ihm, als wäre es etwas Unehrliches, weil er doch ganz gut wusste, dass Trooster keine direkte Schuld an dem Unglück hatte. Und dann war er auch zu tiefbetrübt und mutlos, um sich noch in einen Streit zu verwickeln und die Kuh war seine einzige Hoffnung und sein einziger Trost geworden, diese schöne Kuh, die er so lange wie keine andere begehrt hatte. Das war ihm in der trüben Erschöpfung seines ganzen Wesens gleichsam zu einem krankhaften Bedürfnis geworden und er fühlte sich so niedergeschlagen und schwach, dass er jetzt hätte weinen können, nicht allein mehr über den Tod Pierkens, sondern auch über die milchweiße Kuh, die ihm für immer entgehen würde, wenn er mit Trooster in Zwist geriet.

Der Feldwächter, der seinen inneren Kampf bemerkte, kam mit einem allerletzten unwiderstehlichen Vorschlag.

„Hört, Cleve, Trooster hat gesagt: ein Mann, ein Wort. Er wird Euch die Färse um fünfhundert lassen, wenn sie auch siebenhundert wert ist, und er wird Euch die zweihundert Franken, die sie mehr wert ist, in Geld darauf legen. Das ist sein letztes Wort. Sind wir einig?"

„Ja", antwortete Cleve plötzlich, gleichsam instinktiv, um den Zwiespalt los zu sein.

Der Feldwächter reichte ihm die Hand hin.

„Auf gut Glück!", sagte er. „Komm nun mit nach dem Hofe. Ihr werdet mit Trooster den Vertrag unterschreiben, er wird Euch das Geld geben, und Ihr dürft die Färse mitnehmen."

Die Sonntagsglocken läuteten über das stille, sonnige Land. Auf allen Wegen und Pfaden strömten die Menschen der Kirche zu. Die Kleefelder blühten und dufteten, gleich großen violetten Flecken zwischen dem Gelb der abgeernteten Äcker und dem umrahmenden Grün der Raine und Erlenhecken. Da und dort standen noch kleine Haferschober wie vergessen auf den Stoppeln, und stellenweise bedeckte schon das zarte Grün der Rübenfelder, wie ein Wiederaufleben von Frische und Jugend, die umgewühlte braune Erde. Feierlich still im warmen Sonnenschein, mit einem bläulich-durchsichtigen Dunst über den Weiten, war die reine Luft. Die Natur schien sinnend auszuruhen. Und durch das bräunliche, schon dünner gewordene Laub der Obstgärten und Alleen glänzten die reichen schönen Meierhöfe in allen ihren Farbentönungen, wie in einem goldigen Traum.

Ohne Unterlass hallten die feierlichen Glockentöne über das weite stille Land. Es läutete gleichsam triumphierend und jauchzend über den schönen Sonnentag, und Sonne und Fest und Glück lag auch auf den Gesichtern der Menschen und in dem Flattern und in dem Glänzen ihrer Kleider, als wäre nun mit einem Male alle Sorge und Trauer und Trübsal für immer aus der Welt verbannt.

Und ganz allein im stillen Felde ging Cleve auf dem weichen Grase im Schatten der Erlenbüsche mit seiner Kuh umher. Gestern war der Vertrag abgeschlossen worden, und heute weidete er sie zum ersten Male auf des Bauern Troosters Feldrainen.

„Oh, wie hätt' sich Pierken mit unserer Kuh gefreut!", sagte er halblaut.

Und mit einem Male drängte sich ihm schmerzlich wieder der Gedanke auf, dass er Pierken so wenig gekannt, dass er sich so wenig um sein Wohl oder Wehe gekümmert hatte und gar nicht mit Gewissheit sagen konnte, ob Pierken seine Freude an der Kuh gehabt hätte oder nicht.

Seine Lippen begannen zu beben, und Tränen rollten über seine gelben Wangen.

Die Verwirklichung seines heißesten Wunsches, die reine Herrlichkeit des schönen Tages, das Geläute der Sonntagsglocken, ein verspäteter Sommervogel, der noch da und dort, im Grün versteckt, sein einsames Liedchen zwitscherte, alles stimmte ihn zu tiefer Wehmut durch den Gegensatz zu seinem tiefen Leid über Pierkens Tod.

„Oh, Pierken, du armes Schäflein, ich gäb meinen letzten Pfennig und meine letzte Brotkruste her, wenn ich dich dadurch wieder lebendig machen könnt'!", schluchzte er.

Aber gleichmütig grasend ging die schöne Kuh neben ihrem neuen Besitzer einher, mit der stumpfen Schnauze am Boden, und das eintönige Geräusch ihres friedlichen Kauens lullte schließlich Cleves Kummer allmählich in ein dumpfes Gefühl melancholischer Ruhe und Ergebung ein. Er dachte an das neugeborene Kindchen, das ebenfalls Pierken hieß und vielleicht sein Trost und sein Ersatz werden würden für den Verlust des anderen.

Er dachte an seine Frau und an seine anderen Kinder, er dachte an seinen plötzlichen materiellen Wohlstand.

Er streichelte sanft mit der Hand die Kuh über den

Rücken und schnob mit einer gewissen Wollust den durchdringenden Moschusduft ein, der das sanftmütige Tier
begleitete. Er verjagte einige Fliegen, die sich immer wieder siechend in den orangefarbigen Ringen um ihre Augen
niedersetzten Und nach und nach stieg in ihm eine Empfindung auf, wie ein stiller Genuss, wie zarte Poesie bei all
dem Reinen und Schönen und Gesunden, das um ihn war.
Er ging hier hinter den reichen Bauernhöfen umher, mitten
in den üppigen fetten Gründen voller Fruchtbarkeit, mitten in einer Üppigkeit, die für ihn der höchste Reichtum
war. Und noch unklar schlich sich in ihn die leise Hoffnung
ein, vielleicht mit der Zeit sein einsames Häuschen auf der
dürftigen Ebene zu verlassen und ebenfalls hier auf einem
kleinen Gütchen, umgeben von üppigem Grün und reicher
Fruchtbarkeit zu leben.

Leise raschelten die sich beugenden Zweige eines Erlen-
strauches und scheuchten ihn aus seinem Sinnen auf, und
plötzlich stand Bauer Trooster dicht vor ihm. Der reiche
Pächter hatte nicht mehr sein gewohntes offenes Lächeln
auf dem roten Gesicht, und seine kleinen Äugelein, die
er sonst immer so lustig und verschmitzt beinahe ganz
zukniff, standen nun weit offen zwischen ihren vielen Kan-
zeln und zeigten einen ernsten Ausdruck, wie der Angst
und des Argwohns.

„Nu, Cleve, is Belleke brav?“, begann er mit etwas unsi-
cherer Stimme, während er mit einem schnellen Blick auf
das Gesicht des geprüften Vaters dessen Gemütsstimmung
zu ergründen suchte. Aber Cleves ruhige und höfliche
Antwort beruhigte ihn, und einen Augenblick kniffen
sich seine kleinen Augen wieder zu ihrem gewöhnlichen
Lächeln zusammen.

„Ich hab heut Hauswache“, scherzte er. „All unsere Leute

sind zur hohen Messe gegangen, und ich hab für uns zwei etwas zur inneren Aufwärmung mitgebracht."

Und damit zog er aus seiner Brusttasche ein kleines Fläschchen Genever und ein Gläschen.

„Oh, das is nich nötig, Bürgermeister", antwortete Cleve anstandshalber mit einem matten Lächeln.

„Ah bah, auf deine Gesundheit, und du musst Courage haben", sprach der Bauer, indem er ihm ein Gläschen reichte.

„Danke, Bürgermeister", antwortete Cleve dumpf und er führte das Gläschen an die Lippen. Aber noch ehe er sie erreichte, begann seine Hand derart zu zittern, dass er nicht weiter konnte.

„Ach, geh, trink nur, das wird dir gut tun", schmeichelte der Bauer.

Cleve seufzte und trank mit Anstrengung.

„Noch eins!"

„Nee, nee, danke, danke, es stieg' mir sonst in den Kopf."

„Ah bah, du musst noch eins nehmen. Ich nehme auch immer zwei."

Cleve schüttelte den Kopf und ließ sich noch einmal einschenken, und Trooster seinerseits nahm schnell zwei Schnäpse nacheinander aus demselben Glase.

Dann rief er plötzlich, ohne Übergang, heftig und mit bebender Stimme, als legte er einen Eid ab:

„Keine Pferderennen mehr im Dorf, solang ich Bürgermeister bin! Nie mehr, nie!"

Ein Schluchzen stieg ihm plötzlich in die Kehle, und wie gefoltert rang er die Hände, während sich sein Mund verzerrte und ihm Tränen in die Augen traten.

„Es is nich Eure Schuld, es is niemands Schuld", murmelte Trooster beinahe unhörbar.

„Nie mehr, nie mehr!", wiederholte der Bauer noch einmal mit gesteigertem Nachdruck. „Und von seiner Bewegung überwältigt, floh er mit den Händen vor den Augen seinem Hause zu.

Es tat Cleve wohl, den reichen Pächter weinen zu sehen, und auch der Trunk tat ihm wohl und erfüllte sein Herz wieder mit angenehmer Wärme. Der Schmerz um Pierkens Tod, den auch der Bauer so innig hegte, wurde dadurch weniger scharf. Er seufzte tief auf mit einem heftigen Schlucken und sah über die Erlenbüsche hinweg nach der mild leuchtenden Sonne am dunstig blauen Himmel. Wie schön und herrlich war es jetzt überall, so ruhig und so friedlich, als ob es niemals Kummergeben könne. Aber Belleke begann schon langsam zu grasen und ließ ab und zu ein heiseres Geblök aus seiner mit Gras gefüllten Kehle vernehmen. Es war rund und dick gefressen, und Cleve meinte, dass es jetzt nach Haus möchte, wo Koarliene und die Mädchen, die das Tierchen noch nicht kannten, schon ungeduldig warten würden.

„Komm, Belleke, wir gehen nach Haus", sprach er, als ob die Kuh ihn verstehen könne. Und indem er am Seil zerrte, führte er sie vom Rain hinweg.

Stolz wie ein Eigentümer schritt er mit dem schönen Tier durch die schattigen Alleen, an den reichen Meierhöfen vorbei. Das zitternde Spitzenwerk der Pappelkronen warf abwechselnd goldgelbe Sonnenfleckchen oder graugrüne Schattenstreifen über Bellekes weiß glänzende Haut, und einzelne Bauern kamen herzu, um zu gucken, und wünschten ihm im Vorbeigehn Glück zu seiner prächtigen Kuh. Er fühlte sich in ihrer Achtung gestiegen und beinahe als ihresgleichen, seitdem er nun auch ein schönes Stück Vieh besaß. Er kam auf das freie Feld und sah von weitem vor seinem einsamen Häuschen Koarliene, die zum ersten

Male wieder aus war, und die beiden Mädchen stehen. Unbeweglich schauend, in harrender Bewunderung, standen sie im Schatten des Pappelwäldchens, gerade auf dem Platze, wo Pierken vom Tode ereilt worden war. Aber die letzten hundert Schritte kamen ihm die Kinder entgegen gelaufen, und er gab ihnen das Seil in die Hände, damit sie Belleke nach Hause führten.

„Ach Gott, was für 'n schönes Tier!", rief Koarliene, indem sie bewundernd die Hände zusammenschlug.

Sie sah plötzlich sehr bleich und abgemagert aus, nach ihrer Niederkunft und durch ihre Trauer gleichsam um die Hälfte eingeschrumpft. Ihre Hände und ihre Lippen bebten vor Rührung, und lange Zeit konnte sie kein Wort mehr sprechen, während sie mit den anderen im Schatten der hohen Bäume unbeweglich bei der schönen Kuh stand. Dann begann sie plötzlich bitterlich zu weinen, während ihre verzerrten Lippen stammelnd hervorstießen:

„Ach Gott, unser Pierken! Unser Pierken! Unser Pierken!"

Auch Cleve, der von der Kuh erzählte, und die Kinder, die unter Ausrufen der Bewunderung im Kreise um das Tier herumliefen, begannen plötzlich wieder zu weinen.

Und sie standen alle vier ein Weilchen da, reichlich und verzweifelt weinend in ihrem neuerweckten Schmerzbei dem gleichgültigen Tiere, das wieder mit leisem Blöken nach seinem Stall begehrte.

Das war die letzte große Trauer über Pierkens Tod.

Sie brachten Bellotje – wie die Kinder das Tier sogleich nannten – in den kleinen Stall, dessen Flur mit einem schönen Lager von frischem Stroh bedeckt war, und Koarliene sagte, dass sie gegen Abend einen Kessel leckeres Trinken mit Mehl und Rüben für die Kuh herrichten werde.

Noch ein Weilchen betrachteten sie in stiller Bewunderung die Kuh, dann schlossen sie den Stall zu und kehrten zu ihren gewohnten Beschäftigungen zurück.

Ein Jahr darauf hatten sie von der Kuh ein weiß und rot geflecktes Kalb. Das zweite Jahr noch eins.

Und im darauffolgenden Mai verließen sie ihr einsames Häuschen auf der weiten Ebene unter dem kleinen Gehölz hoher Pappelbäume und bezogen ein kleines, hellgrün gestrichenes Höfchen mit weißblauen Fensterläden und rotem Ziegeldach, mitten in den üppigem fetten Gründen, wo die reichen schönen Bauernhöfe standen.

Und in der Zwischenzeit war ihnen noch ein Bübchen geboren worden ...

Sein eigner Herr

Sie waren geboren und hatten stets gewohnt auf der Grenze von Ost- und Westflandern. Noch in Ostflandern zwar, aber da, wo schon das Westflämische in Mundart und Sitte vorherrschend war. In einem einsamen Häuschen auf weiter Ebene, mitten in den goldenen fruchtbaren Auen, die sich in sanften Wellenlinien gegen den fernen Horizont erstreckten und umrahmt waren von hohen Pappeln, hinter denen niedrige Hügelkämme wie zarte duftige Schatten sich mit dem Himmelsblau verschmolzen.

Weiß war das Hüttchen mit den hellgrünen Fensterläden und dem roten Ziegeldach. In dem kleinen Gärtchen vor der Giebelseite, das durch einen niedrigen Zaun aus grauen Holzstängelchen von dem gelben Sandweg abgeschieden war, blühten, sich zierlich an der weißen Mauer emporreckend, rote Stockrosen, die frisch und stolz wie strahlend errötende Gesichter über die herrliche Landschaft blickten, und große, gelbe Sonnenblumen, die wie müde Wesen ihre zu schweren Kopfe neigten.

Ein riesiger Nussbaum breitete sein Laubdach über der traulichen Heimstätte aus und gab an heißen Sommertagen herrlich kühlen Schatten. Hinter dem Häuschen dehnte sich ihr ein halbes Hektar großes Äckerchen aus, in der Mitte von einem schmalen Pfad durchschnitten, zu dessen beiden Seiten das Gelände sanft anstieg, so dass es wie ein aufgeschlagenes Buch vor dem Beschauer lag.

Es war ihr Eigentum und lange Jahre des Glückes und des Friedens hatten sie zu dreien hier verbracht: die alte

Mutter, die einzige Tochter und der jüngste Sohn. Der älteste Sohn, der verheiratet war, wohnte auf einem entlegenen Dorfe, und sie sahen ihn beinahe nie. Die Mutter versorgte den Haushalt. Romanie arbeitete des Sommers auf dem Äckerchen und häkelte im Winter Spitzen. Xaveer war Geselle beim Dorfschmied.

Sie hingen mit einer fast zärtlichen Liebe an ihrem kleinen Besitz. Ihr nettes, sauberes Häuschen, der Ausblick auf einige andere Häuschen in der Umgebung, die wellenförmigen Auen, die weite Ebene mit den hohen weißen Windmühlen, die scharfe Nadel des Kirchtürmchens, die sich über die grünen Baumkronen und die in der Sonne glitzernden roten Dächer des Dorfes erhob, und ganz in der Ferne die im Blau verschwimmende Linie der Hügelkette. Das alles war ihnen so lieb und vertraut, und es war ihnen der höchste Genuss, wenn sie an stillen Sommerabenden arbeitsmüde bei dem Summen der Insekten und dem Zirpen der Grillen ruhig vor ihrer Tür saßen und sprachlos das Wunderbild der in goldener Wolkenpracht untergehenden Sonne betrachteten. Da empfanden sie in unbewusster Seligkeit die Poesie der Dinge. Die Luft war so klar und rein, der Zephir, der schmeichelnd über die blühenden Felder glitt, brachte süße Düfte mit. Die letzten zum Nest zurückkehrenden Schwalben jagten sich hoch in den Lüften unter langgedehntem seinem Geschrei in spiralförmigem Flug. die roten Stockrosen an der weißen, goldbeglänzten Giebelmauer leuchteten wie die frischen Wangen einer drallen Bauerndirne, und die großen gelben, im Abendsonnenschein von feuriger Orangeglut überhauchten Sonnenblumen kehrten ihre schweren Köpfe dem glühenden Westen zu, von einem Strahlennimbus umgeben, als wären sie selber Sonnen, die warmen, guten, immer wachenden Sonnen dieses friedlich-glücklichen und behaglichen Heims. Da kam ihnen so recht das wonnige Gefühl ihres kleinen Paradieses. sie fühlten sich in ihrem Eigentum, in dem Besitz ihres Häuschens und ihres Äckerchens, in einer Freiheit und Unabhängigkeit, die ihnen erlaubte, im eignen Hause „eigner Herr" zu sein … und sie dankten in ihrem Herzen dem guten Gott für alles, was er ihnen vor so vielen minder Bevorzugten geschenkt hatte.

Hier hatten sie gewohnt, solange die alte Mutter lebte. Nun aber war die Mutter tot, und der älteste Sohn, den sie sonst so selten sahen, war sogleich gekommen, um seinen Anteil an dem Erbe zu beanspruchen. Sie hatten ihm das Seinige nicht auszahlen können, und so war das Häuschen samt dem Äckerchen verkauft worden.

Sie saßen beisammen, Xaveer und Romanie, in dem totenstill gewordenen Häuschen, das jetzt nicht mehr das ihre war, und sprachen von ihrer Zukunft.

Draußen tobte der Novemberwind und jagten heftige Regenböen über das Land. Die langen braunen Blätter des Nussbaumes wirbelten wie schmutzige Lederlappen um das in Trauer versunkene Hüttchen oder platschten wie zu Tode gejagte Vögel in den Schmutz der Landstraße nieder, und über der kahlen Ebene, auf der nur da und dort das Rüben kraut wie eine feuchtgrüne Decke sich ausbreitete, zogen in schrägem Fluge ganze Scharen von dumpf krächzenden schwarzen oder grauen Raben.

Sie hatten Heimweh und grübelten still vor sich hin.

Der Bursche rauchte sein Pfeifchen neben dem schwach aufflackernden, dann und wann leise zischenden und qualmenden Herdfeuer das Mädchen, das sich, um den letzten Schimmer des scheidenden Tageslichtes auszunutzen so dicht als möglich an das kleine Fensterchen heran gedrängt hatte, bewegte nur ab und zu langsam und mit der Miene der Entmutigung die schwermütig klappernden Klöppel ihres mattblauen Spitzenkissens.

Sie mussten einen Entschluss fassen. Gegen Weihnachten mussten sie das geliebte Heim verlassen und ein anderes Unterkommen gefunden haben. Wie schwer fiel es ihnen! Welche Mühe kostete es sie, ihre Wahl zu treffen! Nichts, nichts gefiel ihnen. Nirgends würden sie sich zu Hause fühlen, denn sie suchten in ihrem Heimweh etwas, das nicht zu finden war: ein Häuschen genauso, wie das, das sie verlassen mussten. Suchend waren sie schon überall herumgeirrt, immer wieder durch die qualvoll gespannten Wurzeln ihres eigenen inneren Wesens zu ihrem Ursprung zurückgezogen, zu dem zärtlich geliebten Erdenfleckchen, an dem sie nicht bleiben durften.

Auch an diesem Tage war Xaveer fort gewesen, und nun glaubte er endlich etwas gefunden zu haben. Es war etwas ganz anderes, als sie bis jetzt gesucht hatten, und es würde, auch wenn sie es nehmen würden, keine geringe Umwälzung in ihrem Leben hervorbringen. Xaveer hatte ein Häuschen gesehen in einem entlegenen, schönen gro-ßen Dorfe, tief in Ostflandern, ein allerliebstes, freund-liches, neu gebautes Häuschen, in dem noch niemand gewohnt hatte und das zum ersten Male zur Vermietung ausgeschrieben war. Er hatte es von unten bis oben besich-tigt, war bei der Eigentümerin, einer bejahrten Dorfdame, gewesen, hatte den Mietpreis nicht zu hoch gefunden. Und plötzlich war in ihm ein Plan entstanden, der Plan eines ganz neuen Lebens, nicht mehr als Schmiedgeselle, der er bis jetzt gewesen, sondern als Meister, ja, als Meister. Eine kleine Schmiede in dem Ställchen, das hinter dem Häuschen stand. Eine Schmiede, nicht für grobe, schwere Arbeit, wie sie bis jetzt sein Handwerk gewesen, sondern eine niedliche kleine Schmiede für feinere Arbeiten: Ofen-

und Lampenreparaturen, Schlosserei und Fahrradausbes-serungen. Namentlich das letztere. Es war noch kein ein-ziger Fahrradreparateur in jenem schönen großen Dorfe, in dem sicherlich zahlreiche Radfahrer wohnten oder durchpassierten. Er war unterwegs vielen begegnet, besonders Damen, er zweifelte daher nicht, dass er damit einen schönen Batzen Geld verdienen würde. Er verstand etwas von Fahrrädern, bei dem Schmied, wo er schon viele Jahre arbeitete, hatte er oft solche repariert, er zweifelte sogar keinen Augenblick daran, dass er ein funkelnagelneues Rad fertig bringen könnte. Ja, er sah es schon in seiner Fantasie im Schaufenster ihres neuen Häuschens prangen, sah die Dörflinge herbeiströmen, um es zu bewundern, sah sie gierig in sein Häuschen strömen, um mehr als eines zu bestellen. Unterdessen würde Romanie die schönen Spitzenarbeiten machen, in denen sie so große Fertigkeit besaß und auch diese würden ohne Zweifel von den wohlhabenden Damen des großen reichen Dorfes gerne gekauft werden. Der Druck des Heimwehs wich allmählich unter dem sanften Kosen der neuen Illusion, die er ihr mitzuteilen suchte, und bei jeder Aufzählung der zahlreichen Vorteile wiederholte er immer wieder das, was nach seiner Meinung bei ihrer Entscheidung den Ausschlag geben musste: wieder unabhängig zu sein und zwar noch in reichlicherem Maße als früher, tun und lassen zu können, was man wollte, das Glück zu genießen, „sein eigner Herr zu sein".

Die Klöppel ihres Spitzenkissens zwischen den Fingern, die vom Heimweh noch weichen Blicke starr auf das weiße Zeug gerichtet, hörte sie ihm zu und dachte nach. Sie wusste nicht, was sie sagen sollte, sie wagte nicht, sich zu entscheiden, und fühlte doch, dass es dringend sein musste. Sie fürchtete jenes große ferne Dorf, wo kein Mensch sie kannte. Und sie hing so sehr an diesem Dörflein, an diesem Fleckchen, stärker, ach, noch viel stärker als er, aber sie liebte ihn so sehr und mochte ihn nicht gerne betrüben und entmutigen, nachdem er so hoffnungs- und vertrauensvoll zu sein schien.

„Was für Leut' sind da drüben im Dorf?", fragte sie endlich mit matter leiser Stimme, um nur etwas zu sagen, während sie sachte wieder ihre Klöppeln klappern ließ.

„Oh, ganz brave tüchtige Leut', weißte. Sie sind immer lustig und vergnügt", antwortete er mit Überzeugung.

Ein schwaches Lächeln schwebte um ihre Lippen. Ihre weichen Brauen zogen sich in die Höhe, ein langsamer Seufzer entfuhr ihr. In jenem Dorfe oder in einem anderen. Was konnte es sie auch kümmern, wenn sie nun doch einmal das geliebte Häuschen verlassen musste. Ihr war es gleich, wohin sie nun kommen würden, und es war noch ein Glück für ihn, dass er sich weniger mutlos fühlte, ja, dass er noch Hoffnungen und Illusionen hegen konnte. Sie dachte noch ein Weilchen darüber nach, während unter ihren Händen die Klöppeln klapperten, und als es in der kleinen Küche bald ganz dunkel geworden war und der Regen wild gegen die Scheiben peitschte, stand sie auf, schob ihr Kissen von sich und sagte, indem sie das Lämpchen anzündete, mit einem leichten Seufzer der Zustimmung:

„Ach ja, woll'n wir's halt mal probieren. Geht's nich, so können wir immer noch was anderes suchen."

Sie hatten das Häuschen gemietet und wohnten nun in dem großen schönen Dorfe. Es war das dritte in einer Reihe von vier ganz gleichen Häuschen aus roten, mit weißen Streifen gezierten Backsteinmauern und mit rotem Ziegeldach. Sie standen ganz am Ende des Dorfes mit einer lieblichen Aussicht auf einen gegenüberliegenden großen Garten und weiter zurück über die wogenden, sich bis an den Horizont erstreckenden Felder. Das eigentliche Dorf

lag hinter ihnen mit seiner langen, in Windungen dahin-
ziehenden Straße und seinen bunten Häusern, seinem großen, quadratförmigen, von hohen Linden überschatteten
Marktplatz und mit seiner massiven Kirche, über die sich
ein spitziger grauer Turm erhob. Eine Dampftrambahn
verband es mit der fernen Stadt. ein schnurgerade angeleg-
ter Kanal mit dunklem Wasser lief quer hindurch, und die
Schiffe, die vorbei kamen, nahmen sich von weitem aus, als
segelten sie zwischen Dächern und Schornsteinen dahin.

Von der mütterlichen Erbschaft waren etwas über zwei-
tausend Franken auf ihren gemeinsamen Anteil gekommen. Damit richteten sie sich ein: ein paar neue Möbel,
das übrige fast ganz für die Einrichtung und Ausstattung
der kleinen Werkstätte. Am Weihnachtsabend waren sie
gekommen, Mitte Januar war alles fertig. In dem kleinen
Anbau im Hofe war sein ganzes Handwerkszeug untergebracht, und vor dem einzigen Giebelfensterchen prangte
ein funkelneues Fahrrad, darunter und rechts und links
von ihm allerlei Einzelteile. Achsen, Schrauben, Rädchen
Speichen, Luftpumpen, Laternen und Fahrradglocken. In
der einen Ecke stand eine große schöne Messinglampe, in
der anderen hing an einer Schnur ein neuer, dumpf glänzender, weißgrauer Gummireifen. Dahinter saß, durch die
Scheiben nur und deutlich sichtbar, Romanie wie ein rei-
zender friedlicher Wache-Engel den ganzen Tag auf ihrem
niedrigen Stuhl beim Spitzenklöppeln. Außen am Giebel
war über der grüngestrichenen Tür das Aushängeschild
befestigt:

XAVEER VERFAALIE,

SCHMIED UND SCHLOSSER,

FAHRRADFABRIKATION UND REPARATUREN.

Alles war in Ordnung. die Kunden brauchten nur zu kommen.

Es war Winter, ein schmutziger Winter, bald einige Tage Schnee und Frost, dann wieder Tau und Regen, und kein Mensch kam, um Fahrräder zu kaufen oder ausbessern zu lassen. Das hatten Xaveer und Romanie auch erwartet. Es war ja die Jahreszeit für Öfen und Lampen. Aber auch wegen der Lampen und Öfen kam beinahe niemand.

Die schöne Messinglampe, die in der Ecke des kleinen Schaufensters prangte, war noch kein einziges Mal auf Verlangen eines Käufers zum Zwecke des Betrachtens herausgenommen worden. Aber auch das leuchtete ihnen ein, und sie warteten. Es gab ja noch andere Schmiede und Lampenmacher im Dorfe, bei denen die Leute schon lange Kunden waren. Nur von Zeit zu Zeit kam einmal jemand wegen irgendeiner kleinen Flickerei: ein Schloss, das nicht in Ordnung war, ein Riegel für einen Käfig, eine Angel für eine Tür. Xaveer verdiente beinahe gar nichts, und sie hatten zu ihrem Unterhalt nur den Ertrag von Romanies Spitzenklöppelei.

Diese ging nicht schlechten, aber auch nicht besser als früher in ihrem einsamen, lieblichen Häuschen. Bei ununterbrochener Arbeit von morgens sechs Uhr bis abends halb neun Uhr verdiente sie regelmäßig anderthalb Franken täglich. Von dem Dorfe, von dem Leben ihrer Nachbarn und von ihrer weiteren Umgebung bemerkten sie sehr wenig.

Sie blieben am liebsten für sich, fühlten sich noch nicht eingebürgert, verstanden, kannten die Leute noch nicht recht. Das Häuschen links nebenan war ein kleines Wirtshaus. „Zum Dragoner“ stand auf dem Schilde, weil der Wirt seiner Zeit bei der Kavallerie gedient hatte und sonntags ging Xaveer wohl einmal hinüber, um zum Zeichen guter

Nachbarschaft ein Glas Bier zu trinken. Aber niemals blieb er lange aus. Er war dort fremd, schüchtern, hatte keine Fühlung mit den anderen Gästen, verstand ihren Dialekt nicht gut, wurde selber nur halb verstanden, wenn er etwas erzählte.

Rechts von ihnen wohnte eine Witwe mit ihrer Tochter. Beide waren Büglerinnen und den ganzen Tag von Wolken weißen Zeuges umgeben, die sie dem Blick entzogen. Und das letzte der vier Häuschen war fast immer geschlossen. Dort wohnte ein Fellscherer, der ganze Tage mit seiner Frau und einem Hundekarren herumzog, um Kaninchen- felle aufzukaufen, und meistens spät am Abend heimkam, dann Spektakel machte und auf seine Hunde schimpfte, die oft halbe Nächte kläfften und heulten,

Sie warteten. Zehnmal am Tage wiederholten sie sich gegenseitig: „Wir müssen Geduld haben, wir müssen warten."

Wenn Xaveer, sonst gewöhnt, den ganzen Tag zu arbei- ten, jetzt ziellos an der Tür oder neben ihrem Spitzenkissen stand und klagte, dass er nichts zu tun hätte, tröstete sie ihn mit den Worten:

„Wir müssen uns gedulden. Es wird schon besser wer- den, wenn der Sommer kommt."

Aber seine Geduld ging auf die Neige, und er litt sehr darunter, dass er arbeiten wollte, aber nicht konnte und dass die ganze Last der Unterhaltung beider allein auf ihr ruhte. Er sah, dass sie sich überarbeitete, dass sie, bleich und mager wurde, dass sie es auf die Dauer nicht würde aushalten können. Und eines Morgens kam er entschlos- sen zu ihr und fragte sie im vollen Ernst mit verzweifeltem Gesicht, ob sie ihn im Spitzenklöppeln anlernen wolle, damit er ihr die schwere Aufgabe ein wenig erleichtern könne. Wie lachte sie ihn aus, wenn er mit solch närrischen Vorschlägen kam! Haha! Ein Mann, der Spitzen klöppelte. Und noch dazu ein Schmied mit solch schwarzen Händen! Aber er konnte nicht mitlachen, er war so tief unglücklich und betrübt, und er drängte noch mehr in sie, während seine großen schwarzen Hände zitterten und ihm dicke Tränen in den Augen standen. Und dann steckte seine Traurigkeit auch sie unwiderstehlich an, sie selbst wurde plötzlich totenbleich, ihre Lippen bebten. Die Klöppel entfielen ihren Händen, und auch sie brach mit einem Male in Tränen aus und fühlte sich so namenlos unglücklich in dem alles überwältigenden Ansturm des Heimwehs und der Sehnsucht, in dem plötzlichen Abscheu vor der Einsamkeit, vor all dem Wunderlichen, dem Ungewohnten und so unheimlich Fremden und Neuen, das an die Stelle ihres einstigen ruhigen und friedlichen Glückes getreten war. Und sie gestanden sich gegenseitig, was sie bis jetzt so hartnäckig voreinander verschwiegen und still in sich hineingewürgt hatten: dass ihnen das Leben in diesem fremden, unbekannten Dorfe so jämmerlich erschien, dass sie sich nicht eingewöhnen konnten und niemals würden eingewöhnen können, dass sie beide vor Kummer und Elend umkommen würden. Es war eine heftige Krisis, ein Ausbruch monatelang angehäuften und zurückgehaltenen Wehs, ein unbezähmbarer Not- und Schmerzensschrei, der aus den tiefsten Tiefen ihrer erschütterten Seele hervorbrauste.

Lang, endlos lang klagten und schluchzten sie in der übertriebenen Spannung ihres Schmerzes. Sie aber schämte sich endlich dieser unvernünftigen, kindischen Schwäche. Sie schluchzte noch einmal auf, wischte die letzten Tränen fort und nahm mutig ihre feuchten Klöppel wieder aus.

Papperlapapp, sie seien doch keine Kinder mehr. Sie müssten den Kopf hochbehalten. Der trübe Winter gehe zu Ende, schon käme der milde Lenz. Alles würde wieder gut werden.

Der Lenz war gekommen. Der liebe Lenz mit seinen Vöglein und seinem zarten Grün, mit seinen frischen Blüten an Büschen und Hecken, mit seinem hoben klaren Himmel, an dem weiße Wolkenschifflein schwammen in sonnenblauer Unendlichkeit. Die Menschen lebten mit der Natur wieder auf und ließen ihre engen Hütten im Stich, um sich in der freien Weite dem Genuss der Frühlingsherrlichkeiten hinzugeben.

Nun wird auch Arbeit für mich kommen, dachte Xaveer. Das kleine Ladenfensterchen war von Romanie aufs Neue herausgeputzt worden. das neue Fahrrad funkelte mitten in dem glänzenden Chaos der ringsum zerstreuten Rädchen und Kettchen und, Speichen und schien nur auf den zu warten, der es an sich nehmen wollte, um mit ihm in sausender Fahrt durch das duftige, sonnige Frühlingsland zu eilen.

Aber niemand … niemand kam. Die Räder fuhren vorüber, zu Dutzenden jeden Tag, und das schöne, funkelneue Ding blieb unbeweglich hinter dem Fensterchen stehen, wie auf ewig gefangen und gekettet. Alle Leute gingen in gleichgültiger Eile vorbei. Nur einzelne Gassenbengel gafften es dann und wann mit heißhungriger Neugierde an. Es war wie ein gefesselter Lockvogel, der keinen einzigen der vorbeifliegenden freien Vögel zu fangen vermochte. Niemals schien an all diesen anderen vorbeisausenden Rädern etwas zu fehlen, niemals kam einer der freien wilden Vögel aus der sonnigen Weite, um dieses gefesselte Opfer in seiner traurigen Gefangenschaft zu besuchen oder zu befreien.

Xaveer stand ganze Tage vergeblich harrend auf der Schwelle ihres Häuschens und sah dem betrübenden Schauspiel zu. Verzweiflung lag auf seinem Gesicht, verwirrte Angst blickte aus seinen Augen, entsetzt fragte er sich, zu welchem Ende das führen müsse. Ihr letztes Geld war beinahe aufgebraucht. Romanie plagte sich bis spät in die Nacht hinein an ihrem Spitzenkissen, ohne dass sie aufzuschauen wagte, und der Fälligkeitstag der Halbjahresmiete rückte immer näher! Oh, er hätte diese vorbeischnurrenden Fahrräder mit Gewalt zurückhalten mögen. Er wünschte sehnlichst, dass ein Reifen platzen, eine Kette springen, dass plötzlich vor seiner Tür ein Unfall geschehen möchte, der zwingen, fatal und unvermeidlich zwingen würde, ihn um Hilfe anzurufen. Und zuweilen träumte er von falschen hässlichen Dingen: von Steinen, die er vor die Räder schleuderte, von Nägeln, die er auf die Straße streute, um sie endlich zu zwingen, unwiderstehlich zu zwingen …

Oh, dieses Heimweh an den schönem für sie so traurigen Frühlingsabenden, wenn sie, er müde und schlaff vom Nichtstun, sie abgerackert von ihrer Arbeit, an ihrem einsamen traurigen Tischchen saßen und· ihre spärliche Abendmahlzeit hielten! Sie schämten sich ihres Missgeschicks, als sei es etwas Entehrendes, und blieben am liebsten daheim, den Blicken ihrer Mitmenschenverborgen, oder sie saßen in ihrem winzigen Gärtchen neben der öden Schmiedewerkstatt, so unglücklich und niedergeschlagen in diesem großen unbekannten Dorfe, wo niemand ihnen beistand und wo die wenigen Leute, mit denen sie zuweilen in Berührung kamen, nur darauf erpicht schienen, über ihr Missgeschick und ihren ungewohnten Dialekt zu spotten. Seine Verzweiflung war aufs höchste gestiegen, und er flehte sie täglich an, wieder mit ihm fortzugehen, fort in das Heimatdörfchen, wo er sich aufs Neue als Schmiedgeselle verdingen würde. Ihr „sein eigner Herr sein" war eine traurige, unmögliche Illusion, es sollte nicht, es konnte nicht, es durfte nicht sein. Das Ende würde sein, dass sie Hunger und Elend stürben.

Sie, mutiger als er, widerstrebte noch, wollte noch bis zum äußersten aushalten. Es lag ihr nichts daran, dass sie nun für ihn arbeiten musste, hatte er doch so viele Jahre für sie und ihre Mutter gearbeitet und wollte er doch nichts anderes, als es noch weiter tun zu dürfen. Sie bat ihn mit Tränen in den Augen, sich doch ihretwegen keine Sorgen zu machen, sie sei gesund und stark und mutig, sie könne und wolle arbeiten, sie wolle ihm, wenn es nur halbwegs sein könne, solange noch die allergeringste Hoffnung bestünde, die traurige Erniedrigung bewahren, vom Meister wieder zum Gesellen herabzusinken

Das Unglück hatte ihr Gefühl gegenseitiger Zuneigung bis zu einer beinahe sentimentalen Geschwisterliebe verschärft. Noch viel inniger als sonst war beider Leben nun miteinander verleitet. In dem Heimatdörfchen hatte er einst eine Liebste gehabt, und sie ihrerseits war gegen die Werbungen eines Burschen aus der Nachbarschaft nicht ganz unempfindlich geblieben, aber jetzt sprach er niemals mehr von diesem kleinen Liebesspiel und sie niemals mehr von ihrem Freier. Es war nicht tot, es schlief nur, verdrängt durch ihre eigene Geschwisterliebe, die in dem gemeinsamen harten Kampf ums Dasein immer stärker, größer, schöner, erhabener geworden war als die gewöhnliche natürliche Liebe zwischen Jüngling und Jungfrau.

Sie fühlten sich eins miteinander. Erst dann würde jedes für sich selbst leben können, wenn sie der gegenseitigen festen und treuen Stütze nicht mehr bedürften.

Eines Morgens, als Xaveer nach seiner Gewohnheit vor der Türe stand und vergeblich auf das Erscheinen von Kunden wartete, bog ein großes fauchendes Automobil um die Ecke in der Richtung nach dem Dorfe.

Das schwere Ding kam nur langsam vorwärts unter gewaltigem Schnaufen und Stoßen, als ob etwas nicht in Ordnung sei. Die vorn sitzenden, gelbgrau bestaubten Männer mit großen schwarzen Brillen über den Mützen begannen, sobald sie zwischen die Häuser gelangten, aufmerksam rechts und links zu blicken, offenbar suchten sie nach irgendetwas. Hinten im Wagen saßen drei Damen in gelbgrauen Mänteln und gelbgrauen Kapuzen, mit dichten Schleiern vor dem Gesicht, wie vermummte riesige Puppen.

„Ici m'sieu!", rief plötzlich auf Französisch einer der beiden vorn sitzenden Männer, indem er mit dem Finger auf Xaveers Firmenschild deutete.

Der Herr, der am Steuer saß, hielt plötzlich das Automobil vor Xaveers Häuschen an, ging aus ihn zu und fragte ihn laut, den Lärm des noch weiter ratternden Motors übertönend, in gebrechliche Flämisch:

„Sein Sie das Schmied?"

„Ja, Herr", antwortete Xaveer, indem er errötend näher trat.

„A la bonne hours", rief aufgeräumt der Herr. Er drehte flink an den kleinen Hähnen, und sogleich hörte der Motor auf zu rattern, während sich starker Benzingeruch verbreitete.

„Es is was gebrecht an die Pump von meine Maschin. Will Sie den Chauffeur helf repariert?", fragte er.

„Gewiss, Herr, wenn ich kann", antwortete Xaver ein wenig verlegen.

„Sie könn doch reparier Velo, nicht wahr? Sie hab Verstand von Mechanik?"

„'n bisschen, Herr."

„A la bonne heure alors!", wiederholte der Herr, aus dem Wagen springend. Der Chauffeur war schon vor ihm ausgestiegen und lag platt auf dem Boden, um unter dem Fahrzeug irgendetwas zu betasten. Der Herr ging hinten an den Wagen und half den Damen heraus. Inzwischen war Romanie auf der Schwelle erschienen. Einige Neugierige kamen herbeigelaufen.

„Kommen Sie 'n bisschen rein und setzen Sie sich 'n bisschen, meine Damen", lud sie die Damen, die ihre Schleier in die Höhe gezogen hatten, freundlich ein.

Es waren schöne Damen, alle drei noch jung, von hoher Gestalt, mit frischen weißen, rotwangigen Gesichtern, in denen außergewöhnlich schöne Augen leuchteten. Als sie ihre langen, dünnen gelben Mäntel öffneten, schwebten die feinsten Düfte um sie her und sah Romanie an ihren Gürteln solch ein Strahlen und Blitzen von allerlei funkelnden und klirrenden Kleinodien, dass sie durch diese Fülle von Pracht und Reichtum nicht mehr den Mut fand, weiter in sie zu dringen, als sie mit einem freundlichen Lächeln für das Anerbieten höflich dankten und in gebrochenem flämisch antworteten, sie wollten während des Wartens lieber ein bisschen auf und ab gehen. Mittlerweile hatte sich Xaveer neben den Chauffeur platt auf den Boden gelegt und hörte die Erklärungen an, die der Mann ihm gab. Der Herr stand dahinter und guckte zu, und von allen Seiten strömten jetzt auch neugierige Dörfler herbei. Es dauerte nicht lange, und das schöne Automobil war von einer dichtgedrängten Gruppe von Männern, stauen und Kindern umgeben.

Xaveer begriff nur halb, was an dem Wagen fehlen sollte und wie er ihn wiederherstellen sollte. Es war auch sein Fach nicht. Er war allerdings Schmied und Fahrradreparateur, aber an Automobilen hatte er noch niemals gearbeitet. Mit rotem Gesicht platt auf dem Boden ausgestreckt, strengte er sich an, zu begreifen, indem er mit bebend-

zauderndem Finger die Teile befühlte, die der Chauffeur
ihm bezeichnete, sich vollauf bewusst, dass es sich hier um
eine Ehrensache für ihn handelte, dass er jetzt einmal eine
prächtige Gelegenheit hatte, diesen feindseligen Dörflern,
die gaffend und sich drängend herumstanden, seine Kennt-
nisse und seine Fähigkeit zu beweisen. Plötzlich schien er
erfasst zu haben, was zu tun war. Der Chauffeur hatte ein
Stück losgeschraubt und ließ es ihn sehen. Er meinte, das
könne er schon reparieren, nickte wiederholt mit dem
Kopfe, richtete sich hastig auf und lief mit dem Stück in
seine Werkstatt, von dem Chauffeur gefolgt.

Romanie war wieder ins Haus gegangen und hatte ihre
Arbeit am Spitzenkissen wieder aufgenommen, während
der vom Volk umgebene Herr beim Automobil sich eine
Zigarre anzündete und die Damen auf der Straße hin
und her spazierten, von den Dorfbewohnern mit dreister
Neugier betrachtet. Auf ihrem langsamen Schlendergang
kamen sie bald wieder zu dem Häuschen zurück, hörten
von dem Herrn, dass die Reparatur nicht lange dauern
würde, betrachteten ein Weilchen das kleine Auslagefenster und sahen durch die Scheiben Romanies beim Spitzenklöppeln sitzen.

„Oh mais, c'est une dentellière!“, rief überrascht die eine.
„Allons voir!“

Und damit traten sie ein.

Romanie fuhr errötend auf und bot ihnen Stühle an.

„Merci, merci, lassen Sie nur, aber darf wir sehn die
Spitz?“, sagte freundlich eine der schönen Damen, indem
sie auf das Spitzenkissen wies.

„Gewiss, Fräulein, gewiss“, antwortete Romanie.

Und sie zog die kleine Lade auf und entfaltete vorsichtig ein prächtiges Stück Spitzenwerk, das auf einem Karton
aufgerollt war.

Die schönen Damen beugten sich vor und musterten die Arbeit. Der feine Duft, der von ihnen ausging, füllte das kleine Stübchen. Romanie wurde es ganz schwül dabei.

„Oh, comme c'est beau! Comme c'est bien travaillé!", flüsterten sie in stillem Entzücken einander zu.

„Est-ce qu'elle ne vendrait pas?"

„Je vais lui demauder", sagte die junge Dame, die Romanie gebeten hatte, ihre Arbeit besichtigen zu dürfen.

„Werd Sie nicht verkauf?", lächelte sie ermutigend.

Durch die unvermutete Frage überrascht, zögerte Romanie einen Augenblick. Dann sagte sie errötend: „Ja, Fräulein."

„Wieviel der Stück?"

Romanie bebte vor Aufregung. Einen Augenblick dachte sie: das sind reiche Leute, und wir haben das Geld so nötig, ich will etwas mehr verlangen, als den gewöhnlichen Preis. Doch ein Gefühl der Scham hielt sie davon zurück. Sie wagte es nicht, hielt es nicht für ehrlich und nannte den gewöhnlichen Preis, wie sie ihn von der Einkäuferin bekam, an die sie durchgehend ihre Spitzen lieferte.

„Oh, mon Dien, que c'est bon marché!", flüsterte erstaunt die schöne Dame ihren Begleiterinnen zu. Und sie kaufte sogleich das ganze Stück.

„Ah non, Gisèle, ça n'est pas bien, il faut partager!", reklamierten die beiden anderen.

„Taissez-vous donc, elle en a peut-être encore", tröstete die Käuferin. Und sie fragte das mit dem Code der Verlegenheit dastehende Mädchen:

„Is das all, was Sie hab? Diese Dames woll auch kauf."

„Nein, Fräulein, ich hab noch mehr", antwortete Romanie. Sie ging zu einem Schränkchen und nahm ein kleines Paket heraus, das schon zum Verkaufe fertig lag.

Die Damen entfalteten es, befühlten die Spitzen mit ihren feinen weißen Händen und tauschten in Französisch ihre bewundernden Bemerkungen aus.

„Oh! Charmant! Délicieux! Exquis!"

„Auch die gleiche Preis?" fragte mit freundlichem Lächeln die erste Käuferin.

Wieder lag es Romanie auf der Zunge, etwas mehr zu verlangen, und wieder tat sie es nicht. Sie traute sich nicht, es war nicht ehrlich, dass die zwei anderen für den gleichen Wert mehr bezahlen sollten als die ersten.

„Ja, Fräulein, es ist der gleiche Preis?", erwiderte sie schüchtern.

Im Nu war der Kauf abgeschlossen. Die Spitzen wurden gemessen, der Betrag ausgerechnet, das feine weiße Gewebe sorgfältig wieder um die Kartonstückchen gewunden und den schönen Damen überreicht. Die jüngste der drei trippelte aufgeräumt hinaus.

„Gaëtan! Gaëtan! C'est cent vingt-cinq francs pour nous trois!", rief sie dem Herrn beim Automobil aufgeregt zu.

Erstaunt blickte er auf.

„Hein? Quoi donc?" fragte er.

„Mais oui, la dentelle", antwortete sie, triumphierend ihr Päckchen in die Höhe haltend. „Vite, passe-moi l'argent!"

„Encore des emplettes!", brummte er.

„Mais, chéri, cost pour rien", schmeichelte sie. Und sie zog ihn mit hinein.

„Quelle idée!", brummte er wieder mit missvergnügtem Gesicht die beiden anderen an, als er in das Häuschen trat.

„Mais c'est pour rien! Pour rien! Pour rien!", überrumpelten sie ihn jetzt alle drei.

Romanie, die sah, dass er unzufrieden war, stand ganz niedergeschlagen da. Ein Glück, dachte sie, dass ich sie nicht überfordert habe.

Vor den Damen ergab sich der Herr auch sogleich, aber dafür wendete seine üble Laune sich gegen das Mädchen.

„Wieviel sein es?", fragte er kurz, beinahe rau, mit finsterer Miene.

„Hundertundfünfundzwanzig Franken zusammen, mein Herr", antwortete sie schüchtern.

„Voilà", schnaubte er, mit nervös zitternden Fingern seine Brieftasche öffnend und eine Note von hundert Franken, eine von zwanzig Franken und ein silbernes Fünffrankenstück auf den Tisch legend.

Romanie war so verstört, dass sie kein Wort mehr hervorbringen konnte. Plötzlich kamen ihr die Tränen in die Augen.

„Ah, non, ne sois pas dur, Gaëtan. Elle est si gentille", sagten die Damen mißbilligend. „Je paie-comme toujours", entgegnete er mürrisch. „Ja n'ai pas besoin, d'y ajouter des compliments, n'est-ce pas?"

Und mit einer kurzen Bewegung kehrte er sich um und ging wieder hinaus.

„Il a son mauvais jour", flüsterte eine der Damen hinter seinem Rücken und sie kicherten ein Weilchen unter sich, was Romanie wieder einigermaßen beruhigte.

Eben kamen Xaveer und der Chauffeur mit dem reparierten Stück aus der Schmiede und begaben sich hastig zu dem Automobil. Sobald die Damen dies sahen, nahmen sie auch sogleich mit einem liebenswürdigen Kopfnicken Abschied von dem Mädchen, das ihnen, noch ganz erregt und verwirrt, bis zur Haustüre das Geleite gab.

Xaveer und der Chauffeur lagen wieder platt auf dem Boden neben dem Automobil ausgestreckt, der Herr stand mit brummigem Gesicht dabei, die Damen dufteten in einiger Entfernung, die immer zahlreicher werdende Menge drängte sich um den Wagen und wurde bald so zudringlich, dass die beiden Männer nur mit großer Mühe ihre Arbeit verrichten konnten.

„Ach, Leut', bitte, geht doch 'n bisschen aus'm Weg", bat Xaveer immer wieder. Von seinem Gesicht rann der Schweiß, seine"3üge waren durch die Anstrengung verzerrt.

Sie wichen ein wenig zurück, drängten aber gleich wieder nach, lachend und spöttelnd, mit heimlicher Schadenfreude, dass es ihm doch nicht gelingen werde, das Ding wieder in Ordnung zu bringen. Xaveer und der Chauffeur schoben, drehten, schraubten, und endlich taten sie mit einem Seufzer der Erleichterung den letzten Handgriff und richteten sich, feuerrot und schweißtriefend, mit kohlschwarzen Händen wieder auf.

„ça y est?" fragte der Herr, plötzlich wiedermunterer.

„Oui, m'sieu, je crois bien que ça tiendra", entgegnete der Chauffeur keuchend.

„En route alors", sprach der Herr. Er winkte den Damen, die sogleich unter lautem Rauschen ihrer parfümierten Röcke und Mäntel hinten in den Wagen stiegen, und griff in die Tasche, um Xaveer zu bezahlen.

„Wie viel sein ik schuldik, Mann?" fragte er.

Xaveer wusste nicht, was er verlangen sollte. Er wollte es lieber dem Herrn selber überlassen.

„Wie der Herr belieben", antwortete er.

Der Herr reichte ihm ein Fünffrankenstück hin.

„Sein es so recht?" fragte er.

„Gewiss, mein Herr, gewiss, schönsten Dank", erwiderte Xaveer mit freudestrahlenden Augen, indem er das schöne Geldstück entgegennahm.

Unter der gaffenden Menge erhob sich ein dumpfes Gemurmel. Sie spotteten jetzt nicht mehr, sondern blickten mit einer Art bewundernden Neides auf den jungen Schmied. Fünf Franken! Das war keine Kleinigkeit.

Sollte dieser einfältige Westflame am Ende doch etwas vom Arbeiten verstehen?

Der Herr und der Chauffeur waren nun auch in das Automobil gestiegen, und das schwere Ding begann zu fauchen, zu rattern und zu schütteln, während das Volk mit lautem Geschrei auswich.

Xaveer war auf die Seite getreten, mit einem stolzen Blick auf das dröhnende Gefährt, das nun durch seine Hilfe wieder aufgelebt war. Romanie sah mit scheuen Blicken durch die Scheiben des Auslagefensters. Die Damen wickelten sich wie frostige Kätzlein in ihre gelben Mäntel und zogen ihre Schleier über ihre schönen Gesichter. der Herr schlang sich eine Decke um seine Beine und zog die große schwarze Brille über seine Augen, was ihm plötzlich das Aussehen einer Eule gab. Lauter dröhnte und schnurrte der Motor, ab und zu puffend und knallend, als feuerte er Revolverschüsse auf das Volk ab, das jedes Mal schreiend zurückwich und dann johlend wieder vordrängten, aber plötzlich verwandelte sich das Puffen und Knallen in einen majestätisch rauschenden Ton, und mit einem Sprung wippte der Wagen vorwärts und fuhr dann leicht und sicher die breite Dorfstraße hinauf.

Er fuhr ungefähr fünfzig Meter weit, von einer mitrennenden Bande von Dörflern gefolgt, dann hörte man plötzlich einen kurzen scharfen Knall wie von einem Schuss, und mit einem Ruck stand der Wagen still.

Xaveer stockte das Blut in den Adern, und er stieß einen dumpfen Schrei aus. Er sah den Herrn sich mit einer wütenden Gebärde erheben, den Chauffeur von seinem Platz herabspringen und niederhocken, das Volk mit wildem Gejohle herbeiströmen. Auch er eilte hinzu, ganz entsetzt vor Schrecken, und wie eine Ohrfeige schlenderte ihm der wütende Herr die kränkenden Worte in Gesicht:

„Sie Dummkopf! Was hab Sie getan? Sie hab kein Verstand von nix!"

Umringt von dem grinsenden und spottenden Volke fuhr er zurück.

„Wa…was is passiert, mein Herr?" stotterte er, leichenblass unter der Rußschicht, die sein schweißtriefendes Gesicht bedeckte.

„Es ist wieder kaputt, nom de Dieu! Es ist nicht gemach richtig! Sie sein ein Dummkopf raste der Herr, zitternd vor Zorn und mit Augen, die unter der schwarzen Brille hervor Flammen schossen.

„Gaëtan, voysons, Gaëtan", baten die Damen. Xaveer sprach kein Wort mehr. Einen Augenblick starrte er regungslos und verzweifelt den wütenden Herrn an, dann begann er wie ein Kind zu zittern und duckte sich vor Demütigung und Scham, als hätte er in den Erdboden versinken mögen. Es nebelte ihm vor den Augen und brauste ihm in den Ohren. Er sah nicht und hörte nicht mehr, er hatte gerade noch das nötige Bewusstsein und die mechanische Kraft, um das empfangene Fünffrankenstück aus seiner Tasche zu holen, es auf die Vorderbank des Automobils zu legen und dann hastig mit gesenktem Kopfe zurückzuweichen, mitten durch das lachende, johlende, höhnende Volk, und in seinem bescheidenen Häuschen zu verschwinden, dessen Türe er heftig hinter sich zuwarf.

„Ach Gott, Xaveer, was is denn geschehn?", rief Romanie, entsetzt ihm entgegeneilend.

„Es geht nich! Ich hab keinen Verstand davon! Sie lachen mich aus!" stöhnte er.

Er seufzte und schluchzte wie ein kleines Kind, und auch sie weinte, und plötzlich schütteten sie all ihren lang zurückgehaltenen Kummer mit einem Male aus. Selbst sie konnte ihm jetzt keinen Mut mehr einflößen. Sie fühlte sich jetzt ebenfalls zu verzweifelt und Elend, sie erzählte ihm weinend und stöhnend von den verkauften Spitzen und von dem Ärger dieses Herrn, weil die Damen die Spitzen gekauft hatten, während sie doch keinen armseligen Pfennig überfordert hatte. Auch sie hätte nun gern das Geld zurückgegeben, der flüchtige Glanz der Hoffnung, der mit diesen reichen Leuten in das armselige Hüttchen eingezogen war, war nichts weiter gewesen als die trügerischste der Illusionen, der grausamste Hohn. Nun war es aus mit ihrem Leben in diesem ungastlichen und feindseligen Dorfe, sie wollten und konnten nicht mehr da leben, sie wollten fort, für immer und so schnell als möglich fort, und wenn sie auch fortan ihr Brot betteln mussten.

Eine ganze Zeit lang saßen sie so weinend und klagend da, wie Verbrecher, die das Licht zu scheuen haben, in der dunkelsten Ecke ihres Stübchens versteckt.

Dann hörten sie plötzlich draußen wieder einen Lärm sich erheben, einen unheimlichen, näherkommenden Lärm von Fußtritten, Schreien und Lachen, der sie mit ängstlichen Gesichtern ans Fenster laufen ließ.

„Ach Gott, was is das nu schon wieder, Xaveer?", fragte sie, zitternd hinter dem Auslagbrett kauernd.

„Ich weiß nich, ich weiß nich", schluckte er.

Er reckte den Hals ein wenig, zog sich aber sogleich wieder zurück.

„Er is wieder da!" keuchte er.

Er war wirklich wieder da.

Rechts und links von der Straße in dichten Gruppen der fohlende Pöbel mit lachenden roten Gesichtern und höhnisch blickenden Augen, und in der Mitte das Automobil, langsam von einem großen braunen Pferde gezogen. Der Bauer, der es führte, schüttelte sich vor Lachen. Der Chauffeur saß aufrecht und steuerte, völlig unempfindlich gegen das

Gekicher der Menge, der Herr ging mit grimmigem Gesicht nebenher, die schönen Damen saßen noch immer auf dem Hintersitz, die Mäntel offen und die Schleier zurückgeschlagen, miteinander lachend und scherzend, dann und wann einen hochmütig steifen Blick aus ihren schönen Augen nach dem manchmal etwas zu aufdringlichen Pöbel werfend. Ein wildes Hohngelächter erhob sich erbarmungslos, als der possierliche Aufzug an Xaveers Hüttchen vorüberkam, und plötzlich fing eine Bande von Spottvögeln an zu springen und zu tanzen und mit schrillen Stimmen zu singen:

„Hoch unser Schmied, der geschickte Mann,
Der alles weiß und alles kann!"

Wie ein Faschingszug ging es vorüber, während Xaveer und Romanie, die sich ängstlich wieder im dunkelsten Winkel ihres Stübchens zusammengehockt hatten, einander zitternd bei der Hand hielten, als wollten sie sich gegen einen möglichen Angriff auf ihr Leben verteidigen und gegenseitig schützen.

Sie gingen fort. Es war unwiderruflich beschlossen… Mit den hundertundfünfundzwanzig Franken, die sie für Romanies Spitzen eingenommen, hatten sie die Hausmiete für das ganze Jahr bezahlt, und dann verkauften sie ihren Hausrat, ihre Möbel, die Einrichtung der kleinen Schmiede, die Schaufenstereinrichtung, alles. Für immer hatten sie die unglückliche Illusion, „ihr eigener Herr" zu sein, aufgegeben, und um nicht als arme Bettler in ihr Heimatdörfchen, wo sie in verhältnismäßigem Wohlstand gelebt, zurückkehren zu müssen, hatten sie sich verdingt. Er als Schmiedgeselle in Brügge, sie als Dienstmädchen in Gent. Vergeblich hatten sie sich bemüht, alle zwei in der gleichen Stadt einen Verdienst zu finden. Auch das wollte ihnen nicht gelingen, und da die Not drängte, hatten sie den harten Entschluss gefasst, sich zu trennen.

Alles war verkauft und fort. nur das schöne, funkelneue Fahrrad, das so viele Monate nutzlos in dem Auslagefenster geprangt, hatte noch keinen Abnehmer gefunden, niemand traute ihm. Zuerst hatte er den Wert des Einkaufspreises dafür verlangt, dann zwei Drittel, dann nur die Hälfte, aber alles vergeblich. Je weniger er verlangte, desto mehr waren die Dörfler überzeugt, dass das Rad nichts wert sei. Endlich beschloss er, es zu behalten und wie grausamer Hohn stand es da neben ihren ärmlichen Koffern in dem unheimlich leeren Hüttchen an dem Morgen, da sie einander – wer weiß auf wie lange – verlassen sollten. Ein Junge sollte ihre Koffer zur Bahn bringen. Er würde den langen Weg nach Brügge auf seinem Fahrrad zurücklegen. Alles war fort oder eingepackt, der kleine Karten stand vor der Tür, die Hunde bellten, der Junge kam herein, um zu fragen, ob sie fertig seien.

Sie waren fertig. Sich anstrengend, um ruhig zu bleiben, aber zitternd und mit rotgeweinten Augen, reichten sie sich die Hand.

„Also adjüs, Schwester, gute Reise, und schreib mir, wann du ausgehn darfst, ich wer’ kommen.“

Sie weinte heftig und konnte zuletzt sich nicht mehr beherrschen.

„Ja, Xaveer, ich wer’s tun … ich versprich dir’s“, schluchzte sie, ihm krampfhaft die Hand drückend.

Auch ihn verließ wieder die Ruhe.

„Geh … geh … und kümmer dich nich … und geh nur …“

„Xaveer … Gott behüt dich, Jung!“

„Gott behüt dich … Gott behüt dich Romanie!“

Die Koffer waren aufgeladen, sie flüchtete, den Kopf gesenkt, das Taschentuch vor den Augen, mit Schamröte übergossen unter den neugierigen Blicken der Nachbarn. Und klappernd fuhr der kleine Karten mit ihr fort unter lautem Gebell der mitrennenden Hunde. Einen Augenblick stand er wie versteinert, um ihr nachzuschauen und zu horchen. Es brauste in seinen Ohren und sein Blick umslorte sich. Es war ihm plötzlich, als sei um ihn alles tot. Dann nahm er sein Fahrrad, sein schönes, nagelneues, nutzloses Fahrrad und führte es sachte hinaus. Wie im Traume Schloss er die Türe des Häuschens, zog den Schlüssel ab, den er im Vorbeigehen dem Eigentümer überreichen wollte, und ohne einen Blick auf die gassenden Nachbarn zu werfen, sprang er in den Sattel und fuhr in entgegengesetzter Richtung weg.

Für immer hatten sie das ungastliche Dorf verlassen.

Nach vierzehn Tagen langen Wartens bekam er endlich ihren ersten Brief:

„Geliebter Bruder,

Ich ergreife die Feder, um Dich wissen zu lassen, dass ich gesund und wohlauf hin, was ich auch von Dir hoffe, und wenn es anders wäre, würde es mir großen Kummer machen. Ich bin gesund und zufrieden in meinem Dienst und hoffe dasselbe auch von Dir. Der Herr ist ein Oberer bei den Soldaten, und er schwätzt immer Französisch, aber Madam ist aus der Stadt und schwätzt flämisch. Es sind drei Kinder da, und ich habe natürlich viel zu arbeiten, zumal ich allein bin. Vergangenen Sonntag sagte Madam zu mir, dass ich von fünf bis halb acht ausgehen dürfe, aber ich kenne doch hier niemanden, und da hab ich der Madam gesagt, dass ich diese Zeit lieber Spitzen klöppeln möchte, um nebenbei noch was zu verdienen. Aber Madam sagte, was denkst du, es ist Sonntag, und da darfst du nicht arbeiten. Es war auch wahr. Ich hatte es ganz vergessen, und dann bin ich unten sitzen geblieben und habe in meinem Gebetbuch gelesen. Aber kaum, dass ich angefangen hatte zu lesen, dacht' ich bei mir, es ist doch komisch, Madam sagt, dass ich Sonntags nicht arbeiten darf, und sie lässt mich doch selber ganze Sonntage arbeiten. Nun, geliebter Bruder, ich sage das nicht, um über meine Herrin zu klagen. Madam ist sehr gut gegen mich und überlastet mich nicht mit Arbeit. Das schlimmste sind die Kinder, die sehr dreist sind und mich immer auslachen, weil ich nicht Gentisch spreche wie sie. Aber sie sind ja nur Kinder, und ich mache mir nichts draus, wenn sie mich nur sonst nicht zu viel in meiner Arbeit stören. Nun, geliebter Bruder, lasse ich Dich wissen, dass der Herr und Madam am Sonntag außerhalb dinieren und dass ich ausgehen darf von eins bis acht. Ich hoffe nun, geliebter Bruder, dass Du nicht säumen wirst, zu kommen, und dass wir den ganzen Nachmittag zusammen spazieren gehen werden und dass Du mir dann auch alles erzählen wirst, wie es Dir in Deinem Dienst gefällt, worauf ich sehr neugierig bin.

Damit schließe ich meinen Brief und nenne mich

Deine anhängliche Schwester

Romanie Verfaalie."

Um ein Uhr fand er, nach ziemlich langem Suchen in dem entlegenen Viertel, wo sie wohnte, endlich das Haus und schellte an.

Er hörte sie im Gang dahertrippeln, und mit einem Ruck ging die Tür auf und sie stand vor ihm, derart abgemagert und verblasst, dass er sie beinahe nicht erkannte, mit einem seltsamen scheuen Ausdruck in den Augen, wie ein geschlagenes Tier, das nach einem Schlupfwinkel sucht.

„Romanie, wie geht's dir?“, fragte er bewegt, beinahe vor
der Antwort bange.

Aber sie beeilte sich, ihn zu beruhigen, und zeigte in
Ton und Haltung etwas Nervös-Aufgeregtes, das ihr sonst
gänzlich fremd war.

„Oh, gut, gut, weißte. und wie geht's dir? Komm rein.
Biste zufrieden mit deinem Dienst?“

„Er hatte nicht die Zeit, zu antworten, sie führte ihn
durch den Gang auf einer kleinen dunklen Wendeltreppe
hinab in die schlecht erleuchtete Kellerküche, wo sie ihn
auf einem hölzernen Stuhl neben dem weißgescheuerten
Tisch Platz nehmen ließ und ihn sogleich fragte, ob er
etwas essen oder trinken wolle.

Hunger hatte er nicht, wohl aber Durst, und sie lief in
den Keller neben der Küche nach einem Krug Bier, nahm
zwei Gläser aus einem Schrank und schenkte sie voll.

„Prost“, sagte er, das Glas erhebend, und sie antwortete
„Prost“ und führte das Glas an ihre Lippen. Dann sahen
sie sich, dicht zusammengerückt, nur die Ecke des weißen
Tisches zwischen sich, einander tief in die Augen und gingen ans Erzählen.

„Du bist so mager geworden. Kriegste vielleicht nich
genug zu essen?“ konnte er sich nicht enthalten, sie zärtlich
besorgt zu fragen.

„Oh, ja, ja, mehr als genug“, beeilte sie sich zu antworten,
„aber ich hab hier nich viel Hunger, das macht die Luftver-
änderung! Und du … du hast dich nich verändert, weißte,
du siehst sehr gut aus!“ rief sie, ihn freudig musternd.

„Nu ja, ich hab's nich schlecht getroffen“, antwortete er
leise.

Sie schwiegen eine Weile und nippten an ihrem Bier.

Über ihren Köpfen, in Straßenhöhe, waren zwei kleine,
längliche, mit eisernen Gittern versicherte Fenster, durch

das sie die süße der Vorübergehenden mit dem taktmäßigen Geräusch der harten Sohlen auf dem harten Stein sich hin und her bewegen sahen.

„Oh, das is die Straße, nicht" sagte er aufblickend, und ein Gefühl der Beklemmung bemächtigte sich plötzlich seiner. Aber er ließ es sie nicht merken. Er sah sich in der Küche um, betrachtete die prächtig funkelnden Töpfe und Pfannen, den großen, schwarzen Herd mit den glänzenden Messinghandgriffen und die vielen Porzellanteller und -tassen hinter dem geschlossenen Fenster eines Glasschrankes.

„Schöne Küche!" sagte er.

„Und so bequem!", erwiderte sie. „Guck nur mal hierher ins Achterhaus, alles so schön bei der Hand."

Sie stand auf und führte ihn in den Nebenraum hinter der Küche, der mit allerlei Dingen vollgepfropft war und ebenfalls nur durch ein einziges, kleines, vergittertes Fenster Aussicht auf ein armseliges schmales Stadtgärtchen bot: ein viereckiges Fleckchen dunkelgraue feuchte Erde zwischen zwei hohen Mauern und spärlich bewachsen mit schmutzigem rauhem Gras, dessen magerer Blumenrand, der vielleicht niemals die Sonne gesehen hatte, schon längst abgestorben war. Am äußersten Ende, an die Hofmauer gelehnt, stand abgesondert ein winziges Gebäude mit grauer Tür und einem kleinen Fensterchen dessen Scheiben zersprungen waren.

„Unser Waschhäuslein", sagte sie, der Richtung seines Blickes folgend.

Ein unaussprechliches Gefühl des Heimwehs ergriff ihn plötzlich. Oh, dieses unheimliche, düstere, kellerartige Höfchen, dieses armselige Fetzchen Garten und Luft für sie, die gewöhnt war an die weite, sonnige, grüne Fläche, wo das Elternhäuslein mit seinen lieblichen Blumen stand!

Er hätte davonlaufen mögen, hätte allein sein mögen, ganz allein im freien Felde, um sein ganzes Weh in wildem Schluchzen auszuschütten, ohne dass sie es merkte. Seine Lippen bebten, sein Gesicht verzog sich krampfhaft. Aber er bezwang sich, er wollte nicht, er durfte nicht. und mit gespannter äußerlicher Aufmerksamkeit ließ er sich nun von ihr in die oberen Räume führen und das ganze Haus zeigen. Sie führte ihn durch den schönen, mit weißem Marmor bekleideten Gang mit dem großen kupfernen Gaskronleuchter und den blutroten Gardinen, mit vornehm roten Kanapees und breiten, bequemen roten Stühlen, mit dem weichen, dunkelroten Flurteppich und dem glänzenden, goldumrahmten Kaminspiegel. Alles, was er sah, war Kot und Gold, es machte ihm die Augen schmerzen und verursachte ihm Beklemmung, als ob er nicht mehr atmen könnte. Und mit furchtsamer Scheu blickte er zu zwei großen Bildnissen in Goldrahmen empor: ein dicker, blonder Militär mit schwarzem Bart, in Galauniform, den mit einem wallenden Federbusch geschmückten Helm in der Hand, und eine magere, weitausgeschnittene Dame mit schwarzem Haar und schwarzen Augen, in gelbweißem Seidenkleid.

„Das sind Herr und Madam“, sagte Romanie.

„Sind sie ähnlich?“ fragte er.

„Ja“, erwiderte sie mit Überzeugung. „Aber der Herr is noch ein wenig dicker und röter im Gesicht, und die Madam is noch schwärzer und magerer, als sie dasteht.“

Xaveer schritt vorsichtig rückwärts, in der Furcht, etwas umzuwerfen. Das Gesicht des Herrn schien ihm nicht übel, aber das der Frau gefiel ihm durchaus nicht.

Und er dachte wehmütig bei sich, dass Romanie sich wohl nach ihrem Sinn und nicht nach dem des Herrn fügen müsse. Sie zeigte ihm ferner den Speisesaal, ganz in Dunkelbraun, mit braunen Stühlen und Schränken und fahlen Gardinen. das Schlafzimmer mit den zwei großen, breiten, weißen Betten nebeneinander und einem eigenartigen Tapetenmuster: grellfarbige Papageien, die sich in reifförmigen Gewinden von Grün und Blumen wiegten. Xaveer blickte verwundert auf und musste lächeln und dann das Badezimmer und das Kinderschlafzimmer im zweiten Stock und endlich stieß sie unter der Treppe, die zum Dachboden führte, ein kleines, niedriges Türchen auf und lächelte mit einem schamhaften und verlegenen Ausdruck im Blick, als wollte sie sich entschuldigen.

„Und hier schlaf ich…“

„Ach Gott“, rief er beinahe erschreckt.

Es war ein winziges Dachkämmerchen, in dem nichts weiter stand, als ein schmales und niedriges Bett aus gelbem Holze mit graubrauner Decke, ein eiserner Waschständer und ein rotbraunes, schiefstehendes, roh gearbeitetes Schränkchen

„Es is ja nich viel, aber ich kann doch hier schlafen“, sagte sie leise.

„Ach ja, und wenn man müd is, schläft man überall“, entgegnete er traurig und mit einem dumpfen bebenden Klang in der Stimme und er kehrte sich um und ging wieder die Treppe hinab.

„Wollen wir nich ’n bisschen ausgehen?“, fragte sie noch im Kämmerchen.

„Ja.“

„Dann wart noch ’n bisschen. Ich zieh meine Schuh an und setz meinen Hut auf, dann komm ich gleich nach.“

Plumpen Schrittes, mit schwermütig gesenktem Kopf stieg er die Treppe hinab.

„Setz dich ’n bisschen ins vordere Kabinett, da kannste die Leut’ vorbeigehn sehn“, rief sie ihm noch nach.

Aber er bedankte sich, er sehnte sich hinaus, lechzte nach Sonne und Luft. Ihm graute vor diesem Hause, und er meinte, er müsse darin ersticken.

Bald war sie wieder unten, einfach aber nett gekleidet in ein dunkelgraues Gewand, mit einem schwarzen Hütchen, das mit etwas Grün und mit gelben und weißen Blümchen geschmückt war. Sie öffnete die Tür und ließ ihn vorantreten. Dann ging auch sie hinaus, drehte den schweren Schlüssel zweimal um und steckte ihn in ihre Tasche.

Er hatte sich sein Pfeifchen gestopft und zündete es an, und nun verließen sie zusammen, wie zwei Verliebte an ihrem Ausgehnachmittag, die stille Straße und folgten mechanisch der Richtung, in der sie sich abwärts senkte. Sie überschritten einen breiten, belebten Platz mit hohen weißen Häusern, kamen an ein Wasser und folgten dem Ufer unter hohen schattigen Bäumen.

„Kennste den Weg in der Stadt schon gut?" fragte er.

„'n bisschen", antwortete sie.

„Wohin gehste denn?"

„Wohin du willst. Einmal hinaus aufs Land!"

„Ach ja, lass uns einmal aufs Land gehen."

Der Kanal ging geradeaus zwischen Baumreihen und Häusern. das Wasser war tief und schmutzig, an beiden Ufern erhoben sich steil ansteigende Grasböschungen. Da und dort lagen Schiffe angekettet, einsam und verlassen in der Sonntagsruhe, aber viele Vergnügungsboote schossen über die ebene Fläche unter den kräftigen Bewegungen der Ruderer, die weiße oder bunte, ärmellose Blusen trugen. Auf beiden Ufern herrschte ein lebhafter Verkehr von Wagen, Fahrrädern und Automobilen und ein buntes Gewimmel von Sonntagsspaziergängern.

„Und nu' erzähl mir doch auch mal was von dir selber",

bat sie freundlich und heiter, als sie ein Stückchen gegangen waren.

Er lächelte und schüttelte den Kopf. Er hatte so wenig über sich selber zu erzählen. Sein Leben war einen Tag wie den andern. Morgens um fünf Uhr aufstehen, sogleich nach dem Frühstück in die Schmiede, arbeiten bis zwölf Uhr, Mittagessen, um ein Uhr wieder an die Arbeit bis abends acht Uhr mit einer kleinen Pause zwischen vier und fünf, um ein Butterbrot und ein Tässchen Kaffee zu genießen. Nach dem Abendessen saß er, wenn es schönes Wetter war, mit seinen zwei Nebengesellen unter den Bäumen, um ein Pfeifchen zu rauchen, und um neun oder balb zehn Uhr spätestens lag er im Bett.

„Unter den Bäumen! Sind denn dort Bäume?“, fragte sie verwundert.

„Gewiss“, sagte er. Und er erzählte, dass die Schmiede sehr hübsch gelegen sei, ein wenig außerhalb des Stadttors, an einer großen breiten Straße mit prächtigen Bäumen, wo Tag und Nacht Verkehr und Bewegung herrschte. Das Wirtshaus, wo er aß und schlief, befand sich dicht bei der Schmiede, und vom Fensterchen seines Dachkämmerchens aus hatte er eine herrliche Aussicht über Wiesen und Felder. Sie ähnelte der Aussicht, die sie von der elterlichen Hütte aus hatten, er träumte zuweilen, dass er noch mit der Mutter zusammen sei und all die bekannten Orte seiner Kindheit wiedersähe.

Er schwieg ein Weilchen und sah sie von der Seite an, da er plötzlich fühlte, dass er ihr weh tat. Ihre Wangen hatten sich mit einem zarten rot gefärbt, und in ihren weichen Augen glänzte es feucht. Er biss sich auf die Lippen, ärgerlich über seine Worte, und sprach von anderen Dingen. Er sei nicht unzufrieden, er verdiene gut, er hoffe, in einigen Jahren genug zu besitzen, um noch einmal den

Versuch zu machen, irgendwo anders „ihr eigner Herr" zu werden.

„Ich hab doch schon was", sagte er, „ich hab mein Fahrrad verkaufen können."

„Ach wirklich! Und um wieviel?" rief sie erstaunt.

„Für hundertfünfundzwanzig Franken, an einen Maurer."

„Ach, das is gut, das is gut!" jubelte sie.

Sie hatten die belebte Stadt verlassen und gingen noch eine kurze Weile durch ein unheimliches Viertel mit großen staubigen Fabrikgebäuden und riesig hohen Schlöten und kleinen, arm seligen, schmutzigen Häuschen, vor deren Türen es wimmelte von schlampigen Weibern und lärmenden Kindern. und endlich kamen sie ins Freie, weite seid, immer dem schnurgeraden Kanal folgend zwischen zwei Reihen jetzt kleiner, dürftiger, erst gepflanzter Bäumchen. Herrliche Landhäuser erhoben sich in einiger Entfernung rechts und links, glänzende weiße oder rote Villen und Schlösser, halb versteckt unter den mächtigen Laubmassen der Parkanlagen, und überall in den umliegenden Wiesen grasten Kinder, die sich weiß oder bunt von dem sonnig frischen Grün abhoben wie riesig große Blumen.

„Ach Gott, wie is es hier doch so schön!", rief sie bewegt.

Auch er fand es schön und sah mit leuchtenden Augen um sich. Es war ja schon so lange her, dass sie Wiesen und Kinder bei goldigem Sonnenlicht gesehen, die reine frische Landluft eingeatmet hatten. Alle Farben und Düfte ihrer Kinderjahre tauchten wieder vor ihnen auf. Sie zitterten vor Bewegung, es tat ihnen so wohl und schmerzte sie zu gleicher Zeit so sehr, weil sie wussten, dass diese Seligkeit nur ganz kurz dauern werde und dass die harte Wirklichkeit ihrer alltäglichen Pflicht wie ein finsterer mürrischer Gast auf das Ende ihrer kurzen Freude wartete.

Sie waren an ein Dorf gekommen und standen vor einer Brücke, wo sie ein Weilchen zauderten und erwogen, ob sie weitergehen sollten. Aber viele Spaziergänger und Wagen und Radfahrer passierten die Brücke und verschwanden um die Biegung der Straße. und mechanisch gingen sie in der gleichen Richtung weiter, ohne zu wissen, wohin, sich lediglich des Genusses ihrer freien Stunden erfreuend.

Die Straße zog in Krümmungen weiter, umsäumt von hohen Bäumen und Gräben, und auch hier prangten überall die herrlichen Landsitze mit daunenweichen Rasenplätzen und glänzenden Blumenbeeten. Die glücklichen Bewohner saßen meistens im Freien, in bequemen Stühlen auf den Veranden ausgestreckt und Knaben und Mädchen in hellen Sommerkleidern spielten und balgten sich auf dem frischgrünen Rasen und neben verschlungenen Wegen. Sie gingen weiter, immer weiter, schauend und bewundernd, ohne Neid all das Schöne, das sie sahen, genießend. So kamen sie endlich an ein großes Landwirtshaus, wo zahlreiche Menschen um Tischchen unter den Bäumen saßen, und sie ließen sich ebenfalls nieder, um die Aussicht zu genießen und ein Weilchen auszuruhen.

Ein Mädchen mit weißer Schürze kam auf sie zu, und Xaveer bestellte zwei Glas Bier. Dann schielte er nach den anderen Tischchen, an denen die meisten Gäste Schinken oder Aal aßen. Er machte unwillkürlich Kaubewegungen, und das Wasser lief ihm im Munde zusammen. Er mochte so gern Aal, und fühlte plötzlich Hunger. Er fragte, ob sie nichts essen wolle.

„Es wird halt recht teuer sein, nich?", sprach sie besorgt.

Ja, das dachte er auch. Er trank ein Schlückchen Bier, um seinen Hunger zu dämpfen, und wendete seine Blicke von dem Aal ab. Aber da ging ein zweites Mädchen mit einem Körbchen voll Semmeln vorüber, er rief sie heran, und jedes von ihnen nahm zwei Brötchen.

„Wir sind nich reich, nich wahr, wir müssen sparen", lächelte sie.

Jawohl, sie mussten sparen. Und während sie still und gemütlich beisammen saßen, erzählte er ihr, was er verdiente und was er monatlich erübrigte. So viel per Monat und so viel Monate im Jahr, das machte doch schon was aus. Wenn auch sie nur jeden Monat ein paar Franken übrig hätte, und wenn sie so zusammen einige Jahre arbeiteten und sparten, dann…ja, dann konnten sie es noch einmal probieren, „ihr eigner Herr" zu werden, mit der Hoffnung auf bessere und glücklichere Umstände.

Sie nickte sachte und langsam mit dem Kopfe, nachdenklich vor sich hinblickend, wie in Gedanken an etwas, von dem sie nicht laut zu reden wagte.

„Is es nich so?", fragte er, um sie wieder zum Sprechen zu bringen.

Sie fuhr auf wie aus einem Traume.

„Ja", entgegnete sie mit einer leichten Röte, „ja, wenn keins von uns heiratet."

„Denkst du ans Heiraten?", fragte er verwundert.

„Nee, wahrhaftig nich!", rief sie entschieden aus.

„Und du?"

„Ich auch nich, die Zeiten sind zu schwer", antwortete er ernst.

Sie schwiegen beide eine Weile, jeder in seine eignen Gedanken versunken. Um sie her ward es immer lebhafter an den Tischchen, wo viele junge Leute in heiterem Gespräch mit ihren Liebsten saßen, und durch das grüne Blätterdach schossen kleine Sonnenpfeile auf die lachenden Gesichter. Er sah einen Augenblick ihnen zu, wie mit

den Augen eines Fremdlings, und der Gedanke an das
Mädchen in seinem Dorfe, das er seinerzeit ein wenig
umworben, tauchte flüchtig wie ein Schatten in ihm auf. Er
schüttelte den Kopf und seufzte und sah seine Schwester
an. Ihr liebes Gesicht war sehr bleich geworden. Dachte
vielleicht auch sie an ihn, der einst um sie zu freien schien,
als sie noch glücklich mit ihrer Mutter zusammen in dem
alten Häuslein wohnten! Er dachte an die Mutter, an seine
gute alte Mutter, und seine Blicke wurden feucht.

Oh, wenn die Mutter nur noch lebte, wie würde dann
alles ganz anders sein!

Der Abend begann anzubrechen. Viele Spaziergänger
brachen schon auf. Es wurde auch Zeit für sie, und sie
erhoben sich und kehrten auf einem anderen Wege nach
der Stadt zurück.

Eine große Stille kam über sie, ein Bedürfnis, zu schweigen und zu sinnen, und ein dumpfes, ein trauriges und
schwerbedrückendes Gefühl verlangsamte ihre Schritte.
Die Luft wurde kühler, feucht von den leichten Nebeln, die
schon wie heller Rauch über den Wiesen hingen, und die
Dämmerung war von einer beispiellosen Herrlichkeit, so
still, so feierlich still und in wunderbaren, ständig wech-
selnden Farbentönen glänzend.

Es war ein unergründliches sanftes Umformen und Ver-
schmelzen, ein Zerfließen von feurigem Orange in bron-
zeschimmernden Purpur, von Gelb in Grün, von Grün in
Blau, von Blau in warmes Grau und vom warmen Grau in
tote Lehmfarbe, und über allem lag eine Atmosphäre wie
von einem langsam ersterbenden Feuer, das noch einmal
mit seiner letzten Glut und Wärme das Ganze übergroß. Es
wurde zu etwas Unwirklichem, Phantastischem: die dunklen Laubmassen der Parkanlagen standen da wie hohe,
steile Felsen, die nebeligen Wiesen zerflossen zu Schnee-

feldern oder Seen, die einsamen Bauerngehöftchen am Wege nahmen sich aus wie Zwergenhäuslein aus dem Märchen. da und dort funkelte schon ein schwach flankendes Lichtlein hinter kleinen Fensterchen wie ein armes Seelchen, das in der weiten, dunklen Öde, die die Nacht bald ringsum verbreiten würde, zweifelnd und sehnsuchtsvoll nach einem dürftigen Hoffnungsstrahl schmachtet.

Es war sieben Uhr, als sie wieder in das Sonntagsgewühl der hellerleuchteten Stadt kamen. Xaveer hatte gerade noch Zeit, seinen Zug zu erreichen, und sie, ihn zur Bahn zu begleiten und dann nach Hause zu eilen, um das Abendessen für die Herrschaft zu richten. Sie gingen hastig durch die belebten Straßen, betraten schnell noch einen Tabakladen, wo sie ihn zwang, einige Zigarren von ihr anzunehmen. Und unter der Uhr der Bahnhofshalle, in dem Gewühl der hin und her hastenden Reisendem nahmen sie mit einem langen Händedruck und einem gerührten Blick gegenseitiger Liebe und Treue Abschied. Sie wollte ihm wieder schreiben, wann ihr nächster Ausgangstag sei, und er wollte wieder kommen, und dann wollten sie wieder zusammen im steten spazieren gehen.

Er war wieder in dem kleinen Wirtshause angelangt, wo er sich eingemietet hatte, er hatte zu Abend gegessen und saß draußen auf den Boden gekauert, den Rücken an die Wand gelehnt, einsam in der stillen Nacht seine Pfeife rauchend. Rechts von ihm stand die Schmiede und hob sich düster von der Lichtstäche der nahen Stadt ab. Links dehnte sich die schöne, breite, gepflasterte Straße aus unter den schwarzen Laubgewölben der hohen Bäume und mit der doppelten Schnur der weit mit der Straße ziehenden Laternen. Er tauchte und grübelte. Sein Auge blieb starr auf den ruhigen glänzenden Punkt einer Laterne gerichtet, die unter einem der nächsten Bäume brannte und unter dem niederhängenden Blätterwerk einen grünlichen Lichtkreis um sich verbreitete. Er dachte nach über sich und über Romanie, über ihr gegenwärtiges Leben und ihre Zukunft. Es war nicht mehr tiefe Wehmut wie vorhin nach der Rückkehr von dem Spaziergang. Es war Gelassenheit und Ergebung in das Schicksal. Das Leben schien ihm auf Jahre hinaus gefestigt, die tägliche Arbeit in der dunklen Schmiede dort vom frühen Morgen bis zum späten Abend. und weiter sah er nichts: keine nahe Zukunft, keine Veränderung, kein Steigen oder Sinken. Er seufzte und schloss die Augen. Er legte die Hand über die geschlossenen Augen.

Es brauste ihm wohlig im Kopf, er fühlte sich müde, herrlich müde, er hatte nur noch ein Verlangen, nur noch ein Bedürfnis: hier zu schlafen in der kühlen Nacht unter dem leisen Rauschen der hohen Baumkronen.

Einen Augenblick dachte er noch an seine Schwester.

Was tat sie jetzt? Was sann und fühlte sie in ihrer Einsamkeit da unten in der unheimlichen unterirdischen Küche des unheimlich beklemmenden Hauses? Er schüttelte den Kopf und seufzte wieder tief auf und schwerer presste seine Hand die geschlossenen feuchten Augenlider.

Sie saß allein unten in der Küche und dachte an ihn. Sie hatte ihrer Herrschaft das Abendessen aufgetragen und wartete auf weitere Befehle. Über ihr im Speisesaal hörte man wirre Laute. Ab und zu wurde sie durch einen Fußtritt auf den Boden hinaufgerufen. Dann eilte sie hinauf nahm denBefehl entgegen, rannte wieder hinab und wieder hinauf, um aufzutischen und abzuräumen. Und wieder ließ sich für eine Weile das dumpfe, wirre Geräusch hören und saß sie mit in ihrem Schoß gefalteten Händen wartend da.

Das abgeräumte Essen stand vor ihr auf dem Tisch und ward kalt, aber sie hatte keinen Hunger. Sie sann und träumte. Als sie endlich über ihrem Kopfe das Geräusch weggerückter Stühle und sich entfernender Fußtritte hörte, erhob sie sich, wie mechanisch bewegt, und ging, um in der Nebenküche das Geschirr zu spülen.

Langsam tat sie ihre Arbeit, immer träumend und sinnend, das Gesicht in laue Wasserdämpfe gehüllt, stundenweit von der Wirklichkeit entfernt. Aber noch einmal hallten laute Fußtritte da oben, und sie eilte hastig zur Treppe, um von der Madam mürrisch herunterrufen zu hören, dass sie schlafen gingen und dass sie nicht vergessen solle, das Licht auszudrehen.

Sie antwortete, dass sie es nicht vergessen werde. Dann ging sie wieder an ihre Arbeit und kam aufs Neue ins Sinnen und Grübeln. Als endlich alles fertig war, starrte sie noch eine Weile unschlüssig um sich, als fühlte sie, dass sie noch etwas vergessen habe. Aber sie konnte nicht darauf kommen, was es sein mochte, und schon drehten ihre Finger unwillkürlich an der Lampe, um das Licht auszulöschen. Dann wusste sie es plötzlich, und ein leises zärtliches Lächeln überstrahlte wie seliger Glanz ihr liebes Gesicht. Sie drehte die Flamme so weit nieder, bis es in der Küche dämmerig wurde. Dann holte sie aus der tiefsten Ecke des Glasschrankes ein kleines Madonnenbild, stellte es auf den Tisch, kniete auf den harten Ziegelflur nieder und betete mit gesenkten Augen und gefalteten Händen ihr tägliches Nachtgebet.

Sie betete für ihn, ihren Bruder, dass es ihm durch die Hilfe Unserer lieben Frau doch noch gelingen möge, „sein eigener Herr" zu werden.

Das Hähnchen und das Entchen

Als der Vater, unter den Segenswünschen und den Tränen seiner Frau und Kinder, fort war, um ins Gefängnis zu gehen, kam die Mutter, die ihm bis zu den ersten Erlenbüschen am Wege das Geleite gegeben, in die Hütte zurück und zog, noch immer schluchzend, aus ihrer Tasche das leinene Geldbeutelchen, das er ihr heim Abschied übergeben hatte.

Es wog nicht schwer. Auf dem Boden des schmutziggrauen Säckchens zeichnete sich undeutlich die Form zweier Fünffrankenstücke ab. und als die Mutter das Schnürchen gelöst und den Inhalt in ihre Hand geleert hatte, zählte sie die Summe von vierzehn Franken und fünfundsiebzig Centimen!

Vierzehn Franken und fünfundsiebzig Centimen!

Etwas mehr als ein Sack Kartoffeln, einige Stückes geräuchertes Schweinefleisch und etwa vierzig Kilo Roggenmehl, das war alles, was sie und ihre vier Kinder noch besaßen und wovon sie während der sechs Monate, die des Vaters Einkerkerung dauerte, leben sollten.

Der arme Vater! Es war sein unwiderstehlicher Hang zum Wildern, der ihn abermals in das Gefängnis geführt hatte, nun schon zum fünften Male. Er war so gütig, immer so heiteren Gemütes, und auch so fleißig und so sparsam, aber diese unselige Leidenschaft zur Wilddieberei ließ ihn nun einmal nicht fahren. Er konnte keinen Hasen oder kein Rebhuhn sehen, ohne sofort den mächtigen Trieb zu empfinden, sich seiner zu bemächtigen.

Er tat das lachend, scherzend, wie er alles andere tat,

und fühlte nicht im Geringsten, dass er damit ein Unrecht verübe. In ihm war nichts von der tückischen Schlauheit, die sonst oft mit dem Hang zum Wildern einhergeht. Er ging dabei so unbesonnen, so naiv zu Werke, dass er beinahe jedes Mal auf frischer Tat ertappt wurde.

Lächelnd, sich kaum darüber wundernd, dass es jedes Mal so kam, ließ er sich vom Waldhüter oder vom Gendarmen am Kragen packen. lächelnd hörte er sich vom Gericht tadeln und verurteilen lächelnd, fest vertrauend, dass er doch wiederkehren werde, zog er ins Gefängnis.

Weder für sich selbst noch für die Seinen kam ihm die Rauheit ihres Armeleutelebens zum Bewusstsein. Er gehörte zu jenen glücklichen optimistischen Gemütern die alles von der guten Seite zu nehmen verstehen.

Und eine solche heitere Gemütsstimmung wirkte auch stets heilsam auf seine Familie ein. Es war nicht möglich, lange über ein Missgeschick zu trauern, das so wenig Eindruck machte auf ihn, der doch selber direkt dadurch getroffen wurde. und so war es auch diesmal, wie schon früher immer, nach ein paar Stunden mit den Klagen und Tränen vorbei. Nun musste er bereits im Gefängnis sein, und weder Bitten noch Tränen würden ihm vor Ablauf seiner Strafzeit die Freiheit wiederbringen können. Alles, was die Mutter noch für ihn tun konnte, war, dass sie ihn alle vierzehn Tage einmal besuchte, um durch die Gitter feiner Zelle ein Stündchen mit ihm zu verplaudern und ihm vielleicht, wenn einmal der Schließer den Rücken gekehrt hatte, ein Stückchen Schinken oder Speck zuzustecken.

Getröstet erhob sich die Mutter von dem Stuhle, auf dem sie weinend gekauert war, und nachdem sie noch unter einem letzten schluchzenden Seufzer sich mit der blauen Schürze die rotgeweinten Augen abgetrocknet, begann sie gelassen die materielle Lage zu überblicken, in die der Fortgang ihres Mannes sie versetzt hatte.

Sie zählte noch einmal die vierzehn Franken fünfundsiebzig Centimen in dem Leinenbeutelchen, sah zu den Speckstücken hinauf, die an der niedrigen, schwarzgeräucherten Decke der kleinen Küche hingen, und nach dem Häuflein Kartoffeln, das in der einen Ecke des Schlafkämmerchens lag. und dann rief sie ihre vier Kinder zu sich und sprach zu ihnen ernst, wie zu großen Leuten, diese Worte:

„So, Kinder, da ist alles, was wir noch haben, um sechs Monate davon zu leben. Wenn der Vater wieder aus'm Loch kommt, wird's Winter sein, und bis dahin werden wir alle vor Hunger gestorben sein, wenn ihr mir nicht helft. Sagt, wollt ihr mir helfen, damit wir durchkommen!“

Alle vier, die in einer Reihe vor ihr standen, nickten mit dem Kopfe.

„Wir werden aufs Betteln gehen“, sprach Sonske, der Älteste. Ein hübsches zehnjähriges Bürschchen mit braunem Haar, blassen Wänglein und großen klugen Augen.

„Und Vögel fangen“, rief Guustje, klein und gebrechlich, schief auf sein Krückchen gestützt, den hellen Blick auf die Mutter gerichtet.

Liesje, ein vierjähriges Krausköpfchen mit naiv-ernsten Äugelein, sagte nichts, sondern blieb mir auf der Brust gefalteten Händchen schüchtern und regungslos stehen. Sie fühlte wohl, dass von sehr wichtigen Dingen die Rede war, dass sie aber noch zu jung sei, um deren Bedeutung zu erfassen.

Aber Emeranske, das ältere, achtjährige Schwesterchen, mit einem rosigen Gesichtchen, flachsblonden Haaren und außerordentlich lebhaften, flachsblütenfarbigen Augen, machte plötzlich eine heftige Bewegung mit dem Oberleib, klatschte in die Händchen und rief jauchzend, während eine noch stärkere Röte ihre Wangen färbte:

„Und dann hab'n wir auch die Henne, die wird die zwölf Enteneier ausbrüten! Und wir werden zwölf schöne weiße Entchen hab'n, die verkaufen wir dann auf'm Mark, wenn sie einige Wochen alt sind!"

Die Mutter lächelte überrascht. Gott, es war ja wahr, und sie hatte ganz darauf vergessen! Sie hatte gar nicht mehr an die Gluckhenne und die zwölf Enteneier gedacht, die der Bauer Mujshondt ihnen bald bringen würde als Bezahlung für drei Tage Arbeit, die der Vater auf dem Gute des Bauern geleistet.

Oh, es war eine Freude! Der Kummer über den Vater war beinahe vergessen. Sonskes und Guustje jubelten, die Mutter streichelte lächelnd Emeranskes Köpfchen und sagte, dass sie alle brave Kinder seien.

Die vierzehn Franken und fünfundsiebzig Centimen in bar, die paar Stücke Rauchfleisch, die Kartoffeln und das Roggenmehl, das alles reichte, bei sparsamer Verwendung, nebst dem Proviant, den die Kinder von ihren Bettelzügen mit heimbrachten, ungefähr zwei Monate. An einem schönen Maiabend, als die Blüten balsamisch dufteten und die Käfer träumerisch schwirrten, war weder Geld noch Essen mehr im Hause. Aber der Bauer Mujshondt hatte endlich die Bruthenne und die zwölf Enteneier gebracht, und das war in ihrem Harren auf den noch weit entfernten Tag, da der Vater zurückkehren würde, die einzige Hoffnung dieser fünf Leben, die jetzt nur noch der öffentlichen Wohltätigkeit ihr Dasein zu verdanken hatten.

Man hatte die Henne mit ihren Eiern auf ein Nest von Stroh in der dunkelsten Ecke des winzigen Holzschuppens gesetzt, wo der Vater im Winter zuweilen die siachsbreche handhabtez und jeden Tag kamen voll gierigen Interesses die Kinder, um nach ihr zu sehen und ihr ein wenig Nahrung zu bringen. In der Dunkelheit des Schuppens sahen sie ihr rotes Auge wild funkeln, und wenn sie ihr ganz nahe zu kommen wagten, sträubte sie die Federn und stieß kurze, heisere, zornige Rufe aus, während sie, die Flügel schützend über die Eier breitend, rechts und links wütend in das Stroh pickte. Aber die Absicht der Kinder war nicht, sie zu stören. dafür waren sie sich zu tief ihrer Verantwortlichkeit und des Wertes der Henne bewusst. Sachte stellten sie den Teller mit dem Fressen und das Schüsselchen mit Wasser in den Bereich der Henne und entfernten sich wieder. Sie fürchteten so sehr, sie scheu zu machen, dass sie, nicht einmal näher nach den Eiern zu gucken wagten, wenn es, wie selten auch, geschah, dass die Henne auf einige Augenblicke das Nest verließ.

Das dauerte so gegen drei Wochen. Dann, eines Morgens, als sie in den Schuppen kamen, hörten sie ein seines Zirpen. Auf ihr Rufen eilte die Mutter herbei, vertrieb fast mit Gewalt die Henne, die rau und wild und unter gellendem Geschrei ihr in die Hände hackte, und zog unter den Federn der Henne ein kleines zappelndes Ding hervor. Nur ein einziges, und, o Wunder! Als sie es ans Tageslicht brachte, bemerkten sie alle zu ihrer Überraschung, dass es kein Entchen, sondern ein Hühnchen war. Ein Hühnchen aus Enteneiern, wie war das nur möglich! Die Mutter gab es Sonske, der es mit unendlicher Vorsicht mit seinen beiden Händchen hielt, ging in die finstere Ecke zurück und hob die Henne, die nun schrie, als ob sie umgebracht würde, vom Neste.

Die zwölf großen grünlichen Enteneier lagen noch unverletzt im Stroh, aber auf dem Rande des Nestes lag die zerbrochene Schale eines dreizehnten Eis. Es war ein Hühnerei.

Nun begriff die Mutter, was geschehen sein mochte.

Obgleich die Henne schon auf den Enteneiern brütete, hatte sie selbst noch ein Ei dazu gelegt, und da das Hühnerei schneller ausgebrütet wird, als das Entenei war das Küken zuerst auf die Welt gekommen.

Die Mutter musste herzlich darüber lachen, und die Kinder klatschten jauchzend in die Hände. Und bald ließ man die Henne, die mit wütendem Glucksen im Schuppen herumrannte, auf ihr Nest zurückkehren und steckte das zirpende Hühnchen unter ihre Federn, damit sie es warm halte.

Wieder vergingen acht Tage in fast ängstlicher Erwartung der ganzen Familie. Das Küken wuchs, dass es eine Freude war, aber wollten denn die Entchen gar nicht kommen? Die Kinder wurden ganz traurig darüber. jeden Morgen eilten sie schon beim ersten Frührot mit erneuter, aber immer wieder getäuschter Hoffnung nach dem kleinen Schuppen. Jeden Mittag, wenn sie von ihren Bettelgängen zurückkamen, war ihre erste Frage an die Mutter: „Noch kein Entchen?“

Und als die Mutter jedes Mal mit einem „Nein“ antwortete, war es ihnen beinahe zum Weinen. Einmal, als Sonske ernsthaft sagte, dass es ein großes Unglück wäre, wenn keine Entchen herauskämen, begannen Guustje und Emeranske wirklich zu weinen, während das blonde Krausköpfchen Liesje, die noch zu jung war, um verstehen zu können, sie, die Händchen regungslos gefaltet, ganz ernst mit ihren unschuldigen blauen Äugelein anstarrte.

Endlich sollte es doch soweit kommen! Eines Morgens, genauso, wie es bei dem Hühnchen geschehen war, hörte die Mutter, als sie das Pförtchen öffnete, ein wohlbekanntes Zirpen in der finsteren Ecke. Und noch ehe sie dort angelangt war, flog die Henne wild von ihrem Nest auf, schüttelte die Federn, dass der Staub herumflog, und eilte gluckend mit auf dem Boden schleifenden Flügeln zur Tür, gefolgt von ihrem Küken und einem einzigen noch ganz gelben Entchen, das ihr watschelnd und verzweifelt kreischend nachlief.

Erstaunt versperrte die Mutter der Gluckhenne den Weg, packte sie trotz ihres Flügelschlagens und rasenden Umsichhackens, setzte sie wieder auf die Eier und steckte das Entchen unter ihren Leib. Wie erstaunt, mit runden, wilden Augen, blieb das Tier einige Augenblicke regungslos sitzen, dann aber flog es schreiend wieder auf und zwar mit solcher Gewalt, dass eines der Eier zerschmettert ward.

Ein ekelhafter Gestank erfüllte den kleinen Raum. Das Ei war verdorben.

Auf den Lärm waren die Kinder herbeigeeilt. Die Mutter befahl ihnen, die Henne, die durchaus mit ihren Kleinen hinaus wollte, zu bewachen, und näherte sich dem verlassenen Nest. Mit abgewendetem Kopfe raffte sie das zerbrochene Ei auf und schleuderte es auf den Misthaufen. Dann kehrte sie wieder in die Ecke zurück, nahm eines der noch übrigen Eier nach dem andern heraus, wog sie leicht in der Hand und hielt sie gegen das Licht.

Mit einem Stöckchen zerbrach sie vorsichtig die Schale eines der Eier. Puah! Mit der Hand vor dem Mund und Wasser in den Augen lief sie hinaus. Das Ei war ebenfalls verdorben, wie das andere, das die Henne selbst zerbrochen hatte.

Die Kinder standen niedergeschlagen da.

Dann nahm die Mutter das ganze Nest und trug es hinaus ins Gras. Ein Ei um das andere warf sie auf den Misthaufen, und alle zerbarsten unter entsetzlichem Gestank. In keinem einzigen war noch ein Entchen, alle waren verdorben. Von der ganzen Brut waren nur die beiden übriggeblieben, die nun am herrlichen Junimorgen neben der Henne auf dem sonnigen Grasplatz einherliefen. Das Hühnchen und das Entchen.

Es war eine schwere, mit Wut gemischte Enttäuschung. Guusije war so fuchsig, dass er der Henne seine Krücke nachschleuderte, und Sonske und Emeranske weinten bittere Tränen, während Liesje, mit großen klugen Augen, schweigend den anderen zuhörte und sie anstarrte. Und plötzlich rief die Mutter, es sei nicht der Mühe wert, die beiden zu behalten, man werde auch am besten die Henne alsbald umbringen und verspeisen.

Aber als die Kinder solches hörten, weinten sie noch lauter und baten die Mutter, es nicht zu tun. Sie hingen sich an ihren Rock, und Guustje hinkte nach seiner Krücke, um sie aus dem Grase aufzuheben, damit die Mutter mit ihr nicht die Tierchen totschlagen könne, während Emeranske in aller Eile nach Brotkrumen und gekochten Kartoffeln für die Kleinen lief.

„Nee, nee, Mutter…nicht umbringen…unsere Henne nicht umbringen!"

Als der erste Augenblick der Enttäuschung und des Ärgers vorüber war, sprach die Mutter selber nicht mehr davon, dass sie die Henne umbringen wolle. Sie brach erschöpft in Tränen aus und jammerte, dass sie doch gar zu unglücklich seien und dass sie alle vor Hunger sterben würden, lange bevor der Vater aus dem Gefängnis wiederkäme. Dann holte sie, die Augen gerötet und immer noch schluchzend, einen alten Hühnerkorb, in den die Henne eingesperrt wurde, aus dem aber die Kleinen bequem ein- und auslaufen konnten. In der Mitte des kleinen Grasplatzes wurde ein Loch gegraben, in das man einen Waschzuber mit Wasser stellte, damit das Entchen schwimmen könne. Rings um den Käfig wurden Reis, Brotkrumen und zerkleinerte Kartoffeln ausgestreut. Die Henne drehte sich mit gesträubten Federn und hängenden Flügeln gluckend im Käfig hin und her. Die Kleinen pickten emsig das Futter auf, das Hühnchen unter feinem Piepsen, das Entchen mit gierig aufgesperrtem Schnäbelchen würgend und Ärger und Traurigkeit waren nun ganz vergessen: die Mutter blickte, unter Tränen lächelnd, aufs das liebliche Bild, und die Kinder hüpften begeistert und unter Jubelrufen um den Käfig herum.

Nach und nach wurde es ganz lustig und entzückend.

Die beiden Kleinen waren wie Bruder und Schwester, verließen einander keinen Augenblick, liefen den ganzen Tag nebeneinander um den Käsig und auf dem Grasplatz herum. das Hühnchen hatte nach einigen Wochen schon ein goldbraunes Federkleid und lief stolz auf seinen hohen schlanken Beinchen einher. das Entchen, dessen Bäuchlein fast auf dem Boden aufstreifte, schritt mit gelben, schiefen Plattfüßchen watschelnd daher, wie eine zu schwer beladene Bäuerin. Wenn das Hühnchen im Grase ein Würmlein fand, rief es durch ein schneidiges Gackern unter Scharren und raschem Picken das Entchen zu sich, und bald kam dieses herbeigewackelt, starrte das Aas mit seinen runden schwarzen Augen an und verkündete quakend, dass dies keine geeignete Nahrung sei. Wenn das Entchen im Zuber schwamm, schlug es mit winzigen Fittichen und quakte laut, damit der Kamerad komme, um ihm zuzusehen.

Und der hüpfte auch sogleich auf den hölzernen Rand und lief gackernd neben dem Entchen um den Zuber herum, zuweilen erstaunt sein Spiegelbild im Wasser betrachtend, zuweilen mit hochgerecktem Hals und erhobenem Schnabel ein Schlückchen von dem Wasser trinkend, als wollte er damit auf die einzige ihm mögliche Art das Vergnügen seines Genossen teilen. Nach einem Monat konnte man feststellen, dass das Hühnchen ein Hähnchen war und das Entchen ein Weibchen. Aber schon war das Entlein bedeutend mehr entwickelt und schwerer als das Hähnchen. und wenn beide abends im Schuppen, wohin der Käfig jedes Mal wieder zurückgetragen wurde, unter die Flügel der Gluckhenne krochen, um zu schlafen, kauerte diese ganz schief da, wie ein vor Anker liegendes, einseitig beladenes Schiffchen.

Für die Kinder war diese schöne Freundschaft der beiden Tierchen eine unerschöpfliche Quelle des Vergnügens geworden. Schon vom ersten Tage an hatten sie das Hähnchen „Pierke" und das Entchen „Kootje" getauft, und sobald sie von ihren Bettelfahrten heimkehrten, eilten sie schleunigst nach dem Gärtchen, um das Treiben der beiden kleinen Freunde zu beobachten.

Stets hatten sie irgendeine Leckerei mitgebracht, und sobald die Tierchen ihrer ansichtig wurden, eilten sie fast fliegend herbei und fraßen ihnen aus den Händchen.

Sie waren so zahm geworden, dass die Kinder sie auf ihre Knie nehmen und sie streicheln konnten, ohne dass sie davonrannten. Nach sechs Wochen schliefen sie nicht mehr unter den Fittichen der Mutter, die nun wieder in Freiheit gesetzt wurde, sondern ruhten für sich allein im Flachsschuppen. Jeden Abend, ungefähr ein Stündchen vor Sonnenuntergang, sah man sie beide, das Entchen watschelnd und mit wackelndem Schwänzchen, das Hähnchen gravitätisch und mit der Miene eines Herrschers einherschreitend, wie Verliebte nach ihrem Schuppen ziehen. Das Hähnchen hüpfte auf eine Sprosse der Leiter, die dort stand, und das Entchen, das zur Ruhe einer ebenen Fläche bedurfte, flatterte auf ein Brett daneben, um so nahe als möglich bei seinem Kameraden zu sein.

Die Henne, die gegen die beiden gleichgültig geworden

war und sie nicht mehr ansah, schlief allein oben unter dem Dach des Schuppens.

Eines Abends in der Dämmerung, als die Mutter schon mit den Kindern bei der Mahlzeit am Tische saß, ging die Tür auf und stand der Vater lächelnd vor ihnen. Es war so plötzlich, so seltsam, so unerwartet, dass sie alle wie verstummt waren, den Breilöffel regungslos in der Hand haltend, die Augen weit aufgesperrt. Der Vater brach in ein schallendes Gelächter aus, warf sein Päckchen auf einen Stuhl und rieb sich aufgeräumt die Hände, als käme er von einem Feste, indem er ausrief:

„Das is nu' was, he! So bald hättet ihr nich auf mich gepasst! Wie geht's nu' mit euch allesamt?"

Nein, gewiss, so früh hatten sie ihn nicht erwartet.

Es kam ja mal vor, dass er ein paar Wochen vor dem Strafablauf freigelassen wurde, aber jetzt hätte er noch mindestens zwei Monate im Gefängnis zu verbringen gehabt. Er musste also ausgerissen sein, und in diesem Falle würden die Gendarmen ihn bald wiederholen!

Es dauerte eine ganze Weile, bis die Frau und die Kinder sich von ihrer Überraschung erholt hatten.

Dann standen sie alle auf, und scheu und zögernd kam ihnen der stehende flämische Gruß von den Lippen:

„Mann, du bist willkommen…"

„Vater, du bist willkommen…"

Und die vor Schrecken erblasste Mutter konnte nicht länger an sich halten:

„Oh! Biste denn aus'm Loch entsprungen?"

Abermals ließ der Vater ein schallendes Gelächter hören:

„Entsprungen! Entsprungen!", rief er, als wäre er über diesen Gedanken aufs höchste entzückt. „Nee nee, wisst ihr! Wartet nur mal 'n bisschen, ich werd's euch genau erzählen."

Alle hatten sich wieder gesetzt, und auch der Vater hatte geräuschvoll unter ihnen am Tische Platz genommen. Er war ausgehungert, seine blitzenden Augen schielten nach der großen Breischüssel, die mitten auf dem Tische stand, und noch einmal rieb er sich kräftig die Hände, während die Mutter ihm einen Holzlöffel reichte und ihm ein paar dicke Roggenbrotstücke vorschnitt.

Eine Weile aß er gierig weiter, mit ernstem Gesicht, den Rücken gekrümmt, den Mund voll Brot, den weißen Brei mit den Lippen einschlürfend. Dann stieß er einen tiefen Seufzer der Erleichterung aus, ließ nochmals ein lautes unbekümmertes Lachen hören und begann dann, langsamer weiter essend, seine Geschichte zu erzählen.

Es war sein „Avekat", dem er seine Freilassung zu verdanken hatte. Dieser junge Mann, der ein merkwürdiges Interesse an ihm zu haben schien, hatte ihn wiederholt im Gefängnis besucht, und jedes Mal hatte er seine Verwunderung ausgedrückt, den Vater so ganz verschieden von den anderen Gefangenen zu finden, immer so aufgeräumt und lebenslustig, während die meisten – und nicht ohne Grund – bedrückt und unglücklich waren.

„Sitzt Ihr denn so gern im Loch?" hatte der „Avekat" ihn einmal gefragt. „Verdamm nich, nee, Herr Avekat, aber is es nich besser, zu lachen, als zu greinen!", hatte der Vater lustig geantwortet. „Eiwohl", hatte der „Avekat" darauf gesagt, „Ihr seht mir wie 'n braver Mensch aus, und ich will mal versuchen, ob ich Euch. nich 'n bisschen früher loskriegen kann."

Der Vater hatte dem „Avekaten" Dankschön gesagt, ohne große Hoffnung auf dessen Versprechen zu setzen. Er hatte nicht einmal, in der Furcht vor einer Enttäuschung, zu der Mutter davon gesprochen, als sie ihn das letzte Mal im Gefängnis besucht hatte. und er hatte auch nicht weiter darüber nachgedacht, bis heute Nachmittag, genau um vier

Uhr, der Schließer seine Zelle geöffnet und ihm zugerufen hatte:

„Kommen Sie raus, Sie sind frei!"

„Wieso frei? Sie wollen mich sicher zum Besten halten!" hatte der Vater erstaunt ausgerufen.

„Nun … wenn Sie lieber da bleiben wollen …", hatte der Schließer lachend geantwortet mit einer Bewegung, als wollte er die Zelle wieder verschließen.

Ob der Vater heraus wollte! Der Schließer hatte ihn bis an die Tür der Gefängnismauer begleitet, und da der Vater ihm seinen Dank bezeugte, gesagt:

„Mir haben Sie das nich zu verdanken, sondern Ihrem Avekaten. Er hat Sie zwei Monate vor der Zeit losgebracht."

Und dann war der Vater gegangen. Er hatte sich direkt nach seinem Dörflein gewendet, war in seine Hütte zurückgekehrt, nun aber würde es sein erstes Werk sein, den braven jungen „Avekaten" in seinem Hause aufzusuchen und ihm ein kleines Geschenk zu bringen"

Ein Geschenk! Als der Vater am folgenden Morgen nach einem langen erquickenden Schlafe noch müßig um sein Häuschen herumschleuderte, mit vollen Lungen die erquickende Luft des Sommermorgens einatmend, entzückt den Anblick der Natur genießend, die er seit Monaten nicht mehr gesehen hatte, dachte er darüber nach, was er wohl dem „Avekaten" schenken könnte.

Ein Geschenk … und es war kein Heller mehr im Haus! Und nicht nur kein Geld war mehr da, sondern die Familie hatte auch eine Schuld von einigen Franken für allerlei unentbehrliche Dinge, die die Mutter in den Kramläden des kleinen Nestes auf Borg genommen hatte. Selbst wenn er sogleich irgendwie Arbeit finden konnte, was noch lange nicht wahrscheinlich war, würde er wochenlang arbeiten

müssen, um die alte Schuld zu tilgen und etwas zurückzu-
legen. Und dennoch wollte er seinen Vorsatz ausführen. In
seinem rechtschaffenen und frohmütigen Herzen schwang
eine Saite der Dankbarkeit, die ihm keine Ruhe lassen
würde, solange er nicht die Wohltat des „Avekaten" durch
einen Beweis der Erkenntlichkeit erwidert hätte.

Und als er ärgerlich den Kopf schüttelte über diese voll-
kommene Armut, die ihn doch sonst so wenig kümmerte,
fielen seine Blicke auf Pierke und Kootje, die eben aus dem
Schuppen kamen, um ihren täglichen, gemütlichen Aus-
flug zu beginnen.

Was war denn das? Was bedeutete das? Wo kam das her?
Erstaunt rief er seiner Frau, die in der Küche beim Waschen
war, und forderte von ihr die Erklärung dieser seltsamen
Erscheinung.

Lachend erzählte sie ihm die ganze Geschichte, die sie
alle gestern in der Bewegung des unverhofften Wiederse-
hens zu erwähnen vergessen hatten. Die Geschichte von
den zwölf Enteneiern des Bauern Mujshondt, von der
Gluckhenne, die noch ein Ei dazu gelegt, von den Eiern,
die verdorben waren bis auf zwei, aus denen das Hähnchen
und das Entchen ausgeschlüpft waren, diese beiden wunderbaren Freundchen dort, die das Glück der Kinder bil-
deten und das frohe Staunen aller erweckten, die beide im
Gärtchen herumspazieren sahen.

Lächelnd hörte der Vater zu, den Blick auf das wunderliche Paar gerichtet, das jetzt an der Hecke entlang ging,
das Hähnchen leise gackernd, das Entchen dann und wann
gemütlich quakend, als befänden sich beide in einer inti-
men Unterhaltung. Von Zeit zu Zeit stieß das Hähnchen
lautere Rufe aus, indem es scharend und pickend vor
einem Kartoffelbröckchen still hielt. Das Entchen, das
einige Schritte voraus war, kehrte sich um und schlang mit

einer einzigen Bewegung seines langen, gelben Schnabels
das Bröckchen hinein. Dann ließ Pierke abermals ein leises
zufriedenes Gackern hören und flatterte vor Kootje herum,
wie zum Beweis der Huld und der Inschutznahme.

„Aber da hab'n wir's ja gleich!" rief der Vater jubelnd.
„Ich werd' dem Herrn Avekaten die zwei da zum Geschenk
machen. Sie sind dick und fett. er wird damit zufrieden
sein!" „

„O nee, das wär' 'ne Sünd', und wie täten die Kinder greinen!" sagte die Mutter beinahe erschreckt.

Doch der Vater, der die beiden Kameraden in ihrer rührenden Freundschaft nicht hatte aufwachsen sehen und
daher auch die Gefühle seiner Frau und Kinder nicht verstehen konnte, rief spöttisch:

„Warum denn nich? Und was soll'n wir denn damit
machen, wenn sie nich gegessen werd'n soll'n? Ihr wollt
doch wohl nich aus 'nem Hahn und 'ner Ente Junge züch-
ten? Haha, so 'ne Rasse von Federvieh möcht' ich schon-
mal sehn! Tututut, morgen geh ich damit zur Stadt sag ich
euch. Ich will nich undankbar sein. Der Herr Avekat hat
mir 'n großen Dienst erwiesen."

Und in der geheimen Ahnung, dass er vielleicht noch
einmal das Opfer seiner unverbesserlichen Leidenschaft zu
Wildern werden könne, setzte er hinzu:

„Wer weiß, ob wir 'n nich noch mal nötig hab'n."

Die Mutter machte keine Bemerkung mehr, aber den
ganzen Morgen fühlte sie sich traurig gestimmt.

Schlimmer war es, als die Kinder um zwölf Uhr heimkehrten und der Vater ihnen bekannt machte, was nun
geschehen würde. Guustje, der immer so blass war, ward
nun plötzlich wie Purpur und schleuderte verzweifelt seine
Krücke gegen die Mauer, während Fonske und Emeranske
zu weinen und zu schluchzen begannen.

Nur Liesje sagte nichts, sondern sah sie der Reihe nach ernst an mit ihren unschuldigen blauen Äugelein, in denen sich ein unbestimmter Zug des Erschreckens ausprägte. Dann brach auch die Mutter in Tränen aus. und aller Verzweiflung nahm eine solche Höhe an, dass der Vater ärgerlich ward und sie fragte, ob sie vielleicht närrisch seien, weil sie solch einen Spektakel machten wegen der Biester, deren unvermeidliche Bestimmung, doch früher oder später, die sei, verspeist zu werden.

„Ach, Vater, lass uns wenigstens eins von den zwei'n da!" flehte die Mutter.

Doch der Vater beharrte hartnäckig auf seinem Entschluss und wollte nichts davon hören. „Was, bloß den Hahn oder das Entchen geben, is das 'n Geschenk für 'n Herrn Avekaten! Nee, nee, sie müssen alle zwei hin."

Die Kinder heulten lauter und krümmten sich wie vor Schmerz. Da sprach die Mutter wie in einer plötzlichen Eingebung:

„Aber warum denn nich! Gib ihm das Hähnchen und lass uns das Entchen. Es wird Eier legen."

Der Vater, der schon den Kopf schüttelte, um die Bitte nochmals abzuweisen, zögerte bei diesen Worten. Auf seine Lippen trat ein Lächeln, in seinen Augen leuchtete es:

„Hm … das wär' vielleicht noch 'n Gedanke", erwiderte er langsam nach einer kurzen Pause des Schweigens. „'s Hähnchen, mit dem können wir nichts anfangen, und es muss dran glauben, aber 's Entchen, wahrhaftig … Hat's schon Eier gelegt?"

„Noch nich, aber 's wird nich lang mehr dauern."

Und da nun auch die Kinder feurig baten, doch einen der beiden Lieblinge behalten zu dürfen, wurde also beschlossen. Nur das Hähnchen sollte geopfert werden, und der

„Avekat" würde schon begreifen, dass sie doch nur arme Teufel seien, die gaben, was sie konnten.

Ach, es war ein trauriger Tag…

Es hatte keine Mühe gekostet, das Hähnchen zu fangen. Da es vollkommen zahm war, hatte die Mutter nur nötig, zu rufen: „Pierke! Pierke!" und mit leisem Gackern war es, von dem Entchen gefolgt, auf ihre Schürze gesprungen. Es zappelte ein wenig mit den Beinen, als der Vater es ergriff, aber als es in dem Netz saß, in dem er es zur Stadt verbringen wollte, verhielt es sich sehr still, sehr klug, während nur seine runden glänzenden Äugelein von seiner erschreckten Überraschung zeugten. Als das Entchen seinen Kameraden gefangen sah, hatte es ein paar Male gequakt, dann war es mit großem Flügelgeflatter in seinem Zuber herumgeschwommen.

Als der Vater zum Abmarsch fertig war, brachen die betrübten Kinder wieder in Tränen aus." Sie kamen der Reihe nach herbei, um ihren Liebling im Netz zu streicheln und zärtlichen Abschied von ihm zu nehmen.

Selbst das hübsche Krausköpfchen Liesje, das noch zu klein war, um das alles begreifen zu können, näherte seine süßen Lippen den Maschen und küsste den armen Kameraden auf die Äugelein. Und als der Vater nach dem Essen aufstand und das Netz aufhob, um sich damit auf den Weg zu machen, sprach Sonske seufzend die für ein Kind seines Alters tiefen Worte aus:

„Oh, wenn der Herr Avekat wüsste, wie gern wir das Tierchen hab'n, er würd's nich essen."

Bei Anbruch der Dämmerung war der Vater zurück, heiter und lebenslustig wie immer.

Mutter und Kinder saßen um den Tisch und aßen ohne Lust. Er setzte sich zu ihnen und erzählte während der Mahlzeit von seiner Reise.

Der Herr „Avekat" war sehr erfreut, sehr angenehm überrascht gewesen durch diesen Dankbarkeitsbeweis.

Und fast mit Gewalt hatte er ihm ein Zweifrankenstück.

in die Hand gesteckt. Zwei Franken! Gott, das Hähnchen war lange nicht so viel wert! Lächelnd hatte der Herr, Avekat das Tierchen in der Hand gewogen, es leicht auf der Brust befühlt und den Vater gefragt, ob er es schlachten und rupfen wolle.

Ein Schmerzensschrei stieg bei diesen Worten vom Tische auf, die Kinder singen wieder an zu weinen. Und von draußen scholl, wie ein Echo ihrer Klagen, ein wiederholtes trauriges Quaken des jetzt einsamen Entchens.

Ohne auf ihren Kummer zu achten, erzählte der Vater weiter.

Was war es doch für ein prächtiges Haus, wo der Herr „Avekat" wohnte. Überall goldumrahmte Spiegel, die die Zimmer bis ins Unendliche zu vertiefen schienen, Teppiche, so weich wie Moos, auf die man beinahe nicht den Fuß zu setzen wagte. Stühle und Sessel, so breit und so mollig wie Betten. Und überall Pflanzen und Blumen und in dem Gang ein Flur von weißem Marmor. und im ganzen Hause ein solch feiner Geruch von Speisen, dass ihm das Wasser im Munde zusammengelaufen war. Und dann war er auch in der Küche gewesen, oh, eine so geräumige, schöne Küche, mit funkelndem Zinn- und Kupferzeug, wo ein junges hübsches Mädchen in schneeweißer Schürze ihm Bier und Fleisch aufgetragen hatte, soviel er nur gewollt. Der Herr „Avekat" war interessiert an seine Seite gekommen und hatte ihn lachend gefragt, ob er noch immer so lebenslustig und so frohen Gemütes sei.

Er konnte mit der Schilderung seines Besuchs gar nicht zu Ende kommen. er schwätzte in einem fort, unbekümmert um das traurige Schweigen seiner Frau und Kinder, noch ganz überwältigt von dem Anblick all dieser unglaublichen Pracht. Es war, als ob er lediglich zu seinem eigenen Vergnügen erzähle. und nur von Zeit zu Zeit wendete er den Kon nach der Hintertüre um, wie gestört durch das unablässige Quaken, das draußen im Gärtchen ich vernehmen ließ.

„Aber was is'n das für'n rasendes Gequak?" fragte er zuletzt beinahe ärgerlich.

„So geht's schon 'n ganzen Tag. Es is 's Entchen das nach'm Hähnchen ruft."

Der Vater zuckte die Achseln.

„Was ihr doch denkt", sprach er verächtlich, „schmeißt ihm was zu fressen hin, dann wird's schon schweigen."

„Der Hof liegt schon voll von Brotstückeln und Erdäpfeln, aber es mag nichts davon", sagte die Mutter.

„Bab, bah, wenn's Hunger kriegt, wird's schon fressen", entschied er gleichmütig.

Die Kinder lauschten, mit zusammengeschnitten Kehlen, schweigend und regungslos dem Lärm da draußen.

Das Lämpchen wurde ausgelöscht, und alle begaben sich zu Bette. Aber die Kinder, die nicht schlafen konnten, hörten die ganze Nacht das verzweifelte Qualen des Entchens.

Mit dem Morgenrot standen sie auf und liefen in das Gärtchen.

Nichts war gefressen von all dem Futter, das auf dem Boden umherlag.

Sie riefen: „Kootje! Kootje! Kootje!"

Sogleich kam es quakend aus dem Schuppen geflattert. Sie warfen ihm frische Brotkrümelchen und frische Kartoffelbröckchen hin. Aber ohne auch nur danach zu schauen, hob es seinen gelben Schnabel und quakte unablässig weiter, hartnäckig nach seinem Kameraden verlangend.

Tief betrübt streichelten die Kinder ihm die glatten Flügelchen und machten sich zu ihrem täglichen Bettelzug auf.

Den ganzen Tag, den ganzen Abend und auch einen großen Teil der darauffolgenden Nacht lief das Entchen quakend im Gärtchen umher. Zuweilen schwieg es auf kurze Zeit und schwamm ein paarmal im Zuber herum, aber nach einigen Augenblicken kam es ruhelos wieder heraus, schüttelte erregt sein Gefieder und begann aufs Neue zu quaken. Erst spät in der Nacht hörten die Kinder sein entsetzliches Geschrei nicht mehr.

„Es wird gegessen hab'n, und es wird sich schon noch dran gewöhnen", sprach Sonske traurig zu Guustje, ais sie am nächsten Morgen zusammen vom Boden herunterstiegen.

Und gleich darauf öffneten sie die Hintertüre und riefen in das Gärtchen hinaus:

„Kootje! Kootje! Kootje!"

Aber diesmal kam Kootje nicht aus seinem Schlupfwinkel geflattert.

Von einer bangen Ahnung erfasst, eilten die Kinder dahin.

Kootje lag regungslos auf dem Brette neben dem früheren Ruheplatz Pierkes, die gelben Beinchen in die Höhe gestreckt, das Köpfchen schief hängend – tot!

Laut weinend stürmten die Kinder ins Haus.

Vater und Mutter, Emeranske und Liesje kamen ihnen entgegen.

„Was is'n passier?", rief der Erstere erschreckt.

„Kootje is tot! Kootje is tot!"

Sie liefen alle nach dem Schuppen. Der Vater trat zuerst hinein, nahm das tote Entchen in die Hand, befühlte es mit den Fingern und sagte geringschätzig:

„Bah…federleicht. Es wird nich viel dran zum Essen sein."

Oh, Kootje essen, wie der Herr „Avekat" Pierke gegessen hatte! Die Kinder weinten lauter und entfernten sich von dem Entchen als empfänden sie eine mit Scheu gemischte Furcht, ihren unglücklichen Liebling noch einmal zu berühren…

Außer dem blonden Krauskopfchen Liesje, das noch zu jung war, um begreifen zu können, und das nun seine süßen Lippen dem Entchen näherte und es auf eins der geschlossenen Augen küsste, wie es zwei Tage vorher das unglückliche Hähnchen durch die Maschen seines Neues geküsst hatte.

Das Flachsliedchen

An einem Freitagabend – am Markttag – wurde Tieldeke von ihrer Mutter zur Stadt gebracht. Beide trugen je einen dicken Sack, in dem des Mädchens Kleider steckten. Vom Bahnhof hatten sie nur ein kurzes Endchen durch eine belebte Straße zu gehen, und bald standen sie vor dem großen Hotel und Kaffeehaus, wo die Tochter in Dienst treten sollte. Dort warteten sie eine Weile auf dem Gehsteig vor den hohen breiten Fenstern, mit ihren Säcken unter dem Arm, als hätten sie Furcht einzutreten.

Die Glastür ging auf, und ein Mann, barhäuptig, mit gestärktem Hemd und schwarzem srack, kam rasch auf die beiden zu: „Ist das die, die hier in Dienst treten soll?", fragte er die Alte, auf die Junge weisend.

„Ja, Herr", antwortete die Mutter.

„Dann kommt nur mal rein", sagte der Mann, und ging ihnen durch die offen gebliebene Tür schnell voran.

Sie folgten ihm durch einen langen dämmerigen Saal mit Spiegelwänden, der mit Stühlen und weißen Marmortischchen gefüllt war. Ganz am hinteren Ende erhob sich ein großes, weißmarmornes Büfett, hoch und breit, und hinter diesem tauchte nun ein zweiter Herr auf, aber mit gewichtiger Miene und scharf gerunzelten Brauen, was sofort in ihm den Herrn und Meister ahnen ließ. Der Schwarzbefrackte und Weißbehemdete sagte zu ihm einige Worte in einer fremden Sprache, worauf der Herr sich zu den beiden Frauen wandte und ihnen wortlos, nur durch einen kurzen Wink, bedeutete, ihm zu folgen. Er stieß eine Tür im Hintergrund auf, rief etwas in einen düsteren Gang hinaus, und alsbald stand dort eine dicke Frau in dunkler Kleidung, die Mutter und Tochter sozusagen in Besitz nahm. Die Tür fiel wieder hinter ihnen zu, dann tauchten sie mit der dicken Frau, die lebhaft und laut auf sie einschwatzte, in dem düsteren Gang unter.

„Ich will ihr erst mal ihre Schlafkammer zeigen", sagte die Frau, an dem kaum sichtbaren Geländer einer Treppe haltmachend. Und keuchend, mit plumpen, watschelnden Schritten, ging sie Mutter und Tochter auf der schmalen Wendeltreppe voran.

„Das Treppensteigen fällt mir 'n bisschen schwer, es nimmt mir den Atem", keuchte sie, indem sie auf dem ersten Treppenabsatz sich umkehrte und ein Weilchen verschnaufte.

„'s is auch lästig, wenn man nich dran gewöhnt is", glaubte die Mutter beipflichten zu müssen.

Tieldeke sagte gar nichts. In der unbestimmten Helle, die durch ein Fenster von Mattglas hereindrang, sah sie lange, schmale, dunkle Gänge mit vielen braunen Türen, auf die weiße Nummern gemalt waren. Ein Mann in Hemdärmeln und grauer Schürze kam mit einem ganzen Arm voll geputzter Stiefel vorüber, ein anderer, schwarzbefrackt und weißbehemdet wie derjenige, der sie unten empfangen hatte, rannte eiligst mit einer mächtigen Präsentierplatte vorbei, auf der ein Durcheinander von gebrauchten Tass en und Tellern nebst Eierschalen und Brotkrusten lag. Sie stiegen höher. Es wurde heller auf der Treppe und in den Gängen. Elektrische Klingeln ertönten, und ab und zu sah Tieldeke mit Interesse junge Mädchen in weißen Häubchen und weißen Schürzen still und flink hin und her gehen.

„'s ist hoch, nicht wahr!", seufzte die dicke Frau, zum zweiten Male still haltend.

„Ja, 's is wahrhaftig hoch", antwortete die Mutter, die ebenfalls zu keuchen begann und den schweren Pack in den anderen Arm nahm.

„Zum Glück haben wir nicht mehr weit", ächzte die Frau. Sie waren an einer kleineren Treppe von weißem Holze angekommen, die steil wie ein Leiter emporführte. Tieldeke und ihre Mutter hatten es schwer, mit ihren Säcken hinaufzukommen. Oben war noch ein kleiner Gang, schmal und sehr kurz, mit einem Dutzend weißer, schwarz nummerierter Türchen rechts und links. Vor Nummer fünf hielt die Frau endlich an und stieß die Tür auf.

„So, da ist's", keuchte sie ermattet.

Es war ein kleines, sehr kleines Mansardenstübchen mit einem einzigen runden Dachfenster, das auf den grauen Wolkenhimmel hinausblickte. In dem Stübchen stand ein schmales, eisernes Bete, ein eiserner Waschständer, ein dunkelrot gestrichener Kleiderschrank und ein Stuhl. Das war alles. Der Fußboden bestand aus rohen, ungehobelten Brettern.

„So, das ist ihr Zimmer", sagte die Dicke, indem sie mit der Hand einen Halbkreis beschrieb.

„Ja, ja. Ja, ja", nickten Mutter und Tochter mechanisch und schüchtern.

„Legt das Zeug hier ab, später kann sie's auspacken", fuhr die Frau fort.

Still, wie von einem unbestimmten Schauer befallen, legten Mutter und Tochter ihre schweren pätke auf das kleine Bett nieder. Tieldeke ging zögernden Fußes bis an das Dachfenster, richtete sich auf den Zehen auf und sah hinaus. Sie sahen zwei Reihen grauer Ziegel und dicht darunter die schmutzig schwarze Dachrinne aus Zink. Sie wandte den Blick zur Höhe und sah die schwere, einförmig graue Wolkendecke des Himmels.

Das war alles.

„Nun kommt", sagte die beleibte Frau, „ich will euch wieder runterführen."

Sie verließen das Kämmerchen und stiegen die Treppe hinab. Durch den schwarzen Gang, den sie zuerst betreten hatten, kamen sie in andere, gewundene Korridore und landeten endlich in einem ziemlich weiten hohen Raum, der durch ein breites Mattglasfenster sein dämmeriges Licht aus einem offenen Innenhofe zu empfangen schien. Ein lauer, weißgrauer Dunst erfüllte ihn. Eine lange breite Tafel voll gebrauchter Kannen, Gläser, Schüsseln, Teller nahm die ganze eine Langseite ein. Auf der anderen befanden sich unter einer Reihe kupferner Hähne ein langes Ausgussbecken aus grauem Ton und daneben eine zweite Tafel, an der zwei Frauen standen und damit beschäftigt waren, allerlei Geräte abzuspülen und zu trocknen. Hier sollte Tieldeke ihren Wirkungskreis finden. Hier an einem dieser Heißwasserhähne sollte sie stehen, vom frühen Morgen bis in die späte Nacht, als Ersatz für die Arbeiterin, die am Tage vorher fortgegangen war. mit den beiden anderen Frauen zusammen sollte sie alles, was die Kellner aus der Restauration und aus den Hotelzimmern brachten, reinigen.

Die Wirtin stellte das Mädchen den beiden anderen Arbeiterinnen vor. „So, da ist euer neuer Kamerad", sagte sie einfach. Die Frauen sahen, ohne die Hände aus dem warmen Wasser zu nehmen, flüchtig auf und nickten Guten Tag.

„Und hier", fuhr die Wirtin fort, indem sie zu einer Seitentür watschelte, „hier ist die Küche, aber da drinnen haben die Spülerinnen nichts zu tun, alles wird in die Geschirrkammer gebracht."

Tieldeke und ihre Mutter sahen, wie eine flüchtige Erscheinung, eine prächtige, helle Küche voll glänzender Zinn- und Kupfergefäße, mit riesigen Anrichtbänken und Herden, mit weißgekleideten Küchenjungen, die an Hack- und Schneidemaschinen drehten, und großen, ebenfalls weißgekleideten Köchen, die in ihren Kasserollen rührten. Aber schon hatte die dicke Frau die Tür wieder zugezogen, während sie ihre Erklärungen Schloss:

„Nun, damit habt ihr jetzt alles gesehen, was ihr zu sehen habt. Mathilde kann nun ihre Arbeitskleider anziehen und beginnen, denn wir haben's sehr eilig.“

„Ja“, antwortete einfach die Mutter, zum Abschiednehmen bereit. „Tieldeke, Mädel“, sagte sie, ihrer Tochter die Hand hinstreckend, „stell dich gut an, hörst's! Und schreib uns nächste Woche einmal, wie's dir geht.“

„Ja, Mutter“, flüsterte das Mädchen dumpf mit plötzlich erstickender Stimme. Bis jetzt hatte sie sich gut gehalten, jetzt aber packte sie es plötzlich, und in ihre Augen traten die Tränen.

„Geh, geh, du darfst nich greinen, was denkst du denn?“, tröstete ein wenig rau die Mutter, indem sie sich zum Gehen wandte. „Zu Neujahr darfst du auf vier Tage nach Haus kommen, nich wahr, Madame?“

„Gewiss, gewiss“, versprach die beleibte Frau, die Mutter sanft zur Tür komplimentierend.

„Grüße den Vater und Eeldie und Zjulken und Mariets-jen“, schluchzte Tieldeke mit umflortem Blick.

„Du kannst getrost sein, ich werd nichts vergessen“, nickte die Mutter, die schon draußen im Korridor war.

„Und auch an Leonie de Vreeze denken!“ rief Tieldeke ihr laut nach. Aber die Mutter hörte es nicht mehr.

Tieldeke, die plötzlich verzweifelt schluchzend in dem düsteren Gang stand, sah ihre Mutter, von der Wirtin gelei-

tet, zwischen den Marmortischchen des großen Kaffeesaa-
les, wo jetzt schon einzelne Gäste saßen, hinweggehen. Die
Wirtin kehrte zurück, und Tieldeke, die sich fürchtete, in
ihren Tränen von der dicken Frau überrascht zu werden,
rannte mit der Schürze vor den Augen die Treppe hinaus,
um in ihrem armseligen Dachkämmerchen ihr Arbeitsge-
wand anzuziehen.

Von jetzt an war es ein ewiges Schüsselwaschen vom
frühen Morgen bis zum späten Abend, ohne Ende. Um
fünf rasselte die schrille Stimme der Weckuhr sie aus ihrem
festen Schlaf. Um halb sechs Uhr hatte sie schon gefrüh-
stückt, und alsdann begann das laue Dampfbad, in dem sie
den ganzen langen Tag stehen sollte. Es war stets das gleiche: immer waren Nebel und Dämmerung um sie. In der
Küche nebenan hörte sie das Klirren der Töpfe und Pfannen und den laut hallenden Ton der Bestellungen, die kurz
und hart klangen wie militärische Kommandos ab und zu
flog die Tür auf und es erschien ein Bedienter, bis unter das
Kinn beladen mit einem Riesenstapel von Schüsseln und
Tellern, die er ächzend auf den großen, breiten Tisch nie-
derstellte, damit sie gewaschen würden.

Während der ersten Tage lebte Tieldeke mechanisch
dahin, wie eine in Gang versetzte Maschine, ohne Gefühle
oder Gedanken. Die überwältigende ungewohnte Arbeit
nahm sie vollkommen in Beschlag, keuchend und schwit-
zend verschlang sie ihre Mahlzeiten, beinahe ohne zu wissen, was sie aß oder trank. und erschöpft sank sie abends
auf ihr Bett, sich kaum die Zeit nehmend, eilends ihre Kleider abzulegen. In ihr war es ebenso grau und dumpf wie um
sie her. Die geschäftigen Menschen, die sich um sie bewegten, glichen undeutlichen Schatten. die Worte und Klänge,
die sie vernahm, hatten für sie keine greifbare Bedeutung,
ihr ganzes Leben war ein einziger grauer Nebel, ohne ein

Fünkchen von Licht und Helle. Das dauerte so einige Tage. Dann begann sie allmählich wie zur Wirklichkeit zu erwachen.

Zum ersten Male sah sie in deutlicheren Umrissen die Frauen, die mit ihr und neben ihr arbeiteten. vorerst mischte sie sich noch schüchtern und zaudernd in ihre Gespräche. Sie erzählte, wer sie war, aus welchem Dorfe sie kam, wie viele Brüder und Schwestern sie hatte.

Und dann hörte sie, wer die beiden Frauen waren beide waren viel älter als sie. Die erste eine kinderlose Witwe, die andere eine Stoppelwitwe* (Sitzengelassene) mit zwei kleinen Kindern, für die sie arbeiten musste.

Sie fragten Tieldeke, ob sie keinen Liebsten auf ihrem Dorfe zurückgelassen hätte. Und als Tieldeke tief errötend verneint hatte, prophezeiten sie ihr, dass sie in der Stadt bald einen haben würde.

„Alle Mädchen in der Stadt haben einen Liebsten", sagte die Stoppelwitwe, „und den meisten geht's wie mir."

„Ach!", rief Tieldeke, über diese düstere Weissagung erschreckt.

„Ja, ja, erst 'n Freier und dann 'n kleines Kindchen in der Wiege", kicherte die Frau mit komischen Gebärden, als hätte sie etwas ganz Witziges gesagt. Tieldeke bekam Angst vor dieser Frau und fühlte kein Verlangen, nähere Beziehungen mit ihr anzuknüpfen. Die beiden befassten sich übrigens in der Folge auch nur oberflächlich mit dem jungen Mädchen. Sie betrachteten sie noch als Kind, das außerhalb ihres Lebenskreises stand.

Tellerwaschen…Tellerwaschen…

Von dem eigentlichen Leben und Treiben in dem Hotel vernahm Tieldeke nichts weiter als ein unbestimmtes und fernes Echo. Wenn ein dumpfes und anhaltendes Dröhnen durch das Gebäude ging, wusste sie, dass die Zeit da war, wo das Café sich mit Gästen füllte.

Wenn die Bestellungen kurz und hart, wie Salven oder Kommandos, in einem ununterbrochenen Klirren von Töpfen und Pfannen durch die von Lärm erfüllte Küche klangen und jeden Augenblick ein schnaufender Bedienter mit einem Riesenstapel von Geschirren zur Tür hereinstürzte, dann wusste sie, dass dies die Stunde des größten Betriebs in der Restauration war. Und wenn über ihrem Kopfe beim dumpfen Geräusch schlürfender Füße fast ständig der feine und schrille Ton elektrischer Klingeln zu hören war, so wusste sie, dass die Hausburschen und Zimmermädchen in den Logier-Stockwerken bei der Arbeit waren. Sonst wusste sie nichts.

In ihrer drückenden Einsamkeit und in diesen grauen Dämpfen, die sie wie lichte Schleier von den beiden anderen Frauen getrennt hielten, begann Tieldeke allmählich wieder an die Vergangenheit und an das elterliche Haus zu denken. Es war kein Heimweh. Sie wusste wohl, dass sie dienen musste, hier oder anderswo, weil sie daheim zu zahlreich und zu arm waren. Sie lebte nur mit ihrer Phantasie in der Vergangenheit und an den wohlbekannten Orten, mit den wohlbekannten Menschen, weil sie hier niemand kannte. Was taten sie nun wohl drüben in dem fernen Häuschen, wo sie geboren war und ihre Jugend zugebracht hatte. Oh, sie wusste es sehr gut. Sie konnte es sich so klar vorstellen! Es war zur Dämmerzeit, und in dem abgelegenen Hüttchen des friedlichen Gehöfts wurde die kleine Lampe angezündet. Noch andere schwache Lichtlein begannen ringsum aus den Häuschen zu funkeln, die schon unter geheimnisvollem Dunkel verschwanden. Die Kleinen waren mit erstarrten Händchen von der Schule zurückgekommen und wärmten sich am knisternden Herdfeuer.

Eeldie saß in gebückter Haltung unter der Lampe und klöppelte Spitzen, die Mutter ordnete die rotirdenen Breischüsseln auf dem grünen Tischchen zum Abendessen, und draußen stand bei dem ungewissen Schein eines Öldochtes der Vater und brach Flachs.

Tieldeke Schloss flüchtig die Augen in dem lauen Dampf.

Und ihr war, als sähe sie alles genau. es war, als ob sie dabei stünde.

Der Vater brach den Flachs… Es war, als ob sie das regelmäßige Schnurren der Flachsbreche hörte, als sähe sie den Vater dort stehen, mit beiden Füßen das auf- und niederwippende Trittbrett tretend, das große Bündel gelbblonden Flachses wie eine Perücke zwischen den Händen.

Der Vater brach den Flachs… Vom Morgen bis zum Abend war er bei der Arbeit, wie sie selber vom Morgen bis zum Abend vor dem Spültisch stand. Das war der eintönige Rhythmus seines Arbeiterlebens und Tieldeke dachte an das Flachsliedchen, mit dem er zuweilen seine endlosen Arbeitsstunden aufheiterte und das sie durch ihre Jugend begleitet hatte:

Als ich jung und schön noch war,

Trug ich eine blaue Kron' im Haar.

Als ich geworden alt und steif,

Bekam ich ein, Band um den Leib.

Still flossen Tieldekes Gedanken fort. Durch den grauen Nebel der lauen Dünste sah sie vor ihrem gefesselten Geiste die blaublühenden Flachsstengel über den welligen Feldern ihrer Heimat. Es war so fein und zart wie Millionen und Abermillionen heller blauer Augensternlein, die leuchteten, als ob sie jubelnd der wohltätigen warmen Sonne entgegenlachten.

Als ich geworden alt und steif, Bekam ich ein Band um den Leib.

Ach, die Blütenpracht war bald verwelkt, und Tieldeke dachte an die bewegte Zeit der Ernte, wenn der reife Flachs aus dem Boden gerissen und, mit Strohbändern umgürtet, in den Röstplatz geworfen wurde.

In jener Zeit ,in jenem ausgelassenen Treiben der Flachsernte, war sie zum ersten Male Remi Arjaan begegnet.

Er war nicht ihr Liebster, sie hatte kaum mit ihm gesprochen, aber sie war seine Binderin gewesen, und er hatte sie ein wenig geneckt. Leonie de Vreeze, ihre Freundin, hatte es gemerkt und sie mit ihm aufgezogen und sie hatte dann wieder Leonie de Vreeze mit Berzeel Vertriest, ihrem Schnitter, geneckt. Mehr war nicht geschehen, aber das blieb doch wie ein heimliches Band zwischen den beiden, und noch oft neckten sie sich gegenseitig. Die eine mit Remi Arjaan, die andere mit Berzeel Vertriest.

Dann kam das Brechen, das Entbasten und das Reinigen des Flachses, der dann wie große blonde Perücken vom Vater auf seinem Handkarren in die Fabriken der großen Stadt geliefert wurde. Von Erinnerungen hingerissen, begann Tieldeke das Liedchen leise zu summen. Ihr rechter Fuß ging in stillem Rhythmus mit dem Takt des Liedes auf und nieder, in demselben Takt, wie ihn ihr Vater anschlag, wenn er an der Flachsbreche stand. Und bald vergaß sie gänzlich, wo sie sich befand, und ihr zuerst leises und schüchternes Stimmchen schwoll immer höher an, bis sie endlich aus vollem Halse sang, als wäre sie auf freiem Felde, auf dem weiten Flachsfelde unter dem hellblauen, hohen Himmelsgewölbe, wo die jubelnden Lerchen mit einstimmten. Die beiden anderen Frauen hatten eine Weile die Arbeit eingestellt, um Tieldeke verwundert anzusehen. Sie sagten etwas und lachten spöttisch, aber Tieldeke bemerkte nichts davon „und sang mit ihrem frohen Stimmchen lustig weiter, bis plötzlich die Tür aufflog und der Herr und seine Frau wie zwei Rasende hereinstürmten.

„Was ist, das denn hier? Meinst du, du bist bei den Bauern! Es ist ja ne Schande! Die Leute im Café horchen schon!"

Wie von einem Peitschenschlag getroffen, hörte Tieldeke plötzlich aus. Erschrocken blickte sie sich um, sah das Paar drohend vor sich stehen und ließ vor Entsetzen einen Teller, den sie eben spülte, aus den Händen fallen.

„Du wirst wohl närrisch!", schrie die dicke Frau entrüstet. „Du meinst wohl, wir hätten dich zum Singen angenommen!"

Und der Herr, der sonst niemals ein Wort an Tieldeke richtete, fügte herausfordernd mit gerunzelten Augenbrauen hinzu: „Das eine Mal mag's noch hingehen, hörst du! Wenn es aber nochmal vorkommt…"

Er Schloss seinen Satz nicht, wies aber nach der Tür, um

anzudeuten, was dann geschehen würde. Darauf kehrten die beiden sich um und verließen die Spülküche. Tieldeke hatte kein Wort geantwortet. Sie konnte nicht, sie stand mit weit ausgerissenen Augen wie versteinert da. Die beiden anderen Frauen lächelten wieder spöttisch, und Tieldeke starrte sie an, als könnte sie sie nicht begreifen. Dann machte sie sich langsam mit gesenktem Kopfe wieder an ihre Arbeit, und die grauen Dämpfe des warmen Wassers, in das ihre Tränen tröpfelten, hüllten sie in einen trüben Nebelschleier.

Die Arbeiterin

Sie war arm, traurig, hässlich…

Arm, denn als ihr alter Vater und ihre jahrelang krank gewesene Mutter kurz nacheinander gestorben waren, hatte sie nicht einmal genug gehabt, um einen Monat davon leben zu können. Traurig, weil auch um sie her immer alles so traurig und schmerzlich gewesen. Hässlich, weil sie in Wirklichkeit aller Grazie bar war: mit gebeugtem Rücken und gelblichweißen Haaren und Brauen, mit kleinen, rotgeränderten Äugelein, die zu alledem noch schielten. Ein Albinotyp in seiner ganzen Schmucklosigkeit.

Sie arbeitete in der großen Mehlfabrik des Dorfes mit einer Anzahl anderer Frauen, deren Tätigkeit in der Ausbesserung der zerrissenen und abgenutzten Säcke bestand. Dieses und nebenbei noch das Aufmachen des Bettes hoch oben auf dem Dachboden, wo der Fabrikwächter schlief, war ihre einzige Beschäftigung vom Morgen bis zum Abend, vom Beginn bis zum Ende des Jahres. Und der feine weiße Staub, der aus den umgestülpten Mehlsäcken ausflog, bedeckte auch wie eine Kalkschicht ihre Kleider, ihr Gesicht und ihre Hände mit einem so grellen, vollkommenen Weiß, dass man sie zuweilen, wenn sie beinahe unbeweglich bei der Arbeit saß, für eine Schneepuppe hätte halten können.

Ihr Name war Pharailde, aber wegen ihres weißen Haares und wegen all des Weißen überhaupt, das an ihr war, nannten die anderen sie „Blanche“.

Unter diesen anderen Frauen, die neben ihr arbeiteten, befanden sich junge und schöne, und in der lichten Staubwolke, die die braunen oder schwarzen Haare mit Weiß bepuderte, bekamen die jugendlichen Augen einen lachenden Glanz, wenn sie sich in ausgelassener Munterkeit von Liebe und vom Liebsten unterhielten. Die Liebe! Der Liebste! Das war das unerschöpfliche Thema, das die langen, eintönigen Arbeitsstunden weniger traurig und langweilig dahinfließen ließ. Der Lichtstrahl der Erinnerung und des Hoffens, der mitten durch die farblose Öde der Arbeitswoche den einen Sonntag des Vergnügens und der Freiheit mit den andern verband.

Nur Blanche, die Sanfte und Bescheidene, redete niemals in solchen Dingen mit, hörte aber diese Erzählungen mit einer zitternden inneren Gier an, wie man den wunderbarsten, unwahrscheinlichen, aber doch erlebten Abenteuern lauscht.

Für sie selbst gab es alle diese Dinge nicht. Sie war sich schon zu sehr ihrer abstoßenden Hässlichkeit bewusst, um an Liebe zu denken. Einem Manne ins Gesicht zu sehen. O nein, das hätte sie niemals gewagt. Und sie wusste auch sehr wohl, dass kein Mann sie beachten würde, es sei denn, er wollte seinen Spott mit ihr treiben.

Und dennoch…es war einer in der großen Fabrik, dessen hübsche, männliche Züge, dessen schlanke kräftige Gestalt sie klar und deutlich vor ihren Geist zaubern konnte, obwohl sie ihm noch nie frank und frei ins Gesicht gesehen.

Es war da oben auf dem Dachboden, wo sie jeden Mittag das Bett des Nachtwächters zu machen hatte, der junge hübsche Müller, der an dem riesigen Trichter der Mühle stand.

Fast immer war er dort, barhäuptig, mit aufgestreiften Hemdsärmeln sein schweres Werk so leicht verrichtend, als wäre es ein Kinderspiel. Die Zweizentnersäcke rollten von dem hohen Stapel in seine starken, muskulösen Arme, er schnitt den Knoten mit seinem Messer entzwei, hob sie auf, drehte sie um und leerte sie in einem Nu in den kolossalen Holztrichter aus.

Wenn er sie sah, begrüßte er sie mit einem freundlichen „'n Tag“, mit lachenden Augen in seinem munteren Gesicht, das ein feines schwarzes Schnurrbärtchen zierte, und von weitem rief er ihr, mit seiner hellklingenden Stimme den dumpfen Fabriklärm übertönend, irgendein Scherzwort oder eine Neckerei zu.

Sie errötete und antwortete schüchtern mit ein paar Worten, wobei sie kaum einen schnellen scheuen Blick nach jener Richtung zu senden wagte. und in fieberhafter Eile und mit rascher pochendem Herzen, wie unter dem unheimlichen Druck einer unbestimmten Furcht, machte sie sich über das Bett her.

Unten, unter der zitternden Decke, dröhnte und brauste es ununterbrochen, dazwischen klang von Zeit zu Zeit das schleifende Geräusch eines Lederriemens und während ihr bei ihren hastigen Bewegungen die Beine wankten und der Atem stockte, sandte sie ihm ab und zu noch einmal einen schüchternen Blick in unbewusster Gier der Bewunderung zu.

Er war wieder ganz bei seiner Arbeit und schien sich um sie gar nicht mehr zu bekümmern. Verstohlen nach ihm schielend, sah sie ihn in zunehmendem Eifer die schweren Säcke in seinen Armen auffangen, aufschneiden, emporheben und umwerfen, als wären sie federleicht.

Dabei wandelte sie eine Art Taumel an. Ihr schien, als sei er besonders dazu geschaffen, schwere Dinge aufzuheben und weiter zu schleudern, über alle Hindernisse hinweg, mit unendlicher Leichtigkeit. Es schien ihr, als hätte er sie

selbst so nehmen können, ohne das geringste Zögern, ohne
ein Wort, und als ob sie in seinen Armen schwach und
schlaff werden würde, zu jeglichem Widerstand unfähig.

Nach einigen Minuten war sie mit ihrer Arbeit fertig
und kehrte nach der Treppe zurück. Und jedes Mal genau
in dem Augenblick, da sie sich entfernen wollte, kam er
auf sie zu, um sie mit seinen glänzenden lachenden Augen
wie durch eine magnetische Kraft an die Stelle zu bannen.
Und während er ihr nochmals ein Scherz- oder Neckwort
zurief, gewahrte sie flüchtig sein hübsches, anziehendes
Gesicht, seine leuchtenden Augen, sein schwarzes Haar
und seinen schwarzen Schnurrbart, seine sehnige, von
unverwüstlicher Kraft zeugende Gestalt. Sie wurde feuerrot und stotterte vor Scham, während er, in dem Bewusstsein seiner Allmacht, Vergnügen daran zu finden schien,
sie noch mehr in Erregung zu bringen und wenn sie dann
endlich wieder unten war, hatte sie den überwältigenden
Eindruck, dass sie nur mit knapper Not einem furchtbaren
Unheil entronnen war, einem Unheil, das sicher geschehen
würde an dem Tage, wo er so zu ihr treten würde, bevor sie
mit dem Bettmachen ganz fertig war.

So kam er auch einmal zu ihr, ehe sie mit dem Bett,
machen ganz fertig war…

So kam er einmal, lächelnd wie immer, so frei und
unbefangen wie immer in seinen Bewegungen, mit seiner
gewöhnlichen Art, als ob er ihr einen Scherz oder eine
Neckerei sagen wollte, während sie zitternd vor Erregung,
mit glühenden Wangen und verschwimmenden Augen,
mit vor Hast bebenden Händen ihre Arbeit zu vollenden
suchte…

Und ohne ein Wort zu sagen, während sie mit einem
schwachen Angstschrei das Bewusstsein verlor, hob er sie
plötzlich in seinen Armen auf, just so, wie sie sich es ausge-

malt hatte, just so, wie er, als wären es leichte Federn, die schweren Säcke vom Stapel hob und sie mit einem einzigen Schwung in den riesigen Trichter warf…

Die ersten Tage ging sie wie durch das Geschehene zerdrückt umher.

Liebte er sie denn auch? Und hatte sie ihn auch wirklich liebt? War das wohl die Liebe? Oder war sie es doch nicht? War das nun das unbekannte und selige Etwas, wovon ihre Genossinnen beständig mit entzücktem Lächeln und strahlenden Augen flüsterten? Oder gab es noch etwas anderes, etwas Sanfteres und Erhabeneres, das sie noch nicht kannte? Sie wusste es nicht, sie konnte nicht klar darüber nachdenken, sie konnte sich über ihre eigenen Empfindungen nicht Rechenschaft gehen. Ihr Sinn wurde immer wieder so wirr und trübe. Sie fühlte immer wieder nichts anderes als die Rohheit des Angriffs, des schroffen, unbändigen wortlosen Überfalles in dem dumpfen Dröhnen des Fabriklärms. Nur das eine war ihr klar, dass das, was sie immer gefürchtet, nun doch endlich geschehen war, genauso wie es unvermeidlich geschehen musste, wie es noch weiter geschehen würde auf das Gebot einer unwiderstehlichen Macht, gegen die es keine Willenskraft mehr gab. Und nur des einen war sie sich instinktmäßig und mit einem ängstlichen Schauder bewusst: dass sie nie, niemals mit jemandem über das Geschehene sprechen dürfe, weil sich, wenn es bekannt würde, solch ein Strom von Hohn und Spott über sie ergießen würde, dass das Leben nicht mehr zu ertragen wäre.

Er kam abermals, er kam noch oft…

Er kam so oft, als es ihm gefiel, ohne dass sie jemals nur einen einzigen Augenblick daran dachte, ihm zu widerstehen, ohne dass sie sich nur ein einziges Mal fragte, ob sie nicht sehr verkehrt handelte. Sie hatte keinen eigenen Willen und kein eigenes Leben mehr. Sie war sein Etwas, sein Gegenstand, mit dem er nach Gutdünken verfuhr. Sie hatte in sich nicht mehr Widerstandskraft, wie irgendeiner jener leblosen Getreidesäcke, die er in einem Nu in den Trichter der Mühle entleerte.

Auch als sie sich nach drei Monaten in bedenklichem Zustande befand, ward sie sich anfänglich der für sie schrecklichen Folgen gar nicht bewusst. Sie konnte sich selbst nicht in die Mutterschaft hineindenken, sie, Blanche, die abstoßend Hässliche, die allen Reizes Entblößte. Die Mutterschaft, oh, die erschien ihr als etwas ganz anderes, als etwas Herrliches und Tiefrührendes, worin viel mehr reine Zuneigung lag, wozu etwas kam von innig zarter gegenseitiger Hoffnung und gegenseitigen Schutzes, was sie bei ihm doch nicht empfinden konnte.

Doch nach und nach, in dem Maße, wie es ihr schwerer fiel, ihren Zustand zu verbergen, entwickelte sich in ihrer bedrückten Seele das entsetzliche Bewusstsein ihrer wirklichen Lage. Die fast unvermeidlichen Folgen ihres Fehltritts: das Verlassenwerden durch den Vater, der grausame Hohn und Spott aller, die sie kannten, die Entlassung aus der Fabrik mit der bittersten Armut als unmittelbare Folge. Das alles wirbelte folternd durch ihr ganzes Wesen in erbarmungslosen Blitzlichtern der Offenbarung, die sie die Tiefe des vor ihr gähnenden Abgrundes ergründen ließen.

Schon begannen die anderen Arbeiterfrauen sie mit verwunderten Blicken anzusehen. Sie bemerkten etwas Außergewöhnliches an ihr und hegten zuweilen einen Argwohn, den sie noch unterdrückten, weil der Gedanke, dass Blanche einen Liebhaber habe, auch ihnen gar zu lächerlich vorkam. Nur eine Alte, mit großen schwarzen Augen in einem verrunzelten gelben Gesicht, fand diese Annahme viel weniger närrisch als die andern. Und einmal, kurz vor der Mittagszeit, nahm sie in ihrer nicht mehr zu bezwingenden Neugierde den Augenblick als Blanche aufstand, um eine Last Säcke zu holen, wahr, um plötzlich herauszuplatzen:

„Aber Blanche, du wirst ja dick, was is denn mit dir?"

Die Elende wurde plötzlich bis in den Nacken, bis in ihre weißen Haare hinaus, rot, während sie schüchtern, in entsetzter Regungslosigkeit einen seitlichen Blick aus ihren entzündeten Schielaugen auf die ältere Arbeiterfrau warf.

„Da steckt doch sicher was dahinter?", drängte sie weiter, durch den bloßen Anblick der entsetzten Blanche von der Richtigkeit ihres Argwohns überzeugt.

Und plötzlich brach die Unglückliche statt der Antwort in ein überwältigendes Schluchzen aus, während die anderen Weiber, stumm vor Erstaunen, in einer aufsteigenden Mehlwolke, die aus den Säcken stob, die Arbeit aus ihren Händen fallen ließen.

„Aber Blanche! Aber Blanche! Wie is das um Gottes willen möglich?", sprach langsam die Alte mit weit aufgerissenen Augen und mit wie vor Schrecken gefalteten Händen.

„Von wem is es?", rief plötzlich eine der Jüngeren.

Aber Blanche, immer noch sprachlos, tat nichts weiter, als immer verzweifelter zu schluchzen. Sie war schlaff auf einen Stuhl niedergesunken und hielt mit beiden Händen die Schürze vor die Augen.

„Ei, ei, ei, wer hätte das gedacht!", wehklagte in unheilverkündendem Tone die Alte.

„Aber von wem is es, von wem is es?", riefen nun die Jüngeren durcheinander.

Und dann sagte sie es, mitten unter ihrem Schluchzen, in einem Aufschrei des Schmerzes, den sie nicht mehr unterdrücken konnte, während die Weiber vor Überraschung laut aufkreischten und fast gar nicht glauben konnten, was sie hörten: das Unerwartete der Eröffnung hatte sie derart erschüttert, dass sie sich einen Augenblick fragten, ob Blanche vielleicht wahnsinnig sei.

Noch am gleichen Nachmittag ging die entsetzliche Neuigkeit wie ein Lauffeuer durch die ganze Fabrik.

Beim Vesperbrot fragten die Arbeiter ihren Genossen, den Müller, der seine Schuld entschieden leugnete. Die Weiber ihrerseits waren erbost über Blanche, die Scheinheilige, das Muster von Verstellung und Hässlichkeit, die sie alle an der Nase herumgeführt. Und alle prophezeiten nun auch, was unfehlbar geschehen würde. Sobald der Herr und die Gnädige, die sehr auf die Sittlichkeit ihrer Arbeiter bedacht waren, von dem Skandal vernehmen würden (und lange konnte das nicht währen), würde Blanche erbarmungslos davon gejagt.

Einige Tage vergingen für Blanche Tage furchtbarer Qual.

Von dem Augenblick an, da das Geheimnis an den Tag gekommen war, hatte sich der Müller nicht mehr nach ihr umgesehen, nun wich er ihr, wenn er vom

Dachboden herabkam und sie erschien, systematisch aus, und wenn er ihr zufällig in den Gängen der Fabrik begegnete, würdigte er sie keines Grußes. Dieses Betragen, das sofort von den anderen Frauen bemerkt wurde, verstärkte noch den Spott, den Hohn und die Verachtung, womit sie Blanche überluden. Unaufhörlich gab es spitzige Anspielungen, ein geheimnisvolles Lächeln und Tuscheln, grausame Nadelstiche und gewagte Bosheiten, von denen die arme Blanche in ihrer sanften Unschuld nicht einmal die Hälfte verstand. Kein hässlicher Streich, keine kränkende Demütigung wurde ihr erspart. Eine Art eifersüchtigen Grolls mischte sich darunter: man beneidete das hässliche Scheusal um den, wenn auch wenig beneidenswerten

Besitz dieses hübschen Burschen, den mehr als eine sehr gern zum Geliebten und zum Gatten gehabt hätte. Man konnte es nicht begreifen, dass er sich mit ihr eingelassen. man entrüstete sich darüber und äußerte seinen Ekel. Und nur das eine stellte ihn in seiner Ehre einigermaßen wieder her: dass er ihr sofort den Rücken gekehrt und seine Schuld hartnäckig leugnete. Wahrhaftig, es hätte gerade noch gefehlt, dass der schöne Müller diese entsetzlich hässliche Blanche geheiratet hätte!

Auf alle diese Lästerungen, auf alle diese scharfen Angriffe und boshaften Anspielungen gab Blanche, das bleiche Gesicht traurig über ihre Arbeit gebeugt, niemals eine Antwort. Alsbald mit dem Gedanken vertraut geworden, dass der Verführer sie verlassen würde, ertrug sie Hohn und Schande besser, als sie gemeint, aber die Binde, die ihr eine Zeitlang die Bedeutung des Fehltritts verborgen hatte, war plötzlich mit roher Gewalt von ihren Augen weggerissen, und nun betrachtete sie mit ängstlicher Sorge ihre materielle Lage und die bittere Armut, die die sichere Folge ihrer unvermeidlichen Entlassung aus der Fabrik sein würden.

Jeden Augenblick erwartete sie den Schlag, und sie konnte nur nicht verstehen, warum er so lange ausblieb.

Jeden Augenblick erwartete sie das Erscheinen des Herrn, der ihr mit kurzem Befehl und ausgestrecktem Arm die Türe weisen würde. Aber die Tage vergingen, ohne dass etwas geschah, und sie begann sich zeitweise beinahe wieder etwas beruhigt zu fühlen, als sie ihn eines Samstags gegen Abend an den Fenstern der Werkstätte in einem trägen Schlendergang, ganz anders als gewöhnlich, vorbeigehen sah.

Mit einem Male packte sie eine furchtbare Angst. Und wie sie selbst, so kam auch den andern Weibern unwillkürlich das Bewusstsein, dass etwas Außergewöhnliches auf dem Wege sei, denn sie singen lebhaft miteinander zu flüstern an, während sie verstohlen durch die Fenster schielten.

Blanche sah, mit trockener Kehle und keuchend, den Herrn bis zum Ende des Innenhofes gehen, mit hochgerötetem Gesicht und stark beleibt, in weißer Weste und mit gelbem Strohhut. Flüchtig trat er auf eine umgefallene Holzkiste, flüchtig sah er zum Dachsims hinauf, wo ein paar Spatzen lebhaft zirpten und flatterten. Flüchtig fuhr er mit den Fingern in die Taschen seiner Weste, als ob er dort etwas suchte. Dann kehrte er sich um, und sein langsam sinkender Blick richtete sich auf die Fenster der Werkstätte. Und plötzlich kam er zurückschritt auf die Tür zu und stieß sie auf.

Eine beengende Stille legte sich über die Reihe weißer gebeugter Frauengestalten.

„Mietje, habt Ihr noch Säcke genug, um weiter arbeiten zu können?", fragte er die Alte mit ihrem gelben Gesicht und ihren großen schwarzen Augen.

Und während Mietje demütig und mit gedämpfter Stimme antwortete, fühlte die tief über ihre Arbeit gebückte und bis in den Nacken errötende Blanche, dass des Herrn Blick forschend auf ihr ruhte.

Aber es kam nicht. Er wendete sich langsam wieder zum Gehen, indem er sagte, dass er einen neuen Vorrat Säcke bringen lassen werde.

Doch er war noch keine fünf Minuten weg, und die Weiber hatten sich noch nicht halb von ihrer Aufregung erholt, als die Türe abermals ausging und eine der Hausmägde erschien und ein wenig schüchtern mit zögernder Stimme berichtete:

„Blanche, die Gnädige möchte mal mit dir reden. Sie wartet im Gewächshaus auf dich.“

„Auf mich!“, rief Blanche instinktiv, indem sie heftig zusammenfuhr.

„Ja, auf dich“, wiederholte das Mädchen und ging.

Plötzlich totenbleich geworden, erhob sich Blanche, während die anderen Frauen dumpfe Rufe vernehmen ließen.

„Blanche, Mädel, nu geht der Deubel los“, sprach die Alte.

„Ich glaub’s auch“, antwortete mechanisch und mit stockender Stimme die Unglückselige.

Zitternd schüttelte sie den weißen Staub von ihrer Schürze und verließ den ArbeitFraum, wo sich hinter ihr ein unterdrücktes Stimmengewirr erhob.

Die Gnädige, schlank und mager, mit etwas Welkem und Frühgealtertem in ihrem Äußeren, stand wartend im Gewächshaus und pflückte zerstreut einige dürre Blätter aus dem reifen Wingert.

Diese Beschäftigung stellte sie sofort ein, als sie Blanche erscheinen sah, und mit einem strengen Blick versetzte sie, die Arme diesmal nicht, wie gewöhnlich, bei ihrem Familiennamen, sondern bei ihrem Vornamen nennend:

„Ist es wahr, was ich da sagen höre, Pharailde?“

Die Unglückliche, die drei Schritte entfernt zitternd stehen geblieben war, brach plötzlich in Tränen aus und war nicht fähig, zu sprechen.

„So ist es also doch wahr! Du hast dich der Schande ausgeliefert!“, fuhr die Gnädige fort, indem sie mit einem raschen, entrüstet strafenden Blick die schon starke Figur der Arbeiterin streifte.

Blanche hatte das Gesicht unter der Schürze verborgen und stammelte einige undeutliche Worte.

Die Gnädige, aufs tiefste verstimmt, tadelte sie heftig, urteilte bitter über ihr schändliches Betragen und machte ihr scharfe Vorwürfe, dass sie den guten Ruf des Hauses, das ihr das tägliche Brot geboten, verletzt habe. Dann verlangte sie den Namen des Mitschuldigen zu erfahren.

Die immer noch ganz verzweifelte Blanche nannte ihn.

„Wo, wie und wann ist es geschehen?", forschte die Gnädige weiter.

Und Blanche erzählte alles, zitternd, seufzend, in keuchend hervorgestoßenem fortwährend von Tränen und Schluchzen unterbrochenen Worten.

Ein kurzes Stillschweigen folgte. Die Gnädige, die fühlte, dass die Unglückliche die Wahrheit sagte, stand eine Weile regungslos, mit zusammengepressten Lippen, den Blick starr auf Blanche gerichtet, die tief gedemütigt die Augen an den Boden heftete und mit nervös bebenden Fingern an einem Zipfel ihrer Schürze drehte. Die Gnädige war nicht bösartig, und im Grunde ihres Herzens hatte sie Mitleid für das arme betrogene Geschöpf.

„Und er leugnet seine Schuld, nicht wahr?", fragte sie endlich.

„Ja, Madam."

Sie hasste die Lüge, und den feigen Betrug des Verführers konnte sie, vor allem in diesem Falle, nicht entschuldigen.

„Nun, entweder wird er dich heiraten oder er wird aus der Fabrik gejagt!", rief sie zornig.

„Und ich, Madam?", flehte die Arme mit fast unhörbarer Stimme.

„Mit dir… mit dir werd ich für diesmal noch Nachsicht haben… Du darfst noch eine Weile hier bleiben und nach deiner Niederkunft wiederkommen. Aber merk dir's: wenn es nochmal vorkommen sollte, ist es für immer aus!"

„Oh, Madam, wie gut Sie sind!", schluchzte Blanche.

Und sie griff nach der weißen Hand der Herrin, die sie mit Tränen und Küssen bedeckte.

„Nun geh und merke dir meine Worte", schloss die Gnädige.

Wie vorauszusehen war, leugnete der Müller auch weiterhin hartnäckig seine Schuld, ebenso entschieden weigerte er sich, Blanche zu heiraten.

Er wurde fortgeschickt. Blanche dagegen blieb, von der Gnädigen protegiert, bis zum letzten Tag vor ihrer Niederkunft. Sie hatte auch gefürchtet, dass sie nicht bleiben dürfe bei den Leuten, zwei bigotten alten Jungfern, wo sie gegen ein spärliches Monatsgeld ihr Obdach hatte, aber diese hatten sich nach der ersten Aufwallung des Zorns und der Entrüstung ihrer erbarmt, weil sie sonst so gut und sanft und so dienstwillig war und weil sie Mitleid mit ihr hatten.

Am Abend des Tages, an dem sie zum letzten Mal ihrer Arbeit nachgegangen war, wurde das Kind geboren: ein starker, gesunder Junge, von dem die beiden alten Jungfern sofort ganz entzückt waren und der schon am nächsten Morgen in der Kirche auf den Namen Bauwke[2] getauft wurde.

Und Jahre vergingen.

Blanche, getröstet und ausgesöhnt mit dem Leben, tat wie früher ihre tägliche eintönige Arbeit in der Fabrik. Von dem Müller, der kurz nach ihrer Niederkunft in die Fremde gegangen war, hatte sie nichts mehr gehört, aber was zuerst ihre Schande und ihre Verzweiflung gewesen: das unrechtmäßige Kind, es war nach langen Jahren des Schmerzes die einzige Hoffnung und Illusion, der Reiz, die Liebe ihres ganzen, so lange farblos und elend gewesenen Daseins geworden. Sie selbst war nichts mehr, sie existierte nicht mehr. Sie lebte nur noch für ihn und durch ihn, in stärkster

---

2   Boudewijn (Balduin)

Hingabe für ihr Fleisch und Blut, in stolzer Bewunderung
für diese schöne, üppige Lebensfrucht, die aus dem scheu-
sälig hässlichen, traurigen, elenden Menschenstoff, der sie
war, so herrlich entsprossen war.

Er war nun neun Jahre alt und ging in die Dorfschule,
wo er außerordentlich gut lernte. Bei der letzten Preisver-
teilung war er einer der Ersten in seiner Klasse gewesen,
und als sie ihn, mit Preisen beladen, zurückkehren sah, da
hatte sie lange geheult vor Freude und Rührung, wie sie es
jetzt so oft tat bei allem, was ihn betraf. Und sie hatte nur
einen großen Kummer, oh, einen grenzenlosen Kummer:
dass er bald die Schule würde verlassen und selbst für seinen Unterhalt sorgen müssen.

Ach, hätte sie nur gekonnt, wie gern hätte sie gesehen
ihn sich erheben über seinen und ihren eigenen elenden
Stand! Wie gern hätte sie ihn später sehen mögen, sauber
und nett gekleidet, in einer guten behaglichen Stellung, in
der er nicht durch raue Handarbeit sein kümmerliches tägliches Brot würde verdienen müssen!

Aber es konnte nicht sein, es konnte nicht sein! Er wurde
groß, sein Unterhalt kostete immer mehr, und trotz aller
ihrer Anstrengungen und der immer empfindlicheren Ent-
behrungem die sie sich selbst auferlegte, indem sie manchmal halbe Nächte durcharbeitete, konnte sie nicht lange
mehr für beide verdienen. Ihre traurigen kranken Augen
wurden immer schwächer, ihre Gesundheit litt, schon
zweimal hatte sie einen Tag arbeitsunfähig zu Bett liegen
müssen. Was sollte mit ihm geschehen, wenn sie länger
krank werden würde. Und mit vor Traurigkeit beschwer-
tem Gemüt fügte sie sich endlich ins Unvermeidliche. Als
die Ferien kamen, nahm sie ihn von der Schule, und sein
Los ward das der meisten armen Kinder hierzulande. Er
wurde Kuhhirt auf einem Bauernhof.

Ach, es war ein ungeheurer Jammer, als sie ihn, ein Päckchen mit seinen wenigen Sachen unterm Arm, an einem herrlich-friedlichem leuchtenden Septembermorgen selber nach dem großen, fernen Hofe brachte!

Und es waren doch so brave Leute, der Bauer und sein Weib, zu denen er kam, beide schon bejahrt und ohne Kinder! Sie nahmen sie freundlich in Empfang, streichelten lächelnd den blonden Kopf des Buben und tischten ihnen alsbald ein schönes dickes Schinkenstück auf, wovon Blanche, der das Herz brechen wollte vor Weh, vergeblich zu genießen suchte. Jeden Augenblick schossen ihr die Tränen in die Augen und stieg ihr das Schluchzen in die Kehle, und eine gewisse Scham hielt sie davon ab, zu bitten, was ihr immer wieder mit Zittern und Seufzen auf die Lippen kam: dass sie doch gut und sanft zu ihm sein sollten, weil er selber so gut, so sanft und so zärtlich sei. Ihm selbst legte sie noch einmal ans Herz, dass er ja immer brav, höflich, gehorsam sein solle. Und ohne ihn zu umarmen, getreu der rührenden Gewohnheit, die noch immer in Flandern herrscht, gab sie ihm ihren Segen, machte mit zitternden Fingern auf seiner Stirne das Kreuz und sagte mit dumpf-bebender feierlicher Stimme:

„Gott bewahre dich, mein Junge!"

Dann steckte ihr der Bauer acht Franken, den im Voraus bezahlten Lohn für den ersten Monats in die Hand, und mit krampfhaft verzerrtem Gesicht verließ sie den Hof, ohne dass sie den Mut fand, sich nochmal umzuschauen, damit Bauwke nicht Zeuge sei des überwältigenden Schmerzausbruches, den sie nicht länger unterdrücken konnte.

Und wieder vergingen Jahre ...

Sie wurde alt und schwach, vor der Zeit abgenützt, die schwächliche Gesundheit untergraben durch das Übermaß von Arbeit und Entbehrungen. Aber er war groß und stark geworden und strahlte von Gesundheit.

Jeden Sonntag besuchte er sie, um den Tag bei ihr zu verbringen. Er sagte, dass er glücklich sei in seinem Dienst, und sprach niemals anders als mit höchstem Lob und größter Zuneigung von seiner Herrschaft. Und auch Blanche war zufrieden und glücklich dabei, doch nicht ohne einen Anflug von Groll und Traurigkeit. Es erweckte in ihr eine Art Eifersucht, die sie vergeblich zu überwinden sich bemühte. Es war ihr zuweilen zumute, als ob ihre Güte ihn von ihr entfernte und als ob er nicht ganz und gar glücklich sein könne mit ihr allein, ohne jene. Selbst die rasche Veränderung, die sie in· seinem Äußeren wahrnahm, erschien ihr als ein Werk der Herrschaft, als ein Ding, von dem sie ausgeschlossen war und das die Entfremdung zwischen ihr und ihm noch mehr vergrößerte. Und ihr größter Kummer war und blieb, dass er jetzt nichts mehr lernte und sogar keine Zeit mehr hatte, um das, was er konnte, zu behalten. dass er immer mehr zum Arbeiter, zum Lohnsklaven wurde, anstatt einmal das schöne, behagliche Leben zu genießen, das sie früher für ihn erträumt und von dem sie auch jetzt noch mitunter zu träumen wagte.

Doch er fühlte die Wunde nicht, unter der sie litt.

Er dachte nicht mehr ans Lernen und hatte keine anderen Zukunftspläne als die Fortsetzung und die Entwicklung seines gegenwärtigen Lebens. Er war nun sechzehn Jahre alt geworden, aber so groß und so kräftig für sein Alter, dass man ihn leicht für achtzehn oder zwanzig halten konnte. Und seine Beschäftigung bestand jetzt auch nicht mehr allein darin, die Kühe zu hüten. Er war nach und nach gestiegen, konnte ab und zu in den Ställen und auf dem Felde behilflich sein, konnte schon mit dem Pferde ausfahren, Leinsamen und Getreide säen, Gras und Klee mähen. Dieses Jahr würde er endlich bei der Ernte helfen dürfen wie die Größeren, wie ein wirklicher Feldarbeiter. Und diese Aussicht war sein Glück und sein Stolz, eine Illusion, ein Genuss, worüber er mit einer Begeisterung sprach, die Blanche schweigend und mit heimlichem Schmerze der Missbilligung auf sich wirken ließ.

Seit einiger Zeit hatte sie anderes mit ihm vor. Sie hoffte, ihm eine Stellung verschaffen zu können in der Fabrik, wo sie selbst tätig war… Ein Platz würde bald frei werden, ein Platz an den Mühlen, da oben auf dem Dachboden… dort… dieselbe Arbeit, die einst der Müller, ihr Verführer, sein Vater, verrichtet.

In einer wunderlichen Bewegung hatte sie von der bevorstehenden Veränderung gehört, lange darüber nachgedacht, gezogen, ihren Plan entworfen. Sie hatte mit der Gnädigen darüber gesprochen, die sich bei ihrem Manne dafür verwendet hatte und dieser, zuerst nicht sonderlich für den Vorschlag eingenommen, weil der Bursche noch so jung war, hatte endlich zugesagt, es einmal mit ihm zu versuchen. Ein sonderbarer, rührender Zufall! Sie würde ihn jeden Tag dort sehen, wenn sie das Bett machte, wie sie vor Jahren seinen Vater gesehen. Es würde für sie eine immer wieder auflebende Folter sein, aber auch eine immer wieder auflebende Wohltat, eine Art Sühne und Läuterung des Vergangenen, etwas wehmütig zartes, wie der Gedanke an eines, das wieder auflebt aus dem, was tot ist. Und ihre große Hoffnung war, dass er dann allmählich aufsteigen würde, zuerst als Hilfe, später als Ersatz für den alten Kommis, der schon so viele Jahre dort war.

Und eines Sonntags abends, ein paar Wochen vor Beginn der Ernte, teilte sie ihm endlich ihre eigenen Pläne für seine Zukunft mit.

Er hörte schweigend zu und schien von dem Vorschlag
gar nicht erbaut. Auf seinem Gesicht erschien ein Ausdruck
der Enttäuschung, das beklemmende Gefühl eines Gefangenen ergriff ihn und trieb ihm die Tränen in die Augen.

„Ach, Mutter, doch jetzt noch nicht", sprach er leise.

Und plötzlich fing er zu weinen an.

Dagegen konnte sie nicht standhalten. In einem
schmerzlichen Seufzer fiel ihr alle Willenskraft wie ein
Pack vom Herzen.

„Lass mich wenigstens noch 'n Jährchen bleiben", bat
er. Und nun sagte er, was ihm sein Herr versprochen hatte:
zwanzig Franken monatlich vom September ab, wenn man
mit seiner Arbeit während der Ernte zufrieden sei. Zwanzig
Franken und die Kost! Ein Schatz für sie, denn alles, bis
auf den letzten Heller, würde er ihr, wie bisher, übergeben!
Monate, Jahre vielleicht würde es dauern, bis er in der Fabrik auf einen solchen Lohn käme!

Da überwand sie ihren Schmerz und drängte nicht weiter in ihn, nicht, weil sie seine Illusionen teilte, sondern
weil sie fühlte, dass er gegen die Fabrikarbeit eine so große
Abneigung hatte.

Nun hatte die Ernte begonnen…

Von morgens halb fünf, nach einem schnell eingenom-
menen Frühstück, das aus einer dicken Butterbrotschnitte
und einem großen Topf schlappen Kaffees bestand, waren
die Arbeiter auf den Feldern am Werke.

Nur mit Hose und Hemd bekleidet, barhäuptig und mit
Holzschuhen an den bloßen Füßen, den „Pikhaak" in der
Linken und die „Pik"[3] in der Rechten, so kamen sie langsam
in einer einzigen Reihe vorwärts, den Körper gegen den
Boden gebückt, in rhythmischen Schlägen, die rascheln-

---

3   Sichel

den blonden Ähren fällend, die von den einige Schritte dahinter folgenden Frauen in Garben gebunden und zu Schobern aufgeschichtet wurden. Sie waren ihrer sechs, die Frauen nicht inbegriffen, und in dem taktmäßigen Klirren der funkelnden Sicheln entblößte sich das ausgedehnte Feld seines gelben Reichtums, in der langen Reihe von Schobern nichts zurücklassend, als die dürre Nacktheit der scharfen Stoppeln, deren Spitzen die Knöchel ritzten.

So kamen sie eintönig-gleichmäßig in der allmählich brennend heiß werdenden Sonne des strahlenden Augustmorgens voran, bis es acht Uhr ward. Dann kam die Magd vom Hofe mit einem riesigen Korb, worin sich das zweite Frühstück befand. Und alsdann hörte die Arbeit auf und machten sie sich, im Schatten der Erlensträucher platt auf dem Boden ausgestreckt, daran, die traditionellen hartgekochten Eier mit Roggenbrot und wiederum dünnem, stark gemilchtem Kaffee zu genießen. Dabei verweilten sie ein kurzes halbes Stündchen, dann begann die Arbeit aufs Neue und währte in der immer mehr zunehmenden Hitze ohne Unterbrechung bis mittags. Dann rief vom Hofe das Glöcklein sie zum Mittagsmahl, das unveränderlich aus Buttermilchbrei und Kartoffeln mit Specksauce bestand. Darauf folgte die Mittagsrast im Grase des Baumgartens, im Schatten der Obstbäume, deren reife Früchte zuweilen an ihrer Seite niederplumpsten, ohne dass sie in ihrer großen Ermüdung sich danach umsahen oder die Hand danach ausstreckten. Um zwei Uhr waren sie wieder auf dem Acker, und dann begann in der sengenden Nachmittagssonne ein anstrengendes Schaffen bis acht Uhr abends, nur durch ein Viertelstündchen unterbrochen, in dem das Vesperbrot eingenommen wurde. Das Nachtmahl auf dem Hofe bestand aus Brei und Roggenbrot, und nachdem sie gegessen, schleppten sie sich so müde und abgerackert, dass sie fast nicht weiterkamen, zu Bett, um am nächsten Morgen von neuem zu beginnen.

Die ersten drei Tage ging Bauwke das Werk gut und flink von der Hand. Er vollbrachte seinen Teil der harten Arbeit ebenso gut wie die fünf andern, die alle viel stärker und älter waren wie er. Erst in der Mitte des vierten Tages begann er Spuren von Schwäche zu zeigen. Eine ungeheure Ermüdung, die weder durch Ruhe noch durch Nahrungsaufnahme zu vertreiben war, lähmte und erstarrte seine abgehetzten Glieder.

Die ununterbrochen gebeugte Haltung, die er bei der Arbeit einnehmen musste, verursachte eine Art Gelenkverwachsung, die so furchtbar schmerzlich war, dass es, wenn er sich mit immer größerer Anstrengung aufrichtete, um kurz auszuschnaufen, ihm schien, als würde ihm das Rückgrat zerbrechen. Bald nahm die Übermüdung ihm Schlaf und Esslust zugleich und er hatte nur noch Durst, einen wilden, unlöschbaren Durst, der ihn antrieb, sich mit vertrockneten Lippen gierig auf die Wasser- oder Kaffeekanne zu stürzen, sobald die Magd damit erschien. Und sein unlängst noch so volles und rosiges Gesicht war zusammengesunken, von der Sonne verschrumpelt und von einer Magerkeit, die die Backenknochen weit hervorspringen ließ, während seine schönen blauen Augen, die dumpf und traurig unter den schlaff niederhängenden Lidern hervorstarrten, sich zu verkriechen und zu verblassen schienen.

Bald kostete es ihm ungeheure Anstrengung, mit den andern gleichen Schritt zu halten. Nicht lange dauerte es, und sie waren ihm schon ein kleines Stück voraus, dreimal schon hatten sie innegehalten, damit er Zeit fände, sie wieder einzuholen. Und halb ernst, halb scherzhaft riefen sie ihm zu:

„Bauwke, schlaf nicht ein, hörste! Wenn die Weiberleut

dir auf die Fersen kommen, dann wirste zum freien Kuhhirten gemacht, das weißte doch, he?"

„Hoho, da is noch gar keine Gefahr", antwortete er dann, indem er sich Gewalt antat, um mit den andern zu lachen, während der Schmerz seine Gesichtsmuskeln krampfhaft verzerrte.

„Wer weiß, wer weiß!", scherzten die Älteren unter dem zischenden Klirren der Sicheln.

Dieses „zum freien Kuhhirten machen" war eine schreckliche Sache, der Schrecken aller jungen Bauernknechte, die zum ersten Mal bei der Ernte halfen. Das geschah, wenn der Schnitter nicht mehr imstande war, den Weibern, die ihm auf den Fersen folgten, einen hinreichenden Vorrat abgemähter Ähren zu besorgen. Sobald es ihnen gelang, „in seinen Klumpen"[4] zu binden, das heißt, wenn sie die Ähren unter seinen Füßen aufraffen mussten, stürzten sie sich alle auf ihn, warfen ihn um ins Korn, zogen ihm mit Gewalt die Hofe aus und jagten ihn so unter wildem Geschrei und Gelächter nach dem Hof. Das hieß man dann ihn „zum freien Kuhhirten machen", die größte Schande, die einem Bauernknecht geschehen konnte.

Und nach und nach kam es Bauwke vor, als ob ein Komplott dieser Art unter den Frauen gegen ihn geschmiedet würde. Hinter seinem Rücken gab es ein beständiges Geflüster, ein Unterdrücktes Kichern, verhüllte Anspielungen, während er sie keuchen hörte vor Hast und Anstrengung, um ihn einzuholen. Nach jedem Sensenschlag hörte er das lebhafte Scharren ihrer nahenden Fußtritte in den Stoppeln. und die in höchster Eile aufgebauten Schober warfen zuweilen ihren immer mehr vordringenden Schatten bis vor seine Füße. Dann strengte

---

4   Holzschuhen

er mit äußerster Willenskraft alle seine Kräfte an und schwang sich schweißtriefend, mit schwindelndem Kopfe und umnebelten Augen, durch die blonden Ährenwogen vorwärts, wie einer, der vor Lebensgefahr durch einen Wald flüchtet, in dem er sich mit der Art einen Weg bahnen muss. Er wollte nicht „zum freien Kuhhirten gemacht werden" und ebenso wenig wollte er seine Schwäche offenbar werden lassen, indem er die Arbeit einstellte. Er wollte triumphieren, die zwanzig Franken monatlich verdienen, die er seiner Mutter versprochen hatte: und er fühlte, dass er triumphieren würde, wenn er es nur noch einige Tage aushalten könne.

Der Sonntag kam und brachte vierundzwanzig Stunden Ruhe. Denn nach Stunden, nach Minuten rechnete er die Ruhezeit, im Gegensatz zur Arbeitszeit, die er nach Tagen und Wochen rechnete. Und so schrecklich hatte diese erste Woche ihn schon mitgenommen, dass seine Mutter vor ihm erschrak, als sie ihn wiedersah.

„Oh, Kind, sie lassen dich über deine Kräfte arbeiten", rief sie ängstlich aus. Und von einem plötzlichen Argwohn ergriffen, fuhr sie fort:

„Wollen sie dich vielleicht zum freien Kuhhirten machen?"

Bei dieser unerwarteten dringlichen Frage färbte ein heftiges Rot Bauwkes blasse, eingesunkene Wangen, aber er hielt gewaltsam an sich und antwortete stolz und verächtlich:

„Nee, hörste, davor hab ich keine Bange!"

Nur wenig beruhigt, drängte sie neuerdings in ihn, zu ihr zurückzukehren. Der Platz in der Fabrik werde nun bestimmt am 1. September frei, und er könne schon jetzt anfangen, um einstweilen angelernt zu werden.

Warum wollte er's nicht wenigstens einmal versuchen?

Wenn es ihm nicht gefiele, könne er doch immer wieder zu dem Bauern zurückkehren.

„Mutter", entgegnete er nach einem Augenblick traurigen Nachdenkens, „ich sage nicht, dass ich nicht probieren will, ich sage nur, dass ich's jetzt nicht kann. Der Bauer hat auf mich gerechnet für die Ernte, und ich mag ihn nicht im Stich lassen."

Seufzend und das Herz von einer unheilverheißenden Ahnung bedrückt, ließ sie ihn ziehen.

Am nächsten Morgen bei Tagesgrauen begann auf einem weiten Kornfeld der grausame Kampf aufs Neue.

Es war das letzte Korn, das zu schneiden war. Wenn er es noch drei Tage aushalten konnte, hatte er gewonnen. Und durch die Sonntagsruhe gestärkt, die Sichel scharf geschliffen und die Hand fester geworden, ging er mit frischer Kraft und neuem Mute an die Arbeit, sich ohne Schwäche neben den andern haltend, weit hinter sich die Binderinnen lassend, die sich vergeblich bemühten, ihn einzuholen.

Auf diese Art hielt er es ungefähr bis drei Uhr in der glühenden Sonnenhitze aus. Dann ergriff ihn mit einem Mal eine Art Taumel, während er in s einen Ohren ein starkes Brausen fühlte. „Pikhaak" und Sichel loslassend, die beiden Hände ausstreckend, wie um sich an etwas anzuklammern, wankte er leicht und stieß einen dumpfen Schrei aus, der ihm in der Kehle stecken blieb.

Aber es dauerte nur einen Augenblick, der drückende Nebel verschwand, das Brausen hörte auf, seine Beine nahmen wieder ihre alte Festigkeit an, und er raffte sein Handwerkszeug auf, während nur noch sein Atem etwas befangen blieb und ihm der Schweiß in dicken lauen Strahlen über die Schläfe rann.

„Was haste denn, was is'n mit dir los?", fragte der Schnitter, der zu seiner Rechten stand und dies alles beobachtet hatte.

„Ach nichts, ich weiß nicht. Wahrscheinlich die Hitze!“, antwortete er mechanisch, noch mit einem verstörten Ausdruck in den Augen. Und rasch nahm er seine Arbeit wieder auf.

Aber nach einigen Minuten musste er sich selbst gestehen, dass es nicht mehr gehen wollte. Wiederum fühlte er sich von einer ungeheuren Ermüdung niedergedrückt, einer Ermüdung, wie er sie noch niemals gefühlt hatte, die seine gefolterten Glieder wie mit Blei füllte und lähmte. Noch waren keine zehn Minuten vergangen, als die anderen Schnitter ihm schon weit voraus waren, während die Frauen ihn nun mit Riesenschritten unter dem Rascheln der immer flinker aufgerassten Ähren wieder einholten.

„Bauwke!“, rief lächelnd warnend einer der Schnitter.

„Pass auf, sie kommen dir auf die Fersen!“

Er gab keine Antwort und schnitt mit zusammengeknicktem Körper, den keuchenden Mund weit geöffnet, mit aller Kraft weiter, fortgepeitscht durch das immer näherkommende Rascheln der Ähren, welche die Frauen mit unterdrücktem Flüstern und Kichern ihm nun beinahe unter den Füßen aufhoben. Etwas, das dumpf in ihm aufstieg, verlieh ihm zeitweise noch die Kraft, weiter zu schaffen, ohne dass er eigentlich wusste, was er tat.

Das einzige Gefühl, das klar in ihm lebte, war das reichlichen Schweißes, eines Schweißes solau und dünn wie Wasser, das er fortwährend ohne Unterlass über seine Schläfen und Wangen rollen fühlte, das aus seinem Körper aufquoll, endlos, bis zur völligen Erschöpfung.

„Bauwke! Bauwke!“ riefen nun alle Schnitter zugleich, indem sie mit der Arbeit innehielten. „Sieh dich vor, gleich werden sie dich haben!“

Und plötzlich stießen die Weiber einen gellenden Triumphschrei aus, während sie ihre leeren Hände in die Höhe reckten. sie hatten keine Halme mehr zum Binden, und mit wildem Jauchzen „Freier Kuhhirt, freier Kuhhirt!" eilten sie alle zusammen auf Bauwke los, der in dem Augenblick, da sie ihn ergreifen wollten, mit seinem Handwerkszeug wie niedergeschmettert umfiel.

Erschreckt fuhren die Weiber zurück, während die Männer herbeieilten.

Bauwke, der auf die rechte Seite gefallen war und die Sichel unter sich hatte, gab kein Lebenszeichen mehr von sich. Sein schmerzlich verzerrtes Gesicht mit den geschlossenen Augen war grünlich-blass und aufgedunsen, nur der laue, dünne Schweiß rann ihm weiter über die Schläfe und die hohlen. Wangen und tropfte in kleinen Perlen schräg vom Kinn auf den offenen Kragen seines durchweichten Hemdes.

Zwei Männer hoben ihn unter den Schultern auf, schüttelten ihn und versuchten ihn aufrecht zu setzen.

„Geh doch, Bau, steh auf. Was ist denn mit dir? Was haste denn?"

Zur Antwort öffnete er matt ein blasses trauriges Auge und stieß einen tiefen Seufzer aus.

„Armer Kerl! 's is nur unsere Schuld!", jammerten nun die Weiber.

Abermals versuchten die Männer ihn aufrecht zu setzen, aber alles war vergebens. Es war kein Fünkchen Kraft mehr in ihm. Sie hoben ihn an Schultern und Beinen auf und trugen ihn über das Stoppelfeld nach der Schattenseite der Ettenhecke, während einer eilends nach dem Hofe lief, um einen Karren zu holen.

Jm Nu war er wieder zurück, gefolgt von dem Bauer, der ihm nacheilte.

Man streute Kornhalme über das harte Brett des Karrens und setzte Bauwke, mit dem Kopf an einer Garbe gelehnt, darauf nieder.

Auf jeder Seite hielt ihn eine Frau an der Schulter fest. die Beine, die für den Karten zu lang waren, schleiften über das Gras.

Da hob der Mann die Tragbäume aus, und so bewegte sich der traurige Zug nach dem Hofe. der schräg herabhängende Kopf des Unglücklichen wackelte hin und her, seine kraftlos schleifenden Füße baumelten und tanzten bei der Fahrt über den holprigen Weg.

Er hatte seine schlechte Nacht. Bis zwei Uhr lag er in einem Zustande der Betäubung, aber dann fing er an, in seinem Bette zu wühlen und über unausstehliche Schmerzen in seinem Bauch zu klagen. Die durch sein Stöhnen geweckte Bäuerin erschien in dem Dachkämmerchen, wo er schlief, und fragte ihn, ob er etwas wünsche.

Nein … nein … er wollte nichts … aber er litt …

er litt entsetzlich. Und sich im Bette krümmend, presste er die Hände auf seinen Bauch, der hoch angeschwollen und hart wie Stein war.

„Ich wer' dir 'n Leinmehlbrei machen", sagte die Frau. „Dann wird's sich schon bessern."

Gegen Morgen schlief er, erschöpft von Leiden und Ermüdung, ein. Wieder lag er regungslos wie ein Toter da.

Der Bauer und seine Frau hielten Rat miteinander.

Der Bauer wollte den Arzt holen lassen, die Bäuerin war dagegen.

„Es ist weiter nichts als Müdigkeit, wenn er ein paar Tage Ruhe hat, wird er wieder gesund sein", meinte sie.

„Und seine Mutter? Sollen wir nich seine Mutter holen lassen?"

„Nee, nee, jetzt noch nich. Lass uns noch 'n bisschen

warten. ich bin gewiss, dass er sich selber wieder aufraffen wird.“

Und sie warteten, indem sie ihn mit aller Sorgfalt, derer sie fähig waren, pflegten, denn sie hielten beide große Stücke auf ihn.

Der Tag ging vorüber, ohne in dem Zustand des Kranken eine Veränderung zu bringen. Die Perioden der Betäubung und des Wühlens wechselten miteinander ab. Bei den letzteren krümmte sich der Kranke im Bett unter lauten Rufen und schmerzlichem Stöhnen.

Er wies jede Nahrung zurück und nahm nichts weiter als ein bisschen Wasser mit Zucker und Zitrone, die man im Dorf geholt hatte.

Aber am Abend des zweiten Tages verschlimmerte sich sein Zustand unheilverkündend. Er wurde von einem heftigen Fieber ergriffen, das ihn trotz der erstickenden Hitze, die in dem Kämmerchen herrschte, schüttelte und seine Zähne auseinanderklappern ließ und plötzlich sprang er schreiend aus seinem Bett, den Körper vor Schmerz gekrümmt, die beiden krampfhaft geschlossenen Hände auf den Leib gepresst, um Hilfe oder Tod flehend, mit knirschenden Zähnen, wie in einem Anfall von Tobsucht.

Bleich vor Entsetzen, eilten der Bauer und sein Weib herbei.

„Schnell, schnell, nach dem Doktor und nach der Mutter!“, rief der Bauer. Und während die Frau die Treppe hinabrannte, um den Befehl zu geben, packte er den Leidenden und schob ihn gewaltsam wieder ins Bett, wo er vergebliche Bemühungen machte, sein unheimliches Geschrei zu ersticken.

„Krank! Ach Gott, is es denn so schlimm?“, rief Blanche zitternd vor Angst, als der Rossknecht des Hofes ihr atemlos und mit stockender Stimme die traurige Nachricht gebracht hatte. „Ach Gott, ach Gott!"

Und schluchzend lief sie, um ihre Haube aufzusetzen und ihre Schuhe anzuziehen.

„Vielleicht is es nich so arg", keuchte der junge Bursch, „aber ich muss doch noch den Doktor holen."

„Ach ja, ach Gott, und lauf nur tüchtig, lauf nur tüchtig", bat sie mit gefalteten Händen.

Sie selber war in einem Augenblick fertig. und ohne auf die tröstenden Worte zu achten, mit denen die beiden alten Jungfern, bei welchen sie noch immer wohnte, sie aufzuheitern suchten, eilte sie seufzend und schluchzend hinaus in die dunkle Nacht…

Sie flog, sie rannte, mit keuchender Brust und schweißtriefender Stirne, allein in der herrlich-milden, friedlichen Sommernacht dahin, allein über das ruhende, einsame Feld, wo der noch dicht über dem Horizont stehende Mond einen dunstigen, träumerischen Schimmer über die langen stillen Reihen der wie betende Gestalten zusammengedrängten Korngarben warf. Sie seufzte halblaut vor sich hin: „Oh, wär er doch meinem Rat gefolgt! Oh, wär er doch wieder zu mir gekommen!"

Sie betete: „Oh, mein Gott, mein Gott, lass mich doch noch rechtzeitig kommen! Lass mich ihn noch retten!"

Endlich kam sie vor dem weiten Hof an, wo die Hunde ein dumpfes Gebell anhaben. Sie rannte durch den Baumgarten, kam an die Haustüre, stieß sie auf, sah niemanden in der Küche und flog die Treppe hinauf.

Der Bauer, der sie hatte kommen hören, ging ihr entgegen, mit dem Finger auf den Lippen, um ihr Schweigen zu gebieten.

Bauwke, durch die schreckliche Krisis erschöpft, lag wieder anscheinend ruhig und regungslos in seinem Bette, mit geschlossenen Augen, als ob er schliefe. Die Bäuerin, die sich über ihn beugte, legte ein frisches Pflaster auf seinen Bauch.

Zitternd, Atem und Tränen unterdrückend, näherte sich Blanche dem Bette. Aber als sie ihn bei dem matten Scheine des Lämpchens sah, mit verzerrtem Gesicht und so ausgemergelt, gelb und mager, da fühlte sie in ihrem Innern etwas brechen und zerreißen. und mit gerungenen Händen sank sie schluchzend und bittere Tränen vergießend auf ihre Knie nieder, während sie sich die Lippen blutig biss, um nicht laut aufzuschreien.

Trostworte flüsternd, wendete sich die Bäuerin zu ihr:

„Schweig, schweig, noch is nich alle Hoffnung verloren! Er wird's schon überstehen!"

„Aber was hat er denn? Wie is es denn gekommen? Warum habt Ihr mich so spät gerufen!", häufte Blanche schluchzend ihre verzweifelten Fragen.

„Komm hierher, komm lieber hierher", sagte der Bauer, sie bei der Hand nehmend, „hör auf mit dem Greinen, der Doktor wird kommen und ihm helfen."

Und fast mit Gewalt zog er sie aus dem Dachkämmerchen, dessen Türe offen stehen blieb.

Acht Tage lang durchlebte Blanche, die beinahe keinen Augenblick mehr von dem Lager ihres Sohnes wich, alle Qualen der höchsten Mutterangst. Acht Tage lang flehte und betete sie mit zitternd gefalteten Händen, dass der Allmächtige ihren Sohn retten möge. Es kamen Stunden seliger Hoffnung und Erleichterung, Augenblicke schönster Illusion, in denen sie sich mit der erbitterten Halsstarrigkeit einer, die das verhängnisvolle Ende nicht sehen will, an das Leben, an sein Leben anklammerte. Es kamen Stunden und Tage absoluter Verzweiflung, in denen sie selber schon wie tot war, an Geist und Körper vernichtet durch das Überwältigende ihrer Leiden.

Und so kam endlich auch der Augenblick, wo sie in stummer Niedergeschlagenheit begriff, dass alles unwiderruflich verloren war!

Am neunten Tage, abends, nach dem Fortgehen des Doktors und des Pfarrers, der ihm die letzten Sakramente gereicht hatte, kam ihr plötzlich das entsetzliche, klare Bewusstsein, dass nichts mehr ihn retten könne.

Stocksteif, mit zusammengepressten Zähnen, ohne einen Schrei, ohne eine Träne, wohnte sie dem Todeskampf bei. Ihre traurigen, kranken, vom Weinen fast blind gewordenen Augen sperrten sich mit einem Mal weit auf, als wollten sie nicht das Geringste verlieren von dem unheimlichen Schauspiel: von dem Todeskampf ihres angebeteten Sohnes, der düsteren Vernichtung ihres einzigen Gutes auf Erden! Sie sah seine entfleischten Gesichtszüge wachsgelb und starr werden in einem letzten geläuterten Ausdruck edler Schönheit. sie sah seine schönen, sanften, hellblauen Augen sich in ihren Höhlen drehen und brechen. sie sah seine Gestalt sich sehr lang ausstrecken und unbeweglich werden, in den hieratischen Linien unzerstörbarer Ruhe, ohne dass sie in ihrer stumpfen Bewusstlosigkeit etwas anderes fühlte, als einen langen, furchtbaren Schauer, der ihr vom Hals bis zu den süßen ging. Er war schon tot und steif und kalt, als sie noch immer stumpf und regungslos auf dem gleichen Flecke stand, wie versteinert bei dem entsetzlichen Anblick des Nichts. Als sie sich endlich bewegen wollte, wankte sie und sank wie halb trunken um, die Hände tastend ausgestreckt, als sähe sie nur noch Finsternis und Abgrund rings um sich.

Sie hörte nicht die Trostworte, mit denen der Bauer und sein Weib sie zu beruhigen suchten, und als er sie beim

Arm nehmen wollte, um sie niedersitzen zu lassen, war sie plötzlich wie ein Schatten fort, die Treppe hinab, aus dem Hause.

Einsam, verstört, ohne Bewusstsein, rannte sie durch die Dunkelheit in der lauen, duftigen Nacht…

Sie glaubte Stimmen zu hören, die sie riefen, und rannte schneller, um ihnen zu entfliehen. Aber je weiter sie rannte, desto weniger wusste sie, wohin sie eilte, wo sie sich befand. Es gab nichts mehr, es gab nichts mehr in ihr und außer ihr. Sie schwebte wie ein durchsichtiger, leblos er Körper in einem unbekannten Raum ohne Atmosphäre. Sie sah die stille Mondsichel mit dunstigem Orangeschimmer über die dunklen Kornfelder am Horizont emporsteigen, und es war ihr, als sähe sie ein altes, geheimnisvolles, trauriges Auge trüben Blickes die Vernichtung eines armen, leidenden Geschöpfes betrachten.

Sie irrte über kahle Stoppelfelder, deren scharfe Spitzen ihre Knöchel verwundeten, ohne dass sie es fühlte und blöde stierte sie auf die langen Reihen von Garbenschobern, die ihr wie sich betend umschlungen haltende Gestalten erschienen, die alle ihr grässliches Geheimnis kannten und es in dem träumerischen Gesang der Grillen wie eine geflüsterte Wehklage einander mitteilten.

Sie irrte in einem Walde unter hohen, tintenschwarzen Bäumen umher und es war ihr, als befände sie sich in einem Abgrund, wo das letzte kleine Atom ihres Daseins im Nichts verschwand…

Denn es war nichts mehr um sie, nichts, nichts! Jeder ihrer wankenden Schritte schien in einen leeren Raum zu straucheln, jeder zitternde Griff ihrer wildsuchenden Hände befühlte das entsetzliche Nichts! Und doch suchte sie! Nur das eine Bewusstsein blieb ihr: dass sie etwas

suchte, sie wusste nicht was, etwas, das ihr beständig aus-
zuweichen schien.

Und in der Angst dieses fruchtlosen Suchens wurde sie
allmählich von einer wilden Erregung fortgepeitscht.

Sie rannte immer schneller und schneller, nach rechts,
nach links, die Hände zitternd ausgestreckt, mit ausge-
trockneter Kehle, mit heiserer Stimme, heulend, schluchzend. Sie strauchelte, fiel, sprang wieder auf, rannte weiter,
fiel abermals, sich festklammernd an allem, was sie fühlte,
und es sofort wieder loslassend, ohne je das hartnäckig
Gesuchte zu finden.

Da flammte es plötzlich wie ein ungeheures Licht auf…

Plötzlich erkannte sie in einer klaren, matt schimmern-
den Tiefe das so lange vergeblich Gesuchte!

Es war der Tod, den sie suchte! Der Tod, der ihr Kind,
ihren einzigen Sohn, ihren einzigen Schatz, ihr einziges
Glück, ihr Leben, ihr Alles in seinen Klauen hielt! Der
Tod, der nicht zurückgibt, was er einmal genommen hat,
bei dem man aber das Verlorene wiederfinden kann!

Sie zauderte keinen Augenblick… Dort sah sie ihn, ihren
Sohn, ihr Leben, in einer entsetzlichen Halluzination und
mit einem wilden Schrei stürzte sie sich in die Tiefe des
blassschimmernden Pfuhls.

Hoch spritzte das Wasser auf. Sie stieß noch einen letzten
Schrei aus, den Schmachtruf innigster Umarmung, dann
lag alles wieder still in der herrlich linden Sommernacht.

Sie hatte das einzige Glück ihres Lebens
wiedergefunden.

Zu neuem Leben

Es war ein abscheulicher Tag gewesen ...

Schon früh vor sieben Uhr hatte es zu regnen angefangen, und den ganzen kühlen, grauen, feuchten, todestraurigen Dezembermorgen hindurch hatte es fortgeregnet, einmal etwas mehr, dann wieder etwas weniger, aber ohne einen Augenblick aufzuhören.

Und den ganzen Tag hatten die Arbeiter bei diesem Regen schaffen müssen. Den ganzen Tag von früh sieben Uhr an, mit nur einem halben Stündchen Pause für das Frühstück, einem Stündchen für das Mittagessen und einem halben Stündchen für das Vesper, hatten sie im Hof der Fabrik die Rüben abladen müssen, die von den Bauern der Umgebung fortwährend auf ihren schwerbeladenen Wagen herangeführt wurden.

So ging es auch immer mit diesen Bauern! Solange das Wetter schön war, ließ sich kein einziger blicken. Sie nützten die letzten schönen Tage aus, um zu pflügen, zu pflanzen, zu säen, aber sobald sie durch Sturm und Regen von ihren Äckern vertrieben wurden kamen sie auch alle zugleich daher, einmal weil sie nichts anderes mehr zu tun hatten, vornehmlich aber deshalbweil die Rüben im Regen schwer wogen.

Die Wagenreihen füllten den Fabrikhof und riefen bis in die umgebenden Straßen hinein Stockungen und Verwirrungen hervor und beständig sah man die Bauern aufgeregt umherlaufen, mit der langen Peitsche in der Hand, die gestärkten blauen Kittel dunkel glänzend vor Feuchtigkeit, sich fortgesetzt bei dem Aufseher, den Vorarbeitern und den Arbeitern beklagend, weil sie ihrer Meinung nach nicht schnell genug abgefertigt wurden.

Matt und erschöpft vom Schaffen, nass und schmutzig, als waren sie durch einen Morast gezerrt worden, konnten die abgerackerten Arbeiter zuletzt nur noch dadurch weitermachen, dass sie sich mit Schnaps stärkten. Es war der Gebrauch, dass jeder Bauer sie mit einer Flasche Genever bewirtete, und so kam denn auch beinahe mit jedem neuen Wagen eine Flasche zum Vorschein.

Der Bauer selbst schenkte ein, während die Arbeiter der Reihe nach das nasse Gläschen in ihre schmutzigen, feuchten, violett angelaufenen, zitternden Hände nahmen.

Die farblose Flüssigkeit verbreitete einen durchdringend-scharfen Geruch, der eisige Wind und die bebenden Finger ließen einzelne Tröpfchen über den Rand des Glases rinnen, dann stürzte der Mann mit einem einzigen Zug den Inhalt hinunter und reichte das leere Glas seinem Kameraden, der es nun seinerseits, ohne es trocken zu wischen, zur Flasche hinlangte und austrank, und für den Augenblick ein wenig erquickt, nahmen sie mit frischem Mut und neuer Kraft ihre schwere Arbeit wieder auf. mit eisernen Haken zogen sie die Rüben in den hölzernen Trog, der unter dem Wagen stand, hoben ihn vorn und hinten an den Handgriffen auf und verbrachten ihn zur Wage, wo der Vorarbeiter, der sich gegen die Nüsse durch einen Regenschirm schützte, das Gewicht feststellte. Zuletzt ging es damit auf angelehnten Holzplanken zu dem großen Stapel hinaus, wobei der Vordermann zog und der Hintermann schob, um rasch ans Ziel zu kommen und so die Schwere der Last etwas weniger lang zu spüren. Manchmal entglitten die Handgriffe ihren klebrigen, erstarrten Händen, manchmal glitten sie selbst mit ihren Holzschuhen auf der schlüpfrigen Planke aus, so dass der Trog schwer niederplumpste und sie sich Hände und Knie zerschunden. Dann fluchten und schimpften sie, und einer der Kameraden streute eine Schaufel voll trockener Asche auf die Planke, um ihr wieder ein wenig mehr Sicherheit zu geben.

Das ging so weiter bis zur sinkenden Nacht. Der letzte Wagen musste bei Laternenlicht entladen werden und die Arbeiter sollten endlich nach Hause gehen dürfen, als plötzlich, ganz erhitzt und keuchend, noch ein Bauer auf dem Fabrikhof erschien und sich zu den um die Laterne gescharten Arbeitern wendete:

„Ach, Leut', seid doch so gut und ladet meinen Wagen noch ah! Ich wär schon längst da, aber ich hab unterwegs Unglück gehabt, und ich komm' von so weit her!"

Die Arbeiter stießen einen Ruf der Entrüstung und Wut aus. Sie waren todmüde, sie konnten nicht mehr.

Der Gedanke, dass sie sich noch einmal ans Schuften machen sollten, in Schmutz und Finsternis, auf die Gefahr, zu verunglücken, machte sie wütend. Und einer kam drohend, fluchend, mit funkelnden Augen in seinem ausgemergelten Gesicht, auf den Bauer zu:

„Du dämlicher, schmieriger Bauer! Für was hältst du uns wohl! Meinst du, wir seien Tiere!"

Ohne sich über die Beleidigung zu entrüsten, nur" darum besorgt, seinen Wagen abgeladen zu bekommen und dann wieder nach Hause gehen zu dürfen, drang der Bauer wieder mit Bitten in die Arbeiter:

„Ach, Leut', tut mir doch den Gefallen, ich will euch dabei 'n bisschen helfen. Ich bin über fünf Stunden von hier zu Haus, und es is doch nich meine Schuld, dass ich Unglück gehabt hab?"

In der Fabrik ging eine Tür auf, und der Herr selbst kam auf den Lärm heraus.

„Was ist denn los? Was geschieht da?“

Flehend, beinahe heulend, wiederholte der Bauer auch ihm gegenüber seine Bitte.

„Ei, warum nicht gar! Nichts wird draus! Ihr habt rechtzeitig zu kommen!“, lautete die barsche Antwort.

„Ach, Herr, bitte, Herr, lassen Sie doch meinen Wagen abladen, ich hab doch so weit nach Haus.“ flehte der Bauer noch verzweifelten

Und in dem Herrn erwachte etwas wie Mitleid. Er fand es doch hart für den armen Mann, der von so weit herkam und noch so weit zu gehen hatte. Er hätte ihm eigentlich gerne geholfen, wenn er nur gekonnt hätte. Aber es war spät und dunkel, und seine Arbeiter waren erschöpft, und es fing schon wieder immer stärker zu regnen an. Es war nicht menschlich, diese ermatteten Leute noch einmal an die Arbeit zu treiben. Und er sagte zu dem Bauer, nicht mehr rau, aber entschieden.

„Und es geht nicht, ich kann nichts dran machen! Ich kann den Leuten hier nicht mehr Arbeit zumuten!“

Der Bauer ächzte vor Jammer und kehrte sich schon mit einem verzweifelten Kopfschütteln um, als einer der Arbeiter, Grueten Broos, ein stämmiger, kräftiger junger Mann, mit den Worten vortrat:

„Nun ja, Herr, ich will seinen Wagen schon abladen, wenn mir noch einer hilft. Aber der Bauer muss einen Krug Genever zum Besten geben.“

Der Bauer jubelte: „Den kriegst du, den kriegst du!“ und sogleich lief er nach seinem Wagen, in der Furcht, der Mann könne wieder anderen Sinnes werden, während ein zweiter Arbeiter, Zwart Feelken genannt, sich jetzt ebenfalls zur Hilfeleistung erbot.

Der Herr stimmte zu, dass die beiden den Wagen noch entladen sollten. Aber da der Vorarbeiter schon fortgegangen war, sollte Grueten Broos selbst das Gewicht aufnehmen und dann im Hause Meldung machen.

Der Wagen wurde herangeholt, und die Arbeit begann. Der Bauer half fleißig mit, ein zwölfjähriger Knabe, wohl sein Söhnchen, hielt die Laterne bei der Wage, auf der Grueten Broos jedes Mal mit einem Stück Kreide das Gewicht der einzelnen Tröge aufzeichnete. Alle hatten über Kopf und Schultern einen leeren trockenen Sack geworfen, der sich wie eine Mönchskapuze ausnahm, aber jetzt fiel der Regen so gewaltig und andauernd, dass sie gleich wieder pudelnass waren.

Der Bauer, der aus der nahe gelegenen Kneipe eine Flasche Genever mitgebracht hatte, bot den Arbeitern jedes Mal, wenn ihre Kräfte zu erlahmen drohten, ein Gläschen an. Und sie tranken mechanisch und gleichgültig zwischen den Gängen zu dem glitschigen Rübenhaufen, so matt und abgerackert, so erschöpft und stumpf, dass sie durch dieses übermäßige Trinken nicht einmal mehr betrunken werden konnten. Sie hatten nur das Gefühl nagenden Hungers, jenes qualvollen Hungers, unter dem die Arbeiter gleich leiden, sobald die gewohnte Stunde ihrer armseligen Mahlzeiten auch nur um ein geringes überschritten ist.

„Verteufelt nochmal! Feel, Jung, ich hab dir ’nen Hunger", sagte Grueten Broos ab und zu, während sie mit Anstrengung über die Planke gingen. „Ich könnt’ weiß Gott ein Pferd im Rücken anbeißen!"

„Ich auch, bei meiner Seel!" antwortete Zwart Feelken. „Ich seh wahrhaftigen Gott, gelbe Biester vor mir rumfliegen!"

„Ich bin nur froh, dass heut Samstag is, weißte! Ich werd

aber tüchtig in Mutters Kopffleisch einhauen", keuchte Grueten Broos. .

„Ich krieg nur alle vierzehn Tage mal Fleisch und dann is meine Portion so klein, dass sie mir gar nich schmeckt", antwortete Zwart Feelken.

Mit hohlem Klang rollten die letzten Rüben über den Boden des Wagens. Er war endlich leer, und mit einem tiefen Seufzer der Erleichterung schleuderten die Männer ihren Trog umgekehrt auf den Rübenstapel.

Bei dem unsicheren Schein der Laterne wurde eilig das Gewicht bestimmt. Und Grueten Broos ging quer durch den Garten nach dem Wohnhaus des Herrn, um dort Meldung zu machen, während Zwart Feelken in der Fabrik auf ihn warten sollte.

Er musste durch die Küchentür eintreten. Überall sonst war das Haus geschlossen. Und sobald er mit dem gebräuchlichen „Ist's erlaubt!" die Tür geöffnet hatte, glaubte er in Ohnmacht fallen zu müssen bei dem feinen Duft von gebratenem Fleisch, der die ganze Küche erfüllte. Er sah die Magd dicht vor dem Herde, halb in diese leckere, zischende Dampfwolke gehüllt, und es wurde ihm plötzlich unmöglich, ein Wort zu sprechen.

Es war entzückend und zugleich schmerzlich. Noch nie in seinem Leben hatte er so herrlichen Speisenduft gerochen. Niemals hatte er geglaubt, dass es so was auf der Welt geben könnte. Es kroch ihm in die Nasenlöcher, und es drang ihm in den Magen mit der qualvollen Schärfe eines Dolchstiches, der sich ihm bis in den Rücken bohrte, während seine Kiefer sich mechanisch bewegten, um zu kauen, und er schmerzliche Stiche bis in die Ohren fühlte. Er fühlte plötzlich Tränen in seine Augen treten, und er musste sich Gewalt antun, um sich nicht auf den Herd zu stürzen und mit gierigen Zähnen all das leckere Zeug zu verschlingen. Er war im Begriff, um einen Brocken zu bitten, wie ein Bettler. Er fühlte sich feig und schwach werden, er hatte zu viel getrunken und zu viel geschafft, seine erschöpften Kräfte forderten dringend Auffrischung. Er sah die Küchenmagd in stummer Verstörtheit an, als wüsste er nicht mehr, warum er eigentlich gekommen war. Sie selbst musste ihn zweimal fragen, ehe er mit heiserer Stimme antworten konnte.

„Sagen Sie dem Herrn, dass auf dem letzten Wagen dreitausendsechshundert Kilo gewesen sind."

Dann lief er schnell davon.

Als er wieder in die Fabrik kam, wurde ihm gesagt, dass Zwart Feelken mit einem Kameraden schon vorangegangen sei. Er machte sich dann ebenfalls sogleich auf den Heimweg, seine Jacke lose über die Schulter gehängt, sein Kesselchen und den grauleinenen Beutel, in dem sein Mittagessen und sein Vesperbrot gewesen waren, an der Hand.

Er ging mit schnellen, langen Schritten, den Rücken gekrümmt, die Augen zum Schutz gegen den peitschenden Wind und den Regen halb zugekniffen, in seinen vor Nässe raschelnden Kleidern an allen Gliedern schauernd. Er freute sich, jetzt bald daheim zu sein bei seiner guten Mutter, um die Kleider zu wechseln und sich einmal tüchtig zu erwärmen, und vor allen Dingen tüchtig zu essen. Oh, er würde essen, essen! Der folternde leckere Duft der Speisen des Herrn quälte ihn jetzt weniger, und er dachte an sein eigenes Abendessen, an das herrliche Samstag-Nachtmahl, das einzige in der Woche, bei dem er Fleisch kosten durfte, als sauer verdienten Lohn für so viele Tage harter Arbeit und anstrengenden Schaffens.

Er war bis ans Ende der großen Dorfstraße gekommen und bog rechts in ein Seitengässchen, ein mit holprigem

Pflaster und schmutzigen Rinnen vor den ärmlichen Hütten. Dort wohnte er in dem vierten Häuschen der ziemlich
langen Reihe mit seiner alten Mutter. Er drückte die Klinke
und war mit einem „Brr… welch ein Sauwetter!" drinnen in
der armseligen, aber sauber gehaltenen Wohnung.

Seine Mutter, ein Weiblein von schon über sechzig
Jahren, mit gelblich blassem Gesicht und gütigen braunen Augen, hantierte am Herde, um die Abendmahlzeit
herzurichten.

„Das is mal 'n Wetter, was? Zieh dich nur schnell um,
Broos, Jung, ich will dir rasch 'nen heißen Tee machen,
sollst auch was Warmes zu essen haben. Hast wohl großen
Hunger, Jung?"

„Hunger! Hunger! Du machst dir gar keinen Begriff,
Mutter, was ich für 'nen Hunger hab!", antwortete Grueten Broos, indem er sein Kesselchen und sein Päckchen auf
den Tisch legte. „Ich könnt' greinen vor Hunger. Gib mir
nur mal schnell 'n tüchtiges Stück Kopffleisch."

„Ach Gott, Jung, ls das 'n Jammer", seufzte die alte Frau,
sich am Herdfeuer aufrichtend. „Ich hab heut gar kein
Kopffleisch gekriegt. Als ich zum Schlächter kam, war
schon ausverkauft!"

In dem Stübchen war es still geworden, und Grueten
Broos fühlte plötzlich, dass ihm, wie im Zorn, das Blut zum
Kopfe stieg. Es war für ihn eine schreckliche Enttäuschung,
dass er nun das leckere Stück Kopffleisch, auf das er sich so
sehr gefreut, nicht bekommen sollte.

Es verursachte ihm Schmerz, wie eine physische Qual,
und er empfand es als ein gegen ihn verübtes, boshaftes
Unrecht. „Verdammt!" rief er. „Wie ist das möglich!" Und
er wurde plötzlich unverständig und übertrieben rau: „Du
bist nich zur rechten Zeit dort gewesen! Du hast nich an
mich gedacht! Oder du warst zu faul, hinzugehn?"

Mit verwundertem Entsetzen sah das alte Weiblein zu ihm auf. Er war doch immer so sanft und so gut zu ihr gewesen. Wie kam er nun dazu so rau zu sein! Hatte er vielleicht zu viel getrunken! Es schien wahrhaftig so, als ob er ein bisschen zu viel getrunken hätte. Er sah so rot und so wunderlich aus und hatte einen so ungewöhnlichen, wüsten Ausdruck in den Augen. Aber dennoch fühlte sie keinen Vorwurf in sich aufkommen. Es kam ihr ganz natürlich vor, dass man ein wenig zu viel trank bei solchem Hundewetter. Und sanft und versöhnlich, als hätte sie seine harten Worte gar nicht gehört, antwortete sie:

„Aber ganz gewiss, Jung, ich bin zur rechten Zeit dort gewesen, aber was kann man dran machen, wenn nichts mehr zu kriegen ist! Da guck mal, ich hab dir 'nen schönen Hering mitgebracht…"

Sie öffnete die Schublade und zeigte ihm den Hering, der, in ein Stück Papier gewickelt, auf einem Teller lag.

Dieser Anblick, anstatt ihn zu besänftigen, machte ihn nur noch wütender. Sonst mochte er Heringe sehr gern, aber heute konnte er sie nicht schmecken.

„Stopf ihn dir selbst ins Maul!" schrie er mit einem dröhnenden Fluch und funkelnden Augen. Und im gleichen Augenblick hätte er vor Qual laut aufheulen mögen, weil er diese hässlichen Worte gegen seine sanfte, gute Mutter gesagt hatte.

Sie war leichenblass geworden und sprach kein Wort mehr. Sie schob die Lade wieder zu und ging stumm zum Herd, wo sie ein Kesselchen vom Feuer nahm. In dem Stübchen herrschte ein Weilchen völlige, unheimlich beklemmende Stille.

„Verdammt nochmal, krieg ich jetzt bald mein Essen oder soll ich hier vor Hunger verrecken wie 'n Tier!" schrie er plötzlich, auf den Boden stampfend, mit einer so rauen und schrillen Stimme, dass er selbst davor erschrak. In ihm regte sich ein wilder, bösartiger Trieb, gegen den er sich nicht mehr wehren konnte, der ihn Dinge tun und sagen ließ, die er weder tun, noch sagen wollte.

Immer noch sprachlos richtete das alte Weiblein sich wieder auf, stellte eine Schüssel mit dampfenden Kartoffeln auf den Tisch, ging wieder zur Schublade, nahm den Hering heraus und legte ihn neben die Schüssel mit den Kartoffeln. „Hab ich dir nich gesagt, dass du ihn dir selbst ins Maul stopfen sollst!" kreischte er mit geballten Fäusten.

Und plötzlich packte er den Hering und schleuderte ihn heftig gegen die Wand, während er mit der anderen Hand die Alte rau von sich stieß…

Sie taumelte und fiel. Mit einem stöhnenden Aufschrei, die Hände vorstreckend, stürzte sie hart auf den Boden nieder. Sie krümmte sich ein Weilchen vor Schmerz, und ein schmaler Blutstreifen färbte die grauen Fliesen. Er sah ihre mageren, in grauen Strümpfen steckenden Knöchel unter den sich aufbauschenden Röcken.

Er sah sie dort einen Augenblick wie ein wehrloses Schlachtopfer, wie eine Leiche, auf dem Boden liegen.

Dann empfand er plötzlich den moralischen Rückschlag seiner abscheulichen Tat! Das Bewusstsein, dass er mit seinen eigenen Händen eine feige, grausame Handlung verübt, die er nicht mehr würde gutmachen können und die ihn selbst zu Boden drückte, die alles zerstörte, was stets gut und sanft und rechtschaffen in ihm gewesen. Er hätte nun plötzlich ihre Verzeihung erflehen mögen und fühlte, dass es zu spät sei. Wie eine mächtige Flamme, die aus einem düsteren Abgrund emporlodert, stand die entsetzliche Tatsache seiner abscheulichen Missetat sühneheischend vor seiner Seele.

Er hatte seine alte, gute Mutter geschlagen! Mit einem entsetzten Aufschrei flüchtete er ins Freie …

Die ganze Nacht, auch den ganzen darauffolgenden Sonntag blieb er fort, streifte er ziellos umher. Man sah ihn in den verrufenen Kneipen, in die er sonst niemals den Fuß setzte, in Gesellschaft von Wilderern, Dieben und sonstigem Gesindel trinken und prassen, in düsterer Stimmung, ohne Freude und ohne Genuss. Er trank entsetzlich viel, er trank, als wollte er sich zu Tode trinken. Aber er konnte nicht einmal mehr betrunken werden, es gelang ihm nur, in Stumpfsinn zu verfallen. Fortgesetzt trat ihm der abscheuliche Anblick vor die Seele. Fortgesetzt fühlte er seinen starken Männerarm zu dem brutalen Stoß ausholen, immer wieder sah er seine alte Mutter taumeln und niederstürzen, die beiden Hände vorgestreckt, die graubestrumpften Knöchel unter den Röcken hervorschauend, und auf dem Boden, dicht neben ihrem Gesicht, jenen gräulichen Blutflecken.

Ach, warum hatte er das getan! Welch böser Geist hatte ihn zu dieser schrecklichen Untat verführt, wo sie doch immer so gut Und einträchtig miteinander gelebt hatten! Noch niemals hatte es zwischen ihnen einen ernsthaften Zwist gegeben. Und jedes hatte ihn immer als musterhaften Sohn gelobt, der das sauer verdiente Geld bis auf den letzten Pfennig an die Mutter ablieferte. Wie war es möglich, dass dieses Unheil so plötzlich über sie hereingebrochen war und unwiderruflich ein ganzes Leben gegenseitiger Zärtlichkeit und Güte zerstört hatte, nur um des armseligen Stückchens Fleisch willen, das er nicht, wie er gewohnt war, bekommen hatte! War es vielleicht der seine Duft jenes anderen Stückchens Fleisch, das für den Herrn gebraten wurde und in ihm die schrecklichen Hungerqualen erweckt hatte. War es vielleicht dieses, das ihn toll gemacht? Jawohl, das war es gewesen. In jenem verhängnisvollen Augenblick war ein Gefühl furchtbaren Elends, das dunkle Bewusstsein unverdienten Unrechts in ihm aufgestiegen. Unbestimmt, aber schneidend hatte sich in ihm die Empfindung erhoben, dass er selber und nicht sein Herr ein Anrecht auf diese stärkende Mahlzeit habe. Dunkel, aber schneidend, hatte er bei diesem zufälligen Vorgang plötzlich die überwältigende gesellschaftliche Ungerechtigkeit empfunden, von der er bisher unbewusst gefesselt gewesen war und von der er fortan bewusst sein ganzes Leben lang gefesselt sein würde.

Er war der arme Arbeiter, der unglückselige Sklave, der niemals des Lebens Herrlichkeiten, wie sehr et· sie auch durch seine Arbeit verdient haben mochte, genießen würde. Nur diejenigen, die nichts taten oder nichts zu tun brauchten, genossen alles im Überfluss. Das war es gewesen, was in ihm, nachdem er durch das Trinken in einen überreizten Zustand geraten war, plötzlich die Wut erweckt und ihn veranlasst hatte, seinem Rachegefühl in grausamer und ungerechter Weise gegen seine schuldlose Mutter Luft zu machen.

Bis spät am Sonntagabend blieb er fort. Hätte er nicht am anderen Morgen sehr früh in der Fabrik sein müssen, um dort seine Sklavenarbeit wieder aufzunehmen, so wäre er vielleicht noch länger fortgeblieben.

Aber die Not zwang ihn. Er musste.

Trotzig kehrte er in das ärmliche, reinliche Häuschen zurück und suchte seine tiefe Erregung durch eine steife erkünstelt schroffe Haltung zu verhüllen, entschlossen, sogleich ins Bett zu gehen, ohne seine Mutter noch eines Blickes oder eines Wortes zu würdigen.

Sie saß am Herdfeuer auf einem Stuhl, den Körper ein wenig vorgebeugt und die runzeligen Hände über der

Flamme. Das auf dem Tisch stehende Lämpchen warf einen schwachen Schimmer auf das blasse Gesicht mit den schwermütig blickenden Augen. Ein leichter Schauer überrieselte sie, als sie ihn so plötzlich eintreten sah, und eine flüchtige Röte färbte für einen Augenblick ihre fahlen Wangen. Sie sprach kein Wort, sondern bückte sich noch tiefer zum Feuer, über dem sie in einem Topfe rührte. Und bei dieser flüchtigen Bewegung gewahrte er, als er selbst einen Augenblick verstört und zaudernd mitten in der kleinen Wohnküche stehen blieb, die dunkle Narbe einer Wunde an ihrer Unterlippe.

Da brach der Trotz s eines Herzens, und eine unwiderstehliche Macht stieß ihn plötzlich gegen sie, indem er einen erstickten, stehenden Verzweiflungsruf vernehmen ließ.

„O Mutter, Mutter, verzeih mir! Es tut mir so, so schrecklich leid! Ich wußt' ja nich, was ich tat, ich hatt' getrunken!" Und er brach in eine wilde Tränenflut aus.

Leichenblass, vom Kopf bis zu den Füßen zitternd, hatte sie sich erhoben. Und ohne ihn anzusehen, mit einem Seufzer, der aus den untersten Tiefen ihres Wesens aufzuwallen schien, äußerte sie nur diese heiseren, fast tonlosen Worte:

„Ach Gott, ach Gott, ach Gott! Das hätt' ich doch nich gedacht! Das hätt" ich doch nich von dir gedacht!"

„Ach, ich auch nich, Mutter! Verzeih mir, es wird nie mehr vorkommen!"

Dann brach auch bei ihr ein mächtiger Tränenstrom aus, und ohne sich zu umarmen, ohne sich näher zu kommen, standen sie eine ganze Weile wortlos heulend und seufzend da.

Sie war es, die sich zuerst wieder einigermaßen fasste.

„Du hast wohl Hunger?" fragte sie.

Er zuckte mit den Achseln und stammelte ein paar

dumpfe Worte, als wollte er sie bedeuten, dass es nicht der Rede wert sei, darüber zu sprechen.

Sie ging zum Speisekasten und nahm einen Teller heraus, auf dem ein großes Stück Fleisch lag. Er zitterte: es war ein schönes Stück Kopffleisch. Wortlos stellte sie den Teller vor ihn auf den Tisch, nebst einigen Stücken Roggenbrot und einer Schüssel mit dampfenden Kartoffeln.

Aber er war, obwohl ausgehungert, beinahe nicht fähig, einen Bissen zu genießen. Das Essen blieb ihm in der Kehle stecken. Dieses leckere Stück Kopffleisch, nachdem er am Abend vorher so leidenschaftliches Verlangen getragen, hatte nun keinen Geschmack mehr, flößte ihm Ekel ein. Und auch sonst kam ihm plötzlich alles wie verändert, wie umgewandelt vor. Das ganze ärmliche Hüttlein sah anders wie gewöhnlich aus, es schien ihm, als sei mit einem Male alle Traulichkeit und Behaglichkeit daraus verbannt, als hätten die Gegenstände einen anderen Platz und ein anderes Aussehen bekommen, als sei hier nur noch ein großer, unheimlich leerer Raum, ein kalter leerer Raum, in dem der Tod herrschte.

Ohne ein Wort des Vorwurfs hatte sich seine alte Mutter wieder ans Feuer gesetzt und starrte in die rote Glut. Sie schien ferne von ihm zu verweilen und in tiefes Grübeln versunken, während er, langsam essend, in der beklemmenden Stille wieder das grässliche Bild seiner unseligen Tat vor seinem Geiste aufsteigen sah.

Die Broosens, so sagten die Nachbarn, seien keine Leute wie andere. Sie waren arm und wohnten in der Seitengasse neben anderen Familien und wohl auch Diebs- und sonstigen Gaunerfamilien. Sie wohnten da, weil sonst nirgends im Dorf billiger zu wohnen war, aber sie gehörten eigentlich nicht dahin, sie waren nicht an dem rechten Platze, der ihnen wegen ihrer Tüchtigkeit, Rechtschaffenheit und

Sauberkeit gebührt hätte und die Nachbarn, die instinktiv diese Tatsache empfanden, meinten zuweilen mit einem Anstuge neidischen Spottes, ihr Platz wäre eigentlich in der großen Dorfstraße, neben den Reichen, neben dem Herrn Pfarrer, neben dem Herrn Notar. Niemals hörte man bei ihnen den Lärm von Schimpfen und Raufen, der so oft in anderen Hütten zu hören war. Niemals hörte man hier einen Wüstling, der fluchend den Hausrat in Trümmer schlug, niemals ein betrunkenes Weib, das keifend die Tür weit aufriss, um die ganze zusammengeströmte Nachbarschaft zum Zeugen des Spektakels zu machen.

Umso größer war denn auch die Verwunderung und umso unverhohlener die Befriedigung der Nachbarn, als sie vernahmen, was bei den Broosens geschehen war! Denn es war nicht geheim geblieben. die ganze Seitengasse war unterrichtet, Grueten Broos selber hatte es noch am gleichen Abend, als es geschehen war, in seinem aufgeregten Zustande laut verkündet…

War es dies, war es diese Schande, unter der jetzt die alte Mutter litt, unter der sie langsam dahinsiechte? Oder hatte der harte Stoß die verhängnisvolle Wirkung eines physischen Leidens beschleunigt, das schon lange heimlich in ihr brütete. Oder litt sie unter einer moralischen Qual, die viel tiefer wurzelte, als man ahnen konnte, tiefer, als sie sich selber bewusst war, in dem unausgesprochenen Leiden ihres schwerverwundeten einfältigen Herzens. Sie sagte es nicht, und niemand wusste es, aber langsam und unaufhaltbar sah man sie dahinsiechen. Es war, als ob sie still und langsam vertrocknete, und so, wie Grueten Broos sie gefunden am Abend nach jenem schrecklichen Austritt. Grübelnd ins Feuer starrend, die runzeligen Hände über der Glut, so fand er sie nun jedes Mal wieder, in tiefes Sinnen verloren, als lebte sie in einer ganz anderen Welt. Schon längst hatten sie sich in Worten ausgesöhnt, und er war wieder der gute, sanfte, musterhafte Sohn wie früher geworden, aber dennoch blieb etwas, das weder durch Worte, noch durch Taten wegzubringen war, wie ein unüberwindliches Hindernis zwischen ihnen stehen. Es war wie ein wunderlicher, unheimlicher Spuk, stärker als ihr Wille und stärker als ihre Liebe, wie ein finsterer fremder Gast, der immer unsichtbar und immer anwesend war, jeden Augenblick daran erinnernd, dass etwas in ihnen getötet war, das nimmermehr wieder aufleben würde, jeden Augenblick grausam die Aufwallungen ihrer einfachen Herzen erstickend, die sich vergeblich wieder in der sanften Vertraulichkeit und Freude von einst zu vereinigen suchten.

Und ohne dass er diese schmerzlichen Empfindungen tiefer ergründen konnte, fühlte Grueten Broos immerfort die dumpfe Qual unendlichen Leides. Tiefe Reue nagte an seinem Herzen und vergällte ihm das Leben.

Er schrieb sich die alleinige Schuld an allem zu, er machte sich den Vorwurf, dass seine Mutter durch ihn dem Tode entgegenginge. Immerfort und immerfort spukte vor ihm, wie ein stürmischer und folternder Refrain, dieselbe grauenhafte Erinnerung: „Ich habe meine Mutter, meine alte, gute, brave Mutter geschlagen!"

Wenn sie sich wieder aufgerafft hätte, wieder genesen wäre, dann wäre auch dieses Gefühl der Reue allmählich von ihm gewichen, aber jeden Tag fand er sie kümmerlicher und schwächer, und jedes Mal kam ihm der gleiche, immer schmerzlicher auftretende traurige Gedanke: „Sie hat es mir vergeben, aber sie kann es nicht vergessen. Sie stirbt daran, dass ich sie ein einziges Mal in meinem Leben misshandelt habe!"

Auch er magerte sichtlich ab, seine Wangen waren eingefallen, die Augen blickten dumpf und düster. Und wenn seine Kameraden ihn fragten, was ihm denn eigentlich fehle, wurde er rot vor Scham. Er schämte sich, zu lügen, er schämte sich, die Wahrheit zu sagen.

Er verbarg seinen Kummer in Einsamkeit und Stille, und dies verschärfte seine Marter noch mehr. Nur gegen Zwart Feelken, zu dem er sich sehr hingezogen fühlte und in den er großes Vertrauen setzte, ließ er sich eines Abends, als sie zusammen von der Fabrik heimkehrten, über sein nicht mehr zu unterdrückendes Elend aus.

Plötzlich fragte er ihn, völlig unvermittelt und ohne jeden Anlass, mit heiserer, dumpfer Stimme:

„Feel, haste schon mal deine Mutter geschlagen?"

Zwart Feelken blieb ein Weilchen sprachlos vor Verwunderung stehen.

„Nee, ich nicht", antwortete er endlich. „Ich bin doch kein Raufbold. Ich hab noch niemanden geschlagen."

„Ich aber wohl", sprach Grueten Broos finster. „Ich hab meine Mutter geschlagen, und sie muss dran sterben!"

„Ach, Papperlapapp, was du da schwätzt! Du darfst dir so was nich in den Kopf setzen. Sie hat doch nichts davongetragen", antwortete Zwart Feelken begütigend.

„Sie stirbt dran, sag ich dir!", schluchzte plötzlich Grueten Broos mit verzweifelt gerungenen Händen.

Niemand misshandelte seine eigene Mutter. Selbst die größten Bösewichter taten das nicht. Nur er, der immer gut und sanft gewesen, er, der, wie Zwart Feelken, bis jetzt noch keinen Menschen angerührt, hatte diese abscheuliche Tat begangen. Die elende Seitengasses, in der sie wohnten, war voll von Familien, die keiften und rauften, von Wüstlingen, die ihre Frauen schlugen, von betrunkenen Weibern, die ihre Kinder misshandelten, aber er konnte sich keines einzigen erinnern, der seine Mutter ernsthaft misshandelt hätte. Wenn er nur einen, nur einen gekannt hätte, das hätte ihn einigermaßen getröstet, aber nein, kein einziger war da. Er stand allein mit seiner furchtbaren Missetat. Er allein, der niemals eine Übeltat verübt, hatte plötzlich die Stufen des Verbrechens beschritten, um sogleich bis zum Gipfel emporzusteigen.

Und dennoch … und dennoch kam ihm manchmal die grausame Hoffnung, dass er nichtganz allein bleiben, dass ein zweites Scheusal wie er neben ihm auftreten werde …

Es war, zwei Türen von ihrem Hüttchen entfernt, bei einem Fellscherer und Wilderer, der weit herum als gefürchteter Gauner verrufen war. Das ganze Häuschen war um und um gestülpt, er warf den ganzen Plunder in Trümmer, schlug und stieß seine Frau und seine Kinder. Vor der halbgeöffneten Türe war die ganze Nachbarschaft zusammengeströmt, und von drinnen heraus scholl ein wüster Lärm von gellenden Angst- und Wutrufen, von stampfenden und scharrenden Füßen, von krachenden Stühlen und in Scherben gehenden Tellern. Das Weib kam herausgestürmt, heulend, blutend, mit aufgelösten Haaren, halbnackt in ihren in Fetzen gerissenen Kleidern, gefolgt von ihren brüllenden Kindern und ihrem rohen Mann, der sie aufs neue erhaschte, sie in den Schmutz schleuderte und fluchend mit seinen groben genagelten Schuhen auf ihr herumtrat.

Er hätte sie in seiner blinden Wut vielleicht totgeschlagen, und niemand machte Miene, sie aus seinen Klauen zu reißen, als plötzlich ein altes Frauchen durch die zusammengehallte Menge drängte und mit wilden Verwünschungen gerade auf den Wildling losstürzte. Es war seine Mutter. Er zögerte einen Augenblick, und in seinen wilden Trunkenboldaugen loderte eine schreckliche Wutflamme aus. Er ballte zähneknirschend die Fäuste, erhob sich wie ein Riese über ihrer winzigen Gestalt und stand im Begriff, sich auf sie zu stürzen. Aber sie fuhr, ohne sich einschüchtern zu lass en, mit ihren Beschimpfungen und Verwünschungen fort, schalt ihn einen feigen Mörder und überhäufte ihn mit den heftigsten Schimpfnamen. Und plötzlich, wie von einem furchtsamen Respekt ergriffen, wich der Dieb, der Schurke, der weit herum gefürchtete Bandit, der Menschen tödlich getroffen und jahrelang im Gefängnis gesessen, vor der moralischen, selbst bei ihm Ehrfurcht erweckenden Macht der mütterlichen Autorität zurück. Zitternd, wie ein gebeutelter Hund, zog er sich in sein Haus zurück, gefolgt von der Alten, die ihn ohne Unterlass weiterhin ausschalt und beschimpfte, unter dem wilden Jubel, dem Hohn- und Spottgelächter der versammelten Menge.

Blass und keuchend, mit einem krampfhaften Schlucken in der Kehle, kehrte Grueten Broos sich um. Vor ihm stand seine eigene Mutter, die ebenfalls dem widerlichen Schauspiel beigewohnt hatte. Sie erschraken instinktiv voreinander, und in ihren starr blickenden Augen las er, wie einen stummen Vorwurf, seine eigenen düsteren Empfindungen. Was dieser Barbar, dieser Bandit, nicht gewagt hat, das hast du getan?

Bald darauf wurde Mutter Broos ernstlich krank.

Als er eines Abends von der Arbeit nach Hause kam, fand Grueten Broos sie ohnmächtig neben dem Herdfeuer liegen. Als er das sah, stieß er einen wilden Schrei aus, und in seinem Schrecken war es ihm, als hätte er selber sie dahin geschleudert, wie an jenem Abend seiner abscheulichen Tat.

Auf seinen Angstruf kamen Nachbarn herein, man hob die Mutter auf, brachte sie wieder zu sich, kleidete sie aus und legte sie ins Bett.

Und nun kamen traurige, düstere Tage. Aber niemals kam eine Klage über ihre Lippen, und als ihr Sohn, der verzweifelt schluchzend, mit gefalteten Händen vor ihrem Lager niedergesunken war, sie immer wieder anstellte, ihm das Geschehene zu vergeben, antwortete sie langsam mit ihrer schwachen traurigen Stimme, ganz leise und ganz einfach in ihrem unverwüstlichen Gleichmut:

„Aber, Jung, denk doch nich mehr dran! Das is schon längst vergeben und vergessen! Es is das Alter, Jung, das Alter, das in mir sitzt."

Und um ihn zu überzeugen, dass sie nicht mehr den mindesten Groll gegen ihn hegte, nahm sie seine grobe, schwielige Arbeiterhand in die ihrige und hielt sie so eine Weile fest, indem sie nachdenklich vor sich hinstarrte.

Am Weihnachtsabend als die Pflegerin aus der Nachbarschaft, die in Grueten Broosens Abwesenheit die Kranke versorgte, einmal fortgegangen war, rief die alte Mutter mit einem geheimnisvollem dringlichen Klang in der Stimme ihren Sohn zu sich.

Er eilte herbei und fand sie seltsam verändert. Als sie sah, wie er erschrak, suchte sie ihn mit einer Handbewegung zu beruhigen und, sich Mühe gebend ihre Ruhe zu bewahren, fuhr sie langsam fort:

„Broos, Jung, ich muss dir was sagen … Es is Geld hier im Haus. Freilich nich viel, aber das haben dein Vater und ich für dich gespart. Es is hier unter mir, in einem Säckchem in meinem Strohsack. Neunhundert Franken in Goldstücken. Wenn ich sterbe und sie mich aufbahren, bleibst du dabei stehn, Jung sie könnten's dir sonst stehlen. Und lass niemanden allein mit mir in der Kammer, wenn ich tot bin und wenn sie mich in den Sarg legen, nimmst du's raus. Wir haben jahrelang dran gespart, drum darfst du's nich verschwenden. Wenn ich nicht mehr da bin, musste heiraten, Jung, damit du deine Ordnung hast. Such dir 'n braves, tüchtiges Mädchen, Jung. Mit deinem Geld wirste schon eine finden."

„Ach, Mutter, Mutter!", schluchzte Grueten Broos, „wenn du doch nur bei mir bleiben könntst! Wenn du doch nur wieder gesund werden könntest! Wenn ich dich doch nicht so grausam misshandelt hätt'!"

Und bei seinen schmerzlichen Selbstvorwürfen kam ihm plötzlich unwiderstehlich eine qualvolle Frage auf die Lippen: „Oh, Mutter… Mutter! Sag mir doch, Mutter… hat der Vater dich jemals geschlagen?"

Durch die Kranke fuhr es wie ein Stoß, und ein zartes, beinahe jugendliches Rot trat flüchtig auf ihre fahlen Wangen, während ihre dumpfen Augen ebenfalls für einen Augenblick aufleuchteten, wie innerlich erhellt durch eine noch schöne, stolze Glut längst vergangenen Glückes und entschwundener Liebe.

„Oh nee, nie… nie…", lispelte sie fast unhörbar. Und leise, wie unter einer Liebkosung, sank sie wieder auf das Kissen zurück.

Am Abend des zweiten Christtages begann der Todeskampf. Ein seltsam ruhiger Todeskampf, ohne Krämpfe, ohne Zuckungen, ohne Zittern. Es war wie der tiefe Schlaf eines sehr schwachen und zarten Wesens, das nur durch tiefen, ungestörten Schlaf seine erschöpften Kräfte wiederherstellen kann. Es lag etwas unendlich Trauriges in diesem Sterben, und alle, die in das ärmliche Hüttchen kamen, schienen diese feierliche Ruhe zu empfinden und sprachen instinktiv langsam und mit gedämpfter Stimme, und gingen leise, beinahe unhörbar über die grauen Backsteinfliesen. Zuletzt war der Doktor gekommen, und auch der Pfarrer war gekommen, um der Sterbenden die letzte Ölung zu geben.

Alles, was zu tun war, war geschehen, man hatte nur noch zu warten …

Und sie warteten in ungestörter Stille, rechts und links von dem Krankenbett auf Stühlen kauernd, Grueten Broos stumm und wie empfindungslos unter der Gewalt seines Kummers, die Nachbarin gleichgültig, von Zeit zu Zeit aufstehend, um nach der Sterbenden zu sehen. Neben dem Bette brannte auf einem Tischchen eine Wachskerze und stand ein roh geschnitztes Kruzifix neben einem Weihwassergefäß von weißem Porzellan und einem vertrockneten Palmwedel. Draußen hörte man, gedämpft durch den reichlich fallenden Schnee, ab und zu das undeutliche, wie aus weiter Ferne kommende Geräusch an den Häusern hin und her gehender Menschen. Man hörte im Vorübergehen die Stimmen, man hörte einen Ruf oder einen Gesang, aber keinen von Fußtritten herrührenden Laut. Von Zeit zu Zeit ging die Nachbarin mit schlürfenden Tritten in die Küche neben dem Schlafkämmerchem von Zeit zu Zeit nahm sie, in gedankenloser Unbeweglichkeit vor sich hin starrend, ein Prischen aus ihrer Dose und Grueten Broos in seiner tiefen Niedergeschlagenheit überrieselte es jedes Mal mit einem kühlen Schauer, wenn er sie das Herdfeuer aufschüren hörte, das Feuer, über dem das Wasser gewärmt wurde, mit dem seine tote Mutter bald gewaschen werden sollte.

Stunden vergingen. Grueten Broos, noch immer in ein düsteres Grübeln versunken, rührte sich nicht. Draußen erstarben nach und nach die Laute und wichen seiner tödlichen Stille. Noch einmal wurde er flüchtig aus seiner Betäubung gerissen durch das Gekeif zweier Trunkenbolde, die er auf der Straße vorbeitaumeln hörte, aber als auch dieses Geräusch in der Ferne verhallt war, hörte er nichts mehr als das eintönige, endlose Ticken der Wanduhr in der Küche.

Als die zwölf hellen Schläge der Mitternachtsstunde durch die düstere Stille hallten, stand die halb eingeschlummerte Nachbarin nochmals auf und brachte ihm aus der Küche eine Tasse heißen Kaffees mit. Mechanisch leerte er sie, während die Frau noch einmal zum Krankenbett ging, um nach der Mutter zu schauen. Und eben hatte er die leere Tasse neben seinem Stuhl auf den Boden niedergestellt und wollte wieder in sein dumpfes Brüten versinken, als eine leichte Bewegung der Frau seine Aufmerksamkeit erweckte. Er richtete den Kopf halb auf und sah, dass sie ihm winkte. Mechanisch erhob er sich und näherte sich dem Bett, noch im Unklaren, was die Frau eigentlich meine.

Langsam wies sie mit der Hand auf Mutter Broosens Gesicht. Und als er noch immer nicht begriff, flüsterte sie:

„Es is vorbei … sie is tot …“

Wie unter einem gewaltigen Stoß fuhr er zwei Schritte zurück und seine Augen öffneten sich weit, wie die eines Wahnsinnigen.

„Ach Gott, ach Gott“, stöhnte er.

Und plötzlich begann er zu heulen wie ein schwaches kleines Kind.

Als sie gewaschen und mit dem Sterbegewand bekleidet war, als sie wieder auf ihrem Bett ausgestreckt lag, nun für ewig kalt und unbeweglich, so gelb wie das Gelb der Wachskerze, auf dem weißen Leinen, die gelben Hände über der Brust gefaltet und das große schwarze Gebetbuch wie zur Stütze unter dem Kinn. Als dies alles geschehen war, schickte er die Nachbarin auf einen Augenblick fort, und nachdem er allein mit der Toten war und alle Türen und Läden geschlossen hatte, steckte er leise und ehrfurchtsvoll seine Hand unter die Kissen und befühlte den Strohsack.

Bald hatte er das Leinenbeutelchen mit den Goldstücken gefunden. Er zählte sie. Es waren gerade neunhundert Franken. Das schwere Gold klirrte fein in seinen großen schwieligen Arbeiterhänden und funkelte in dem gelben Schein der Wachskerze. Noch niemals hatte er so viel Gold beisammen gesehen. Noch niemals hatte er die wunderlich bewegende Empfindung gekannt, einen solchen Schatz befühlen zu können. Und vor seiner Seele sah er die Jahre und Jahre, die seine Eltern auf das Ansammeln dieses Geldes verwendet, sich wie zu einem gewaltigen Riesenturm menschlichen Schaffens und Leidens erheben. Er hielt es eine Weile fest in der Hand mit einem Gefühl, als hielte er damit das ganze Arbeitsleben seiner armen Eltern umklammert. Dann ließ er die funkelnden und klirrenden Goldstücke wieder in den Beutel gleiten und verbarg diesen in seiner Tasche.

Es war sechs Uhr morgens, als die Nachbarin zurückkehrte. Er fragte sie, ob sie bei der Leiche wachen wolle, während er zum Pfarrer gehe, um das Begräbnis zu bestellen.

Er ging.

Der Pfarrer, der schon von der Frühmesse zurückkehrte, empfing ihn in einem kühlen, kahlen Kämmerchen, ohne jeden anderen Schmuck, als einem riesigen schwarzen Kruzifir, das über dem Kamin an der weißgetünchten Mauer hing.

„Welche Klasse soll's sein?" fragte der Pfarrer.

„Erste Klasse. Eine gesungene Messe mit drei Priestern", antwortete er.

Verwundert riss der Geistliche die Augen auf.

„Erste Klasse … Aber wer wird's bezahlen?", rief er.

„Ich, Herr Pfarrer! Wieviel macht's?" Und Grueten Broos langte in seine Tasche.

„Erste Klasse... Aber, Jung, bist du närrisch! Das kannst du nicht bezahlen!", wiederholte der Pfarrer, der Grueten Broosmit Blicken betrachtete, als hätte er es wirklich mit einem Narren zu tun.

„Aber sagen Sie mir doch, wieviel es macht, Herr Pfarrer!", drängte Grueten Broos ungeduldig.

„Erste Klasse mit drei Priestern kostet sechshundert Franken!", klang die kurze Antwort.

Grueten Broos zog den Beutel und zählte die sechshundert Franken auf die Tischdecke. Der Pfarrer sah stumm und unbeweglich zu, als wäre er an den Boden genagelt.

„Hast du dir das Geld dazu erspart?", fragte er endlich.

„Das is Geld, das mein Vater und meine Mutter gespart haben", antwortete Grueten Broos.

Der Pfarrer schob die Brille auf seine Stirn und legte den Kopf zurück, um den Arbeiter aufs neue anzustarren.

„'s is gut", sagte er endlich. „Wann soll das Begräbnis sein?"

„Übermorgen", erwiderte Grueten Broos mit heiserer, erstickter Stimme.

„Gut, alles wird in Ordnung sein. Willst du 'n Glas Wein?"

„Nein, danke", entgegnete Grueten Broos.

Und er entfernte sich.

Er bat die Nachbarin, noch den ganzen Tag bei seiner Mutter zu bleiben. Dann legte er seine Sonntagskleider an und ging zur Stadt.

Er suchte ein großes Sargmagazin auf und kaufte einen prächtigen Eichensarg mit silbernem Kreuz und silbernen Beschlägen, den er mit hundertfünfzig Franken bezahlte und sofort nach seinem Dörflein schicken ließ. Dann ging

er in einen Laden mit künstlichen Blumen und kaufte
einen großen, in allen Farben leuchtenden Kranz mit ver-
goldenen Blättern und großem schwarzem Bande, auf dem
in goldenen Lettern die Worte prangten: „Meiner lieben
Mutter."

Endlich ging er noch in ein Kleidermagazin und kaufte
für sich einen schönen schwarzen Anzug und einen runden
schwarzen Hut.

Als man im Dorf von all diesen Ausschweifungen hörte,
als man vernahm, dass die arme Mutter Broos wie eine
„Madam" mit den höchsten kirchlichen Feierlichkeiten
begraben werden sollte, als man den prächtigen Sarg und
den glänzenden Kranz bringen sah, sagte man allgemein,
der Bursche sei verrückt geworden.

Manche meinten auch, er müsse gestohlen haben, um
solch übertriebene Verschwendung treiben zu können.

Und gewaltig war die Aufregung, als man am Begräb-
nistage in der armseligen Seitengasse den eindrucksvollen
Zug auftauchen sah. Voran drei Priester in schwarzsamtenen Messgewändern mit Silberstickereien und silbernen
Fransen, dann die rotgekleideten Ministranten, die ein
Kreuz und Fahnen trugen, und die barhäuptigen Sänger
im weißen Chorhemd, die aus dicken, braungebundenen
Büchern traurige Lieder vorsangen. Der prächtige Sarg
wurde unter bewunderndem Gemurmel herausgetragen
und mit dem noch prächtigeren, schwarzsamtenen, sil-
bergestickten Bahrtuch der Reichen-Begräbnisse bedeckt.
Der riesige, in Gold und Bunt leuchtende Kranz wurde
oben darauf gelegt, und dann kam auch Grueten Broos
heraus, ganz in Schwarz gekleidet, wie ein feiner Herr, das
schluchzende gesenkte Gesicht halb unter dem schnee-
weißen Taschentuch verborgen. Langsam schritt er mit
dem stattlichen Zug der Kirche zu, wo vom Turm die drei

Totenglocken um die Wette brummten und ihren dumpfen, feierlichen Schall über das stille, verschneite Dorf hinwegsandten …

Und nach dem feierlichen Begräbnis kehrte er wieder nach Hause zurück, begleitet von Zwart Feelken, der ihn in seiner tiefen Trauer nicht allein lassen wollte. In dem öden, traurigen Häuschen setzten sie sich rechts und links vom Herd in der sinkenden Dämmerung nieder. Zwart Feelken suchte ihn mit gutgemeinten Trostworten aufzurichten, er aber blieb finster und betrübt und versank in seine düsteren, qualvollen Gedanken über Reue und Tod.

Und sie philosophierten zusammen, Zwart Feelken, indem er ein Pfeifchen rauchte und ein Schnäpschen trank, Grueten Broos noch zu schwer niedergedrückt, um etwas genießen zu können. Zwart Feelken, der manchmal auch neugierig sein konnte, fragte ihn, wie es der Pfarrer getan, ob es denn auch der Wille seiner Mutter gewesen sei, so prächtig, wie eine reiche Dame, begraben zu werden, und Grueten Broos antwortete mit einem dumpfen „Nein, es sei sein eigener Wille gewesen, um durch diese letzte Ehrung seiner verstorbenen Mutter seine Tat einigermaßen wieder gutzumachen.

„Aber denk doch nich mehr dran“, sprach Zwart Feelken. „Denk lieber an die Zukunft. Such dir ’n Mädchen und heirate.“

Grueten Broos errötete und fühlte seine Stimme durch ein Schluchzen erstickt.

„Das sind die eignen Worte meiner guten braven Mutter“, seufzte er. „Drum hat sie all das schöne Geld gespart …“

Draußen wurde leise an die Türe gepocht. Grueten Broos erhob sich, um zu öffnen, und sah im Halbdunkel ein junges Mädchen vor sich stehen. Es war Zwart Feelkens Schwester.

„'n Tag, Broos", sprach sie leise. „Is unser Feel nich hier?"

„Ja, Lowiezeken, komm nur rein", antwortete Grueten Broos.

Schüchtern trat das Mädchen ein.

„Feel, kommste nich zum Essen?", fragte sie gedämpft, wie es sich geziemt in einem Hause, in dem erst eine Tote gewesen ist.

„Ich hab keinen großen Hunger", antwortete Zwart Feelken. „Setz dich 'n bisschen, ich geh dann mit dir heim."

„Ja, ja, setz dich 'n bisschen", drängte auch Grueten Broos, indem er ihr einen Stuhl anbot. „Willste nich 'n Schnäpschen nehmen?"

„Oh, das wer' ich nich ausschlagen", entgegnete das Mädchen mit einem reizenden Lächeln.

Grueten Broos war zum Kasten gegangen und suchte ein Gläschen. Aber es wurde dunkel und er konnte es nicht finden. Er nahm das Lämpchen und wollte es anzünden. Aber auch dabei war er ungeschickt und er strich vergeblich ein paar Streichhölzer an.

„Soll ich's tun, Broos?", erbot sich das Mädchen freundlich.

„Nu ja, wenn du willst, Lowiezeken. Ich hab heut 'ne unsichere Hand."

Sie stand auf und war im Nu fertig. Sie stellte das brennende Lämpchen auf den Tisch, und alsbald fand sich wieder ein bisschen Behaglichkeit in dem traurigen Hüttchen ein. Ihr rundes, hübsches Gesichtchen glänzte freundlich und in ihren lieben, hellbraunen Augen leuchtete es wie ein unerwarteter heiterer Sonnenstrahl.

„Die Gläschen stehn wohl im Kasten?", fragte sie. Und als Grueten Broos zur Bejahung genickt, fand sie diese auch sogleich und ordnete sie auf dem Tischchen neben der Lampe.

Sie schenkte ein, und Grueten Broos, der erst keine Lust gehabt hatte, tat nun doch auch mit. Sie stießen an und tranken. Dann sprachen sie wieder von der teuren Toten.

Das Mädchen saß zwischen den beiden Männern dicht am Feuer, in das sie nachdenklich niederstarrte, den Körper ein wenig vorgeneigt, die Hände zwischen ihren Knien gefaltet. Und Grueten Broos war es, als sähe er wieder seine brave Mutter sitzen. Nicht mehr alt und traurig, wie er sie gefunden am Tage nach der Misshandlung, sondern wieder jung und schön, wie sie vielleicht dort gesessen vor vielen Jahren, als sein Vater noch lebte und er noch ein Kind war.

Es ergriff ihn mächtig, plötzlich kamen ihm die Tränen in die Augen. Es war ein nagender, herzzerreißender Schmerz, seltsam gemischt mit einem Gefühl großer, zärtlicher, innerer Sanftmut. Es kam rasch über ihn, wie der frische Odem der Hoffnung und Wiedergeburt, wie der zarte Duft von Frühlingsblumen, es kündete ihm gnädige Versöhnung und Verzeihung für alles, was vergangen war, und verhieß ihm ein bescheidenes friedliches Glück für die Zukunft. Ihm war, als spräche seine Mutter selbst aus ihrem Grabe zu ihm, als flüsterte sie ihm leise den Namen derer zu, die nun das verlassene Plätzchen am Herde einnehmen sollte.

Bruder und Schwester hatten sich erhoben, um fortzugehen. Aber sie zauderten noch ein Weilchen, als fühlten sie, wie verzweifelt traurig und einsam sie ihn zurücklassen würden. Und plötzlich fragte das Mädchen mit der Röte der Schüchternheit auf ihren frischen Wangen:

„Haste keine Lust mitzugehn, Broos?"

Er wollte mechanisch dankend ablehnen, aber etwas Instinktives, das stärker als sein Wille war, trieb ihn unerwartet an, seine Antwort zu ändern. Auch er errötete tief, wie vor Scham, und nach einem kurzen Zögern, während er ihr starr und wie verstört in die Augen schaute, sagte er mit heiserer, bebender Stimme:

„Ja, ja, ich will schon…"

Und mit diesen paar Worten nahm er die Versöhnung mit der Zukunft und mit dem Leben auf. Es lag etwas Wehmütiges darin und auch etwas Tiefbewegendes und Feierliches, so dass sie alle drei unbewusst in Schweigen verharrten. Es war s ein neues Bündnis mit dem Leben, er fühlte sich wieder stark und hoffnungsvoll in einer neuen, erst erwachenden Liebe, die stärker war als das Phantom der Reue, stärker als das Phantom der Armut, stärker als das Phantom des Todes…

Der Bahnwärter

Seit einer Woche war der Bahnwärter krank …

Er hatte nichts … keine einzige Erscheinung einer deutlich zu bezeichnenden Krankheit. Er hatte nur ein dunkles, seltsam quälendes Gefühl. Es war eine große moralische Bedrückung, eine unerklärliche und unüberwindliche, schmerzliche Niedergeschlagenheit seines ganzen Wesens. Er schlief wenig und dazu unruhig, er aß beinahe gar nichts …

Er war krank durch eine unheilverkündende Ahnung.

Krank durch etwas, das kommen würde, das er martervoll in sich zur Reife kommen fühlte. Er fühlte die Nähe eines großen, traurigen Ereignisses mit ungewissem Ausgang, eines jener großen Ereignisse unseres Lebens, in denen wir jedes Mal unterzugehen drohen. Einen jener Stürme, die, wenn sie vorüber sind, ohne uns berührt zu haben, lange Pausen der Ruhe und des Friedens hinterlassen, bis die Nähe eines neuen großen Ereignisses sich wieder schmerzlich fühlbar macht.

Allmählich wurde dieses unbestimmte und qualvolle Unbehagen intensiver und deutlicher. Das gefürchtete Ereignis schwebte drückend über seinem Leben, drängte sich in seine Gewohnheiten, in seine täglichen Beschäftigungen ein. Er bekam Furcht vor seinem Tagewerk.

Seit mehr als zwanzig Jahren war er Bahnwärter an einer Eisenbahnlinie mit lebhaftem Verkehr, an einer Stelle, wo eine Straße über die Schienen führte.

Es war ein einsames, abgelegenes Fleckchen, das wie

verloren in den grünen Feldern dicht bei seiner Biegung der Allee lag. In kurzer Entfernung davon stand an der Straße das armselige Hüttchen aus Lehm und Stroh, in dem er mit seiner Frau und seinen Kindern wohnte. Dicht an der Bahnstrecke war das hölzerne Blockhäuschen, in dem er tagsüber in den Zugspausen zuweilen Ruhe oder ein Versteck suchte.

Und er, der mehr als zwanzig Jahre lang ohne die geringste Bewegung so viele Tausende von Zügen hatte vorbeisausen sehen, er, der viele tausend Male ohne die geringste Furcht oder Unruhe die weiß angestrichenen Schlagbäume, die die Bahnstrecke von der kreuzenden Straße trennten, geschlossen und wieder geöffnet hatte, manchmal im Schlendrian der Gewohnheit sogar die Vorschriften eines sehr. strengen Reglements außer Acht lassend. Er fühlte sich nun jedes Mal, wenn ein Zug kommen sollte, von einem Zittern der Angst überfallen.

Instinktiv, ohne zu wissen warum, traf er nun übertrieben gewissenhafte Vorsichtsmaßnahmen. Er maß fortwährend mit ängstlichen Blicken die fast immer einsame, von Pappeln eingesäumte Straße und die lange, von Telegraphenpfählen begleitete Bahnlinie. Sobald ein Zug aus einer der nächstgelegenen Bahnstationen angekündigt wurde, lief er eiligst hinaus, um die Schranke zu schließen. Und jedes Mal, wenn das riesige Gefährte donnernd vorbeibrauste, gehüllt in eine Dampf- und Staubwolke, die nach verbranntem Metall roch, flog er fast rücklings gegen das Blockhäuschen, totenbleich und taumelnd, mit verzerrtem Gesicht und feuchten Augen, als ob er in einer ständig wiederholten Pein das große, schreckliche Ereignis, unter dem er zermalmt werden würde, über sich hereinbrechen fühlte. Jedes Mal blieb er minutenlang wie bewusstlos stehen. Dann ging er, um mit zitternden Händen die Schranke

wieder zu öffnen, und sank darauf erschöpft auf das Holz-
bänkchen vor dem Blockhaus nieder, den Kopf in die
Hände und die Ellenbogen auf die Knie gestützt, in eine
schmerzvolle Betäubung versunken, eingelullt von dem
singenden Gesäusel der Telegraphendrähte, bis die elektrische Klingel ihn wieder aufschreckte, die die Ankunft eines
andern Zuges ankündigte.

An diesem Abend, es war Pfingstabend, litt er außerordentlich heftig unter seinem wunderlichen Leiden…

Der Tag war brennend heiß gewesen, unzählige Züge,
von denen einige nach der Seeküste fuhren, waren vorbei-
gesaust. Und der Bahnwärter, der schon vom frühen Morgen an aus seinem Posten war, fühlte seine überspannten
Nerven beben und schütteln, als würde er von Marter-
werkzeugen gefoltert. Sein Gesicht war leichenblass unter
der gelbgebrannten Haut, seine kleinen schwarzen Augen
funkelten fieberhaft unter dem lackierten Schirm seiner
mit einem roten Band umzogenen Dienstmütze. Er hatte
den ganzen Tag noch gar nichts gegessen, aber er hatte
einige Gläser Bier getrunken, die ihm seine Frau in einer
Kruke gebracht. Seit vier Uhr morgens war er da, und sein
Dienst würde noch bis abends zehneinviertel Uhr dauern,
bis nach der Durchfahrt des letzten Schnellzuges.

Es war neun Uhr. Die Nacht sank still und leise hernieder und vertrieb die glühende Tageshitze. Aus dem betau-
ten Grase stieg erquickende Frische auf. Die Kornfelder,
höher als von Manneslänge, dichter als ein undurchdring-
licher Wald, atmeten berauschende Düfte aus. Der letzte
Lokalzug war vorbei. die Bahnstrecke, die mit vielfarbigen
flimmernden Lichtlein punktiert war, dehnte sich einsam
und verlassen nach dem rotglühenden Westen wie nach
einem goldenen Traumland aus.

Und trotz seiner fieberhaften Erregung von einer gewaltigen Ermüdung niedergedrückt, ging der Bahnwärter, um seine Schlagbäume für die Nacht niederzulassen, dann ließ er sich in der leisen Dämmerung auf dem Bänkchen nieder. Er dachte bei sich selbst, dass jetzt sicherlich kein Fuhrwerk mehr die einsame Straße passieren werde und dass man, wenn es dennoch der Fall sein sollte, ihn rufen würde, damit er die Schranke wieder öffne. Den Kopf zwischen den Händen und die Ellbogen auf den Knien, unter dem geheimnisvollen Summen der Telegraphendrähte, die ins Unsichtbare hinausstrahlten, in seine schmerzliche Betäubung versunken, meinte er, dies sei doch besser, wenn auch das Regiment es nicht forderte.

Und sachte ging die Betäubung in Schlummer, in Bewusstlosigkeit über... Er träumte.

Wirre, unzusammenhängende Träume, abwechselnd traurig und heiter. Das gelobte Land des Friedens und des Glückes, gesehen und beinahe besessen im Traume. die Todesangst eines armen, vom Fluch verfolgten Teufels. Geheimnisvolle Lebenskraft der Seele im Scheintod des materiellen Seins.

Sanfte Visionen kamen über ihn, durchdrangen ihn langsam mit Lebensglück und Freude, wie der Tau die versengten Blätter labte in der wohltätigen Abendkühle. Schwarze Gespenster umschwebten ihn, umgaben ihn mit Nacht und Kummer, tranken das Leben seiner Seele. In ihm entstand unwiderstehlich das große Ereignis, das kommen musste.

Und in seiner schmerzvollen Entkräftung fühlte er die Bande des Unfassbaren und Unbegreiflichen mit greifbarer Wirklichkeit. Er fühlte das ungewisse Ereignis, das bereits seine Seele eingenommen, wirkliche Formen annehmen, entstanden aus der Wirklichkeit, die ihn umgab und die er dennoch nicht mehr sah. Es schien ihm plötzlich, als ob er

Stimmen hörte, dringende Stimmen, die ihm einen Befehl zuriefen. Aber er erwachte nicht, er gehorchte nicht. In ihm triumphierte jetzt die allmächtige Fatalität, die nicht zu gehorchen hat.

In ihm war bereits das Ereignis in einer letzten Halluzination vollendet, das große unvermeidliche Ereignis, das er, krank vor Angst, schon tagelang unwiderruflich hatte kommen fühlen.

Entsetzliche Rufe schrecken ihn plötzlich wacht…

Er fuhr in die Höhe, stieß selbst instinktiv einen Schrei der Angst und des Grauens aus, während er wie von einem Orkan gegen das Blockhüttchen geschleudert wurde.

Der Schnellzug stürmte vorbei, schwarz, wild, unter blitzartigen Flammen und Donnergepolter. Und mitten auf der Bahn, zwischen den weitgeöffneten Schlagbäumen, schon zwischen den Schienen, bäumte sich schnaubend und pustend ein weißes Pferdchen, am Zaum von einem Mann festgehalten, ein Pferdchen, das an einen Karten angespannt war, unter dessen weißem Deckensegel schreckliche Rufe hervorkamen.

Noch halb betäubt, mit vor Angst hervorquellenden Augen, war der unglückselige Bahnwärter hinzugeeilt.

Der Mann, der sein Pferd mit einem wilden Ruck wieder zurückgedrängt hatte, schrie ihm mit vor Schreck und Zorn heiserer, keuchender Stimme zu:

„Halunke! Halunke! Deine Schuld ist's! Du hast geschlafen! Du bist besoffen! Ich hab dich schlafen sehn… mit dem Kopf zwischen den Händen… mit dem Rücken am Häuschen! Ich hab vergeblich nach dir geschrien, mit der Peitsche geknallt! Geschlafen haste… besoffen biste! Du hast mich nicht gehört!"

Sein ganzer Körper zitterte und wurde heftig durcheinandergeschüttelt. Sein weitgeöffneter Mund schnappte nach Luft, seine Augen funkelten wie Karfunkel im nächtlichen Dunkel, während der Bahnwärter, stumm vor Angst und Entsetzen, flehend die Hände faltete.

„Oh, Halunke! Halunke! Und du weißt nicht, was beinah geschehen wär! Weil es so lang dauerte...und weil noch kein Zug kam...bin ich vom Wagen gestiegen und hab selber die Schlagbäume aufgehoben! Aber mein Pferd war noch nicht auf den Schienen...da kommt der Zug! Rein weggeblasen hat's den Gaul! 'ne Sekunde, 'ne halbe Sekunde später und wir waren alle zermalmt! Da drinnen im Wägelchen sitzen mein Weib und meine drei Kinder! Wir kommen von einem Fest ... von einem Fest!"

Unter dem Segeltuch hatten die Angstrufe sich allmählich in ein lautes Stöhnen und Ächzen verwandelt, und auch der Mann, der endlich sein Wägelchen über das Geleise lenkte, schluchzte jetzt heftig, während der Bahnwärter mit unheimlich starren Augen und todesbleichem Gesicht ihm sprachlos und mechanisch folgte, unter dem überwältigenden Eindruck einer wahren Umwälzung, die in ihm vorging. Ein Gefühl unendlicher, glückseliger Erleichterung entlastete die solange überspannt gewesenen Nerven und Muskeln seines ganzen Wesens von ihrer entsetzlichen Qual. Er fühlte sich plötzlich von dem furchtbaren Alp befreit, er fühlte, dass das gefürchtete große Ereignis vorüber war, dass es an ihm vorbeigestürmt war, wild und unbändig, aber machtlos, von dem brausenden Expresszug fortgerissen zu einer andern Bestimmung.

Nachdem er nun zitternd und schwach endgültig die Schranke geschlossen, hatte er auf der Straße das Wägelchen eingeholt, wo der Mann, etwas beruhigt, Frau und Kinder heil wiedergefunden hatte. Aber er konnte nicht mehr sprechen, er konnte nichts mehr sagen, um sich zu entschuldigen oder sie wieder zu besänftigen. Er weinte nun seinerseits heiße Tränen und schüttete die erlittenen Qualen aus in dem Gefühl unendlicher Erleichterung, in dem seligen Gefühl des langen Friedens und sanften Glückes, die nunmehr kommen würden.

Der Mann war wieder auf das Wägelchen gestiegen und hatte die Zügel ergriffen. Dann tat der Bahnwärter sich Gewalt an, um doch noch sagen zu können:

„Oh, nehmen Sie mir's nicht übel, ich war so krank. Aber ietzt bin ich geheilt, für lang, für lang geheilt."

Und er streckte eine zitternde Hand aus, die der Mann unter dem Segeldach unwiderstehlich in der seinen drückte, indem er ein heiseres „Gu'n Abend" murmelte. Die Frau und die Kinder gewährten ihm in einem letzten Schluchzer, sanft und traurig, aber voll Versöhnung, ebenfalls einen Gruß. Dann entfernte sich das weiße Pferdchen mit dem weißen Wägelchen in einem leichten Galopp auf der einsamen Straße und verschwand zuletzt im nächtlichen Schatten der Pappeln.

Während der Bahnwärter, nun ganz allein in der leise duftenden Nacht, mit tiefatmenden, wie vor Glück weitgeöffneten Lungen, sein ganzes Wesen von Ruhe und Frieden durchdrungen, von Zeit zu Zeit einen tiefen Seufzer der Erlösung ausstieß und mit halbgeschlossenen Augen und wankenden Schritten zu seinem bescheidenen Hüttchen zurückkehrte.

Der Besenbinder

Kein Mensch hat jemals genau erfahren, warum der „Binder" sich eigentlich ertränkt hatte. Wie er sich ertränkt hatte, habe ich von dem jungen Holzsäger, der Augenzeuge war, erzählen hören.

Ein merkwürdiger Typ war dieser „Binder". Ein kurzes, untersetztes Männchen um die Sechzig, mit einem ernsten, tiefsinnigen Gesicht und mit den seltsamsten Augen, die ich je gesehen habe. Diese Augen starrten hinter ihren Brillengläsern hervor fast ständig auf den Boden. Man sah ihn an, man fragte ihn etwas, man schwätzte mit ihm eine ganze Weile. Unabänderlich blieben seine Augen am Boden auf seinen Stiefelspitzen haften. Es musste etwas Außerordentliches sein, um ihn zu zwingen oder zu verlocken, sie schüchtern flüchtig aufzuschlagen und dann sah man für einen Augenblick, wie bei einem Wetterleuchten, zwei glanzlose, dunkle, wie aus Horn geschnittene Kugeln. Zwei dumpfe Kugeln ohne Licht und Leben, ausgenommen ein tiefes und feines Flackern. Zwei kurze, weiche Lichtstrahlen voll unaussprechlicher Wehmut, die so ergriffen, so unwiderstehlich ergriffen, dass man aufatmete, wenn das Männchen sofort wieder seinen traurigen

Blick zu Boden richtete. In diesen zwei dumpfen, traurigen Augen lag es wie ein Abgrund unausgesprochenen Wehs.

War es wegen dieser seltsamen Augen oder wegen seines in sich gekehrten menschenscheuen Charakters oder wegen irgendetwas anderem, dass die Leute im Dorf behaupteten, er habe es mit dem Teufel und könne hexen!

Er war ein Besenbinder. Seinen wirklichen Namen wussten die meisten Dörflinge selbst nicht mehr. Sie nannten ihn kurzweg den „Binder". Er wohnte in einem Seitengässchen und war verheiratet mit einer mageren, knochigen, gebückt gehenden Frau, die einen kleinen Kaufladen führte und viel mit ihm zankte und bei ihren Kunden über ihn schimpfte. Sieska hieß sie.

„Sieska, kannst du auch hexen wie der Binder?", neckten die jungen Burschen sie zuweilen. Und dann brach sie los:

„Ihr Halunken! Ihr Nichtsnutze! Was! Schämt ihr euch nicht, anständige Leute in ihrem eigenen Haus zu beschimpfen! Marsch, schaut, dass ihr euch möglichst schnell drückt, sonst geht's euch krumm!"

Dieser Vorwurf der Zauberei, der wie ein Fluch (niemand wusste, wer zuerst darauf gekommen war) auf dem Leben des Binders lastete, vergällte auch fortgesetzt Sieskas eigenes Leben. Denn – und das war wohl das allerschlimmste – auch sie glaubte, dass es der Binder mit dem Teufel habe und hexen könne. Und nach einer jeden solchen Neckszene mit den Gassenjungen und den Nachbarn überhäufte sie das unglückliche Männchen mit den schwersten und rasendsten Vorwürfen.

„Oh, du dummes, dummes Luder!", hörten die Nachbarn sie wütend kreischen. „Du Dummkopf, du Esel! Was für'n Vergnügen hast du denn daran, wenn du die Leute behexest, wenn du ihnen die Viehkrankheit in die Ställe bringst oder wenn du kleine Kinder, die dir nichts getan haben, krank werden und sterben lässt! Ins Loch sollten sie dich sperren, dein Leben lang ins Loch! Du Kalb, das du bist! Aber wart nur! Das geht nich immer so! Gib Acht, Kerl! Die Bauern passen dir auf und stechen dich mit der

Mistgabel nieder wie einen tollen Hund, und dann kannst du bis in alle Ewigkeit in der Hölle braten! Und nimm dich nur in Acht, du Tropf, dass du nicht etwa auch mich verhexest!“

Eigenartig war die Haltung des Binders unter dieser Sturzflut von Vorwürfen und Beschimpfungen. Er machte keinen Versuch, sich zu verteidigen. Er sagte nicht, dass alles Unsinn sei, und wurde nicht zornig. Er stand nur regungslos und wie zerschmettert da, die schrecklichen Augen auf den Boden gerichtet. Und er antwortete nur mit kurzen, dumpfen, abgebrochenen Sätzen immer das gleiche, während er zuweilen doch in einem flüchtigen Anfall von Auflehnung rasend mit der Ferse auf den Boden stampfte:

„Schweig, schweig, schweig, sag ich dir! Du bist verrückt! Du bist verrückt! Du bist verrückt!“

Aber Sieska ließ sich dadurch nicht aus dem Felde schlagen. Ihre schrille Stimme, die fortgesetzt die seine übertönte, wurde wehleidig und weinerlich und schließlich musste sie mit ihrem Kummer aus dem Hause flüchten. Sie stand mitten auf der Straße in einem Haufen spöttisch grinsenden Volks, und da begannen wieder die scharfen Vorwürfe und Drohungen. Es sei eine Schande, und es könne nicht so weiter gehen, die Obrigkeit müsse sich einmischen. Und diese Ergüsse waren begleitet von entrüsteten Blicken und zitternd geballten Fäusten, die in der Richtung nach dem kleinen Laden drohten, wo der unglückselige Binder, halb hinter dem Ladentisch versteckt, ohnmächtig die Achseln zuckte oder ab und zu wütend auf den Boden stampfte, mit niedergeschlagenem Blick hin und her lief und hartnäckig mit dumpfer, abgebrochener Stimme seinen ständigen unnützen Protest wiederholte:

„Schweig! Schweig! Schweig! Du bist verrückt! Du bist verrückt! Du bist verrückt!“

So war das Leben des Binders, traurig und jammervoll. Die Leute im Dorf, die Bauern auf dem Lande wussten nicht genau, wie sie mit ihm dran waren. Hatte er's wirklich mit dem Teufel und konnte er hexen, oder war es nichts weiter als ein Ulk und er konnte es nicht? Sie zweifelten, und ihr Zweifel war voll Misstrauen und Furcht. Wenn er schüchtern vor den Bauernhöfen erschien, um trockenen Ginster oder Weiden zu kaufen, wurde er weder im Haus noch in sen Ställen oder Scheuern empfangen. Man konnte ja nicht wissen! Der Bauer oder die Bäuerin liefen ihm rasch bis zum Gartenzaun oder noch lieber bis auf die Landstraße entgegen, und die Kinder wurden hinter die verschlossenen Türen verbannt. Kam eine Frau allein ihm auf einem Pfad entgegen, so kehrte sie wieder um oder machte, wenn sie das nicht mehr konnte, heimlich das Kreuz und murmelte für sich ein kurzes Stoßgebet.

Inwieweit der Binder dieses ängstliche und abwehrende Misstrauen merkte und fühlte und ob und wie er darunter litt, das wusste kein Mensch. Niemand fragte ihn danach, und er, der melancholische, niedergedrückte und schüchterne Schlucker, klagte auch niemandem sein Leid. Sein Selbstmord kam unerwartet wie ein Donnerschlag.

Ich war zufällig in der Nähe, wo es geschah, und habe ihn aus dem Wasser ziehen sehen.

Er schien mir kleiner und dicker, als ich ihn im Leben gekannt hatte. Sein violetter, aufgedunsener Kopf hing schwer auf die Brust herab, und seine seltsamen, schrecklichen Augen waren geschlossen. Er hatte Jacke und Schuhe ausgezogen, seine Brille war fort, seine Arme, die in weißen, mit Schlamm besudelten Hemdärmeln steckten, hingen schlaff am Leib herab. Seine Mütze, die ihm entfallen war, hatte ihm jemand wieder schief auf den Kopf gedrückt, und so hatte er etwas von einem Trunkenbold, den man in besinnungslosem Zustand aus einer schmutzigen Gosse aufgelesen hat.

Es herrschte wenig Aufregung unter den Leuten, die dabei waren. Es schien, als hätten sie das schon lange erwartet. Ein Schubkarren wurde geholt, die Leiche darauf gelegt, mit ein paar Säcken bedeckt, und unter der Eskorte des Feldwächters ging es damit zu Sieska.

Nur zwei Dutzend Neugierige gingen johlend nebenher.

Aber längs der Straße fliegen die Haustüren auf, Ladenglöckchen klingen, Männer, Frauen und Kinder eilen herbei.

„’s is der Binder! Der Binder hat sich umgebracht!“, schreit die Menge. Und die Haufen drängen sich um den Karten, auf dem der Binder, zusammengesunken, mit schiefsitzender Mütze und schlaff herabhängenden Armen über das holperige Pflaster transportiert wird. Über jedem Pflasterstein wird der leblose Körper durcheinandergeschüttelt, immer mehr ähnelt er einem besinnungslosen Trunkenbold und die Mütze rutscht noch weiter herab, so dass sie ihm bald auf dem linken Ohr und auf der Nase sitzt und die rechte Seite seines Kopfes mit dem kahlen Schädel halb entblößt.

Der Pöbel grölt und lacht darüber und reißt blutige Witze. Mit einem rauen Griff setzt der Feldwächter dem Toten die Mütze wieder gerade. Nun ähnelt der Binder keinem Trunkenbold mehr. Nun gleicht er plötzlich einem ganz ernsthaften armseligen Männchen, das blau ist vor Kälte und bei dem Schütteln der Räder auf den holperigen Pflastersteinen wieder ein wenig Wärme in seine erstarrten Glieder zu bekommen sucht.

Jetzt kommen sie mit ihm in das Seitengässchen! Es ist voll von Männern im Arbeitskittel, wie sie eben von ihrer

Arbeit davongelaufen sind, von Weibern mit ungemachten Haaren und unordentlichen Kleidern, und mit kleinen Kindern auf den Armen. Unter der offenen Türe des Hauses, wo Sieska wohnt, drängt sich eine Menge und reckt, auf den Zehen stehend, die Hälse, um mit gierigen Blicken in den schmalen Gang hinein zu starren.

„Is Sieska da? Weiß sie's schon? Was sagt sie?" So kreuzen sich die Fragen, aber niemand kann Auskunft geben. Es herrscht ein furchtbares Getümmel in dem Häuschen und auf der Straße.

Der Feldwächter bahnt dem Karten mühsam einen Weg. Der Zug hält vor der kleinen Türe still. Zwanzig Leute drängen sich schiebend und mit den Ellenbogen arbeitend vor, um zu sehen, wie der tote Binder hineingetragen wird.

Und der junge Holzsäger, der dabei war, als es geschah, und der mit dem Karten gegangen ist, wiederholt noch einmal vor der aufgeregten, lärmenden Schar seinen Bericht:

„Ich und mein Vater waren am Kanal beim Holzsägen, ich oben auf'm Schragem und mein Vater unten. Da seh ich den Binder kommen. ‚Vater, pass auf', sag ich, ‚da is der Hexenmeister!' ‚Lass 'n hexen und sag nur weiter', antwortet der Vater. Der Binder kommt vorbei. ‚'n Tag, Binder!', sag ich. ‚'n Tag', antwortet er. Er geht 'n Endchen am Kanal hinaus, und mit einem Mal bleibt er stehen und steigt die Böschung hinab direkt auf das Wasser zu. ‚Zum Kuckuck, was soll das bedeuten? ', denk ich bei mir. ‚Was hat er im Sinn? ' ‚Wart mal, Vater', sag ich. ‚Hör mal auf mit dem Sägen! ' Ich seh den Binder seine Jacke ausziehen, seine Schuhe ablegen! ‚Alle Wetter, Vater', sag ich, ‚er will sich umbringen.' Kaum hab ich das gesagt: Platsch, da nimmt er einen Anlauf und springt ins Wasser!"

„Und…und?", fragen einige Neugierige verwundert, weil der junge Mann nicht weiter erzählt.

„Nuja, da lag er im Wasser", wiederholt dieser einfach.

„Ja, aber was hat er getan, als er im Wasser lag?" forschten die Zuhörer weiter.

„Was er getan hat! Nichts!", lautet die gleichgültige Antwort. „Er is mit dem Kopf wieder rausgekommen. Er hat gepustet wie 'ne Katze und mit den Beinen geschlagen, dass das Wasser rumspritzte…und dann is er wieder untergegangen und drunten geblieben…"

„Und hast du nich versucht, ihn rauszuziehn? Und dein Vater auch nicht?"

„Bah, wahrhaftig nich! Er muss doch selber gewusst haben, warum er sich umbringen wollte! Als ich sah, dass er nich mehr rauskam, sind wir hingegangen, und der Vater is bei seinen Kleidern geblieben, und ich bin zum Feldhüter gegangen…"

Einige Leute lassen ein unterdrücktes Lachen hören. andere ziehen kopfschüttelnd ab. Und in dem Häuschen des Binders, wo es immer noch wie in einem Ameisennest wimmelt, hört man plötzlich ein Wehklagen ausgehen, ein unheimliches Schmerzgeheul, wie das Gebrüll eines gemarterten Tieres.

„Hört nur die Sieska! Sie jammert um ihren Binder!", sagen die Leute, sich langsam zerstreuend.

Der Fischereiaufseher

Aus Flanderns goldenen Gefilden war er gekommen, ganz allein gekommen an diesen fernen, traurig öden Ort, wo er, wie man ihm gesagt, seinen Lebensunterhalt finden würde.

Da drüben arm, hier im Wohlstand. So würde er glücklich sein.

Er war Fischereiaufseher. Sein Hüttchen, einsam und sauber, stand oben auf dem hohen Deich, dicht bei der Schleusenmauer, eine rohe, primitive Schleuse, mit der durch ein einziges bogenförmiges Loch die zu stürmisch heranströmende Flut und die ebenfalls heftig abfließende Ebbe geregelt werden.

Stromabwärts, bei sonnigem Wetter kaum als ein dünnes, straff gespanntes Silberdrähtchen sichtbar, das die weite Ausdehnung der dumpf-grünen Wiesen abschloss, war die See. Stromaufwärts, so weit der Blick reichte, die sumpfige Ebene, die mit Schilf und Binsen durchwucherten Teiche und Bäche, das fischreiche, ruhige Gewässer zwischen flachen Ufern, an denen große Fischernetze von schmutziggrauem Garn über gekreuzten Stangen zum Trocknen hingen, wie riesige Spinnengewebe an Baumästen.

Da und dort zeigte sich am fernen, grauen Horizont eine dünne Baumreihe mit vom Wind zerzausten Kronen, alle Stamme waren nach einer Richtung geneigt, wie müde, abgehetzte Flüchtlinge. Da und dort stand auch ein armseliges Fischerhüttchen einsam und verloren in dieser fahlen, tödlichen Weite von Sumpf und Wasser. Und sonst nichts nichts als ein blassgrauer, leicht bewegter, zirkelförmiger

Streifen, hinter dem man etwas von weniger traurigem Leben und Bewegung ahnte.

Aus Flanderns üppigen goldenen Auen war er dahergekommen, voll Unmut und unbefriedigter Illusionen.

Er war gekommen, um die Fischerei zu bewachen, um die armseligen Fischer in einer bestimmten Entfernung von dem Fischreich zu halten, gekommen vor allem deshalb, um bei nächtlicher Ebbe und Flut die Anbringung räuberischer Netze vor der Schleusenöffnung, durch die dann die Fische in hellen Scharen schwammen, zu verhindern.

Hier lebte er allein, ganz allein. Sein Lieb da drüben in dem goldenen Flandern hatte ihm nicht an diesen öden Ort folgen mögen. Eine alte Frau aus einer der benachbarten Fischerhütte hielt ihm sein kleines Hauswesen instand und bereitete ihm seine Mahlzeiten. Den ganzen lieben langen Tag redete er keine zwanzig Worte mit ihr. Noch weniger sprach er mit den arglistigen hungrigen Fischern, die ihn sehr fürchteten. Er hatte nichts um sich als die Trostlosigkeit der unendlichen Fläche unter der weiten traurigen Himmelskuppel!

Die einzige Abwechslung in seinen endlos langen Tagen brachte ihm der Wechsel der kosmischen Elemente: die verschiedenen Winde, die ganze Scharen seltsam schreiender Vögel heranführten oder forttrieben, die mehr oder weniger starke Ebbe und Flut, die Flucht der Wolken, die Nebel- und Regentage, die Sonnenscheinstunden. Selbst die Jahreszeiten brachten beinahe gar keine Veränderung im äußerlichen Bilde dieser wassergetränkten, immer mit dem gleichen fahlgrünen Schilf und Gras bedeckten Wiesenlandschaft. Der Frühling lockte nur seltene, magere, bald welkende Blümlein hervor, und der weiße, anderwärts so funkelnd weiße Winterschnee zerschmolz in dem Schlamm der Pfützen alsbald zu einem schmutzigen Brei.

Sein Leben war ein Grab... sein Leben war das Loch, das düstere Loch da unten an der Schleusenmauer, durch das das wilde Wasser glucksend hin und her strömte und die riesigen Mengen Fische mit sich führte, auf die Tag und Nacht die hungrigen Fischer lauerten.

Sie belauerten das Schleusenloch und ihn. Er belauerte sie und das Schleusenloch. Das war seine einzige, alles erschöpfende Tätigkeit, die nach und nach durch die Gewohnheit und durch die Einsamkeit zu einer fixen Idee, zu einer Manie geworden war.

Nicht die fixe Idee einer schwer zu erfüllenden Pflicht, sondern die fixe Idee einer Art Halluzination die ihn abschreckte und zugleich anzog. Das schwermütige Leben unter dem Einfluss eines beunruhigenden Alpdrucks.

Untertags fühlte er sich matt und müde, schlief und duselte er viel, brachte er ganze Stunden in halber Bewusstlosigkeit zu, die alle Schärfe der Empfindung in ihm abstumpfte. Untertags wagten sich die hungrigen Fischer nicht in die Nähe der Schleuse. Aber nachts fühlte er sie kommen, heranschleichen, herumstreifen, wie schlaue wilde Tiere um ihre Höhle. Er fühlte sich belauert, von listigen Feinden umgeben, und in seiner merkwürdigen Geistesverfassung konnte er manchmal nicht entscheiden, was sie eigentlich belauerten, ihn oder ihre Beute. Dann spann der unausrottbare Gedanke an ihr finsteres Unheilbrüten ein ungreifbares Gewebe qualvoller Marter um ihn. Fiebernden Kopfes sprang er, von einem unwiderstehlichen Drang dazu angetrieben, mitten in der Nacht aus dem Bette, kleidete sich hastig halb an, zündete seine Laterne an, ergriff sein Gewehr und schlich sich, keuchend vor Aufregung, zur Schleuse.

Fröstelnd in irgendeinem Winkel kauernd, das Licht seiner Laterne durch ein um sie gewundenes Tuch verborgen, hörte er das mächtige Rauschen des strömenden Wassers in der düsteren Nacht. Er lauerte ängstlich aufgeregt und bohrte seine weit aufgesperrten Augen in das nächtliche Dunkel, ob er die Räuber kommen höre.

Dann erhob er sich leise wieder, kroch aus seinem Versteck, zog die brennende Laterne hervor, befestigte einen.

Strick daran und eilte auf den Zehen bis zur Mitte der Schleusenmauer. Und zitternd über die Brustwehr gebeugt, ließ er das Licht an der Mauer hinabgleiten, bis vor das finstere, gähnende Schleusenloch.

Das trübliche, wild durcheinanderwirbelnde Wasser funkelte im gelben Schein der Laterne von sprühenden Goldschuppen, die das glucksende Loch wie ein gefräßiges Ungeheuer auszuspeien schiene Er schwang das Licht hin und her, rechts, links, über ihm und unter ihm, suchte forschend mit seinen scharfen Augen auf der plätschernden, zeitweise erleuchteten Oberfläche, ob er nicht irgendwo ein Endchen Tau oder Kork von einem arglistig versteckten Netz entdecken könne. Aber niemals konnte er etwas finden, niemals sah er etwas anderes, als das schmutzfarbige, wirbelnde Wasser, das erst mit der Gewalt eines Mahlstromes aus dem finsteren Loch gespuckt wurde und sich dann allmählich fächerförmig ausbreitete und mit den stilleren Wogen verschmolz, die dem Ozean entgegenglitten.

Dann zog er die Laterne wieder herauf und hing sie an der anderen Seite hinab, dort, wo das von weit und breit kommende Wasser von dem gähnenden Loch verschlungen wurde. Und wieder suchte und forschte er, mit noch schärferem Blick die brausende, kochende Flut beobachtend, die auf dieser Seite noch von größerer Wut erfüllt schien, und jedes Mal, wenn ein Stück Holz oder ein Baumzweig in seiner wilden Fahrt an die rauen Wände anstieg, zitterte er an allen" Gliedern.

Und so blieb er, in der schwarzen Nacht über die Brustwehr gelehnt, unter Sturm- und Regenböen zusammenschauernd, oft stundenlang regungslos und wie hypno-
tisiert hier stehen. Wie dieses breite rauschende Wasser,
wie die Holzstücke und die Baumzweige, die mit einer Art
wilder Gier in dem unheimlichen Loch verschwanden, so
fühlte auch er sich mit einer geheimnisvollen Macht von
der Tiefe angezogen. In seinem hypnotischen Zustande
fühlte er sich an der Mauer hinabgleiten, ein Stück stromaufwärts gerissen, dann wieder umkehren und mit dem
Wasser weiter strömen, erst herrlich langsam, wie in sanf-
tem Schaukeln, nach und nach schneller, wilder, bald in
ungestümer Fahrt, mit den düsteren Wogen umpurzelnd
und fortgewirbelt, plötzlich von der brausenden Höhle
verschluckt, mitten unter Fischen und klebrigen Pflanzen,
in einer unaussprechlichen Bewegung des Abscheus und
seltsam-wollüstigen Genusses.

Dann bebte er bis in die tiefsten Tiefen seines inneren
Wesens. Und plötzlich wie durch einen Stoß zum Bewusstsein der Wirklichkeit zurückgerufen, entfernte er sich
eilends von der Schleuse und ging wieder in sein dunkles,
einsames Hüttchen. Erschöpft vor Aufregung und Müdigkeit sank er auf sein Bett und verfiel in einen Schlaf voll
banger und beklemmender Träume, voll quälender Visionen von seiner Heimat, seiner Geliebten, seinen Eltern
und seinen Freunden, von allerlei Glück, das nicht mehr
zu erreichen war…

In einer Nacht, einer dunklen, stillen Herbstnacht
gewahrte er endlich nach so vielen endlosen Monaten
fruchtlosen Wartens und Wachens die unzweifelhaften
Spuren eines Netzes vor dem Schleusenloch.

Erst ein kurzes Endchen Tau, das wie ein an der Angel
hängendes Fischlein über den plätschernden Wellen zap-

pelte, dann die Schwellung über den vom Wasser über-
spülten Korken, um die sich Gras und Schilf geschlungen
hatten, und endlich, fünf Meter weiter, das Pünktchen von
dem Ende des Stocks, mit dem das Netz aufgespannt war,
die lange, biegsame, tief in den Schlammboden der freien
Bucht gedrückte Eschenstange, die durch ihre elastischen
Schwingungen unzählige konzentrische Kreise über dem
unebenen Wasserspiegel hervorrief.

Er fühlte eine wunderliche, unbeschreibliche
Bewegung.

Seine Rechte, mit der er den Strick der Laterne festhielt,
begann plötzlich so heftig zu zittern, dass der“ gelbe Schein
auf dem gurgelnden Wasser zu tanzen schien, während
seine auf die Brustwehr gestützte Linke sich mit gekrümm-
ten Fingern, wie in einem plötzlichen Krampfanfall, in die
mit Moos bewachsenen Sprünge der brüchigen Mauer-
steine eingrub.

Ein Netz! Ein Netz! So stand also endlich doch ein Netz
vor dem Schleusenloch! Es stand da vor der gähnenden
Öffnung, in seinen engen Maschen die mit dem tiefen
Wasser daherströmenden Fische fangend.

Mit einem Ruck richtete er sich plötzlich wieder auf, zog
die Laterne heraus, blendete sie unter dem Leinensack und
verließ eilig die Schleusenmauer.

Er hatte zwei Ruderkähne zur Verfügung, die mit eisernen Ketten an starken Holzpfählen festgebunden waren,
der eine stromaufwärts, der andere stromabwärts. Das zur
Zeit der Flut ausgelegte Netz befand sich stromabwärts. Er
stieg an dieser Seite die Böschung hinab, kettete den Kahn
los, hüpfte hinein, fasste die Ruder und glitt fort.

Die sehr starke Strömung trieb ihn erst ab. Durch kräfti-
ges Rudern kam er gegen die Flut wieder auf. Er kannte seinen Weg, und die sehr dünne, bleiche Mondsichel leuch-

tete ihm ein wenig, indem sie einen matten Schimmer über das Wasser warf.

Langsam näherte er sich dem Schleusenloch. Mit pochendem Herzen und keuchendem Atem hörte er bald zwischen dem dumpfen Takt der Ruderschläge das bohle Glucksen des strömenden Wassers. Einen Augenblick später glitt der Rumpf seines Bootes, ein wenig schwenkend, gegen die Spitze der Eschenstange. Mit fiebernder Hand packte er sie und hielt sie fest. Der durch die Strömung auf die Seite gerissene Kahn ging über Stag.

Und während dies geschah, bekam er, sich mit beiden Händen an der Stange festklammernd, plötzlich das Gefühl, als ob er durch die Kraft seines eigenen Druckes in das Wasser gezogen würde, weil die von ihrer Last befreite Schute unter ihm weg glitt.

Es war wie ein Wetterleuchten. Mit einem heiseren Schrei ließ er die Stange los und stürzte hintenüber in das Boot, das wieder in voller Fahrt stromabwärts trieb.

Eine ganze Weile ließ er sich so treiben, verstört, mit keuchendem Munde, wie gelähmt durch den furchtbaren Schrecken. Dann fasste er mit schwacher Hand die Ruder wieder und lenkte ein wenig die wilde Fahrt des über Stag abtreibenden Kahnes.

Was war geschehen? Was hatte er getan? Was wollte er? Wohin wollte er? War es ein Traum gewesen, eine Vision oder Wirklichkeit? Seine vor Angst weit aufgerissenen Augen bohrten sich forschend in die unheimliche Dunkelheit. Seine Arme, so schwach wie die eines Kindes, zitterten noch immer durch den anstrengenden Druck auf die Stange und das Schifflein trieb schaukelnd gegen die See zu ab, ohne dass er daran dachte, es zu wenden und nach der Schleuse zurückzukehren.

Ein sanftes, breites Wogenrauschen, ein wiegendes Hin-

und Herrollen des Bootes machten ihm plötzlich klar, dass er die Bucht verlassen hatte und sich auf der See befand. Ein schwerer Seufzer entstieg seiner Brust, und seine von Tränen verdunkelten Augen richteten sich wie flehend auf die traurige Silbersichel des Mondes.

Mit einigen Ruderschlägen lenkte er das Boot zum Ufer, hüpfte heraus und zog es auf den Strand. Und instinktmäßig, mit gesenktem Kopfe, halb im Traum wie ein Schlafwandler, lief er geradeaus weiter, in der Richtung nach dem Süden.

Er kehrte nach seinem Vaterlande zurück. Er kehrte zurück nach dem üppigen goldenen Flandern, wohin die tiefen Wurzeln seines inneren Wesens ihn unwiderstehlich wieder zogen. Zurück nach den wogenden Auen, nach den goldenen Kornfeldern, nach den sonnigen Dörfchen mit ihren altertümlichen weißen Kirchen, nach den einsamen Hüttchen von Lehm und Stroh mit den leuchtenden Blumengärtchen, zu den verschlungenen Fußpfaden zwischen blühenden, duftenden Dornhecken, zu den Farben und Düften seiner Heimat, zu den bekannten Gesichtern und der vertrauten Sprache, zu all jenen unaussprechlichen, so tief rührenden Dingen, die er nicht mehr gefühlt, nicht mehr gesehen, nicht mehr gehört hatte seit jenem traurigen Tage, an dem er das trügerische Glück suchen wollte in der düsteren Öde der traurigen Poldergegend ...

So lief er weiter in seinem hypnotischen schweren Nachtwandlergang, bis an die einsame, vor allen anderen hässliche und traurige Stelle, wo ein breiter, kanalgradliniger, zwischen zwei steinernen Deichen eingeschlossener Kanal sein dunkles, schmutziges Wasser in die See ergießt. Und durch dieses unerwartete Hindernis beirrt, kehrte er sich nach einigen Augenblicken traurigen, enttäuschten Zauderns um und schritt denselben Weg zurück.

Seine einsamen Fußtritte knirschten unheimlich auf den zermalmten Muscheln des Strandes. Das dumpfe Geräusch der kaum sichtbaren Wogen begleitete wie mit einem langen schweren Klagegesang seinen traurigen, gedrückten Gang. Die blasse, jetzt von Wolken umhüllte Mondsichel warf nur noch einen unbestimmten dämmerigen Glanz über die Dinge.

Er kam zu dem Kahn zurück, gegen dessen Kiel die am Strand zerfließenden Wellen der Brandung wie kosend anleckten. Mit einem Stoß schob er ihn wieder ins Wasser, sprang leicht wie ein Schatten hinein, packte die Ruder und fuhr zurück.

Noch immer floss die Strömung mit der gleichen Gewalt in der Richtung zur See. Dumpf und ohne Echo hallte der rhythmische Takt der Ruderschläge. Mit hohlem Glucksen schlug das düstere Wasser gegen den Rumpf des Schiffleins.

Ein leichter Stoß: das Ufer.

Er springt ans Land, ergreift die Laterne, macht das Boot an den Pfählen fest und steigt auf die Schleusenmauer.

Am Strick lässt er die Laterne nach unten gleiten.

Dort steht noch immer das Netz, an dem das wild strömende Wasser die Korkkette wie einen Bogen spannt.

Er zieht die Laterne wieder heraus, löscht sie aus und steigt an der anderen Seite zu dem zweiten Kahn nieder.

Mit einem Sprung ist er drinnen. Mit einem nervösen Ruck reißt er die Kette los. Und mit einem einzigen Ruderschlag lenkt er den Kahn gegen das Schleusenloch.

Er steht vorn auf der Spitze, regungslos, starr, die Zähne aufeinander gepresst, mit verzerrtem Gesicht, die Augen verstört auf das düstere Loch gerichtet.

Das Schifflein schießt pfeilschnell in die Strömung der Schleuse, stößt mit einem kurzen Krach gegen die steinernen Wände.

Ein wildes Schlingern, ein dumpfes Plumpsen in dem aufspritzenden Wasser, das Scheuern einer Kette an der Mauer, und es ist durch, es kommt schaukelnd auf der anderen Seite des Loches wieder zum Vorschein.

Rau stößt es wieder gegen den schwingenden Stock des Netzes, der sich biegt, als wollte er brechen. Dann wendet es sich über Stag und treibt wiegend fort durch die Dunkelheit, dem weiten Ozean zu.

Eine Stunde vor Tagesgrauen kamen die arglistigen Fischer, um ihr Netz zu heben. Es war so schwer beladen, dass sechs Mann daran zu ziehen hatten und die Last ihr Boot beinahe zum Kentern brachte.

Sie jubelten innerlich und warfen triumphierende Blicke nach dem schlummernden Häuschen des Aufsehers.

„Da stecken mindestens sechshundert Pfund drin!“ meinte einer von ihnen. .

„Einer ist dabei, der wiegt allein schon seine hundert Pfund!“ flüsterte ein Zweiter.

„Ja, aber es steckt auch ein Baumstrunk drin! Und der is es, der so schwer wiegt!“, rief dumpf ein dritter.

„Schnell nach Haus!“ flüsterten sie alle.

Weit von der Schleuse entfernt, landeten sie, vor einer der armseligen Hütten, wo tagsüber die grauen Netze an gebogenen Stangen wie riesige Spinngewebe an Baumstämmen zum Trocknen hingen. Tropfnass, ächzend unter der schweren Last ihrer Beute, betraten sie eine dunkle Scheune, wo eine Frau mit einer Laterne auf sie wartete.

Ihre Last fiel, Wasser um sich spritzend, auf den harten Lehmboden nieder, und neugierig standen sie im Kreise herum. Aber mit einem Ruf des Entsetzens fuhren sie sogleich wieder zurück.

In dem Netz, zwischen Fischen, Holzstücken und Schilf,

lag, die Finger krampfhaft in den Maschen festgeklammert, die Leiche des Fischereiaufsehers.

Die Frösche

Um zwei Uhr, nach seinem Mittagsschläfchen war der Barbier fortgegangen …

Noch von jungem Aussehen, obwohl er schon die Vierzig überschritten hatte, das kupferne Rasierbecken mit dem weiß-blau karierten Tüchlein unterm Arm, das hatte Stück weißer Seife in der einen Tasche seines grauen Sammetflauses, und unter diesem Flaus den schwarzledernen Gürtelriemen, aus dem die beinernen Hefte der Rasiermesser und die stählernen Augen der Scheren hervorguckten, so durchstreifte er viermal in der Woche mit dem flinken energischen Gang eines gedienten Soldaten die Umgebung des Dorfes.

Er ging in fast alle Meiereien, in fast alle Höfe, wo Männer waren. Mit fertiget Hand seifte er sie ein, rasierte sie, erzählte Neuigkeiten oder hörte wohlwollend die Tagesgespräche an, nahm seinen Sou pro Kopf entgegen, grüßte und ging weiter.

Manchmal, wenn sich dies mit der Einteilung seiner Züge vereinbaren ließ, nahm er das Mittagessen zu Hause mit seiner Familie ein, aber meistens begnügte er sich mit einem Stück Speck auf einer Schnitte Roggenbrot, die er unterwegs zwischen zwei Gehöften, ohne nur seinen Gang zu unterbrechen, verspeiste.

So ging er den ganzen Nachmittag seinem Geschäft nach, zuweilen bis es dunkel war. Dann kehrte er in seine Hütte zurück, in seine einsame kleine Hütte aus Lehm und Stroh, die sich hinter dem Schlosspark versteckte, fütterte sein Schweinchen und seine Kuh, speiste dann selbst mit seiner Frau und seinen Kindern, schärfte, indem er sein Pfeifchen schmauchte, beim Schein eines Öllämpchens seine Messer und Scheren und begab sich endlich zur Ruhe. Am nächsten Morgen war er schon mit Tagesgrauen auf seinem Äckerchen, grub, mähte, säte… arbeitete ohne eine Sekunde Zeitverlust. Und gegen neun Uhr ging er nach einem eiligen Frühstück wieder fort, um, jedes Mal nach einer anderen Richtung, seinen ermüdenden Marsch wieder zu beginnen.

Diesen Nachmittag musste er sehr weit gehen, in ein ganz entlegenes Gehöft, wo er in der Woche nur einmal erschien.

Es lag ungefähr anderthalb Stunden von seiner Hütte entfernt in der weitausgedehnten Ebene von goldenen Kornfeldern, wie eine Oase von weißen Häuschen, unter dem Laube herrlicher Obstgärten. Er ging dahin auf ver-schlungenen Wegen zwischen dem hohen Korn, dessen herabhängende Ähren ihm im Vorbeigehen die Wangen peitschten, auf schmalen moosigen Grasrainen, neben plätschernden Bächlein, die im Schatten der Erlenbüsche dahineilten. Es war ein schwüler Juni Nachmittag, an dem grellblauen Himmel schwammen schneeweiße Wölkchen, die auf ihren zitternden Fittichen hoch in den Lüften schwebenden Lerchen sangen unermüdlich. Über den vio-letten Kleefeldern die wie Honig dufteten, flatterten weiße, gelbe und braune Schmetterlinge.

Und mit offenem Blick, freien Bewegungen und auf-rechten Ganges, den rechten Arm taktmäßig schwingend, schritt der Barbier munter dahin… Er litt nicht zu sehr unter der drückenden Hitze. Mechanisch bewegte er sich seinem gewohnten Ziele zu. Er dachte an nichts, sein Kör-per war wie durchdrungen von einem unbewussten Gefühl des Behagens, unbewusst genoss er diese wohlige Gedankenlosigkeit, diese glückliche Schlafsucht des Gehirns. Es war, als ob in ihm nichts Innerliches mehr bestünde, als ob er gar keine Seele mehr hätte oder als ob sie leer sei, leer von Schmerz wie von Freude, zeitweise leer von Leben.

Ein unerwartetes Schauspiel riss ihn plötzlich aus diesem Zustande seliger Betäubung und rüttelte in seinem Innern die schlummernden Denk- und Seelenkräfte wieder wach …

Er hatte für einen Augenblick haltgemacht vor der in die Höhe gelassenen Zugbrücke eines kleinen Kanals, und während ein mit Tongeschirren beladenes Schifflein vorbeitrieb. schweiften seine Augen, wie von einer geheimen Macht angezogen, nach links, wo sie auf einem wunderlichen, zugleich lustigen und barbarischen Bilde haften blieben.

Etwas abseits von der Brücke, am linken Ufer des Kanals, befand sich eine lärmende Kinderschar in wildem Getümmel. Es waren ihrer ein Dutzend, alle splitternackt, bis auf ein rotes oder blaues Sacktüchelchen, das sie, in Dreieckform zusammengefaltet, um die Lenden gebunden hatten. Die einen standen bis zur Leibesmitte im Wasser, die anderen wimmelten am flachen Ufer um ein Ding, das das Aussehen eines kleinen Galgens hatte und, aus drei zusammengebundenen Stecken bestehend, im Grase dicht am Wasser steckte.

An diesem Galgen hing, mit einem Stückchen Schnur an einem Hinterbein festgebunden, ein zappelnder Frosch.

Zehn Schritte dahinter stand ein von seinen Kameraden durch ein Tuch geblendeter Knabe mit einem Stock in der Hand. Man schob ihn bis in die Nähe des Galgens und ließ ihn dann stehen. Er wagte noch ein paar Schritte allein, indem er, die Hand rastend ausstreckend, mit Händen und

Füßen den Abstand maß. Dann hielt er still, zielte, ohne zu sehen, und schlug mit voller Kraft zu.

Alsbald erhob sich ein wildes Durcheinander von Rufen. Wenn das Fröschlein getroffen und ins Wasser geschleudert war, hatte der Bengel gewonnen und konnte das Spiel mit einem anderen Opfer wieder beginnen. Fehlte er, so wurde er selbst ins Wasser geworfen unter dem schmetternden Hohngelächter der anderen. Und dort musste er bleiben, bis es ihm gelungen war, einen der ins Wasser geschleuderten Frösche zu erwischen und damit wieder ans Ufer zu gelangen.

Bei jedem glücklichen Schlag stoben sie wild auf das Opfer zu, tauchten, balgten, rauften sich um das zappelnde Tier, das sie so manchmal in Stücke rissen. Das Wasser um sie her war ganz gelb und trübe, wie von der Schraube eines Dampfbootes aufgewühlt, da und dort vom Sonnenlicht wie mit kleinen goldglitzernden Schuppen gefleckt. und die kleinen mageren Körper zitterten trotz der Hitze, die Zähne klapperten und die Gesichter zeigten violette Flecken. Am anderen Ufer des Kanals lagen einige Heuer platt auf dem Boden ausgestreckt neben ihren ins Gras gebohrten Gabeln und sahen mit fröhlichem Interesse dem Schauspiel zu.

Das Schifflein war vorbeigezogen, die Brücke wieder herabgelassen, der Barbier weitergegangen. Und aus den mannigfachen Empfindungen und Gedanken, die nun plötzlich feinen Geist erfüllten, entwickelte sich nach und nach einer schärfer und klarer: der Gedanke an sein jüngstes Söhnchen, an ihn, den er seinen „Kleinen" nannte und den er instinktiv mehr liebte als seine übrigen Kinder.

Es war ein neunjähriger Knabe von einer merkwürdig frühreifen Klugheit. Über die Maßen verhätschelt und verwöhnt, weil er der Jüngste war, hatte er bis jetzt nur nach seinem Sinn gelebt, eigenwillig und zuchtlos, wie ein echtes

Naturkind. Nach einigen Monaten täglichen Widerstands hatte er sich schließlich entschieden geweigert, weiter zur Schule zu gehen, und als er im Alter von sieben Jahren, wie seine älteren Brüder, als Hirtenbube auf eine Meierei gebracht wurde,

lief er am dritten Tage davon, und weder Bitten noch Drohungen konnten ihn bewegen, wieder dahin zurückzukehren.

Er tat nichts, gar nichts. Er lebte wie eine Pflanze, wie ein Bäumchen, wie ein kleines Tier in der langsamen und natürlichen Entwickelung seiner instinktiven Kräfte. Monatelang streifte er ziellos um das elterliche Hüttchen herum, klein und einsam wie eines der Zwerglein unter den hohen düsteren Bäumen des Schlossparkes, ziellos, aber aufmerksam gegen alle Erscheinungen des ihn umgebenden Naturlebens, immer gehend, als ob er etwas suchte oder auf etwas wartete, noch unsicher, auf was er seine erwachenden Kräfte verwenden sollte.

Plötzlich fand er es.

Was die Kinder am stärksten frappiert, ist der Überfluss an irgendetwas in ihrer nächsten Umgebung. Sie lieben, was ihnen groß erscheint, was im Übermaß vorhanden ist. Und der Knabe, der auf den Wiesen und an den Gräben des großen Parks immer auf der Suche war, wurde betroffen durch die überwältigende Menge von Fröschen, die er da traf. Er neckte sie mit einem Stöckchen, ahmte unter Freudenrufen ihre Sprünge nach, jagte sie vor sich her nach den dunklen Gräben, die die Hecken des Schlossparkes umgaben, um sie untertauchen und schwimmen zu sehen. Wenn die Tiere, ermattet oder widerspenstig, ihm nicht mehr gehorchten. Dann trat er sie tot und zermalmte sie mit der Ferse unter einem Kichern der Grausamkeit und des Zorns.

Einige Wochen lang vergnügte er sich auf diese Weise, tat er nichts anderes als den Fröschen nachjagen. Aber da nun einmal in jedem Wesen der Trieb und sogar das Bedürfnis vorhanden ist, etwas Nützliches zu verrichten, so strengten sich auch bald seine jugendlichen Kräfte an, um aus dieser nutzlosen Jagd irgendwelchen Vorteil zu ziehen. Einmal sah er auf der Wiese, wie junge Hirtenbuben Frösche singen, ihnen die Haut abzogen und die Beine abschnitten, um diese zu braten und zu verspeisen. Man ließ ihn davon kosten. Er fand es herrlich. Er sagte nichts, blieb aber den ganzen Tag bei den Hirtenbuben, nachdenklich und in sich selbst gekehrt. Am nächsten Morgen war er schon bei Tagesgrauen auf den Wiesen, mit einem Korb am Arm und einem Stock in der Hand. Um zwölf Uhr kam er wieder nach Hause, den Korb zur Hälfte mit enthäuteten und saubergewaschenen Froschschenkeln gefüllt.

Seine sehr verwunderte Mutter sagte ihm, dass dies eine sehr leckere Speise sei, dass sie aber nicht wisse, wie sie zubereitet würde. Sie riet ihm, den Ertrag seines Fanges im Dorfe zu verkaufen. Sofort machte er sich auf den Weg, und als er zurückkehrte, hatte er zwei Silberstückchen in der Hand, die er getreulich seiner Mutter gab.

So hatte es angefangen. Und seit diesem Tage tat er, solange der Frühling und der Sommer dauerte, nichts anderes als Frösche fangen. Er säuberte von ihnen die Wiesen und die Gräben in der ganzen Umgebung des großen Schlosses, und man hörte sie nicht mehr in den lauen Sommernächten zwischen dem Schilf der Weiher quaken. Er suchte sie an den entlegensten Orten auf, im Feld, in den Gärten, am Rande der Wälder, überall, wo Aussicht war, sie zu finden, und stets übergab er, klug, brav und uneigennützig, den Erlös seiner Mutter.

Mechanisch ging nun der Barbier mit seinem taktmäßigen Schritt auf einem schmalen Fußpfade zwischen dem hohen Korn und sah bereits über den gelben Wogen der gesenkten Ähren das von Gärten umrahmte entlegene Gehöft mit den weißen Mauern und roten Dächern, das Endziel seines weiten Marsches. Und in einer seltsamen Empfindung verfolgte ihn das bei der Kanalbrücke gesehene Schauspiel, gemischt mit dem Bilde seines jüngsten Söhnchens. Wenn auch unempfänglich für übertriebenes Zartgefühl, so ärgerte und betrübte ihn doch das Spiel der Knaben wegen seiner grausamen Rohheit. Und dazu kam noch das Gefühl einer Gefahr, der Gefahr, der sich diese Knaben, unter denen vielleicht manche waren, die nicht schwimmen konnten, in dem tiefen und breiten Wasser aussetzten, und wie er sich auch bemühte, diese quälende Empfindung zu vertreiben, immer wieder gesellte sich das Bild seines Jungen zu diesem unheimlichen Schauspiel in einer wunderlichen Verquickung von Grausamkeit und Gefahr.

In seiner ungerechtfertigten, aber nicht zu überwindenden Vorliebe für seinen jüngsten Bengel bedauerte er wiederum die viel zu geringe Macht, die er über ihn hatte, und machte er sich Vorwürfe, dass er ihn so gehen ließ, ohne Zucht, wie ein Kind von Zigeunern oder Wilden.“ Was sollte zuletzt aus ihm werden, wenn sich das nicht änderte? Wozu sollte er später einmal taugen, wenn er nicht von Jugend auf an regelmäßige, ehrliche Arbeit gewöhnt wurde? Der Vater fühlte dringend, dass es ganz anders werden müsse, aber er hatte nicht die moralische Kraft, es ernsthaft zu bewirken. Was er ohne die geringste Mühe für seine anderen Kinder hatte tun können, ward ihm unmöglich, durchaus unmöglich, sobald es sich um den Kleinen handelte. Und während er weiterschritt, machte sich unter dem Druck einer zunehmenden Beklemmung sein gequälter Geist ans Suchen und Denken und erging sich in traurigen Mutmaßungen über die Zukunft des geliebten Kindes. In seiner Einbildung sah er ihn, jeden Pflichtbewusstseins entwöhnt, vom Froschräuber zum Wilderer werden, vom Wilderer zum Landstreicher, vom Landstreicher zum Dieb, vom Dieb zum Mörder. Er sah ihn vor Gericht zwischen zwei Gendarmen. Er sah ihn im Gefängnis, Er sah ihn auf dem Schafott. Schaudernd blieb er still bei diesem Gedanken stehen, schaudernd bemühte er sich, die Zukunft weniger düster zu s eher. Ach, trotz seiner Halsstarrigkeit war der Kleine im Grunde doch so sanft, so gut, so klug. Wer weiß, ob ihm nicht doch trotzdem eine glänzende Zukunft vorbehalten wart Er würde sich doch nicht immer damit beschäftigen, den Fröschen nachzujagen und zuchtlos herumzustreifen er würde seinen Lebensunterhalt auf weniger barbarische Weise verdienen, er würde schließlich dazu kommen, ehrliche, tüchtige Arbeit zu leisten.

Wie viele gab es, die als Kuhhirten, als Gassenbengel, als kleine Vagabunden begonnen hatten und mächtig und reich geworden waren, bewundert, geachtet und gefürchtet! Wer weiß, ob er nicht trotz alledem auch so werden würdet…

Nun folgte ihm die marternde Empfindung wie sein Schatten, ohne ihn mehr loszulassen. Es war wie etwas, das ihn begleitete, das er eine kleine Weile außen vor der Türe der Hütten stehen ließ, das er einen Augenblick vergaß, während er einseifend und rasierend die Tagesneuigkeiten anhörte oder erzählte, das sich ihm aber alsbald wieder aufdrängte, sobald er wieder draußen war, und bis zum nächsten Hofe begleitete. Und immer wieder erhob sich vor seinem Geist das barbarische Bild an der Kanalbrücke zur Ergänzung der langen Reihe nagender Gedanken, immer wieder sah er den zappelnden Frosch an der Schnur hängen, den nackten Knaben aus Leibeskräften mit dem Stock zuschlagen, die anderen Knaben sich raufend und balgend in dem aufgewühlten Wasser plätschern und johlend das zerfetzte Opfer einander aus der Hand reißen. Und immer wieder kam ihm aufregend eintönig, wie eine ständig wiederholte Melodie, der Gedanke an die Gefahr, die Gefahr für diese nackten mageren Kinder in dem zu breiten und tiefen Wasser.

Durch diese traurigen Vorstellungen heraufbeschworen, tauchten jetzt vor seiner Seele auch alle bitteren und schmerzlichen Erinnerungen seines ganzen Lebens auf. Seine arbeits- und entbehrungsreiche Jugend, die Sklavenarbeit auf den Pachthöfen, das Schuften in glühender Hitze, in schneidender Kälte, das Schuften mit dem folternden Nagen des Hungers in den Eingeweiden. Dann seine vier Jahre Soldatenzeit und nach seiner Verheiratung ein immer längeres und schlimmeres, ein end- und hoffnungslos es Schaffen und Schuften wie in lebenslänglicher Zwangsarbeit. Niemals hatte er sich für einen einzigen Augenblick völlig frei gefühlt, niemals hatte er in voller Ruhe einen jener sorglosen Tage genießen dürfen, wie sie seinem jungen Bengel so reichlich beschieden waren.

Und bei dem Wiederaufleben all dieses erlittenen Ungemachs wuchs es in ihm zu wildem Groll an, zu einem grimmigen Bedürfnis, andere das teilen zu lass en, unter dem er selbst sein Leben lang gelitten hatte. Warum sollte dieser kleine Taugenichts glücklicher sein dürfen als erl Warum sollte er nicht seinen Teil tragen an der allgemeinen Last wie seine Eltern und seine Brüderl Warum sollte für ihn, für ihn allein keine Pflicht zu erfüllen, kein Joch zu tragen seini Nein, nein, so konnte es nicht weiter gehen. Alles musste anders werden und zwar ohne weitere Verzögerung. Er würde ihn endlich zu einer regelmäßigen täglichen Arbeit zwingen, ihm verbieten, förmlich und unerbittlich verbieten, nötigenfalls auch unter Gewaltanwendung, weiterhin dieser abscheulichen, dummen Jagd auf Frösche nachzugehen. Es musste und es würde geschehen. Seine Autorität, sein Gewissen, sein väterliches Pflichtbewusstsein geboten es ihm.

Sein Zug war zu Ende, er kehrte nach seiner Hütte zurück, mit gefurchten Brauen, die Beute wachsender Unzufriedenheit, sich ständig verschärfender Reizbarkeit. Langsam sank die Sonne im Westen und goss goldenen Glanz über die weiten wogenden Felder, tief am Horizont hingen kupferfarbige Wolkenballen, schwer von drohendem Unwetter. Es war ihm jetzt sehr eng und warm. Der Schweiß stand ihm dick auf der Stirne und auf den Händen, und von Zeit zu Zeit äugte er besorgt nach Süden. von wo zuweilen ein dumpfes Grollen kam, das mit einem langen Echo in der schwülen, unbeweglichen Atmosphäre erstarb. Und unter den massigen Wolkengebilden drüben am fernen Horizont zauberte sich seinem gequälten Geist noch einmal in deutlicheren Linien, noch verschärft durch seine überreizte Einbildungskraft, die abscheuliche Szene des Froschschlachtens vor. Die mageren Körper der Knaben hoben sich in dem dunkler gewordenen aufgewühlten Wasser gespenstisch wie Leichen ab, und der Anblick schien jetzt noch barbarischer, ein Anblick höllischer Qual, während der Eindruck der Gefahr jetzt überwältigend wurde, beängstigend wie ein schwerer Alpdruck, wie das schwindelerregende Werden eines Unheils, das reif zum Ausbruch ist.

Und plötzlich fühlte der unglückselige Barbier, als er in Sicht der hohen schwarzen Baumkronen des Parks kam, hinter dem seine kleine Hütte verborgen lag, den würgenden Griff unaussprechlicher Angst. Es drückte sich plötzlich in sein Gehirn wie der Druck eines Daumens in weiches Wachs. er blieb mit einem Male mit weit aufgerissenen Augen stehen. Er fühlte, wie in einem eisigen Windhauch, einen abergläubischen Schrecken über sich kommen. Das kam von dort aus jenen hohen dunklen Baumkronen des Parks, aus jenen düsteren Wolkengebilden, die sich auf die Erde niederzudrücken schienen, aus jenen wogenden Ährenfeldern, über denen ein phantastisches Licht zitterte, aus ihm selbst, aus den geheimnisvollen Tiefen seines inneren Wesens.

Und sein Hüttchen, das er nicht sah, das er aber hinter dieser mächtigen schwarzen Laubmasse ahnte, erschien ihm jetzt erbärmlich schwach und nichtig, schwach durch ein unbekanntes Unheil, durch einen tief verborgenen Schmerz.

Mit Anstrengung drängte er diese peinvolle Empfindung zurück und setzte seinen Weg fort, indem er, um sich daran zu stärken, seinen Zorn gegen seinen jungen Bengel nährte. Jetzt strömte der Schweiß in langen Bächen von seinen mageren Wangen, er keuchte in der beengenden Luft und beschleunigte seine Schritte, mit klopfendem Herzen und zitternden Beinen, jeden Augenblick zu dem immer düsterer werdenden Himmel emporschauend, als wollte er sein wildes Laufen durch die Furcht vor dem drohenden Ungewitter rechtfertigen.

So kam er atemlos aus den Kornfeldern, lief quer über die Straße, folgte einer langen, geraden Buchenreihe am Hang des Schlossparks. Auf seinen Lippen hatte er die gebieterischen Worte fertig, in seinen Augen leuchtete die böse Flamme seines unwandelbaren Entschlusses. Sobald er seinen zuchtlosen Bengel sah, würde er es ihm sagen, ihm ohne Erbarmen befehlen, sofort seine abscheuliche Froschjagd einzustellen und an eine ehrliche Arbeit zu gehen wie die anderen. So wollte er es, und so sollte es sein.

Sein ganzer Körper bebte bei dem Gedanken, dass er noch länger solche Ausschweifungen ertragen sollte.

Aber noch einmal taumelte er, während er sich links wendete und endlich sein unter Bäumen halb versteckte Häuschen gewahrte, unter der vernichtenden Empfindung seiner unheilvollen Ahnung. Ein Unglück war geschehen, er fühlte es in einem folternden Zusammenkrampfen seines ganzen Wesens. sein ärmliches Hüttchen sah düster aus, die dichten Laubmassen des Parks umgaben es wie mit einem Trauermantel, die schweren finsteren Wolken drückten es noch mehr zu Boden. In seinem Hüttchen waren Blut, Tränen, der Tod. Ächzend, mit umflorten Augen und hämmernden Schlafen, die Kehle trocken und die Beine so schwach.

dass sie beinahe seinen Körper nicht mehr tragen konnten, stieß er die kleine Gartentüre aus und kam wankend, halbtot vor unerklärlichem Schrecken, über den kleinen Baumgarten in sein Häuschen. Er machte einen Augenblick auf der Schwelle halt den ängstlichen Blick nach innen gerichtet, den Körper straff gespannt, wie an den Boden gekettet, unfähig, einen Schritt weiterzugeben" Dann seufzte er tief auf, wie von einer mächtigen Last befreit, murmelte etwas, das wie ein ersticktes „Gu'n Abend", klang, und legte Rasierbecken und Seife auf das Schränkchen neben der altmodischen Wanduhr.

Es war kein Unglück, kein Blut, kein Tod in seinem Häuschen. Mutter und Söhnchen saßen in der düsteren kleinen Küche am Tisch beim Nachtmahl.

Sie hatten mit dem Essen innegehalten, als sie ihn hereinkommen sahen, und die Mutter. die trotz der schon weit vorgeschrittenen Dunkelheit die Blässe seines Gesichtes bemerkte, fragte ihn mit zitternder Stimme:

„Was fehlt dir denn? Was haste, Vater? Biste krank?"

„Nee", erwiderte er mit Anstrengung, um seiner Stimme

den gewöhnlichen Klang zu geben. „'s is nichts, nichts weiter als die Hitze."

Er sagte die Wahrheit. Es war nichts mehr in ihm von jener schrecklichen Erregung. Schrecken, Angst, Zorn, alles war ihm plötzlich wie eine schwere Last vom Herzen gefallen und verschwunden, hatte sich in das Gefühl unaussprechlicher Milde und Erleichterung verwandelt bei dieser greifbaren Grundlosigkeit seiner unheilvollen Vorahnung. Er zitterte und keuchte noch immer mechanisch unter den solgen dieser schrecklichen Erschütterung.

Er hatte sich neben den anderen am Tische niedergelassen und schöpfte, wie sie, mit einem großen Holzlöffel aus der gemeinschaftlichen Breischüssel, nervös schluckend und mit einem vibrierenden Schlürfen der Lippen.

Aber er konnte nicht richtig essen, er fühlte sich noch zu sehr erfüllt von Gedanken, Empfindungen, Aufregungen.

Es war in ihm eine Überhäufung von Gefühlen, die er nicht unterdrücken konnte, denen er Luft machen musste. Und plötzlich kamen ihm, während er den Löffel niederlegte, die Worte wie von selbst auf die Lippen. er neigte sich zu seinem Jungen hinab, und unwiderstehlich richtete er, statt des beschlossenen Tadels, an ihn mit einem kosenden Ausdruck unendlicher Zärtlichkeit in Stimme und Augen die fraget

„Na, Männeken, hast dich wohl gut amüsiert, heut? Haste viele…viele Tiere gefangen? Und wirste morgen wieder beginnen?"

Der Knabe, ein hübscher brauner Kerl mit dichtem schwarzem Borstenhaar, schrak leicht zusammen, mit einem kurzen Beben seines Hündchens, das den Löffel hielt, und warf einen ängstlich-lauernden Blick nach seinem Vater. Er schüttelte den Kopf, ohne das Essen einzustellen, und antwortete zögernd, ausweichend, die Augen auf die Breischüssel gerichtet und unter seiner gebräunten Haut ein wenig erblassend:

„Nee, ich hab genug davon. Ich will keine mehr fangen."

Es trat eine kurze Stille ein. Verwundert starrte der Vater in der immer mehr zunehmenden Dunkelheit sein Söhnchen an. Schweigend aß die Mutter weiter, als hätte sie kein Interesse an dem Gespräch.

„Warum?", fragte endlich der Vater.

Der grobe Holzlöffel zitterte stärker in der kleinen braunen Hand. die hartnäckig auf die Breischüssel gerichteten Äugelein begannen seltsam zu funkeln. Das Mäulchen das den Brei nicht mehr gut schlucken konnte, kräuselte sich wie im Schmerz und verriet die vergeblichen Versuche, eine starke Bewegung zu unterdrücken.

Und plötzlich siel der Löffel auf den Tisch, und der Knabe brach in eine Tränenflut aus, während er am ganzen Körper wie in Angst und Schrecken zitterte und unverständliche Worte hervorstotterte.

Die Mutter hatte ebenfalls das Essen eingestellt und sah verstört und mit einem bittenden Blick in den nassen Augen nach ihrem Mann.

Er war totenbleich geworden und hatte sich plötzlich wieder erhoben, mit einem Male wieder wie überwältigt von seiner unheilvollen Ahnung, von seiner Angstseinem Entsetzen, von Zorn, von allem, was den ganzen Nachmittag in ihm gewütet. Jetzt forderte er mit dringender, bebender, gebieterischer Stimme bestimmte Erklärungen. Es war, als sei er plötzlich närrisch geworden, er überstürzte seine Fragen, ohne erst auf Antwort zu warten, er schüttelte rau den Knaben, der immer stärker heulte, er starrte mit vor Angst weit aufgerissenen Augen durch die niedrigen kleinen Fensterscheiben nach dem Himmel, der sich jetzt wie Tinte gefärbt hatte und von Zeit zu Zeit von

lodernden Blitzen, die die dunkle kleine Küche mit einem
unheimlich blauen Lichte erhellten, und denen dröhnende
Donnerschläge folgten, zerrissen wurde. Was war denn
geschehen? War das Unglück, das er über seinem Hüttchen
fühlte, schon vorüber oder wollte es erst noch hereinbrechen? Würde es ihn jetzt erst, nun er schon alles vorüber
wähnte, niederschmettern?

Da raffte sich die Mutter, trotz ihrer mächtigen Aufregung, endlich zum Sprechen auf.

Sie sprach schnell und abgebrochen, mit keuchender,
zischender Stimme, das verzerrte Gesicht abwechselnd leichenblass beim Flackern der Blitze oder völlig im Schatten
verschwimmend unter dem Dunkel der niedrigen Küche,
den Leib bei jedem Donnerschlag vor Schreck und Qual
zusammenkrümmend…

Es war geschehen gegen vier Uhr, zwei Stunden nach
dem Weggehen des Vaters. Sie war in dem kleinen Stall
damit beschäftigt gewesen, den Schweinekoben zu säubern, als sie plötzlich einen schrillen Angstruf gehört
hatte. Sie war direkt nach dem großen, düsteren Schlosspark geeilt, von wo die Rufe gekommen waren. Und dort,
mitten in dem hoch aufspritzenden schwarzen Wasser des
Grabens, der den Hag umgibt, hatte sie zwei verzweifelt
ausgestreckte Arme und ein verzerrtes Gesichtchen gesehen, das, zum letzten Male in die Höhe kommend, in einem
letzten würgenden Notschrei aus Mund und Nasenlöchern
Strahlen schmutzigen Wassers ausspuckte… Sie selbst war
mit einem wilden Schrei in den Graben gesprungen, hatte
mit übermenschlicher Kraft ihren Jungen ergriffen und ihn
wieder ans Ufer gebracht. Und im gleichen Augenblick,
als er wieder außen war, war ein großer grüner Frosch auf
seinen Kopf gesprungen und dort zusammengekauert mit
zornigen Augen und aufgeblähtem Kopfe sitzen geblieben.

Ach, es war entsetzlich! Sie hatte ihn mit Gewalt fortjagen müssen, fortjagen!

Der arme Vater hörte zu und fühlte mit qualvoller Schärfe noch einmal das unvergängliche Bild, das abscheuliche Froschquälen vor seinem Geiste auftauchen.

Er sprach kein Wort mehr, er blickte hartnäckig mit seinen verstörten Augen nach der blendenden Glut der Blitze, nach seinem Söhnchen, das immerfort eintönig heulte, als ob es in dieser schrecklichen Erschütterung mit einem Male den ganzen Schmerz seines Lebens ausschütten wollte. Und auch die Mutter weinte bittere Tränen, indem sie den Kopf zwischen den Händen hielt und von Zeit zu Zeit ihre stehenden Blicke zum lobenden Himmel emporrichtete, aus dem jetzt auch das Wasser in Strömen niederstürzte und mit seinem eintönigen Rauschen das langsam verhallende Poltern der Donnerschläge erstickte…

Da fühlte und begriff plötzlich der Vater dieses unabhängige und unbewusst grausame Herzchen, dessen Äußerungen er bisher fortwährend missbilligt und betrauert hatte. Er begriff, dass das Kind verzweifelt war über seine durch einen fatalen Schrecken zerstörte Unabhängigkeit, viel mehr noch, als es unter diesem Schrecken selbst litt. In schnell vorbeiziehenden Erinnerungen lebte vor ihm noch einmal sein ganzes Arbeiter- und Sklavendasein auf, fühlte er wieder in sich aufsteigen das vor so unendlich langer Zeit gehegte Schmachten nach der wilden Freiheit einer Jugend, die er nie gekannt hatte, das mächtige und geheimnisvolle Verlangen nach einem Leben ohne Fesseln, nach nie verwirklichten Träumen, die jeder Lebenstag ihm immer mehr entrückt hatte. Und in dem plötzlich so klaren Bewusstsein, dass das Ereignis dieses Tages in dem Leben seines teuren Söhnchens einen entscheidenden Zeitabschnitt – den Zeitabschnitt der Unabhängigkeit –

beschloss und einen anderen den der Pflicht eröffnete, stieg in ihm ein unendliches Gefühl des Mitleids auf bei der Zerstörung eines so süßen zarten Traumes, bei diesem herzzerreißenden Schmerz, bei diesem verzweifelten Stillstehen vor der dunklen Zukunft. Heute begann, wie einst für ihn, für das unabhängig geborene Kind das fatale Leben der Armen, das von so, hartem Kampf und bitteren Entbehrungen erfüllte Leben der Schwachen und Niedrigen. Er würde nun wieder nach dem Pachthof zurückkehren, wie seine Brüder. Er würde Hirtenbube, Stallknecht, Pflüger und wer weiß was sonst noch werden. Er würde werden, was sein Vater, was seine Mutter, was alle seines Standes wurden ein Werkzeug für erzwungene Arbeit, ein Lasttier. Nichts konnte ihn mehr retten. es war sein Los, sein unerbittliches Los, das heute sich zu erfüllen begonnen hatte…

In der dunklen Küche hatte die Mutter endlich das Lämpchen angezündet. Das Unwetter war vorüber man hörte nur noch aus ganz weiter Ferne dumpfes Donnergrollen. Nur der Regen fiel weiter, eintönig, im Übermaß, in senkrechten Strahlen, die versengte Erde tränkend, das wiederauflebende und wieder aufatmende Laub erfrischend…

Ihre Tränen waren getrocknet, sie hatten sich wieder an den Tisch gesetzt und stillten schweigend und niedergedrückt ihren Hunger, den nagenden Hunger der Armen.

Und zum letzten Male drängte sich in einer Art Halluzination die an der Kanalbrücke beobachtete Szene dem wehmutvollen Geiste des Vaters wieder auf. Er sah die nackten mageren Körper der Knaben, das aufgewühlte und emporspritzende Wasser, den an der Schnur zappelnden Frosch. Er sah den mörderischen Schlag mit dem Stock und hörte die barbarischen Freudenrufe…Dann zerfloss die Erscheinung langsam in einem traurig-düsteren Nebel. Die Knaben krochen wieder aus dem Wasser und kleideten sich hastig an. die Rufe verstummten, und alle entfernten sich. Und der Barbier, der in starrer unbeweglicher Haltung vor der aufgezogenen Brücke stand, wie vor einem rätselhaften bangen Traum, sah sie, die unwissenden Büßer unbewusster Grausamkeiten, einen nach dem anderen verschwinden in dunklen Ställen, sich wie Tiere vor Karten und Pflüge spannen, mit ihren Händen in dem harten Boden graben und wühlen.

Und unter ihnen erkannte er, mit einem grausamen Klemmen seines Herzens, mit einem Zug der Bitterkeit um seinen verzerrten Mund, seine drei Söhne: erst die beiden Ältesten, die an die Zwangsarbeit schon gewöhnt und ihr unterworfen waren, und dann den Jüngsten, den am meisten geliebten, unter das Verhängnis gebeugt, untröstlich über seine verlorene Freiheit...

Und in den unergründlichen Tiefen seiner Seele fühlte er plötzlich für einen Augenblick, nicht länger als für einen einzigen Augenblick, das klare, schneidende Bewusstsein, dass dies das große unbekannte Unheil war, das er den ganzen Nachmittag so schwer auf sich lasten gefühlt hatte.

Die Großmutter

Die Enkelin wartete, ganz nervös vor zurückgehaltener Bewegung, bis die alte Großmutter, die eben ihre Abendmahlzeit beendigt hatte, ein Gebet gemurmelt und mit ihrer gelben zitternden Runzelhand ein Kreuz geschlagen hatte. Dann platzte sie heraus und sagte in einem Atem: „Großmutterle, ich hab nun Geld genug beisammen. Darf ich nun Sonntags in die Stadt und sie kaufen?"

Die Alte, die sich mühsam erhoben hatte, um zu ihrem Spinnrad zurückzukehren, sank entsetzt wieder auf ihren Stuhl zurück und starrte das junge Mädchen mit schreckhaft erstaunten Augen an..

„O Herregott, steckt dir das auch noch im Kopf!", rief sie verzweifelt aus.

„Aber Großmutterle", antwortete Emerentia mit glühenden Wangen und tränenden Augen, „ich möchte doch so gern feine Kleider machen, um 'n bisschen mehr zu verdienen, und das kann ich doch nicht, wenn ich keine Nähmaschine habe, nicht?"

Die Großmutter schüttelte den Kopf und stand wieder von ihrem Sitze auf.

„O Herregott, o Herregott, sind das Sachen!", jammerte sie. „Soll nun das Teufelszeug auch noch in mein Haus kommen?"

„Aber Großmutterle, das ist gar kein Teufelszeug", sprach versöhnend das junge Mädchen. „Das ist eine sehr schöne Erfindung und alle Schneiderinnen arbeiten gegenwärtig damit."

Seufzend und brummend, mit gebeugtem Rücken und die Hand auf ihren Stock gestützt, kehrte die Großmutter zu ihrem Spinnrad zurück. Sie war noch aus der guten alten Zeit und wollte vom Neuen nichts wissen.

All diese neuen Erfindungen kannte und verstand sie nicht. Sie fürchtete sie und hatte einen gewaltigen Abscheu vor ihnen. Keine zehnmal in ihrem ganzen Leben war sie in der Stadt gewesen, und noch niemals war sie mit der Eisenbahn gefahren. Eine Nähmaschine kannte sie schon gar nicht. Sie hatte niemals eine gesehen. Aber sie meinte, es sei auch so was, wie jener Eisenbahnzug, der erste, der durch das Land fuhr und den sie vor mehr als sechzig Jahren mit vielen Leuten aus dem Dorfe sich angesehen hatte. „Es ist der schwarze Teufel!", hatten sie damals gerufen und waren entsetzt davongelaufen … Kleider machen mit einer Nähmaschine! Ach, zu ihrer Zeit machten sich die Leute ihre Kleider selber, und wenn sie das nicht konnten, so ließen sie eine Schneiderin ins Haus kommen, die sie unter ihren Augen machte, ohne diesen neumodischen Schwindel, ganz allein mit den Händen …

„Nu, ist es jetzt gut, Großmutterle?", fragte das Mädchen nochmals furchtsam und schüchtern.

„Ja, was kann ich dran machen, wenn du dein eignes Geld dafür hinlegst, aber gefallen tut es mir nicht", klagte die Alte mit einem tiefen Seufzer.

Sie hatte sich wieder vor ihrem Spinnrad niedergelassen, den nur noch schwachglimmenden Öldocht neu angefacht und spann … Das hölzerne Rad schnurrte, ihre alten, verrunzelten, knochigen Finger haspelten noch mit erstaunlicher Fertigkeit den Spinnrocken ab.

Und ihr lohfarbiger, unter einer weißen Flügelhaube mit breitem braunem Band fast ganz verborgener Kopf nahm sich ebenfalls aus wie ein Spinnrocken, an dem sie geisterhaft die unsichtbaren Fäden abspann, immerfort, unermüdlich, ohne Unterlass…Ihr ganzes Leben lang hatte sie gesponnen. Das Spinnrad, das für sie gemacht worden, als sie sechzehn Jahre alt gewesen war, war mit ihr alt und unansehnlich und gebrechlich geworden. Hier hatte sie gesponnen, hier vor diesem Fensterchen mit den kleinen grünlichen Scheiben als junges, hübsches, blondes Mädchen, an den Liebsten denkend, der sie Sonntags zum Tanze führte. Hier hatte sie gesponnen als schmucke, dralle Hausfrau, umgeben von einer lärmenden Kinderschar. Hier hatte sie gesponnen, alt und einsam, nachdem alle, die sie großgezogen, fortgegangen oder gestorben waren…Und nun spann sie hier ihre letzten Tage, bei diesem Enkeltöchterchen, das ihren Namen trug und hübsch und blond war wie sie es selbst einst gewesen…Ihre sonst gut bezahlte Arbeit brachte jetzt fast gar nichts mehr ein. und sie brauchte eigentlich auch gar nichts zu arbeiten, denn sie hatte sich einen Spargroschen auf die Seite gelegt, der ihr es ermöglichte, ihre alten Tage in Ruhe und ohne Geldsorgen zu verbringen…Aber dennoch spann sie weiter. aus eingewurzelter Gewohnheit, weil sie es weder lassen konnte noch lassen wollte, weil sie meinte, dass sie an dem Tage, wo sie nicht mehr spann, sterben müsste…

Nun war die Nähmaschine doch gekommen: ein Pracht- und Prunkstück, glänzend poltert, sanft ratternd und surrend, ein wahrer Genuss, sie anzusehen und auf ihr zu arbeiten.

Die Nachbarn kamen, um sich das Ding in entzückter, fast neidischer Bewunderung anzugucken. Und sie fragten die Großmutter, ob sie denn nicht stolz und glücklich sei, solch ein Prachtstück in ihrem Hause zu haben.

Aber nein, die Großmutter war gar nicht stolz und glücklich mit dem Ding. Die Großmutter fürchtete sich vor diesem unbekannten und unverständlichen Gast, der so protzig auf seinen dünnen krummen Beinen stand und nicht mit den Händen, sondern, beinahe unsichtbar, mit den süßen in Bewegung gesetzt ward. Zwar glich er nicht ganz dem „schwarzen Teufel", jenem schrecklichen Eisenbahnzug, den sie vor mehr als sechzig Jahren hatte durch das Land fahren sehen, aber sie traute ihm noch nicht, sie verstand ihn nicht, sie war bange, sehr bange vor ihm.

„Du musst das Ding verschließen. Ich fürcht mich vor ihm!" wiederholte sie immer wieder, wenn die Enkelin das Haus verließ, um irgendeine Besorgung zu machen oder Sonntags ins Dorf zu gehen…

Und in dem einsamen altmodischen Häuschen mit seiner verräucherten Balkendecke, seinen kleinen, grünlichen, bleigefassten Fensterscheiben und seinen altertümlichen Zinnsachen auf dem Ofensims und auf dem Schrank, saßen die beiden, jedes für sich allein arbeitend, wie die alte und die neue Zeit. Das blonde rosige Mädchen bei dem sanften Schnurren ihrer funkelnden Nähmaschine, die alte, runzelige und vergilbte Großmutter bei dem altväterlichen Brummen ihres Spinnrads…

Sie konnten einander nicht sehen, denn sie kehrten sich den Rücken zu, da jedes vor einem der grünlichen Fensterchen saß, die auf das Gärtchen mit seinen alten knorrigen, wetterzerzausten Obstbäumen hinausgingen…

Das Mädchen dachte in ihrem zunehmenden Entzücken über ihre herrliche Maschine bei sich: „Großmutterle wird sich schon noch mit ihr aussöhnen." Und dann und wann zeigte sie ihr die Arbeit, die sie darauf gemacht hatte.

„Schau nur die schönen Hemden an, Großmutterle! Ich kann dir im Tag zehne damit machen!"

Die Großmutter sah dann zwar flüchtig auf, antwortete aber mit einem ablehnenden Kopfschütteln.

„Zu meiner Zeit brauchten die Leute nicht so viel Hemden…“

Und doch würde die Großmutter sich damit aussöhnen! Das sah, das fühlte das Mädchen instinktmäßig… Es schien ihr, als ob nun die Alte sich ab und zu nach der Maschine umguckte, als ob sie das geheime Verlangen in sich trüge, noch mehr davon zu erfahren.

Einmal, als sie eine kurze Weile hinausgegangen war, sah sie beim Wiedereintritt die Großmutter vor der Maschine stehen und augenscheinlich das wunderliche Werkzeug in tiefer Andacht betrachten.

„Soll ich dich mal sehen lassen, wie das Ding geht, Großmutterle?“ fragte schnell das Mädchen in ihrer Gier, die Gelegenheit beim Schopf zu packen.

„Aber die Alte schrak heftig zusammen, und eine tiefe Röte huschte über ihre grauen Wangen, während sie verlegen stotterte und brummte:

„Nee, nee, ich suche nur nach der Schere. Warum tust du denn auch immer die Schere weg? Und ich hab dir doch schon so oft gesagt, dass du das Ding verschließen sollst, wenn du hinausgehst. Ich fürcht mich davor.“

„Aber Großmutterle, die Schere liegt doch auf deinem Spinnrad!“, antwortete Emerentia, die sich große Mühe geben musste, um das Lachen zu verbeißen.

Der Winter kam, die Tage wurden kürzer. Bald konnte Emerentia nach vier Uhr bei dem grauen Dämmerlicht nicht mehr arbeiten und bei dem elenden Licht des alten Öllämpchens der Großmutter verdarb sie sich die Augen.

„Großmutterle, ich werde doch wohl ’ne Petroleumlampe kaufen müssen, um abends arbeiten zu können“, sagte sie.

Die Großmutter, die schon mehr als siebzig Jahre lang mit ihren starken Augen bei dem matten Schein desselben Öldochtes gesponnen hatte, schreckte bei diesen Worten auf.

„Was? Petroleum ins Haus! Willst du uns vielleicht bei lebendigem Leibe verbrennen sehen?", übertrieb sie.

„Aber Großmutterle, sag doch das nicht, alle Leute brennen jetzt Petroleum", gab das Mädchen verdrießlich zurück.

„Du musst's wissen, du musst's wissen, aber ich geb keinen Heller dafür aus!"

„Du sollst auch nichts ausgeben, ich werd sie von meinem eigenen Geld kaufen."

Und nun kam auch eine schöne, kupferne, helles Licht verbreitende Petroleumlampe in das altmodische Hüttchen.

„Nu, ist das nicht 'n schönes Licht!" jubelte das Mädchen, als die Lampe zum ersten Male brannte.

„Schöne Dinge dauern nicht lang", dämpfte die Alte die Freude ihrer Enkelin.

Und an den langen Winterabenden saßen sie schweigend bei ihrer Arbeit. Das junge Mädchen bei der hellen Petroleumlampe, die Großmutter bei dem altväterischen, armseligen Öldocht.

War es das hohe Alter oder der zerstreuende Einfluss dieser neuen unbekannten Dinge um sie her? Es kam Emerentia vor, als ob die Großmutter nicht mehr so anhaltend und so fleißig arbeitete wie sonst. Das Spinnrad schnurrte manchmal stiller und langsamer, wie ermüdet, wie überwältigt von dem betäubenden Rattern und Rasseln der funkelnden Nähmaschine. Besonders abends schien es schwer und „mühsam zu gehen, und wie nahe die Großmutter auch den glimmenden Öldocht nach dem graugelben Spinnrade schob, so war es doch eigentlich nur der helle Schein der Petroleumlampe, der ihr bei ihrer Arbeit leuchtete, der sie störte und zugleich anzog, der sie, trotz ihres zähen Widerstrebens, ab und zu mit unwiderstehlicher Macht zwang, den nervös wackelnden Kopf nach dem herrlichen Lichte wie nach einem Sonnenstrahl umzuwenden.

Emerentia, der die Qual ihrer Großmutter nicht entging, sagte:

„Aber Großmutterle, ich würde doch nicht mehr spinnen, wenn ich an deiner Stelle wär. Mach dir's doch lieber bequem, ich will schon für dich arbeiten."

Aber davon wollte die störrische Alte nichts hören.

Alsbald schnurrte das Spinnrad eine Weile wieder schneller als bisher, indem sie mit einem energischen Kopfschütteln erwiderte:

„Ich nicht mehr spinnen! Nee, nee, Kind, das kann nicht sein! Ich wär tot, wenn ich nicht mehr spänne!"

Emerentia hatte einen Liebsten. Jeden Sonntag begegneten sie sich nach der Vesper an der Kirchentür. Er war ein ordentlicher Bursche, ebenfalls Schneider, der sie später heiraten wollte. Die Großmutter wusste von dem Verhältnis und billigte es, doch sah sie es nicht gerne, dass der Bräutigam ins Haus kam.

Es war Thristtag. Weit über die winterlichen, von einem trüben, grauen, eintönigen Wolkenhimmel überspannten Felder hallte, ein melancholisches Echo weckend, das Geläute der Glocken. Emerentia, die um halb zwei Uhr fortgegangen war, hatte versprochen, bei sinkendem Abend wieder zu Hause zu sein.

Sie kam mit ihrem Liebsten in der Dämmerung auf dem einsamen Wege zurück, und als sie am Zaun des Obstgärtchens Abschied bis zum nächsten Sonntag nahmen, warf

Emerentia einen Blick nach dem Häuschen und rief überrascht aus:

„Ei, ei…da schau! Meine Petroleumlampe brennt! Sollte jemand gekommen sein und hat die Großmutter sie selbst angezündet?“

Und wirklich, ein heller Lichtstrahl drang durch die grünlichen Scheiben. Und drinnen saß jemand vor dem Fensterchen, dicht bei der Nähmaschine.

„Wahrhaftig! Wart mal hier ’n bisschen!“, rief Emerentia, die einen Schritt auf die Seite gegangen war, um besser hineinsehen zu können. „Großmutterle hat selbst meine Lampe angesteckt und sitzt an meiner Nähmaschine! Hab ich denn wieder vergessen, sie zu verschließen? Ja, wahrhaftig…ich hab vergessen, den Schlüssel abzuziehen! Wenn sie nur nichts dran kaputt macht!“

„Ei, das wird nicht so schlimm sein!“ lachte ihr Bräutigam, indem er ebenfalls einen Schritt näher kam, um hineingucken zu können.

„Am End hat sie mir doch was dran kaputt gemacht, ich will gleich mal hineingehn!“, sagte das Mädchen besorgt.

Sie nahm hastig Abschied mit einer flüchtigen Umarmung und einem: „Auf nächsten Sonntag, Julius! Auf nächsten Sonntag, Emerentia!“

„Ei, das freut mich, Großmutterle!“ rief das Mädchen, indem sie ein wenig erregt in die Stube trat. „Nu ist es nicht ein lustig Ding, daran zu arbeiten?“

Die Großmutter, den Kopf tief vornüber gebeugt, als suchte sie angestrengt nach dem Öhr der Nadel, gab keine Antwort, machte keine Bewegung.

„Aber Großmutterle!“, sagte sie, durch den unerwarteten Anblick höchlich überrascht…Doch plötzlich eilte sie, von einer unheilverkündenden Ahnung ergriffen auf die Alte zu und ergriff ihre Hand.

Mit einem lauten Aufschrei fuhr sie wieder zurück, flog zum Haus hinaus und rief mit angstvoller, geilender Stimme: „Julius! Julius!"

Er war noch nicht weit und kam erschreckt zurückgeeilt, lief mit ihr ins Haus und ebenfalls auf die Alte zu…

Die Großmutter war eine Leiche… Sie war plötzlich gestorben hier vor der Nähmaschine, mit der Hand an der Nadel und mit den Fwüßen auf dem Tritt, plötzlich gestorben vor diesen fremden, unbegreiflichen Dingen des neuen Lebens, in der höchsten Spannung des Wissenwollens, zu dem eine allmächtige, mit Furcht gemischte Neugier sie nach und nach unwiderstehlich getrieben hatte.

Der Einsame

Powers ärmliches Hüttchen stand einsam auf der unermesslichen Heide…

Vier ockergelbe windschiefe Lehmmäuerchen, voll Risse und Beulen, ein graues halbzerfallenes Strohdach, das auf der Westseite mit einer dichten dunkelgrünen Decke von Efeu verhüllt war, zwei Fensterchen mit kleinen Scheiben in verschossenen, schiefhängenden blauen Rahmen, ein niedriggewölbtes, vermorschtes, blassgraues Türchen – so stand es da in seiner stillen tödlichen Einsamkeit auf der verlassenen Heide.

So klein und nichtig unter dem endlos breiten und hohen Himmelsgewölbe, kaum sichtbar aus dem Hintergrund des dunklen, sanft geschwungenen Waldstreifens, der den Horizont abschloss… So peinlich-melancholisch einsam unter den schwarzen Herbststürmen die heulend über die weite, leicht gewellte Ebene jagten zuweilen auch so friedlich-einsam und so traut, wenn das Heidekraut in roten und violetten Tinten leuchtete, wenn die am hohen klaren Himmel strahlende Sonne das weiche verschossene Blau des Türchens und der Fensterchen wie mit der eigenen reinen Himmelsblaue wieder auffrischte.

„Power" nannten ihn die wenigen Leute, die ihn kannten oder von ihm gehört hatten. Seinen eigentlichen Namen wusste niemand. Er lebte da mutterseelenallein, drei Stunden von der nächsten menschlichen Behausung und vier von dem nächstgelegenen kleinen Dorfe entfernt. Man wusste nur, dass einst seine Eltern sich hier nieder-

gelassen, zu der schon weit zurückliegenden Zeit, als die
Wälder sich noch bis in die Nachbarschaft der einsamen
Lehmhütte erstreckt hatten. Als Jagdhüter eines reichen
Herrn war sein Vater dahin gekommen. Aber der Herr war
verarmt, und dann waren viele Wälder nieder-geschlagen
worden. Nur das Häuschen, das für niemanden mehr einen
Wert hatte, war stehen geblieben. Dort hatten Powers Vater
und Mutter bis zu ihrem Tode gewohnt, und als sie gestorben waren, war auch er dort geblieben, weil er nun einmal
an dieses Leben gewöhnt war, weil er nach nichts anderem
Verlangen trug, weil er, ohne Kenntnis von den Vorgängers
draußen in der Welt, sich ein anderes Leben gar nicht vorstellen konnte.

Er besaß einige Hühner, die ihm Eier gaben, ein Schweinchen, das er fett mästete, einen Hund, den er vor seinen
Karten spannte, eine Katze, die Ratten und Mäuse aus seiner Hütte vertrieb. Und in einem winzigen Käfig hatte er
auch einen Zeisig, der in der sonnigen Morgenstunde so
lustig singen konnte, und auch eine Waldeule, einen wunderlichen stillen Gast, der ganze Tage regungslos in seiner
dunklen Ecke saß und nur, in der Dämmerstunde hervorkam, um sich, still und grimmig aus seinen großen Katzen-
augen blickend, auf das Fensterbrett zu setzen, wo Power
ihm sein Futter, wie Frösche, Spatzen und Mäuse, in die
Klauen stopfte.

Sonst war nichts Lebendiges um ihn. Auf einem von ihm
urbar gemachten Fleckchen baute er Kartoffeln, Korn und
Gemüse, aus den fernen Wäldern holte er sich Reisig, um
sein Stübchen zu erwärmen und seine frugalen Mahlzeiten zu kochen. Sein Bett war ein Haufen Stroh und dürre
Blätter zwischen vier rauen ungehobelten Brettern. Seine
Kleider hatten die Farbe der Erde.

Er war von mittlerer Größe, ging etwas gebückt und

hatte auffallend lange Arme. Haar und Bart waren borstig und stark mit Grau durchsetzt. Seine eingefallenen Wangen hatten eine seltsame, hochrötliche Färbung und in feinen eigentümlich hellgrauen, ruhelosen Augen lag der Ausdruck großer Scheu und Menschenfurcht.

Niemals, oder fast niemals, kam ein Mensch in s eine Nähe. Und wenn sich zuweilen einer zeigte, hielt Power sich am liebsten scheu verborgen, als sei es für ihn etwas Unerhörtes oder Unheilverkündendes. Das Sprachvermögen hatte er nahezu verloren, und die Namen seiner Tiere sprach er nur in kurzen Silben aus. Sein Hund hieß Duc, die Eule Kuh, die Katze Mie, der Zeisig Fientje. Seine Gedanken waren spärlich und dürftig, stets und unveränderlich auf den engen Gesichtskreis beschränkt, der sein einsames Dasein beschloss. Er dachte an seine Henne und sein Schwein, an seine Kartoffeln und sein Korn, an seine Arbeit, an seinen Hund, an seine Katze, an seine Eule. An stillen Sommerabenden kauerte er, seine Pfeife schmauchend, im Sand vor der Tür, mechanisch und regungslos, gedankenlos vor sich hinstarrend. Im Winter saß er vor dem Herdfeuer den Blick auf die Flammen gerichtet, die Hände auf den Knien, mit eingeschlafenem Denkvermögen. Zuweilen betrachtete er lange Zeit die Katze, die zusammengerollt neben dem Herde lag und behaglich schnurrte, oder er ging in die dämmerige Ecke beim Fenster, um mit starrem Blick zuzusehen, wie die Eule die Frösche und die kleinen Vögel verschlang.

Geld hatte er keins, sah er keins. Aber wenn sein Schwein fett war oder wenn er zu viele Hennen hatte, was alle vier oder fünf Monate geschah, zog er mit dem Überfluss nach dem fernen Dorfe, um dafür allerhand Waren einzutauschen. Diese unvermeidlichen Gänge fürchtete er sehr. Denn jedes Mal gab es einen kleinen Aufruhr in dem stillen Dörfchen.

Sobald die Gassenjungen ihn mit seinem, vor den beladenen Karren gespannten Hund von ferne kommen sahen, erhob sich überall der Ruf: „Power ist da! Power ist da!" Und in lärmenden, höhnenden Scharen liefen sie neben, vor und hinter ihm einher, das Bellen des Hundes, das Grunzen des Schweines, das Krähen seiner Hähne nachahmend, während Power, rot vor Angst und Scham und mit scheuen Blicken seitwärts schielend, den Karten in stärkere Bewegung setzte und seinen heulenden Hund mehr antrieb, um so rasch als möglich durch dieses doppelte Spalier johlender Bengel und mit höhnischem Lachen unter den Haustüren stehender Dorfbewohner zum Haus des Schlachters und Krämers und damit in den sicheren Hafen zu gelangen.

Dort war er ihren grausamen Klauen entrückt. Man wog sein Schwein, handelte über den Preis, und wenn die Sache in Richtigkeit war, nahm er dafür allerlei aus dem Laden mit. Zuallererst ein junges Ferkel, um es wieder fett zu mästen, dann Speck und Spezereiwaren, Linnenzeug und andere Kleidungsstoffe, Butter, Mehl, Kaffee, Tabak – kurz alles, wessen er in seiner langen Einsamkeit bedurfte. Die Leute im Laden bewirteten ihn zuletzt mit einer Kanne Kaffee, mit Weizenbrot, Butter und Käse und begleiteten ihn dann mit ihren zwar etwas spöttischen, aber doch gutmütigen Glückwünschen bis vor die Tür. Und dann gab es immer wieder das gleiche Hallo, wie beim Einzuge. Sobald Power die Tragbäume seines Karrens aufhob, seinem Hunde „Hüh!" zurief und mit einem kräftigen Stoß seines Körpers das Fuhrwerk in Bewegung setzte, erhob sich aus der Schar der Bengel auf der andern Straßenseite ein schmetterndes Gelächter. Einer von ihnen hatte verstohlen einen Backstein zwischen das Rad und das vordere Wagenbrett geklemmt, und der Karren kam dadurch nicht fort. Stumpfsinnig lächelnd und den Kopf schüttelnd, als sei er jedes Mal aufs Neue durch diesen immer wiederholten Jur überrascht, ließ Power die Tragbäume los, zog mühsam den Backstein hervor und fuhr dann eiligst davon, verfolgt von dem Gejohle der ihn weit bis vor das Dorf begleitenden Straßenjugend.

So lebte er in vollkommener Verlassenheit die langen, unbewussten Jahre seines farblosen Lebens, bis zu jenem denkwürdigen Tage, an dem das weit entfernte Leben seiner Mitmenschen selbst zu ihm kommen zu wollen schien. Eines Morgens waren plötzlich Menschen in der Nähe seiner ärmlichen Hütte aufgetaucht, Menschen, die mit langen Ketten und rot und weiß bemalten Pflöcken geschäftig auf der Heide hin und her gingen, die Pflöcke in gewissen Abständen in die Erde steckten und sie dann von ferne aufmerksam betrachteten.

power war darüber entsetzt und hielt sich furchtsam hinter seinen kleinen zerstechen versteckt. Er verstand nicht, was da vor sich ging, aber bald sah er einen vornehm gekleideten und von einem Arbeiter gefolgten Herrn auf seine Hütte zukommen. kurz darauf wurde an die verschlossene Tür geklopft.

„Ist jemand da!", wurde von außen gerufen.

Erst stellte sich Power tot und wollte nicht öffnen.

Aber als das Klopfen stärker wurde, kam er endlich zitternd zum Vorschein.

„Mein Freund", sprach der Herr s ehr höflich, „könnten Sie uns nicht ein paar lange Stangen verschaffen? Wir sind damit beschäftigt, die neue Eisenbahn abzustecken, die hier durchkommen soll."

„O ja, ich, Herr", antwortete Power mit seiner heiseren hohlen Stimme, deren Klang er selbst beinahe niemals hörte. Er holte hinter der Hütte die verlangten Stangen hervor und reichte sie dem Arbeiter.

„Merci", lächelte der Herr. „Wollen Sie 'ne Zigarre rauchen?"

„Hm ja, ich", stammelte Power.

Der Herr gab ihm einige Zigarren und sagte mit einem gewissen triumphierenden Klang in der Stimme, als glaubte er damit Power eine große Freude zu machen:

„Hier wird es nun bald nicht mehr so einsam sein, wissen Sie?"

Power wich mit den blassblauen Augen scheu aus und gab keine Antwort.

„Die Route hier wird für die großen Expresszüge gelegt", fügte der Herr mit einem seitlichen Blick auf den wunderlichen Mann aufklärend hinzu.

Power blieb hartnäckig sprachlos, als wäre er plötzlich stumm geworden und mit einem: „Nun, guten Tag, die Stangen bringen wir abends wieder", entfernte sich der Herr mit dem Arbeiter.

„Eine Eisenbahn!", dachte Power. Und er fürchtete sich vor dieser Eisenbahn, die nun kommen würde. Sie brachte eine große Störung in sein Leben und rief eine ganze Umwälzung hervor, noch ehe sie da war. Am liebsten hätte er keine kommen sehen. Er, der Einsame, fürchtete den Verkehr der Menschen, die nur immer ihren Spott mit ihm trieben. Und dennoch erwachte in ihm eine Neugierde, die immer größer wurde und zuletzt zu einem unbestimmten Verlangen anwuchs. Erst flüchtete er in die fernen weiten Wälder vor dem Eindringen all dieser unbekannten Leute, die nun fortgesetzt kamen und gingen. Aber nach und nach verminderte sich seine Scheu, und schließlich kam es sogar dahin, dass er den Arbeitern zuguckte und selbst mit diesen fremden Menschen, die ihm ja nichts zuleide taten, einige Worte wechselte.

„Na, Power", scherzten sie, „das wird hier ja lustig werden, he, freust du dich denn nicht, dass die Bahn hierher kommt? Dann wirst du nichts anderes mehr sehen, als Luxuszüge mit Königen und Prinzen und Prinzessinnen hier vorbeifahren."

„Und kommt auch 'ne Station in die Nähe?", fragte Power.

„Nee, du bist wohl närrisch! Die Strecke geht hier nur durch, um den Weg für die großen Züge abzukürzen. Aber weißt du was", neckten sie, „der Zug wird schon vor deiner Türe halten, nur musst du ihm rechtzeitig mit dem Schnupftuch winken."

„Ich habe noch gar keinen Zug gesehen", meinte Power.

Und nachdenklich kehrte er zu den fernen Wäldern zurück.

Bald sah er die Züge kommen: kreischende, pustende Lokomotiven mit langen Reihen von Wagen, von denen Sand, Holzblöcke, Stahlschienen abgeladen wurden.

Furchtsam machte ihn das schon längst nicht mehr, ihm schien das alles nur unbegreiflich, wunderbar. Das Wunderbarste an diesen langen, schweren Fuhrwerken war, dass sie stets so sicher auf den dünnen Eisenstreifen liefen und kein einziges Mal herunterfielen.

„Wie ist das nur möglich!", dachte Power. Und oft kam er, um zuzuschauen, jeden Augenblick erwartend, dass jetzt das unvermeidliche Unglück geschehen würde.

Aber es blieb aus. In gerader Linie, Heide und Wälder durchkreuzend, dehnte sich bald die Strecke von einem Ende zum andern, und endlich wurde sie für den Verkehr der großen Prachtzüge eröffnet.

Power war am Platze, als dies geschah. Er stand unten

an dem Damm, auf dem die Schienen gelegt waren, mit einigen Arbeitern, die an dem großen Werke mitgeholfen hatten. Da kam einer der erste große Zug.

In der Ferne, wo die Schienen scheinbar zusammenliefen, tauchte etwas auf, wie ein kleines, schwarzes, keuchendes Krabbeltierchen, das sich schrecklich zu beeilen schien, um vorwärts zu kommen, und, wie von seiner eigenen Wut ausgeblasen, sich zusehends vergrößerte bis es zuletzt in schwindelnder Fahrt daherbrauste. Es wurde zum Ungeheuer, das unten Feuer, oben Rauch ausspie und donnernd vorbeirollte, wie eine riesige Kanonenkugel, die die von aufgepeitschtem Sand und Grashalmen erfüllte Luft durchbohrte.

Power stieß einen Schrei aus und sank zitternd in die Knie. Er streckte entsetzt die beiden Hände aus, als sei er tödlich getroffen, und stürzte dann, wie niedergemäht, zu Boden.

Die Eisenbahnarbeiter, die den ersten Eisenbahnzug mit lautem Iubel und Schwingen der Arme begrüßt hatten, lachten den armen Power tüchtig aus.

„Bist du noch ganz? Lebst du noch?", riefen sie.

Beschämt und sprachlos erhob sich Power und ging wankenden Schrittes seiner Hütte zu.

Nun waren sie alle wieder fort, die da monatelang in der Nähe gelebt und gewirkt hatten. Nun war Power wieder allein in seiner vollkommenen Einsamkeit, die nur gestört wurde durch die tägliche Vorbeifahrt der großen internationalen Züge. Viermal stürmten sie vorüber, morgens und abends je zwei aus verschiedenen Richtungen. Und Power, der seinen ersten Schrecken bald überwunden hatte, kam regelmäßig, um sie sich anzusehen. Der Schrecken war fort, aber die Aufregung blieb. Es war ihm nicht möglich, zu den Zeiten, da die großen Ungetüme vorbeiratterten, auf der Heide oder in seiner einsamen Hütte zu bleiben. Er stieg auf den Damm, starrte in die Ferne, legte sich auf den Boden, presste das Ohr an die Schienen und horchte. Und dann hörte er sie singen, die Schienen. Sie sangen von seltsamen und wunderbaren Dingen. Sie sangen von einer ganzen Welt, die ihm unbekannt war, von einer großen, endlos ausgedehnten Welt, wohin er noch niemals den Fuß gesetzt, wohin er ihn niemals setzen würde. Immer lagen sie da und sangen unaufhörlich ihr leises klagendes Lied, aber wenn der Zug im Anfahren war, dann sangen sie schriller und lauter, als wären sie plötzlich aus einem langen und schönen Traume aufgeschreckt worden. Bald zitterten und kreischten sie, als würden sie gefoltert. Da kam der Zug. Drüben am fernen, fernen Horizont zeigte sich ein dunkler Punkt. Und immer wieder schien es, wie beim ersten Male, ein kleines, schwarzes, eiligst daher jagendes, keuchendes Tierchen zu sein, das sich durch seine eigene Wut zu einem Riesenungeheuer aufblies, Feuer und Rauch von sich spie, donnernd wie eine Kanonenkugel die Luft durchschnitt und unter betäubendem Getöse verschwand. Power, zehn Schritte in die Heide zurückgewichen, sah in stummer Erregung dem Schauspiele zu. Und wie in einem Wetterleuchten sah er etwas von dem Leben im Zuge: den aufgesperrten Feuerrachen, der mit Steinkohle vollgestopft wurde, den Maschinisten, der durch sein Fensterchen, wie durch eine riesige Brille, aufmerksam die Strecke vor sich beobachtete, dann in den prächtigen Luxuswagen bewegliche Menschensilhouetten, rauchende, in rote Kissen gelehnte Männer, Herren und Damen, die hinter den kleinen Fenstern bei der Tafel saßen. ein dicker roter Herr kaute mit vollen Bakken, eine Dame, fein und elegant, in heller Bluse und mit schwarzem Hut, neigte sich lächelnd zu ihm hinüber.

Das war das große Leben, von dem die Schienen sangen, das seltsam-wunderbare Leben, das ihm nur wie ein Wetterleuchten in diesen schnell vorbeifliegenden Silhouetten vor die Augen trat, das er aber nimmermehr würde näher sehen dürfen. Oh, wie gerne hätte er es sich einmal ordentlich betrachten mögen! Wie gerne hätte er ihn halten sehen mögen, diesen herrlichen, immer wild vorbeirasenden Zug, und wäre es auch nur ein einziges Mal gewesen, um etwas von dem wunderbaren unbekannten Leben zu vernehmen, er, der nun plötzlich begriff, dass er doch nichts wusste von der Welt, der hier sein ganzes Leben in tödlicher Verlassenheit verbracht, der nie ein schönes Weib gekannt, nie eine große Stadt gesehen, nie eine leckere Mahlzeit genossen hatte.

Es wurde in ihm nach und nach zu einer Art Heimweh, zu einem krankhaften unstillbaren Verlangen. Da stand er jeden Morgen, jeden Abend, mit großen, vor Erregung glänzenden, verlangenden Augen, wie ein Bettler, der milde Gaben heischt. Das Zugpersonal, das ihn bald kannte, dachte, er sei in Wirklichkeit ein Bettler, da er stets auf dem gleichen steck in der Nähe der armseligen Hütte stand, und mitunter wurde ihm im Vorbeisausen etwas zugeworfen, ein Brot, eine Flasche Bier, irgendein Überbleibsel aus dem Speisewagen. Und immer, immer stand er da, bei Tage oder in der Finsternis, mit seinem rätselhaften Verlangen, seiner Sehnsucht nach diesen großen Zügen, nach jenem wilden, alles mit fortreißenden Strom des unbekannten, sich ihm zum ersten Male offenbarenden großen Lebens...

So stand er auch wieder an einem Novemberabend wartend auf dem Damm, das Gesicht dem fernen Lichtergefunkel im Süden zugekehrt, von wo der Zug kommen musste. Die Nacht war frisch und hell, am Himmel leuchteten die Sterne, die seine Sichel des zunehmenden Mondes goss einen sanften träumerischen Glanz über die Kronen der fernen Wälder aus. Über der Erde lag eine friedliche Stimmung. Der dunkle Rand des Firmaments verschmolz mit dem dunklen Waldstreifen, die fernen Lichter der Eisenbahn vermischten ihr mildes Glühen mit dem sanften Funkeln der Mondsichel und der Sterne.

Power hockte sich nieder und presste das Ohr an die Schienen. Melancholisch sangen sie ihr geheimnisvolles Lied. Und es schien, als ob diese friedliche Harmonie nimmermehr gestört werden konnte, als ob der Zug, der offenbar Verspätung hatte, überhaupt nicht mehr kommen würde.

Und Power, der sonst niemals Zeit und Stunde wusste, dachte jetzt: Wie spät ist es schon heute Abend? Und es stieg in ihm eine Angst und Traurigkeit auf, wie eine unbestimmte Vorahnung eines Unheils. Ader ganz, ganz in der Ferne sing eines der funkelnden Lichtlein an ihm zuzublinzeln, und die plötzlich schriller singenden Schienen riefen ihm ins Ohr: „Jawohl, ich komme, ich komme…“

Es war der Zug. In der Dunkelheit konnte Power das schwarze leuchtende Tierchen nicht gewahren, aber bei dem heftigen Flackern des wie vom Sturm gepeitschten, sich blitzschnell vergrößernden Lichtes bekam er sogleich den Eindruck, dass der Zug mit ungewöhnlicher schaudererregender Schnelligkeit daher gebraust kam.

Die brennenden Schienen schrien buchstäblich unter dem immer näher kommenden Knirschen der Räder auf, der Boden dröhnte, das Licht wurde wie eine sprühende Brandfackeln wie ein lobender Scheiterhaufen, rechts und links schossen Flammenstrahlen heraus und plötzlich war es wie ein furchtbarer Spuk bei einem Erdbeben: eine rotschwarze, donnernde, niederprasselnde Masse, ein schreckliches Dröhnen von Metall, ein Splittern und Krachen von Holz, ein Klirren von Glas und dazwischen das Todesgeschrei menschlicher Stimmen…

Wie ein Narr war Power brüllend über die Heide davongeeilt, wie ein Narr kehrte er zurück, die Fäuste an die Schläfen gepresst, die Augen aus den Höhlen gequollen, schreiend, heulend, schluchzend unter dem ohrenzerreißenden Pfeifen der Lokomotive, die dort, halb in den Erdboden hineingebohrt, unter den Trümmern der Wagen, wie ein ungeheures, zu Tode verwundetes Tier brüllend und keuchend lag. Er wurde umgeworfen, mit Füßen getreten, sprang auf und stürzte abermals, sich wälzend in der lauen, klebrigen Flüssigkeit, verwundet von scharfen Splittern, erstickend im Rauch, heulend bei dem Geschrei der Flüchtenden, dem Stöhnen der Verwundeten und Sterbenden, dem ununterbrochenen, entsetzlichen, ohrenzerreißenden Brüllen der Lokomotive.

Dann flüchtete er rasch wie der Sturmwind in seine Hütte.

„Nun hab ich es gesehen! Nun hab ich es gesehen!“, schrie er. Und in seiner Hütte sah er es wieder, sah er die stöhnenden Opfer, die man zu ihm hineingetragen hatte: Männer und Frauen auf dem bloßen Boden oder auf Decken und Kissen ausgestreckt, alle so reich gekleidet, mit Seide und Juwelen angetan, aber mit verzerrten Körpern, mit blutenden Arm- und Beinstumpfen, mit brechenden Augen in grauen Gesichtern, mit krampfhaft gerungenen Händen und mit um Gnade und Erlösung durch den Tod stehenden Lippen.

Eine fahle Glut schlug durch die kleinen Fensterchen auf dieses gräuliche Schauspiel, und Power sah nun draußen in dem schrecklichen Chaos den verunglückten Zug brennen. Die roten Flammen schlugen aus dem schwarzen Trümmerhaufen wie eine höllische Lohe zum Himmel, begleitet von dem immer noch anhaltenden Schreien der Sterbenden, dem unablässigen Getöse der Dampfpfeife der Lokomotive, das sich anhörte wie das Brüllen eines gemarterten sterbenden Tieres.

„Ho! Ho! Ho, ho! Nun hab ich es gesehen, nun hab ich es gesehen!"

Und, schluchzend stürzte Power aus seiner Hütte, floh quer über die Heide, von dem schrecklichen Lärm verfolgt, quer über die Heide nach den fernen dunklen Wäldern.

Dort fiel er schluchzend auf den von Moos und dürren Blättern bedeckten Boden nieder. er stand wieder auf und rannte weiter bis in den tiefsten Wald, wo er von dem abscheulichen Lärm nichts mehr hörte. Dort verkroch er sich wie ein halb zu Tode gehetztes Tier in seinem letzten Schlupfwinkel. Dort blieb er die ganze Nacht sitzen, stumm und zitternd, zusammengekauert, mit klappernden Zähnen und vor Schreck weit aufgerissenen, starr blickenden Augen.

Bei der ersten Morgendämmerung kroch er heraus und pflückte reife Bromheeren, die er, halb ohnmächtig vor Hunger, sofort verspeiste. Dann riss er Äst von den Bäumen und baute ein Dach über der Höhle, auf deren Boden er aus Moos und dürrem Laub ein Lager herrichtete.

Den ganzen Tag irrte er in den Wäldern umher, seinen Hunger immer wieder mit Brombeeren stillend.

Erst lange nach Sonnenuntergang kehrte er zu seinem Häuschen zurück.

Seine Knie schlotterten, und er taumelte über die wollige Heide, jeden Augenblick anhaltend und durch die Finsternis lugend und horchend, jeden Augenblick bereit, beim geringsten Lärm wieder auf und davon zu gehen.

Aber nichts geschah. Alles blieb still, totenstill. Und in

der nun sehr dunkeln Nacht stand er, ehe er sich dessen bewusst war, vor seinem Hüttchen.

Sein Herz hämmerte vor Entsetzen und Grauen, als er das kleine Haus so plötzlich in seinen düsteren Umrissen vor sich auftauchen sah, und mit heiserer Stimme stieß er die Worte hervor:

„Wer ist da? Ist jemand da?"

Das klägliche Geheul seines Hundes klang ihm als Antwort entgegen.

„Du, wo bist du" rief er. Und er ging hinter Dues Hütte, wo der Hund noch an der Kette lag. Im Koben daneben hörte er das Schweinchen grunzen.

Er machte Due los, der sofort durch die offene Tür ins Haus lief.

Zitternd blieb Power auf der Schwelle stehen. Er hörte den Hund schnüffelnd herumgehen. Er nahm ein Streichholz, bereit, es in Brand zu setzen, aber er wagte es nicht, aus Furcht vor dem Anblick, der sich ihm vielleicht bieten würde.

„Ist da noch jemand?", schrie er endlich mit seiner heiseren, zitternden Stimme. Und da alles still blieb, strich er das Zündhölzchen an und wagte sich einen Schritt vorwärts.

Nichts mehr… niemand… die Totenstille eines Grabes.

Das Öllämpchen stand in seinem Bereich. Der schwache, fahlgelbe Schimmer tanzte mit grauen Schatten auf den nackten Wänden der Hütte, der armseligen Hütte. Das braungeränderte Kruzifix über dem Herdsims schien wie in grimmigem Schmerz die Beine zu verziehen. Er senkte das Lämpchen gegen den Fußboden.

Auf dem Lehmflur waren große dunkle klebrige Flecken, große Blutflecken, und mitten in einem solchen Flecken saß still und ruhig seine Katze und musterte den Boden.

Er schauderte und das Lämpchen zitterte in seiner

Hand. Er kehrte es gegen den Herd, gegen die grauen Wände, gegen die verräucherten Deckenbalken. Nichts mehr, nichts, alles fort... Er suchte nach dem kleinen Käfig. Der Zeisig schlief, auf dem Sitzstängchen zusammengerollt, das Köpfchen rückwärts gewendet und den Schnabel im Gefieder versteckt. Er sah unter den Tisch, wo der Hund scharrte und wo er plötzlich ein heftiges Pfauchen vernahm. Und dort, bis an das Tischbein zurückgedrängt, sah er Rub, seine Waldeule, sitzen, mit schwarzen, wütenden Augen, die beiden Krallen in einen blutigen Fetzen gehakt.

„Hierher, Dur!" rief er, den Hund am Schwanze zurückziehend. Aber mit einem heiseren Angstschrei fuhr er zurück. Es war ein blutiger Fetzen Menschenfleisch, den Rub zwischen den Klauen hatte.

„Komm!", rief Power dem Hund. Er nahm ihn mit hinaus und spannte ihn vor seinen Karren. Dann lud er von seinem spärlichen Hausrat ein Stück nach dem andern auf, und nun ging es fort nach der verlassenen Höhle in der Tiefe des Waldes.

So fuhr er die ganze Nacht hin und her, und ehe der Morgen dämmerte, war das Hüttchen leer. Zuallerletzt holte er seine Tiere: das Schweinchen in einer mit Löchern versehenen Holzkiste, die Hennen in einem Korbe, den Zeisig in seinem Käfig, die Katze in einem Sack und die Eule in einem alten, halb von Rost zerfressenen, oben und unten mit Stroh verstopften Ofenrohr. .

Als das Morgenrot sich in den auf den Heideblüten liegenden Tautropfen spiegelte, hatte er, ohne noch einen Blick auf den Schauplatz des furchtbaren Unglücks zu werfen, seine Hütte für immer verlassen.

Oh, nun wusste er es! Nun hatte er es gesehen! Nun

hatte er es ein für alle Mal gesehen, das Menschenleben der
großen Welt!

Und drüben im tiefen Wald versteckt, von keinem Menschen gestört, ward er wieder der stumme, plumpe Einsame wie früher…

Reue

Es ist eine sehr trübe und traurige Erinnerung…

Ein kurzes, schmutziges Seitengässchen am äußersten Ende des Dorfes. Zur Rechten nichts als die hoheweiße, blinde Mauer eines großen Herrenhauses. Links vier kleine, niedrige, zusammengebaute Arbeiterhütten aus schmutziggrauem Stein, mit dumpf grünen Fensterläden. Da ist es finster, kühl, öde, muffig. Fast niemals glänzt ein Sonnenstrahl in diesem schmutzigen immer feuchten Winkel. Aber nur ein Stückchen weiter von der blinden Mauer und den kleinen Hütten entfaltet sich in seiner breiten Herrlichkeit das freie Feld und dort ist plötzlich alles voll gesunder Lebensluft und sonniger Freude!

Dort schaukeln und wogen, von der linden Frühlingsluft bewegt, die frischen grünen Kornfelder. dort schlängelt sich gelb der breite Sandweg nach dem bläulichen Horizont unter dem hohen, sonnig blauen Himmel mit seinen blendend weißen Wölkchen. Dort singen die Vöglein und duften die Blumen. dort strahlen die Augen und röten sich die Wangen. Dort gehen die beengten Lungen in einem breiten, gesunden Rhythmus auf…

Vier kleine, niedrige, graugrüne Hütten. An dreien sind Tür und Fensterläden geöffnet, am vierten beide dicht geschlossen. Zu beiden Seiten des verschlossenen Türchens lehnt eine verwaschene, länglich-viereckige schwarze Fahne mit silbernem Totenkopf in der Mitte und silbernen Fransen an den Rändern. Auf der Schwelle des

Hüttchens liegt ein gelbes, mit einem roten Ziegelstein beschwertes Strohkreuz.

In diesem Häuschen liegt ein Toter.

Es war ein langer, magerer, blasser Bursche. Ich hab ihn gut gekannt. Er hieß Jules. Er war von seltsamem, ungünstigem Aussehen, mit einem falschen und schleichenden Ausdruck in den Augen. und er hatte auch einen sehr schlechten Ruf! Den Ruf eines Faulpelzes, eines Diebes, eines Trunkenbolds, eines Raussüchtigen und beinahe eines Mörders.

Dieser üble Ruf war verdient. Er war faul, er stahl, er trank, er raufte. Sein Vater, ein Zimmermann, bei dem er angeblich arbeitete, mit dem er aber nicht auskommen konnte, warf ihn schließlich aus dem Hause. Er kam noch weiter herunter. Jetzt musste er wohl oder übel von Raub und Diebstahl leben, denn nirgends hätte er, selbst wenn er es ernstlich gewollt hätte, Arbeit bekommen. Wiederholt wurde er in Gesellschaft einer berüchtigten Landstreicher- und Diebesbande gesehen, und im Dorfe wurde kein Schurkenstreich verübt, bei dem es nicht hieß, dass er beteiligt sei. So hieß es, aber es war doch nicht bewiesen, da er niemals auf frischer Tat ertappt wurde und niemand belastende Tatsachen gegen ihn bezeugen konnte. Feldwächtern, Jadghütern und Gendarmen war es noch niemals gelungen, ihn gerichtlich verurteilen zu lassen. Er war schlau und verschlagen. Immer wieder entschlüpfte er, wie ein Aal durch die Maschen eines Netzes. Er hatte noch keinen Heller Geldstrafe, war noch keine Stunde im Gefängnis gewesen,

Da geschah der berüchtigte Anschlag auf einen reichen Bauernsohn, der, als er abends aus der Stadt vom Markt heimkehrte, von drei Kerlen überfallen, ausgeraubt und halbtot geschlagen wurde. Der Mann genas wieder und beschuldigte ausdrücklich Jules als den einen seiner Angreifer.

Mit unverhohlener Freude kamen die Gendarmen, um ihn zu holen, und das ganze Dorf atmete auf und jubelte:

„Ha, endlich hat man den Schelm doch gepackt!"

Aber der Schelm verteidigte sich!

Er sei nicht dabei gewesen, behauptete er. Er sei an dem fraglichen Abend bis tief in die Nacht hinein bei seiner Liebsten geblieben und dann, wie es oft geschah, in einer Bauernscheune schlafen gegangen. Und dann fügte er mit einem wunderlichen, rätselhaften Lächeln, einem Lächeln von beinahe treuherziger Aufrichtigkeit und Schüchternheit, als schämte er sich dieser, in seinem Munde so seltsam und unerwartet klingenden Worte hinzu:

„Ich hab mich gebessert, ich arbeite, ich wer' heiraten."

Die Gendarmen nahmen eine Untersuchung vor. Sie hörten, dass Jules am fraglichen Abend wirklich bei einem Mädchen gewesen war, von dem es hieß, dass sie seine Liebste sei. Aber das Mädchen war eine aus dem verrufenen Diebesviertel. Ihr Zeugnis erschien etwas verdächtig, und außerdem war ja auch der Überfall mitten in der Nacht geschehen. Wo hatte er den Rest der Nacht zugebracht, nachdem er seine Liebste verlassen?

„Nun, in der Bauernscheune, wo ich geschlafen hab!", antwortete Jules ein wenig schnippisch. Und er nannte auch den Bauer, dem die Scheune gehörte.

Das stimmte. Der Bauer bezeugte, dass der Bursche oft in seiner Scheune schlief. Und es ergab sich weiter, dass er seit einiger Zeit regelmäßig arbeitete und sein Geld sparte und nicht mehr trank. Aber die Gendarmen schüttelten den Kopf und grinsten misstrauisch. Das hinderte alles nicht, dass er in der Nacht dennoch aus der Scheune gekommen war, um mit den anderen den Streich auszuführen. und übrigens: dieses Nächtigen in Scheunen gehört zu einem ungebundenen Landstreicherleben und keineswegs zu den anständigen Lebensgewohnheiten eines Menschen der ehrlich sein Brot verdienen will. Warum er wie ein Vagabund in den Scheunen schliefe, fragten die Gendarmen.

„Um die Miete zu sparen", antwortete Jules.

Die Gendarmen lachten spöttisch. Haha, das war eine eigentümliche Manier zu sparen! Wohin käme man in der Welt, wenn jeder so dächte!

„Und es is doch so! Es is die reine Wahrheit!", bestätigte Jules nachdrücklich.

„Sie haben also etwas Geld?", fragten die Gendarmen.

„Ja", sagte Jules.

„Wo ist es?"

„Mein Mädchen hebt es auf, um Möbel davon zu kaufen und ein Häuschen zu mieten."

Sie hielten Haussuchung bei dem Mädchen und fanden das Geld: ein paar hundert Frank in schönen Silberstücken.

Das dem reichen Bauernsohn gestohlene Geld bestand aus Banknoten. Aber das bewies gar nichts. Sie konnten es umgewechselt haben. Jules wurde mit dem Bauernsohn konfrontiert. „Er is es! Er is es!", versicherte dieser. „Sie waren ihrer dreie, zwei kleine und 'n großer. Er is der Große!"

„Du lügst!", schrie Jules blass und zitternd vor Wut.

„Er is es! Er is es!", wiederholte der Bauernbursche mit unerschütterlicher Überzeugung.

„Und ich sag, du lügst, du Schuft!", polterte Jules.

Die Gendarmen forschten nicht weiter. Sie ließen Jules laufen, aber ihre Überzeugung stand unumstößlich fest. Jules war einer der Täter, und die Untersuchung wurde gegen ihn eingeleitet.

Einige Wochen vergingen. Jules, stark durch seine Unschuld, arbeitete ruhig und regelmäßig weiter, sparte sein Geld, brachte jeden Abend bei seinem Mädchen zu und schlief dort, wo er Platz finden konntet in den Bauernscheunen, um das Logisgeld zu sparen. Als sie genügend hatten, um zu beginnen, mieteten sie eines der vier kleinen Hüttchen in der Seitengasse und heirateten.

Sie waren erst vierzehn Tage verheiratet, als Jules vor Gericht gefordert wurde. Man hatte ihm angeraten, einen Advokaten zu nehmen, aber er tat es nicht.

Warum sollte er unnötig sein Geld verschwenden, das er gerade jetzt so notwendig brauchte.

Vor Gericht wiederholte der Bauernsohn seine formelle Beschuldigung und Jules mit mühsam verhaltenem Zorn und mit starkem Nachdruck seine noch formellere Verneinung. Es traten Zeugen auf, die übereinstimmend Jules' schlechte Führung bestätigten, wenn sie auch gestehen mussten, dass er bereut zu haben schien und seit seiner Verheiratung ein untadeliges Leben führte.

„Halten Sie ihn für fähig, ein solches Verbrechen zu begehen?", fragte der Vorsitzende alle der Reihe nach.

Und alle bekundeten, ohne einen Augenblick zu zaudern, dass sie ihn dazu für vollkommen fähig erachteten.

Diese Zeugenaussagen, in Verbindung mit der nochmals ausdrücklich wiederholten Beschuldigung des Anklägers, waren durchschlagend. Jules wurde zu einem Jahre Gefängnis verurteilt und sofort verhaftet.

Jedermann im Dorfe hielt dies für eine wohlverdiente Strafe.

Ich weiß nicht – und eigentlich hat es niemand je erfahren – was seit diesem Augenblick an Jules genagt hat. Nach siebenmonatiger untadelhafter Führung wurde er aus dem Gefängnis entlassen, und eines Abends kehrte er in das

Dörflein zurück. In der ärmlichen Hütte mit den grauen Mauern und den dumpf grünen Fensterläden fand er seine junge Frau mit einem kleinen Kindchen, das in seiner Abwesenheit geboren war.

„Da bin ich!", sagte er mit einem wunderlich trockenen Lächeln. Und er gab seinem Weibchen, das so bitterlich weinte, das bisschen Geld, das er im Gefängnis verdient hatte, und nahm das Kindchen auf seinen Schoß, um es lange entzückt anzustarren.

„Wie heißt es?", fragte er leise, mit vor Rührung heiserer Stimme.

„Jules … Julken", schluchzte sie.

„Julken … Julken …" Und er streichelte die Backen des kleinen Wichtes, der ihn mit leuchtendfrohen Augen anlachte.

Sein Leben wurde sehr ruhig, sehr still, sehr einsam.

Er arbeitete den ganzen Tag, sprach wenig, saß in seinen spärlichen Mußestunden irgendwo und starrte sinnend vor sich hin.

„Das Einsperren hat ihm gut getan", meinten die Leute. „Er hat bereut, er ist brav geworden."

Oft habe ich versucht, ihn zum Reden zu bringen, denn sein Fall interessierte mich, und ich hatte nach und nach eine merkwürdige Sympathie für ihn gewonnen. Aber niemals ist es mir gelungen. Nach ein paar kurzen Sätzen brach er immer wieder das Gespräch ab und versank in Schweigen, und auf seine blassen Wangen trat dann eine zarte Röte wie des Schmerzes oder der Scham. Niemals habe ich ihn bittere Worte äußern, klagen, poltern oder Vorwürfe erheben hören. Gegen Weib und Kind war er über alle Maßen sanft und gut. Nach Umgang, mit wem es auch sein mochte, außer seiner Familie, schien er nicht das geringste Bedürfnis zu haben. Er war nicht scheu, er war nicht bösartig, er war weder falsch noch aufbrausend. Ich weiß nicht, wie es mit ihm stand.

Nur etwas Seltsames, etwas unheimlich Seltsames war an ihm. Stets hatte er auf dem Dachboden, wo er jetzt ganze Tage zimmerte, einen Sarg aus weißem Holz, einen Armeleutsarg stehen. Dort stand er, unter den Dachsparren schräg an die Wand gelehnt, gespensterhaft bleich im ungewissen Dämmerlicht der Dachkammer, und dort blieb er stehen, bis er verkauft und von irgendjemandem geholt wurde. Dann machte er sofort wieder einen, um ihn an des anderen Stelle zu setzen.

„Ach, schon wieder 'n neuer Sarg!", klagte dann seine Frau, der dieser Anblick so unheimlich war. „Warum willste nich warten, bis sie bestellt wer'n?"

Er lächelte seltsam und starrte sprachlos vor sich hin.

Drüben im Gefängnis hatte er sieben Monate lang weiter nichts als Särge, weiter nichts als Armeleutsärge gemacht. Es saß ihm im Blut und in den Händen. Es war eine Manie, eine „Einbildung für ihn geworden. Er hatte Särge gemacht, so viele, dass er einen ganzen Kirchhof damit hätte füllen können. Und vielleicht sah er ihn auch in seiner Phantasie, diesen Kirchhof, gefüllt mit solchen langen, schmalen, weißen Kisten unter dem grünen Rasen.

„Du siehst doch, dass sie gesucht werden. Die werden immer gesucht", kam endlich seine stille, geheimnisvolle Antwort.

Und mehr war aus ihm nicht herauszubringen.

Ein kurzes, schmutziges Seitengässchen zur Rechten die hohe, bloße Mauer des Herrenhauses, links die vier kleinen Arbeiterhüttchen mit den grauen Wänden und den grünen Türchen und grünen Fensterläden, von denen nun das zweite geschlossen ist, mit dem Strohkreuz und dem Ziegelstein auf der Schwelle und mit der verwaschenen schwarzen sahne, die mit einem silbernen Totenkopf und silbernen Fransen geschmückt ist…

Ganz still, ohne einen Vorwurf und ohne eine Klage, wie eine Kerze, die langsam niederbrennt, ist er dahingegangen. Was er gehabt hat, weiß niemand, was ihm am Herzen nagte, kennt kein Mensch. Armut…heimlicher Kummer…schleichende Krankheit…wer kann es sagen! Reue, meinen die Dorfbewohner. Aber was wissen die Dörfler! Da liegt er nun in einem jener weißen Armeleutsärge, die er immer auf Vorrat zimmerte, wie er ihrer schon so viel gezimmert hatte und ihrer noch immer mehr zimmern musste…

Was tut nun in der Dämmerung des dicht verschlossenen Häuschens die junge Frau mit dem kleinen Kindchen! Sitzt sie gebrochen und schluchzend in dem stillen, leeren Kämmerchem oder irrt sie ziellos umher mit verweinten Augen, nicht wissend, was sie sucht? Liegt das Kindchen sanft schlummernd in seiner Wiege? Oder spielt es ruhig in seinem Stühlchen mit dem ärmlichen Spielzeug, das es in der halben Dunkelheit kaum sieht. Es ist da drinnen alles so still. Kein Ton, kein Seufzer, kein Atemzug dringt heraus.

Nur der frische Lenzeswind streicht kosend über die weiten Felder und singt leise sein ewiges Lied. Die grünen Kornähren schaukeln und wogen, der gelbe Sandweg schlängelt sich einsam fort in stille Fernen, und am sonnig blauen Himmel schwimmen so hoch und rein und glänzendweiß phantastische setzen von dannen weichen, lichten Wölkchen…

Der alte Landstreicher

Wie viele Jahre habe ich den alten Landstreicher in die Fabrik kommen, einige Monate dort bleiben und dann wieder verschwinden sehen!

Louis hieß er. Er war nicht mehr jung, vielleicht um die fünfzig, als er zum ersten Mal vor mir auftauchte.

Mir ist, als sähe ich es heute noch. Es war gegen Abend an einem stürmischen, regnerischen Novembertag.

Plötzlich stand er da zwischen den schnurrenden Maschinen, tropfnass, gebückt und zusammenschauernd, beinahe ohne Kleider, mit einem in ein dunkelrotes Tuch gebundenen Päckchen in der Hand. Er kam wie vom Regenhimmel gefallen und fragte mit leiser Stimme:

„Mein Herr, könnt ich hier nich Arbeit kriegen?"

Die erste Antwort war ein träges Kopfschütteln und ein abweisendes Nein. sast stets ist die erste Antwort des Arbeitgebers ein träges Kopfschütteln und ein abweisendes Nein. sast immer ist solch ein Arbeiter ein Feind, der etwas Unbilliges verlangt.

„Ach Herr", sagte er leise im Ton klagenden Vorwurfs. Und diese wenigen Worte, die von so tiefer Enttäuschung zeugten, rührten mich und brachten meinen Entschluss zum Wanken.

Nötig hatten wir ihn nicht. Fast niemals haben Arbeitgeber Arbeiter nötig. Arbeiter, arme Leute gibt es stets im Überfluss. Aber wir konnten ihn doch gebrauchen, und so zauderte ich noch eine Weile, während ich ihn noch einmal in seinem ärmlichen, durchnässten staus musterte und er fröstelnd und wie ein armer Sünder dastand und es draußen vom immer schwärzer werdenden Himmel aufs neue zu gießen begann.

„Tun Sie's aus Barmherzigkeit, Herr", sagte er. „Geben Sie mir, was Sie wollen: ein Bett, ein Stück Brot, mehr brauch ich nich."

Er bat nicht mit Bettlerdemut. Es lag sogar etwas Gutmütig-Herablassendes in seinem Ton. Er wollte kein Mitleid, kein Almosen. Es war, als wollte er sagen: komm, sei nicht kleinlich, tu's nur, was liegt dran, es wird dich nicht gereuen.

Es war sehr seltsam, aber plötzlich fühlte ich in diesem armseligen Schlucker eine Art Überlegenheit über mich. Wie stand ich unschlüssig und zaudernd da, während er so frank und frei mit seinem Angebot zu mir kam! Ich fühlte, jetzt noch unbewusst, in ihm die Überlegenheit des Nichtbesitzenden gegen den Wohlhabenden. Erriet er meine Gefühle? Oder war auch er sich seiner Überlegenheit bewußt? Wenigstens strahlte etwas wie ein ironisches Lächeln aus seinem kühnen Blick, während er auf meine Antwort wartete.

Ich schlug die Augen nieder, und leise, schüchtern, verlegen war meine Antwort, dass wir ihn nehmen würden.

Er war ein geschickter, fleißiger und flinker Arbeiter. Niemals musste er angespornt werden. Seine großen Hände waren immer bereit zum Anpacken. Früh um sechs Uhr war er auf seinem Posten. Um zwölf Uhr ging er irgendwo essen. Wo? Was? Ist mir stets ein Rätsel geblieben. Nach kaum einer Stunde war er wieder zurück und arbeitete bis abends.

Es hieß, dass er in einer kleinen Kneipe außerhalb des Dorfes esse und schlafe, doch schien er keine Eile zu haben, dahin zu gelangen, denn oft fand ich ihn noch spät am Abend in der Fabrik, drunten bei den lohenden Öfen, die Tag und Nacht brannten.

Dort saß er oft, seine Pfeife rauchend, auf einem Haufen Säcke ausgestreckt, bei den Männern der Nachtschicht. Seine struppigen Haare und sein grauer Bart waren wie mit rotem Gold übergossen, fein braungebranntes Gesicht glühte. Seine alten grünlichen Augen starrten nachdenklich in die lohenden Feuer und schienen Gedanken zu verfolgen, die er nicht in Worten ausdrückte. Nach Unterhaltung hatte er kein Bedürfnis. er schien nur dazubleiben, um sich an der Wärme und Geselligkeit zu hegen, und auf die Fragen der Männer, die gerne einiges aus seinem früheren Leben erfahren hätten, antwortete er mit kurzen zerstreuten Sätzen, die keinen Aufschluss gaben.

„War hier, war dort", so lautete stets seine Antwort, wenn sie in ihn drangen, und mehr war aus ihm nicht herauszubringen. Auch wenn sie ihn fragten, ob er beabsichtige, in der Fabrik zu bleiben, zuckte er nur die Achseln und gab keinen klaren Bescheid. Hatte er noch Eltern, Schwestern, Brüder, sonstige Angehörige? War er verheiratet gewesen, und hatte er Kinder? Das alles blieb ein Rätsel.

So ging der lange, raue, träge Winter zu Ende.

An dem monatelang dumpf grau gewesenen Himmel erschien wieder Blau und Licht und sonniger Raum, die ersten Blättchen sprossten, die ersten Vögel sangen, der frische Lenz erwachte.

Es war, als ob Louis nach und nach ein anderer Mensch würde. Seine braunen furchigen Wangen nahmen eine lebhaftere Farbe an, ein seltsamer Glanz strahlte aus seinen grünlichen Augen, eine aufgeregte Ruhelosigkeit peitschte ihn von einem Ort zum anderen.

Wiederholt fand ich ihn draußen im Freien stehen und schauen, als sähe und höre er dort Dinge, die ihn über die Maßen fesselten. Schnell zog er sich zurück, wenn er meiner ansichtig wurde, aber jedes Mal kam er, wie unwiderstehlich angelockt, nach einem Weilchen wieder.

Das währte so einige Wochen, in einem eigenartigen, belustigenden Wechsel von Aufregung und' Ruhe, je nachdem draußen sonniges oder trübes Wetter herrschte.

Bis wir ihn eines Morgens – eines Montagmorgens – zum ersten Male vermissten.

„Wo ist Louis?“, fragte ich die anderen Leute verwundert.

Sie lächelten geheimnisvoll. Endlich antwortete einer:

„Er is fort, Herr, er wird nich mehr kommen.“

„Warum?“

Wieder lächelten sie schweigend, als wären sie in Verlegenheit.

„Weil die Vögel anfangen zu singen“, platzte einer plötzlich lachend heraus. „Hat er das gesagt!“

„Ja, Herr, einen ganzen Monat lang bat er's gesagt. ,Die Vögel dort in den Bäumen‘, hat er gesagt, ,die wer'n mich von hier vertreiben‘, hat er gesagt.“

Ich war ein wenig ärgerlich, ich fühlte mich von diesem Manne hinters Licht geführt und nahm mir fest vor, ihn nie wieder aufzunehmen.

Der liebe Lenz hatte ausgeblüht, der reiche Sommer hatte seine Schätze über das Land verbreitet, der goldene Herbst streute seine letzten Blätter auf die schlammigen Wege, die traurigen Winterkrähen flatterten krächzend über das einsame nackte Feld, und schon längst hatte ich den abgerissenen Landstreicher vergessen, als er plötzlich an einem düsteren Regenabend in der Fabrik wieder vor mir stand, genau wie das erste Mal.

„Was!“, rief ich erstaunt, und meine erste Bewegung war, ihn sofort wieder hinauszuweisen. Aber es war etwas in diesem Mann, eine geheime Macht, eine proletarische

Überlegenheit, die mich sofort entwaffnete und machtlos
machte und mich drängte, ihn anzuhören.

Ich wollte brummen, Vorwürfe erheben, ich wollte vor
allen Dingen wissen, warum er so mir nichts dir nichts
weggelaufen sei und wie er jetzt zurückkomme, ärmer
und abgerissener als je. Aber es nützte alles nichts, er
brummte sein gewöhnliches „bin hier und dort gewesen".
Er fragte mich einfach, ohne zu schmeicheln und ohne
sich zu schämen, ob ich ihn wieder nehmen wolle. Und ich
konnte nicht widerstehen, dieser elende Nichtbesitzende
beherrschte mich durch die Erhabenheit seiner völligen,
selbstgewollten Armut. ich nahm ihn wieder auf, zornig auf
mich selbst und zornig auf ihn, zornig vor allen Dingen auf
meine feige Schwäche, die mich wie eine verdiente Demütigung drückte.

Von dieser Zeit an ging es jedes Jahr den gleichen
bestimmten Gang. Mit den kurzen Tagen tauchte er auf,
nahm seinen Platz in der Fabrik ein, arbeitete fleißig den
ganzen Winter, flog mit den ersten schönen Tagen wie ein
Vogel wieder ins Freie. Was er den ganzen langen Sommer
trieb, teilte er uns nicht mit und schien er als ein großes
Geheimnis für sich bewahren zu wollen. Immer noch
wie früher blieb seine einzige, unbestimmt ausweichende
Antwort:

„Bin hier gewesen, bin dort gewesen…"

Bis ich an einem leuchtend schönen Frühlingsmorgen
dahinter kam!

Es war am Rittsteig der Leie, die wie ein glänzendes flat-
terndes Silberband zwischen dem endlosen Grün der Wiesen sich dahinschlängelte. Es war im heißen Sonnenschein
der Mittagstunde, unter einem klaren blauen Himmel mit
duftig weißen Wölkchen, die sich wie wunderleicht dahin-
gleitende Schifflein in den Tiefen des Wassers spiegelten.

Ein laues Lüftchen bewegte kaum das träumerisch säuselnde Schilf am Ufer, und die ganze Atmosphäre war von süßem Duft und Vogelgesang erfüllt.

Da kam ein schwerbeladener Frachtkahn daher, gezogen von vier Männern an einer langen dünnen Leine.

Es war ein schönes, starkes Boot, mit Kosa, Braun und Grün bemalt, mit einem vorspringenden Vorderstück, das einem menschlichen Gesicht ähnelte. Zwei schwarze Ankerketten. Augen und eine Art dichter roter Schnurrbart, der wie die Lippe eines Riesenmundes das aufspritzende Wasser gierig einzuschlucken schien.

Die Männer auf dem hohen Rittsteig hingen keuchend an dem Tau nach vorn, und ihr gebückter träger Gang machte den Eindruck, als ob sie jeden Augenblick vor Erschöpfung zusammensinken würden.

Ich war auf die Seite gegangen und sah teilnehmend auf die traurige Gesellschaft. Und plötzlich erkannte ich ihn, Louis, den dritten in der Reihe, wie ein abgerackertes Tier gegen den Boden gebeugt, mit seiner kurzen Tonpfeife im Mund.

„Louis!“, rief ich erstaunt und meinen eigenen Augen nicht trauend. Rasch sah er auf, und sein braungebranntes, keuchendes und schweißtriefendes Gesicht überflog plötzlich wie das eines beschämten jungen Mädchens, eine rote Flamme.

„Ha, Herr!“, sagte er und lächelte mich flüchtig an, mit einem wunderlichen Ausdruck tiefer Schamhaftigkeit in seinen hellen, grünlichen Augen.

Ich wollte noch etwas sagen, etwas fragen, aber da stand ich stumm und reglos vor Überraschung und konnte kein Wort hervorbringen. Lief er darum immer von uns weg! War dies das „Bin hier gewesen, bin dort gewesen“, von dem er jeden Winter sprach?

„Schönes Wetter, nich wahr, Herr!“, rief er selbst, sich schneller als ich von seiner Verblüffung erholend.

Und fort war er, schwer an dem Tau hängend, den abgerackerten Leib beinahe bis auf die Erde niedergebeugt, unsichtbar schon zwischen den anderen, die nicht einmal aufgeblickt hatten. Das ist unsere letzte Begegnung gewesen.

Im nächsten Winter kehrte er nicht nach der Fabrik zurück. War er tot? Hatte er etwas anderes gefunden? Wollte er nicht mehr kommen? Ich habe es nie erfahren und habe auch niemals wieder etwas von ihm gehört.

Niemals mehr haben unsere Frühlingsvöglein ihn ins Freie hinausgelockt…

Jan Tambour

Jan Tambour ist ein Trunkenbold …

Frage nur den ersten besten im Dorfe, was Ian Tambour sei, und er wird dir antworten: ein Trunkenbold.

Und er wird noch hinzufügen:

Ein Trunkenbold und ein Narr, der ab und zu feinen Hausrat in Trümmer schlägt und Frau und Kinder misshandelt. Es ist etwas Merkwürdiges, etwas sehr Merkwürdiges um solch allgemein schlechten Ruf.

Denn ich weiß sehr gut, dass Ian Tambour viel weniger trinkt als die meisten anderen Männer im Dorf, und dass er in seinem Hause niemals etwas entzwei schlägt, und dass er niemals Frau und Kinder misshandelt. Aber Ian Tambour ist ein Possenreißer. Das ist er.

Er ist seines Zeichens Schuhmacher. Er wohnt dort in dem alten Treppengiebelhäuschen mitten in der großen Dorfstraße, gerade gegenüber dem Gässchen, wo einige arme Familien leben und wo auch der taubstumme Schneider wohnt, dessen Häuschen das Gässchen abschließt. Der Fußboden von Ians Hütte liegt ein wenig tiefer als die Straße. Auf zwei steinernen Stufen tritt man durch eine Tür mit kleinen Fenstern ein.

Es riecht stark nach Pech und Leder, und überall an den Wänden hängen kleine schwarze, braune, gelbe und weiße, grotesk ausgeschnittene und gekerbte Lederlappen, von denen manche noch die Körperformen der Tiere zeigen, denen sie einst angehört haben. Links vor .

dem in Blei gefassten Fensterchen mit den kleinen

Scheiben sind die fertigen Stiefel, Schuhe und Pantoffeln
in verlockendem Glanz zum Kauf ausgestellt. Rechts vor
dem zweiten bleigefassten Fensterchen mit den kleinen
Scheiben, sitzt Ian Tambour bei der Arbeit.

Hämmer, Leisten, Nägel, Lederschnitzel liegen auf
der breiten Fensterbank und auf dem Werktisch um ihn
herum ausgebreitet. Er schneidet und sticht und näht und
klopft, den Kopf tief über seine Arbeit gebeugt, mit flinken,
gewandten Bewegungen. An der Wand rechts zwischen
den Lederlappen hängen Käfige mit verschiedenartigen
Vögeln: ein blinder sink, ein Zeisig, zwei Kanarienvögelt
zwei Stare und eine Amsel. Auf der Fensterbank flattert zwischen Handwerkszeug, Glasscherben und Lederscheiben
in völliger Freiheit eine zahme Dohle herum. Und ebenfalls auf der Fensterbank, in der Ecke bei dem Schutzbrett
der Tür, liegen oder sitzen in einem Körbchen zwei kleine
gelblichgraue, rauhaarige Hündchen, das eine Whiskey,
das andere Gin geheißen. Die hat Ian von seinem Bruder,
der in Amerika wohnt, zum Geschenk erhalten.

Ian Tambour ist mager und klein von Gestalt, ungefähr
sechzig Jahre alt, mit einem stark verrunzelten Gesicht,
scharfer Nase und verschmitzt-lustig blickenden hellblauen Augen. Sein Kopf erinnert an einen Vogelkopf, und
es ist auch gerade, als ob er stets ein leises Vogelliedchen
pfiffe, wenn er, über seine Arbeit gebeugt, so dasitzt und
der kleine Mund unter dem dichten, grauen, herabhängenden Schnurrbart kaum sichtbar wird.

Er ähnelt wahrhaftig den Vögeln, die da um ihn herum
in ihren Käfigen sitzen, und manchmal erinnert er mich
auch an die kleinen Hündchen in dem Körbchen.

Alle diese Tiere sind seine guten Freunde, und ich habe
„ stets geglaubt, dass er und seine Vögel und seine Hündchen sich gegenseitig verstehen. Ab und zu plappert dieser

oder jener etwas aus seinem Korb oder aus seinem Käfig, und Ian, der rastlos näht, bohrt und klopft, schaut flüchtig auf und gibt eine heitere Antwort. Besonders mit der Dohle verkehrt er auf dem Fuße großer Vertraulichkeit. Das Tier lauscht, wenn es angesprochen wird, aufmerksam mit schiefgeneigtem Köpfchen, und aus seinen grünlichblauen, runden Augen strahlt ein Schimmer feiner und tiefer Intelligenz. Aber auch Gin und Whiskey scheinen ihn gut zu verstehen. Wenn er sie anredet, setzen sie sich, das rauhaarige Hälschen straff emporreckend, auf ihren bibbernden Vorderbeinen aufrecht, und ihre hellen Wasseräuglein und ihre scharfen Wackelohren sagen ihm, unter einem leisen Wimmern, dass sie freundlich und gehorsam sein wollen.

Neben ihm in einer Ecke steht in Reichweite ein langes hölzernes Blasrohr. Damit geht er manchmal des Sonntags aufs Feld oder in den Wald, um Vögel zu schießen. Er schießt sie nicht tot, sondern betäubt sie nur mit weichen Lehmkügelchen. So hat er seine zwei Stare geschossen. So hat er die Dohle geschossen. So belustigte er sich auch zuweilen damit, auf die Straße hinaus zu schießen.

Aber Jan ist ein unverbesserlicher Possenreißer. Wenn er vom frühen Morgen bis zum späten Abend so bei der Arbeit sitzt, ersinnt er und führt er Späße aus, um sich den endlosen, langweiligen Tag ein wenig aufzuheitern.

In einer der kleinen Scheiben des Fensters, an dem er arbeitet, ist ein Löchlein. Ein Stückchen graues Leder ist vor ihm angebracht. Niemand kann von außen das Löchlein bemerken. Aber wenn er bei guter Laune ist – und das ist er oft – nimmt er das Stückchen Leder weg, legt sein langes Blasrohr an und blast Lehmkügelchen hinaus auf die Straße.

Seine Zielpunkte sind verschiedener Art. Bald ein paar

Weiber, die unendlich lang plappernd vor einer Türe stehen, bald ein Trupp Buben, die in irgendeiner schmutzigen Gosse allerlei Unfug treiben. Dann irgendein Alter, der mit Anstrengung einen Schubkarren fortbewegt. Ganz unerwartet platzt das Kügelchen auf eine Hand oder auf eine Backe, ein Angstschrei ertönt.

Niemand kennt das Löchlein in der Scheibe, niemand denkt an Jan Tambour, der wieder hinter seinem Fenster über seine Arbeit gebeugt sitzt und auf einem Stiefel herumhämmert.

Seine beiden hauptsächlichsten Opfer, an denen er schon jahrelang das größte Vergnügen erlebt, sind der taubstumme Schneider, ganz hinten im engen Gässchen gegenüber, und der Hund des Herrn Pfarrers, der wöchentlich zwei- oder dreimal mit der Köchin des Pfarrers draußen vorbeikommen.

Bei warmem Wetter sitzt der Schneider vor seinem weitgeöffneten Fenster mit untergeschlagenen Beinen auf dem glatten Tisch und arbeitet. Er hat ein schönes regelmäßiges Gesicht, mit einem schönen, langen Bart, der sein größter Stolz ist. Es scheint ihm leicht warm zu werden in dem engen Kämmerchen, wo stets geschürt werden muss, weil seine Frau Büglerin ist. Denn nicht nur das Fenster ist geöffnet bis hinten hin, sondern auch sein Hemd ist weit offen, eine behaarte Brust entblößend.

Eine Weile beobachtet Jan ihn grinsend von fern und wartet auf einen günstigen Augenblick. Jetzt ist er da, Der Taubstumme, müde von dem langen, gebeugten Sitzem legt seine Arbeit für einen Augenblick beiseite und reckt die Arme, um aufzuatmen. Sofort fährt Jan in die Höhe, schiebt das Lederstück von dem Loch in der Scheibe, legt an und fsftl da fliegt das Kügelchenl Wie unter einem plötzlichen Peitschenschlag fährt der Taubstumme vom Tisch auf und beginnt mit beiden Händen in seinem schönen Bart oder an seiner behaarten Brust zu kratzen. Er macht wilde Gebärden, scheint rufen zu wollen, und während seine Frau ängstlich auf ihn zugelaufen kommt, zeigt er ihr den weichen Lehm, den er mit einer Grimasse des Ekels aus seinem Barte zieht.

Mit dem langen Blasrohr hinter seinem Werktisch geduckt, lauert Jan verstohlen hinüber. Geht das Fensterchen nicht bald zu, so fliegt alsbald ein zweites Kügelchen, und noch wilder kratzt und gestikuliert der Taubstumme. Dann stellt er seine Arbeit ein, springt vom Tisch herab und kommt mit seiner Frau heraus. Die beiden gucken besorgt und misstrauisch in die Luft und nach den Fenstern der Nachbarhäuser, während Jan heimlich grinsend sein Blasrohr in die Ecke stellt, das Lederchen vorschiebt und, mit einem schalkhaft-lauernden Auge hinüber schielend, wieder zu bohren und zu hämmern beginnt.

Und dann erst mit dem Hund des Herrn Pfarrers!

Zwei- oder dreimal wöchentlich begleitet er die alte, einfältige Magd, die da in der Nähe ihre Krämerwaren holt. Die Magd geht voran, halb watschelnd, halb hinkend, mit einer altmodischen schwarzen Wollhaube auf dem Kopf und einem schwarzen „Cabas" am Arm. Der Hund, ein schwarzer Schnürpudel, Mouton genannt, läuft drei Schritte hinter ihr drein.

Jan lässt mit angelegtem Blasrohr die Magd unbehelligt vorbeigehen. Dann fährt er schnell mit den Lippen an das Mundstück des Blasrohrs, kneift das rechte Auge zu und bläst.

Ein lautes Geheul, und wie ein Pfeil schießt der Hund weiter, gerade zwischen die Fersen der alten Magd, die einen Angstschrei ausstößt und auf ihren unsicheren Beinen wankt. Was ist nun das schon wieder! Kaum ein ein-

ziges Mal kann der Hund hier vorbeikommen, ohne dass
er plötzlich laut aufheult und ihr zwischen die Beine fährt.
Sie zieht das Tier an sich, streichelt es, untersucht es mit
ein paar anderen Weibern, die neugierig hinzugekommen
sind…und merkt nicht das Geringste. Vielleicht 'n bisschen rheumatisch. Der Hund wird ja schon alt. Sie geht
weiter, um ihre Geschäfte zu erledigen.

Aber bei der Rückkehr wird es mit dem Hund noch viel
närrischer. Er ist an dem Gässchen nicht vorbeizubringen.
Er geht mit ihr bis nahe an das Eckhaus und bleibt dann
plötzlich regungslos stehen, den runden, schwarzen Kraus-
kopf, in dem man keine Augen sieht wie fragend auf sie
gerichtet.

„Mouton! Mouton! Marsch, komm her!“, ruft ermutigend die Magd, die sich umgekehrt hat.

Aber Mouton rührt sich nicht. Sein runder Kopf bewegt
sich ein wenig nach der Seite, in der Richtung gegen Jan
Tambours Fenster, als fühlte er instinktiv, dass von dorther
das Unheil kam.

Jan, der hinter seiner Fensterbank kauert, kann sich
vor Lachen nicht mehr hatten. Er krümmt sich und tobt
in einem unterdrückten Gekicher seine Lust aus, während
seine Frau und seine beiden Töchter, die sonst im Hinterstübchen bei der Näh- und Putzarbeit sitzen, durch seine
Lustigkeit angelockt, auf einen Augenblick erscheinen, um
zu sehen, was es gäbe.

„Bist du schon wieder am Werk?“, sagt die Frau, halb
lachend, halb vorwurfsvoll, den Kopf schüttelnd.

Aber der Anblick des misstrauischen Pudels auf der
anderen Straßenseite und der Pfarrersmagd, die ihn vergeblich ruft, ist so komisch, dass auch sie nicht länger an
sich halten können und in das gedämpfte Lachkonzert
einstimmen. Gin und Whiskey in ihrem Korb recken die

mageren Hälschen, entdecken Mouton durch das Fenster und heben plötzlich mit durchdringender, possierlich-feiner Stimme zu kläffen an. Auch die Dohle hüpft krächzend vor den Scheiben herum. Einige Türen gehen auf, und Frauen erscheinen neugierig auf der Schwelle.

„Ah, das is es, nich wahr! Aber wer wird denn so scheu sein vor den zwei so kleinen Hunden!" klingt an der Straße die ärgerliche Stimme der Pfarrersmagd, während sie endlich einige Schritte nach dem Hund zu, rückwärtsgeht, um ihn nötigenfalls mit Gewalt fortzubringen.

Da nimmt Mouton plötzlich einen Anlauf und fliegt heulend vor Angst und unter heftigem Flattern seines mit schwarzen Schnüren behangenen Fells an dem Gässchen vorbei, ohne dass Jan Tambour, der sich vor Lachen beinahe wälzt, noch einmal Gelegenheit findet, ihm einen zweiten Lehmball auf den Pelz zu brennen.

Warum nun Jan Tambour ein Trunkenbold heißt…

Sein eigentlicher Name ist Jan van de Wiede, aber er wird Jan Tambour genannt, weil er Trommelschläger bei der Dorfkapelle ist.

Vier- oder fünfmal im Jahre hat die Musik feierliche Umzüge. Am Neujahrstag, zur Kirchmesse, am Feste der heiligen Cäcilia.

Das sind auch Jans eigentliche Vergnügungs- und Erholungstage im ganzen Jahr. Stolz das Kalbfell schlagend, schreitet er neben der Fahne an der Spitze der Musikbande einher.

Um nichts in der Welt möchte er diese Umzüge preisgeben. Keine menschliche Macht könnte ihn an solchen Tagen an seinen Werktisch fesseln, und mit den Musikanten besucht er die zahlreichen Kneipen des Dorfes und gießt mit ihnen viele „Pintchen" und „Tröppelchen" hinter die Binde. Bald gerät er in einen ausgeregten Zustand, und dann beginnt der Spektakel: ein gewaltiges Lärmen, Gekeife, Geheul, Geschrei vor aller Öffentlichkeit und mitten auf der Straße, zuletzt in solchem Maße, dass man ihm Trommel und Schlegel nehmen und ihn sachte heimbugsieren muss. Dort wird dann, während der Straßenpöbel schimpfend und horchend vor dem Fensterchen steht, hinter geschlossenen Türen der Radau fortgesetzt. Frau und Töchter bitten und drohen abwechselnd, Jan spielt den wilden Mann und hält Widerpart, bis schließlich alles in ein wirres Getöse von wildem Geschrei und klatschenden Schlägen übergeht und mit einem heftigen Poltern endet. Wobei nich Frau und Töchter die Prügel kriegen, wie man nachher im Dorf erzählt, sondern Jan selber durchgehend von den erzürnten Weibern erbärmlich zugedeckt wird.

Am Tage nach einer solchen Ausschweifung habe ich ihn einmal in seinem Hüttchen ausgesucht.

Er saß ganz ruhig wie immer an seinem Werktisch und bohrte und hämmerte an seinem Leisten, aber über dem linken Auge trug er eine ziemlich große, blaue Beule, und an den verstörten Gesichtern seiner Frau und der Töchter konnte ich sehr wohl ersehen, dass die Luft noch nicht ganz rein von dem Unwetter war.

Die Frau schnaubte ihn sogar noch ein bisschen scharf an, und aus dem Hinterstübchen klang scharf und bissig die Stimme der ältesten Tochter, die noch einen Trumpf beifügte.

„Amen“, sagte Jan in größter Gemütsruhe, als die Frau draußen und die Tür wieder geschlossen war.

„Aber Jan“, sagte ich in freundlichem Ton, „warum trinkt Ihr denn immer so viel, wenn Ihr ausgeht!“ Er rundet die Lippen, als wollte er einen Gassenhauer zu pfeifen beginnen, schielt mit einem scharfen Späherblick zu dem Schneider im Gässchen hinüber und antwortet halblaut und ruhig, mit beiden Händen den schwarzen Pechdraht durch das Leder ziehend: „Herr, Sie brauchen mir nich zu glauben, wenn Sie nich wollen, aber ich will Ihnen mal was sagen. Ich hab gestern wieder mal gespukt, nich wahr! Jawohl, wissen Sie, was ich da getrunken hab! Alles zusammen, vier Tröppelchen Wacholderschnaps und drei Pintchen Bier den ganzen Tag. Aber ich hab nichts gegessen. Wissen Sie, was das aus mir macht, Herr! Es is nich das Bier, auch nich die Tröppelchen, es is die freie Luft. Ja, ja, lachen Sie nur, es is so, wie ich sag, die freie Luft. Ich fühl's, sobald ich rauskomm, Ich sitz hier die langen Tage vom Morgen bis zum Abend bei der Arbeit, ohne je einen Tropfen zu trinken, und wenn ich dann aus'm Haus geh, wird mir schwindlig. 'n Pintchen oder zwei und 'n Tröppelchen Wacholder drauf, und ich bin weg! Aber das macht mir nichts, Herr, das brauch ich hie und da für meine Gesundheit.

Das hält mir den Doktor vom Leib."

Ich lachte, und die Vögel in ihren Käfigen begannen zu zwitschern, und die Dohle arbeitete mit Klauen und Schnabel an einem der Pechdrähte.

„Was schwätzt ihr da!", rief Jan schalkhaft aufschauend. „Was! ich sei gestern wieder voll gewesen, he! Es ist ja wahr, aber ihr habt zu schweigen, verstanden! Nich im Dorf rumschwätzen. Ich müßt's schließlich dem Pfarrerbeichten und bekäm keine Absolution."

Er grinste leise bei der Erinnerung an all seine Späße, und sein lustiges Auge blieb eine kleine Weile auf dem Schneider drüben haften.

„Aber wissen Sie, was das Närrischste is, Herr!", schloss er seine Betrachtungen. „Im Dorf sagen sie alle, ich sei ein Trunkenbold, weil ich jedes Mal voll bin, wenn sie mich auf der Straße sehen, aber der da drüben, der Taubstumme, sitzt ganze Tage besoffen auf seinem Werktisch, ohne dass es einer weiß."

„Ach geht" sagte ich ungläubig.

„So wahr ich dasitz, Herr!", rief Jan lachend.

„Schaun Sie, 's is heut nich besonders warm, nich wahr! Jawoll, schaun Sie, er reißt schon wieder 's Fenster auf, weil er es nich aushalten kann vor all dem Spiritus, der in seinem Leib kocht. Aber wart nur, er wird's schnell wieder zumachen."

Er fuhr auf, schob das Lederchen vom Löchlein in der Fensterscheibe, nahm sein Blasrohr und bückte. sich lauernd nieder. Aber im gleichen Augenblick ging wieder die Kammertür aus, und die Frau erschien zürnend auf der Schwelle:

„Tu mal schnell das Ding da weg!", kreischte sie wütend.

„Was? Warum?", machte Jan, die größte Verwunderung heuchelnd. „Ich hab dem Herrn nur mal gezeigt, wie's von innen aussieht."

„Weg damit, sag ich!" schrie die Frau. Und sie riss ihm mit Gewalt das Blasrohr aus der Hand und schleuderte es in eine Ecke.

„Amen!", wiederholte Jan geduldig, und abermals begann er zu hämmern und den Pechdraht zu ziehen.

„Wissen Sie, was Sie tun, Herr!", flüsterte er hinter der vorgehaltenen Hand, während die Frau brummend verschwand, „kommen Sie die Woche nochmal, wenn der Sturm vorbei is, Sie wer'n sich amüsieren…"

Die Gefangenen

Mittag. Das Dörflein, das in der Sonnenglut brütet, ist wie verödet. Die grünen Fensterläden vor den niedrigen weißen Hütten sind geschlossen. Die Sonnenstrahlen wimmeln auf den roten Dächern. Das Dorf hat nur eine einzige Straße, die mit großen grauweißen Steinen gepflastert ist. sie dehnt sich in einer langen, krummen Linie aus und verläuft draußen nach zwei Seiten ins grüne Feld. Links ragt über die Dächer das spitze Kirchtürmchen hinaus. Ein wenig weiter in der Mitte der Straße, erhebt sich ein Ding, das Ähnlichkeit mit einem Galgen hat: die Zugbrücke des Kanals, der das Dorf in zwei Teile scheidet.

In der stillen und verlassenen Straße sehe ich von weitem mir nur zwei Männer entgegenkommen. Sie halten sich rechts in dem schmalen Schattenstreifen an den Häusern. Sie kommen langsam, trägen Schrittes daher, nach rechts und nach links und in die Höhe starrend, als ob sie etwas suchten. Bei ihrem Vorübergehen öffnen sich einzelne Türen zur Hälfte und zeigen sich neugierig-lauernd einzelne Gesichter.

Als sie nur noch fünf Schritte von mir entfernt sind, scheinen sie unschlüssig zu sein, bleiben einen Augenblick stehen, und nach einem kurzen Gruß fragt mich der Ältere von den beiden mit hohler, ein wenig wunderlich klingender Stimme:

„Mein Herr, is hier im Dorf nich Gendarmerie?"

„Jawohl."

„Wo, bitte?"

„Dort, über der Brücke links, das gelbe, einstöckige Haus."

„Danke, Herr!"

Und sie gehen weiter, während ich mich mechanisch und seltsam berührt umkehre, um ihnen nachzusehen.

Ich habe kaum ihre Gesichtszüge gesehen. Es hat mir lediglich geschienen, als ob der Ältere ein energisches, trauriges Gesicht hätte, ein eckiges, braungebranntes Gesicht mit dunklen Augen und ergrauendem Schnurrhart, und als ob auf den abgezehrten Zügen und in den großen, blauen Augen des Jüngeren ein Ausdruck großen Kummers und großer Verzweiflung läge. Was ich aber sehr gut gesehen habe, war dies: dass sie beide todmüde und erschöpft waren.

Sie kommen beinahe nicht mehr weiter. Ihre zerlumpten Kleider, ihre gebückten Gestalten, ihr wankender Gang zeugen von dem langen, langen Marsch, den sie zurückgelegt haben. Man fühlt, dass sie nicht weiter gehen können. Wenn es in diesem Dorfe für sie kein Stück Brot, keinen Ruheplatz gibt, werden sie umfallen.

Hier ist die Grenze ihrer Kräfte.

In der Straße gehen bei ihrem Vorbeimarsch die Türen zahlreicher auf, zeigen sich immer mehr neugierige Gesichter. Kleine Gruppen bilden sich, Rufe lassen sich vernehmen. Schon rennen ihnen einige Buben nach. Ich selber kehre auf meinem Wege zurück und folge ihnen langsam, immer stärker von meiner seltsamen Empfindung ergriffen.

Plumpen Schrittes schreiten sie über die Holzbrücke, die in ihren Angeln knarrt. Jetzt kommen sie vor das Gendarmeriegebäude. Sie machen halt, und der Ältere legt die zögernde Hand an den Glockenzug.

Einige Augenblicke vergehen. dann wird die Tür geöffnet. Mit ihren Mützen in der Hand treten sie ein.

Und während sie drinnen bei den Gendarmen sind, werden die Gruppen vor der geschlossenen Tür immer zahlreicher und geräuschvoller. Nach einigen Minuten ist die Hälfte der Dorfbewohner dort versammelt. Alle haben das Mittagschläfchen oder die Arbeit unterbrochen.

Frauen mit kleinen Kindern aus den Armen eilen herbei. Knaben schlüpfen wie Hunde zwischen den Beinen hindurch. Und widersprechende Berichte werden laut und vereinigen sich zu einem wilden Lärm: „Es sind Bettler! Es sind Landstreicher! Es sind Diebe! Mörder!"

Etwas Systematisch-Feindliches ist in Gärung begriffen, ein borniert-boshaftes Grinsen schwebt auf den Gesichtern aus der gemeinsamen Seele der rauen Menge erhebt sich der instinktive Hass gegen „den Fremden, der tierische Drang, Böses zu tun an dem, der schon unglücklich ist.

Plötzlich geht die Tür wieder auf und erscheinen die Fremden wieder, diesmal zwischenzwei Gendarmen in Uniform mit dem Gewehr über der Schulter. Ein langgedehntes Murmeln wie der Befriedigung erhebt sich aus der zusammengeballten Menge, ein wimmelndes Gedränge entsteht. Alle wollen den beiden Gefangenen nahe sein. Klirrenden Schrittes schreiten die beiden Gendarmen neben ihnen her. Aber sie halten sie weder am Kragen noch am Arme fest, wie sie es mit gefährlichen Übeltätern machen würden. sie gehen einfach mit ihnen, vollkommen sicher, dass sie ihnen nicht entweichen werden.

Johlend, immer lärmender und aufgeregter, sich nach rechts und links ausbreitend wie die Flügel einer kleinen Armee, folgt die Menge. Knaben laufen unter gellenden Rufen und mit grotesken Sprüngen und Gebärden dem traurigen Zuge voraus, andere Bengel gesellen sich zu ihnen. Und plötzlich erhebt sich ein wildes und langgerecktes Geschrei. Die rohe, durch den eigenen Trieb aufgehetzte Menge verhöhnt die beiden Elenden aus purem Instinkt der Grausamkeit und ohne zu wissen, wer sie sind und was sie verbrochen haben.

Diese stellen sich, als ob sie nichts hörten. Den müden Blick starrend geradeaus gerichtet, den Rücken gebeugt, schreiten sie schneller fort. Es scheint tatsächlich, als ob sie die wilden Rufe nicht hörten und die gehässig beschimpfenden Gebärden nicht sähen. hartnäckig bleibt der dumpfe Blick geradeaus gerichtet, hartnäckig schiebt ihr ermatteter Gang ihre schief über-hängenden Körper nach dem erwarteten Ziele fort. Es ist, als hätten sie sich unter diese feindselige Menge verirrt oder als wären sie in einen bedrückenden Traum versunken. Der dichte Schnurrbart des Älteren durchschneidet sein eckiges, braungebranntes Gesicht und gibt ihm einen Zug, der absolute Fügung unter alles ausdrückt. Das blasse fleischlose Gesicht des Jüngeren verliert fast jeden Ausdruck des Lebens, als wollte es sich versteinern in ein Bild des Schmerzes und der Verzweiflung.

Sie gehen weiter und passieren die Holzbrücke, die unter ihren Tritten dröhnt. Die johlende Menge, durch die Enge der Brücke einen Augenblick zurückgehaltenströmt wieder nach vorn, überflügelt aufs Neue den Zug, angeführt von der schreienden Bande der Gassenjungen, fortwährend durch neu heranströmende Gruppen verstärkt. Und nun erschallt mitten durch das Gejohle ein ringsum wiederholter Ruf des Hasses: „Es sind Diebe, auf frischer Tat ertappte Diebe, die die Gendarmen nach dem Dorfgefängnis bringen!"

Dahin wendet sich tatsächlich der Zug. Dort steht es, das lange, baufällige Gebäude, der „Kotter", wie die Dörflinge es nennen, schmutzig weiß gestrichen, besudelt, mit grauem Ziegeldach, nebenan ein Kirchhof, ein Dutzend Meter vom Kirchlein entfernt.

Es wird haltgemacht. Einer der Gendarmen, der Brigadier, steckt einen schweren Schlüssel in das verrostete Schloss und öffnet die plumpe Tür, die in ihren Angeln knirscht. Den Kopf beugend, verschwinden die Elenden unter einem letzten, noch wilderen Hohngeheul des Volkes in dem düsteren Käfig.

Die Tür ist wieder geschlossen, die johlende Menge geht langsam auseinander, noch immer über das törichte Vergnügen lachend. Nur eine Bande von Gassenbuben halgt sich noch eine Weile mit aus gelassenen Sprüngen und unter kreischenden Rufen im Sande.

Da steigt es mir wie Ekel der Verachtung und des Abscheus in die Kehle. Ich hole die wieder als ziehenden Gendarmen ein, und sehr leise und sehr traurig frage ich den Brigadier, den ich kenne:

„Was sind denn das für Elende, und was haben sie verbrochen“

In gleichgültigem Tone antwortet er:

„Es sind zwei Arbeiter, die aus Frankreich kommen und kein Geld mehr haben. Vergebens, sagen sie, hätten sie sich überall nach Arbeit umgesehen. Nirgends konnte man sie gebrauchen. Endlich, als sie keinerlei Existenzmittel mehr hatten und buchstäblich dem Hungertode verfielen, hätten sie beschlossen, sich der Gendarmerie zu stellen. Sie werden im Gefängnis versorgt werden, und morgen wird der Bezirksrichter das Urteil sprechen, durch das sie für einige Monate im Arbeitshaus eingeschlossen werden. Aber das wird ihnen nichts ausmachen…solche Sorte von Menschen hat kein Ehrgefühl mehr.“

Pflicht

Die wankelmütige Holztür der Flachsbreche steht offen. Langsamer tue ich die letzten Schritte. Ich fühle ein leises Lächeln auf meine Lippen treten. Ich fühle, dass ich meinen Freund sehen werde.

Die Tür steht nur so weit offen, dass ich, aus welcher Richtung ich auch kommen mag, nicht in den kleinen Raum sehen kann. Wie ein Schild hängt sie in ihren Angeln vor der Öffnung. Aber umso besser sehe ich die Umgebung: die alten Moosrosen, die braunen und roten Levkojew die an dem grauen Holzgiebelchen so üppig in der warmen Sonne blühen.

Das ist der Anblick, der mich immer wieder so ergreift, ich sehe so innig gerne diese frischen Blumen an diesem verwitterten Giebelchen. Es ist wie ein heiteres Lächeln, das der großen rauen Wirklichkeit einen Hauch der Poesie verleiht. Es ist eine Illusion, eine innige Illusion, ein Kosen ganz bescheidenen, geheimen Glückes.

„Guten Tag, Bruno!"

Um die Ecke bei dem hängenden Türchen biegend, stehe ich plötzlich vor ihm.

Er sitzt auf einem Ballen Flachs, den Rücken gegen den Türpfosten gelehnt, und ist eben dabei, sein Butterbrot zu essen. Bei meinem plötzlichen Erscheinen röter sich sein Gesicht wie das eines Mädchens. Sofort steht er auf, greift nach seiner Mütze, lächelt und sagt: „Ha, guten Tag, Herr, wie geht's Ihnen?" und lässt sich mit freundlich mir zulächelnden Augen wieder auf seinem Ballen nieder. Dicht neben ihm, an den anderen Türpfosten gelehnt, steht ein ganz junges Mädchen, ein Kind noch, mit einem Weidenkorb vor den süßen, und wartet, bis er sein spärliches Mahl beendet hat.

Bruno ist ein hübscher kräftiger Mann von noch nicht dreißig Jahren. Er ist blond, blond wie der Flachs, den er ganze Tage bearbeitet, und hat schöne, sanfte, blaue Augen, blau wie die blauen Blüten des Flachses im Juni. Die Augen leuchten. Das sind Augen, wie gemacht, um Mädchen zu verführen. Und auch sein Lächeln ist verführerisch. Das Lächeln seines Mundes mit dem zierlich gekräuselten Schnurrbart und den blendend weißen Zähnen. Und dennoch: dieser mächtige Reiz, der von ihm ausgeht, sitzt nicht in seinen funkelnden Zähnen, noch in seinem verführerischen Lächeln. nein, er sitzt anderswo und tiefer, es lässt sich beinahe nicht klar mit Worten ausdrücken. sein ganzes Wesen ist wie von einer zart-wehmütigen, aber keineswegs weichen Atmosphäre friedlicher Ergebung umweht. Es ist, als ob seine Seele immer verlangend sei, aber ohne irgendwelchen Groll, ohne Bitterkeit über das niemals befriedigte Verlangen. Es ist, als ob er immerfort mit leiser Melancholie in sich hineinlächle über dieses doch sicher unerreichbare Verlangen. Ruhig nimmt er sein Mahl ein: ein Stückchen Speck auf einer Schnitte Roggenbrot, das er mit seinem Taschenmesser in kleine Häppchen schneidet. Immer wieder nimmt er so ein Stückchen in den Mund, und dabei schaut er mich stilllächelnd an mit einem eigenartigen, halb spöttischen, halb wehmütigen Ausdruck, als denke er an etwas, das er nicht gerne sagen möchte. .

Endlich kommt's heraus.

„Mein Fleisch schmeckt mir nicht, Herr."

„So, Bruno, wie kommt das?"

„Weil das Stückchen zu klein ist, Herr.“

Es berührt mich seltsam. Ich fühle mich in einer wunderlichen Bewegung erröten. Ich schaue auf seine Hände und merke erst jetzt, wie groß die Brotschnitte und wie klein das Stückchen Fleisch ist. Ich weiß nichts zu antworten. ich lächle dumm und einfältig. Wie gerne hätte ich das kleine Mädchen nach einem größeren Stück Fleisch geschickt … aber ich wage es nicht, Bruno ist kein Bettler. Bruno hat eine empfindliche, echt aristokratische Seele. Er würde betrübt, beleidigt sein.

Ich kehre mich zu dem Mädchen.

„Warum hast du dem Onkel nicht ein größeres Stück Fleisch gebracht?“

“Weiß nich …“ lächelt das Kind schüchtern, den kleinen Rücken am Türpfosten reibend.

„Weil das Schwein zu klein war, denk ich“, scherzt Bruno, indem er aufsteht, um seine Arbeit wieder zu beginnen.

Die Flachsbreche schnurrt. Die dünnen hölzernen Flügel des sich schnell drehenden Rades sausen durch die blonde Flachsperücke, die Bruno, während er in schnellem Takt die Fußbretter tritt, dagegen drückt. Der feine Bast wirbelt wie gelbliches Staubmehl durch den kleinen Raum, und der blonde Bruno in seinen grau gelb bestaubten Kleidern scheint sich in eine blonde Nebelwolke zu hüllen. Seine kurze Ruhezeit ist um. wieder hat die schwere Arbeit für lange Stunden begonnen.

Ich fühle, dass ich gehen muss. und ich bin innerlich betrübt und unzufrieden. Schon hat das Kind sein Körbchen wieder eingepackt und ist gegangen.

Und ich, ich hätte so gerne noch etwas getan oder gesagt, doch ich finde nichts, ich bin dumm und gelähmt, ich stehe da, untätig und zwecklos, wie der Faulpelz neben dem Arbeiter, beschämt und unnütz.

„Bruno!", grüße ich ihn endlich, indem ich mich auf der Schwelle halb umgekehrt habe, bereit, mich zu entfernen.

„Mein Herr!", grüßt er freundlich zurück, bei dem sausenden Schnurren der Mühle fleißig die Brettchen tretend. Und flüchtig sehe ich durch die lichte Staubwolke seine freundlichen Augen lächeln und seine schönen Zähne blitzen.

Ich bin fort, ich muss den Zug erreichen an der kleinen Station, wo ich morgens angekommen bin. Mein Tagwerk ist vollbracht, und ringsum senkt sich der stille Abendfriede hernieder. Es hängt Gold in der Luft und es liegt Gold über den Feldern. Ruhe liegt über allem, herrliche, selige Ruhe.

Warum kann ich sie nicht unbefangen genießen? Warum ist in mir diese unbestimmte Unzufriedenheit, diese drückende Schwermut, das Bild von Brunos wehmütig-friedlichem Lächeln und des schüchtern errötenden Mädchens, das neben ihrem Körbchen am Türpfosten lehnt?

Ach, es ist mit mir immer wieder das gleiche. Ich ärgere mich, habe Reue – Reue über irgendwas, nicht, weil ich etwas Verkehrtes getan habe, sondern weil ich nichts getan habe. Was hätte ich tun sollen! Ich weiß es nicht, aber ich habe das Gefühl, dass ich meine Pflicht nicht getan habe.

Mein Schritt wird träger. Ein Zögern, und ich stehe still. Soll ich, auf die Gefahr hin, meinen Zug zu verfehlen? Und was soll ich? Und wie? Und warum?

Ach, es ist zu töricht! Und ich gehe entschlossenen Schrittes weiter.

Aber alsbald drückt die Reue, die mich schon verlassen hatte, wieder wie eine Last auf mich, und abermals stehe ich still. Ich ärgere mich über mich selbst, ich schelte mich selber schwach, elend, verächtlich schwach, aber es ist nichts daran zu tun, ich laufe schon zurück, zurück nach Brunos Flachsbreche, um ihn noch einmal zu sehen, um noch einmal mit ihm zu sprechen, um dort, ich weiß nicht welche vernachlässigte Pflicht zu erfüllen.

Ich renne den Weg zurück. Die Leute, die mich so eilig wiederkommen sehen, schauen mich im Vorbeilaufen befremdet an. Dort steht die Breche einsam neben der sandigen Straße, mit ihren schönen frischen Blumen an dem grauen verwitterten Holzgiebelchen. Die Breche dröhnt und schnurrt ununterbrochen, und durch das offene Türchen wirbelt eine dünne, graugelbe, in der Abendsonne wie mit Gold durchpuderte Staubwolke heraus.

Wiederum, wie bei meiner Ankunft vorhin, fühle ich ein Lächeln auf meinen Lippen, und eine wunderliche Bewegung hämmert in meinem Herzen, während ich in der goldenen Staubwolke vor dem Türchen erscheine.

„Bruno", sage ich, und beinahe weiß ich nicht, was ich noch weiter tun oder sagen werde. lächelnd starre ich hinein nach dem großen schnurrenden Rad, hinter dem ich unbestimmt seine Bewegungen sehe.

Er sieht mich nicht. Ich fühle, dass er mich nicht sieht. Er ist mit all seiner Kraft und Aufmerksamkeit bei seiner Arbeit, in seine Pflicht vertieft. Er denkt nicht mehr an mich, er kennt keine Unruhe, keine Unzufriedenheit, keine Reue, er denkt an nichts mehr, er arbeitet!

Er arbeitet! Und seine angreifende, unermüdlich ausdauernde Arbeit hat an sich etwas Düster-Majestätisches und Ernstes, das mich zur stillen Ehrfurcht zwingt. Was will eigentlich ich hier mit meinem eitlen kleinen Pflichtgefühl gegenüber seiner starken schweren · Pflicht eines großen nützlichen Arbeiters, der in sich den Adel und die Verantwortlichkeit seiner täglichen Lebensaufgabe trägt? Ist er nicht sehr groß und bin ich nicht sehr klein? Was will ich ihm dennoch ein Almosen bringen oder was denn? Still, ganz still, in der Furcht, dass er mich sehen würde, will ich zurück. Ihn nicht stören, nicht schwatzen, nicht lachen, nicht einmal lächeln, sondern ernsthaft, eilig, ehrerbietig weggehen. Es wird spät. Mein Tag ist zu Ende. Ich habe nichts mehr zu tun, als meinen Zug zu erreichen. Bruno muss Flachs brechen, noch stundenlang, den goldblonden Flachs der reichen Ernte.

Was sollte ich auch tun? Warum sollte ich noch länger da bleiben? Er klagt ja nicht, und er bittet mich auch um nichts. Er ist zufrieden. Seine blauen Augen können fröhlich glänzen. Und wer würde mir glauben, wenn ich erzählte, dass ich meinen Zug verfehlt hätte wegen eines armen Flachsbrechers, der mir mit einem leisen Lächeln der Ergebung erzählte, dass sein Stückchen Fleisch ihm nicht schmeckte, weil es zu klein war. Nein… ich bin nur leise weggegangen.

Der Reklamebrief

Die Geschwister Verbauwen wohnen in der „Wolfsecke", einem der entlegensten Gehöfte des Dorfes.

Es gibt dort keine anderen Wohnungen, als zwei große, weit voneinander entfernte Pachthöfe und fünf oder sechs kleine Gütchen und Häuslein in denen die geringeren Leute wohnen. Eigentlich sind es genau vier dieser kleinen Gütchen und zwei Arbeiterhäuschen und zwei kleine Kramläden mit Wirtschaft, wovon der eine „Zum Grünen Jäger", der andere „Zur Krähe" benannt ist. Der erste hat ein Schild, auf dem ein grüngekleideter Jäger abgemalt ist, mit braunem Gesicht und grausam blickenden Augen, der in einer grünen Waldlandschaft mit einem weißrauchenden Gewehr nach einem davonrennenden braunen Hasen schießt. auf dem graublauen, zerschundenen und verblassten Schild des anderen sieht man in der Mitte einen schwarzen Vogel, darüber in schiefen, wackeligen Buchstaben die Inschrift „Zur Krähe", rechts davon ein Gläschen Genever, links ein schäumendes Glas Bier.

Ringsumher die weite stille Einsamkeit der Wälder und Felder. Lange, hohe Buchenalleen umsäumen stattlich die gelben, sandigen, vielfach gewundenen Wege.

weithin dehnen sich, goldglänzend in der Sonne, wogende Kornfelder zwischen dem Dunkelgrün der Wälder. Die Häuslein sind klein und farbenbunt, hellblau, hellgelb, hellrot, mit kleinen, vielteiligen Fenstern, verbeulten Lehmmäuerchen, schiefhängenden Fensterläden und alten, verwitterten, unter dem Gewicht der üppig wuchernden

Wingert- und Efeupflanzen wie müde zusammengesunkenen grauen Strohdächern. Fast niemals richtet ein anderer Mensch als die eigenen Bewohner seine Schritte hierher, und mit der Dunkelheit ist es wie eine Welt für sich, die von aller weiteren Gemeinschaft mit den Menschen abgesondert ist.

Auf einem der kleinsten, am einsamsten gelegenen· Gütchen wohnen die Geschwister Verbauwen.

Die „Geschwister" sind ein alter Junggeselle und eine alte Jungfer von schon über sechzig Jahren, Bruder und Schwester. Sie wohnen hier schon ihr ganzes Leben lang und kommen nur selten nach dem fernen Dorfe, hin und wieder einmal des Sonntags zur Frühmesse und drei- oder viermal jährlich unter der Woche, wenn es höchst nötig ist in dringenden Angelegenheiten.

Sonst sehen sie niemanden. Sie haben keine Verwandten mehr und halten auch weder Knecht noch Magd.

Sie tun alle ihre Arbeit selber. Der alte Bruder pflügt und sät auf seinem Acker, die alte Schwester versorgt die einzige Kuh, die beiden Schweine, die Hennen und die Kaninchen. Im Winter bricht der Bruder auch noch ein bisschen Flachs. Es heißt, sie seien wohlhabend. Sie sind auf dem Gehöft bekannt als ein Paar eigenartige, ein wenig sonderliche, menschenscheue, aber brave und s gutmütige Alte. Das höchst seltene Erscheinen irgendeines Menschen auf ihrem Gütlein, sei es aus dem Gehöft, aus dem Dorf, oder aus der Umgegend, ist für sie jedes Mal ein aufregendes, beinahe erschütterndes Ereignis.

An einem Herbstabend, als Verbauwen dicht bei seinem Häuslein mit dem Spaten beschäftigt ist, sieht er den Postboten auf sich zukommen. Befremdet schaut er auf. Niemals bekommt er etwas mit der Post. Es ist schon Jahre her, dass der Bote etwas für ihn gebracht hat. Der Mann irrt sich ganz gewiss.

Doch nicht. Lächelnd kommt der Postbote auf ihn zu und überreicht ihm ein weißes viereckiges Papier, indem er" lustig sagt:

„Schaut mal, Baas Verbauwen, da hab ich auch mal was für Euch und Eure Schwester."

Der Bauer stößt seinen Spaten in den Boden, schaut scheu und misstrauisch auf den Boten, wischt sich die Hände an seinem Hosenboden ab und nimmt das Papierchen zwischen Daumen und Zeigefinger, während er mit ein wenig zitternder Stimme fragt:

„So! Was mag's denn sein?"

„Oh, nichts. jedenfalls irgendeine Empfehlung. Ihr glaubt gar nicht, Baas Verbauwen, wie sie uns gegenwärtig mit dem Zeug herumhetzen."

Und mit einem aufgeräumtem „Also gu'n Tag, und seid nich gar zu fleißig?", stapft der Bote rüstigen Schrittes weiter in der Richtung nach einem der größeren Höfe, während Verbauwen ihm ein Weilchen unbeweglich und verdutzt nachschaut, mit dem Papierchen zwischen seinen groben, zitternden Fingern.

Was mochte es wohl sein? Er traut ihm nicht recht.

Er erwartet nichts, ganz und gar. Nichts von der Post.

Niemals erwartet er etwas von der Post. niemals kommt der Bote auf seinen Hof. Und er ist auch keineswegs auf ein solches Kommen erpicht. Der Bote, das ist nicht nur der Mann, der die Briefe austrägt. Er ist ja auch der Mann, der die Schuldforderungen überbringt und mitunter durch sein bloßes Erscheinen auf einem Hofe, wohin er gewöhnlich nicht kommt, die Leute bei den Nachbarn ins Gerede bringt. Wenn ihn nun jemand aus der Nähe gesehen hat?

Er schaut ein Weilchen bekümmert um sich, legt endlich die Arbeit nieder und kommt mit dem Briefchen ins Haus. Seine Schwester hat ihn schon von weitem mit dem Briefboten plaudern sehen und tritt ihm fragend entgegen.

„Was is denn passiert? Was hat dir der Bote gegeben?"

„Ich weiß nich, 'n Brief, wir wollen mal sehn. Aber lass uns reingehn, es könnt uns jemand sehn."

Sie bücken sich unter dem niedrigen Türbogen und treten ein, und der Bruder legt das Papierchen auf den weißen hölzernen Tisch an dem vielteiligen, einen grünlichen Schimmer verbreitenden Fensterchen. Die Schwester nimmt es misstrauisch auf, begucktes, kehrt es um, legt es wieder hin, während der Bruder von dem schwarzgeräucherten Schornsteinmantel, neben dem dreieckigen Gottesauge, unter, dem steht „Gott sieht mich" und „Hier flucht man nicht". Sein hölzernes Brillenfutteral herunternimmt. Die Schwester kann nicht les en, aber der Bruder kann es wohl und schreiben auch. Vorsichtig nimmt er die altmodische, große, runde Brille aus dem flachen Futteral, setzt sie auf seine Nase, tritt in den grünlichen Lichtfleck des vielteiligen Fensterchens und nimmt das Papierchen wieder zur Hand.

Laut liest er auf dem dünnen Umschlag die Adresse:

„Geschwister Verbauwen, Landwirte.

Vannelaer (Wolfsecke)."

Eine Ein-Centime-Marke klebt auf dem Umschlag.

Der runde Poststempel verkündet, dass das Poststück aus Gent kommt.

Mit seinen zitternden, groben Fingern nimmt der Bruder den Umschlag ab, ohne ihn zu zerreißen, entfaltet das Briefchen und liest ganz langsam, mit schwerer, hie und da stockender Stimme, von der gedruckten Mitteilung folgendes:

Hiermit gestatten wir uns ganz ergebens, Ew. Hochwohlge-
boren unsere Artikel für die bevorstehende Wintersaison
zu empfehlen:

Leinen- und Wollstoffe, Matratzen und Bettzeug, Tape-
ten und Gardinen, fertige Herren-. Damen- und Kinder-
kleider, auch nach Maß. Flanell, Leinwand und Kattun in
allen Farben und Breiten, Unterröcke, Strümpfe, Schlaf-
mützen, Phantasieartikel usw. usw" alles zu möglichst billi-
gen Preisen, die jede Konkurrenz ausschließen. .

Sendungen im Werte von zwanzig Franken an geschehen
portofrei nach allen Orten des Landes. Auf Ersuchen der
Kundschaft wird auch eine reiche Auswahl von Proben
gesandt.

Nicht gefallende Artikel werden innerhalb acht Tagen
zurückgenommen und gegen andere umgetauscht.

In der Hoffnung, recht bald durch gütige Aufträge beehrt
zu werden, deren sofortige und sorgfältigste Erledigung
wir garantieren, bitten wir Sie, unsere herzlichsten Grüße
entgegenzunehmen

Ihr ergebenster Diener

A. C. van de Genuchte & Co."

Mit zitternden Fingern legt Verbauwen seine große
Brille und das Papierchen nieder und schaut seine Schwester fragend an.

„Ach Gott, wir brauchen doch nichts, und wenn wir
was brauchen, so gehn wir ja zu Urzela Verghote", sagt die
Schwester.

Urzela Verghote ist die Krämerin und Wirtin vom „Grünen Jäger".

„Nein, wir brauchen nichts, und warum sollten wir uns verändern? Urzela bedient uns gut“, meint auch der Bruder.

Stumm und verwirrt sinnen sie in ihrer altväterischen Gutmütigkeit ein Weilchen über den Fall nach.

„Ich tät den Leuten ihr Briefchen wieder zurückschicken“, drückt endlich die Schwester ihre Ansicht aus.

„Ja, aber wir müssen vorsichtig sein“, meint der Bruder. „Wir kennen die Leute nich, und sie kennen uns doch auch nich. Wenn wir das Briefchen zurückschicken, ohne etwas dazu zu schreiben, täten die Leut’ vielleicht denken, dass wir was bestellen. Sie täten uns Waren schicken, und wir müssten sie bezahlen.“

„Das ist richtig“, gibt die Schwester zu.

„Gib mir Feder und Papier“, sagt der Bruder, seine Brille wieder aufsetzend. „Ich werd gleich antworten, dass es uns Leid tut, das wir aber nichts brauchen.“

Die Schwester sucht in einem alten Kasten, wo Teller, Gläser, Lappen und Gebetbücher wirr durcheinander liegen. Hinter einem Nähkissen zieht sie ein schmutzig schwarzes Fläschchen und einen Federhalter mit verrosteter Feder hervor. Aber die Tinte ist völlig eingetrocknet, und was davon noch übrig blieb, klebt in trockenen Schiefern und Krusten am Glase, und die Feder ist gänzlich verwittert und unbrauchbar. Sie findet auch kein Papier und noch weniger einen Briefumschlag und eine Postmarke.

„Ich will mal zu Urzela gehn“, sagt Verbauwen.

Aber plötzlich bedenkt er sich. Nein, es ist besser, nicht in den „Grünen Jäger“ zu gehen. Urzela ist neugierig, sie wird wissen wollen, zu was es dienen soll, und vielleicht selber versuchen, ihm Winterzeug aufzuschwatzen, während er doch gar keine Lust hat, etwas zu kaufen.

Auch in den anderen Krämerladen nebst Kneipe, „Zur Krähe“, will er nicht gehen. Dort hat man ihn vor Jahren einmal mit einer Lieferung vertrockneten Leinsamens betrogen, und seitdem setzt er keinen Fuß mehr über die Schwelle. Was dann? In den kleinen Arbeiterhütten und Gütlein besitzt sicherlich auch niemand Schreibzeug. Nur auf den beiden großen Höfen wird es zu finden sein.

„Weißte was? Ich werd zu Vermeulens hinübergehn!“

Aber Vermeulens Hof, der nächstgelegene der beiden großen Pachthöfe, liegt doch noch gut eine halbe Stunde weit, und er kann nicht so mit den süßen in den Holzpantinen und mit schmutzigen Arbeitskleidern hingeben.

„Gib mir mal meine Sonntagskleider“, bittet seine Schwester.

Sie begleitet ihn in die kleine Kammer, wo ihre beiden Betten stehen, und holt seine Kleider aus einem altväterischen Kleiderschrank.

So rasch als möglich macht er sich fertig. Aber als er wieder in die Küche herunterkommt, versichert die Schwester, dass er unmöglich vor dem Essen wieder zurück sein könne. Sie will sich lieber mit dem Kochen ein wenig beeilen, damit er vor dem Geben essen kann.

„Wenn’s nur nich zu spät wird! Wenn sie nur noch nichts fortgeschickt haben!“ fürchtet er.

„Ach, ich denk nich“, antwortet die Schwester in aufgeregter Spannung.

Bald sitzen die zwei alten Leute gemütlich bei Tisch.

Sie besprechen den Fall und erörtern die Frage, wie lange, es her sein mag, dass der Postbote ihnen etwas brachte.

„Das letzte Mal, als er hier gewesen is, brachte er den Brief mit der Nachricht vom Tod des Onkels Justin, das wird im nächsten Winter viereinhalb Jahr sein“, versichert der Bruder.

„Wie das die Leut’ doch nur wissen, wer wir sind und wo

wir wohnen!", wundert sich die Schwester mit „Bezug auf den Empfehlungsbrief.

Auch der Bruder kann das nicht begreifen. Der Name dieser Leute ist ihm unbekannt, und sicherlich hat er in seinem ganzen Leben noch nichts von ihnen gekauft.

Er beendet schnell seine Mahlzeit, schlägt ein Kreuz und macht sich auf den Weg nach Vermeulens Hof.

„Schau, schau, wen haben wir denn da!", lächelt freundlich Cordule, des Bauern Vermeulen hübsche Tochter, während Verbauwen, nachdem er an der Türe um Einlass gebeten, verlegen und schüchtern eintritt.

„Cordule, möchtest du mir nich mal dein Tintenfass leihen und 'ne Feder und 'n Blättchen Papier?", fragt Verbauwen.

„Aber ja, mit Vergnügen", lächelt wieder das dienstfertige Mädchen. „Setzt Euch, Verbauwen, setzt Euch." Und während sie das Verlangte aus dem schönen altertümlichen Glasschrank, der in einer Ecke der geräumigen Bauernküche steht, holen geht, lächelt sie schalkhaft.

„'n Brief für die Liebste? Wollt Ihr vielleicht heiraten, Verbauwen?"

Er lächelt einfältig zurück, ein kindisches Lächeln, das sein brüchiges Gebiss entblößt, Wie rüstig und blühend sie aussieht, diese Cordule mit ihrem frischen Gesicht, ihrem blonden Kraushaar und ihren großen, strahlenden blauen Augen! Wie eine Blume, denkt Verbauwen. Er heiraten! Seine Zeit ist längst vorbei, und niemals hat er auch so ein schönes Mädchen wie sie in den Armen gehabt. Er schüttelt den Kopf und fragt, ob sie ihm vielleicht auch einen Briefumschlag und eine Postmarke verkaufen wolle.

Die kriegt er umsonst nebst einem Schnäpschen als Zugabe. Es sind doch wirklich gute Leute, diese Vermeulens. Und wohlgemut kehrt er schnell nach Haus zurück und schreibt sogleich, unter Mithilfe seiner Schwester, mit langsamer, vor Anstrengung zitternder Hand folgenden Brief:

Vannelaer, den zweiten Oktober 1903.

Mein Herr,

Ich ergreife die Feder, um Ihnen zu wissen zu tun, dass ich Ihren letzten Brief erhalten habe, dass es mir aber leid tut, dass ich nicht nach dem Laden kommen kann, weil ich und meine Schwester schon versorgt sind, und dass wir auch unsere Sachen immer bei Urzela Verghote vom „Grünen Jäger" kaufen, die uns immer gut und trefflich bedient hat. Wenn es einmal geschehen sollte, dass Urzela Verghote sterben sollte, oder dass sie ihren Laden aufgeben sollte oder dass wir uns aus irgendeinem Grund verändern müssten, dann werden wir einmal in Ihren Laden kommen, um zu sehen, ob wir dort was finden können, was wir brauchen können, aber jetzt, mein Herr, dürfen Sie uns keine Waren senden, denn wir wissen nicht, was wir damit tun sollen, und wir müssten sie zurückschicken, und wir sind keine Leute, die gern was zurückschicken, wenn wir es einmal bekommen haben.

Sind Sie also so gut, mein Herr, uns keine Waren zu senden, sondern zu warten, bis wir einmal Gelegenheit haben, in Ihren Laden zu kommen.

Wir bitten Sie, unsere herzlichsten Grüße entgegenzunehmen

Ihr ergebenster Diener

Judoeus Verbauwen und seine Schwester Barbara Verbauwen, Landwirte zu Vannelaer (in der Wolfsecke)."

Der Bruder liest den Brief noch einmal seiner Schwester vor, nimmt ihre Zustimmung entgegen, faltet ihn sorgfältig zusammen und steckt ihn mit dem Reklamebrief in den Umschlag, auf den er dann auch die Adresse schreibt und die Marke klebt.

Nun kommt die wichtige Frage, wie man diesen Brief so schnell als möglich seiner Bestimmung zuführen könne. „

„Bis morgen warten und ihn dem Postboten auf s einem Rundgang mitgeben", schlägt die Schwester vor.

„Wenn's nur nich zu spät wird! Wenn sie nur noch nichts abgeschickt haben!" fürchtet der Bruder.

Auch der Schwester steigt diese Furcht wieder auf, und sie beschließen, dass der Bruder lieber gleich den Brief auf die Poststelle in dem fernen Dorfe tragen soll.

Und wieder macht sich der Bauer auf den Weg, und erst mit der Dämmerung kommt er wieder zurück. Er hat den Posthalter gefragt, wann der Brief an den Ort seiner Bestimmung käme, und der Posthalter hat ihm die Versicherung gegeben, dass er schon am nächsten Morgen bestellt werden würde.

„Wenn er nur nich verloren geht", bangt die Schwester.

„Da müsst' er gestohlen werden, oder der Zug, mit dem er fährt, müsst' verunglücken", meint der Bruder.

„Oder das Posthaus müsst' abbrennen."

Sie müssen selber lachen über ihre übertrieben düsteren Voraussetzungen und gehen friedlich und ruhig zu Bette.

„Ob sie ihn wohl jetzt schon haben?", ist am nächsten Morgen des Bruders erste Frage.

„Ich denk schon", meint die Schwester.

„Ja, aber wenn nu heut Morgen der Postbote mit einem ganzen Pack Waren herkommt!"

Der Bruder traut doch nicht recht, und während er auf seinem Acker gräbt, denkt er über den Fall weiter nach.

Von Zeit zu Zeit guckt er sich um, ob er nicht den Postboten daherkommen sähe.

Plötzlich welch ein Schrecken! Von weitem sieht er wirklich den Postboten daherkommen mit einem dicken Paket unter dem Arm.

Die Aufregung schlägt ihm in die Beine, er läuft dem Boten entgegen.

„Für mich?" ruft er ihm schon von ferne zu, ganz heiser vor Angst.

Zum Glück nicht! Der Bote schüttelt mit dem Kopf und stapft rüstig weiter in der Richtung gegen Vermeulens Hof.

Aber der Bruder kann nicht mehr arbeiten. Er möchte doch gerne wissen, ob der Brief angekommen ist. Hätte er doch den Boten einen Augenblick angehalten und ihn gefragt, ob nichts mit den Zügen passiert sei. Aber der Bote ist schon weit weg und kommt auf dem Rückweg wahrscheinlich nicht mehr hier vorbei.

Eine Idee! Es ist Freitag, und jeden Freitag geht Urzela Verghotes ältester Sohn mit dem ersten Zug zur Stadt und kehrt um elf Uhr zurück. Es ist elf Uhr.

Er will sich mal vorsichtig im „Grünen Jäger" erkundigen.

Der Spaten wird in den Boden gestoßen, und querfeldein schreitet Verbauwen auf die kleine Kneipe zu.

Er hat zwar kein Geld in der Tasche, um einen Schnaps bezahlen zu können, aber das macht nichts, er hat Kredit und wird aufschreiben lassen.

Der Sohn ist wirklich schon zurück. In dem Augenblick, da Verbauwen das Wirtshaus betritt, kommt ihm der Sohn mit vollen Backen kauend aus der kleinen Küche neben der Gaststube entgegen. Aber kaum hat er Verbauwen gesehen, da bricht er in ein höllisches Gelächter aus und kehrt sich nach der Küche um, indem er ruft:

„Mutter, Mutter? Komm mal! Spute dich! Er is da!"

„Wa…wa…was is denn los!" stammelt Verbauwen in ängstlicher Verblüffung.

„Der Brief, der Brief, den Ihr geschrieben habt!" prustet der Sohn unter einem neuen Lachanfall.

Verbauwen errötet unter seiner alten, runzeligen, verwitterten Haut und sieht jetzt stumm und mit wachsendem Erstaunen auf Urzela Verghote, die, sich ebenfalls vor Lachen schüttelnd, auftaucht. Ihr ganzer dicker Leib mit dem runden Spitzbauch und den seitwärts herabhängenden Brüsten schwabbelt und tanzt und gluckst, und ihre kleinen schwarzen Äugelein in dem roten, aufgedunsenen, von Pockennarben entstellten Gesicht weinen vor Vergnügen. In ihrer Rechten hält sie ein zerknittertes Blättchen Papier, das Verbauwen sogleich als s einen Brief erkennt.

„Wie…wie kommt Ihr zu meinem Brief!" ruft er ganz verstört.

Da erzählt ihm der Sohn unter Lachen, wie es zugegangen ist.

Das Haus, an das er geschrieben hat, ist auch das Haus, von dem sie ihre Waren beziehen. Dort ist er heute Morgen gewesen, und der Herr hat ihm den Brief gezeigt und mitgegeben. Das ganze Magazin hat sich buckelig darüber gelacht.

„Gebt ihn mir wieder! Gebt ihn mir wieder!", ruft Verbauwen dringend.

Die Frau gibt ihm den Brief und hält dann mit beiden Händen, wie von einem Krampf befallen, ihr vor Lachen wackelndes Spitzbäuchlein fest.

Verbauwen ist schon wieder draußen und versteckt den Brief tief in seiner Tasche.

Auf der Schwelle seines Häuschens steht die Schwester und hält Ausguck.